König Rother

W0203838

König Rother

Mittelhochdeutscher Text und
neuhochdeutsche Übersetzung
von Peter K. Stein

Herausgegeben von Ingrid Bennewitz
unter Mitarbeit von Beatrix Koll
und Ruth Weichselbaumer

Philipp Reclam jun. Stuttgart

Universal-Bibliothek Nr. 18047
Alle Rechte vorbehalten
© 2000 Philipp Reclam jun. GmbH & Co., Stuttgart
Gesamtherstellung: Reclam, Ditzingen. Printed in Germany 2000
RECLAM und UNIVERSAL-BIBLIOTHEK sind eingetragene Marken
der Philipp Reclam jun. GmbH & Co., Stuttgart
ISBN 3-15-018047-3

Inhalt

Zum Geleit

Als Peter K. Stein trotz jahrelangen Leidens letztlich doch für alle ihm Nahestehenden unerwartet und plötzlich am 2. Januar 1997 starb, zählte zu seinem wissenschaftlichen Nachlaß auch eine sehr weit gediehene zweisprachige Edition des *König Rother*, für deren Publikation er bereits seit längerem Kontakte mit dem Reclam Verlag aufgenommen hatte. In Absprache mit Frau Mag. Edith Stein wurde der Plan zur Fertigstellung dieser Ausgabe gefaßt, zumal es sich im Fall des *König Rother* um ein langjähriges Desiderat der mediävistischen Germanistik handelt. Nur wenige Monate vor seinem Tod hat Peter Stein mich darum gebeten, gemeinsam mit ihm das Manuskript durchzusehen, und dabei bereits seinen Wunsch angedeutet, bei der Edition des mittelhochdeutschen Textes der handschriftlichen Überlieferung in einigen Einzelheiten noch deutlicher zu folgen, als er dies in seiner ersten Fassung getan hatte. Ich bin seinen Vorstellungen bei der Einrichtung des mittelhochdeutschen Textes weitgehend gefolgt, zumal auch die jüngere methodische Entwicklung in der Mediävistik als ein zusätzliches Votum für ein solches Vorgehen gewertet werden darf. Die Übersetzung ins Neuhochdeutsche blieb bis auf wenige Stellen unangetastet. Für den Anmerkungsteil konnten wir vielfach auf handschriftliche Notizen und Vorarbeiten zurückgreifen, die freilich oft mit Rücksicht auf die Seitenvorgaben des Verlages vorsichtig gekürzt werden mußten. In Hinblick auf die Notwendigkeiten des akademischen Unterrichts wurden einige zusätzliche Stellen erläutert.

Ich danke allen, die dieses gewiß nicht einfache Projekt mitgetragen und unterstützt haben: Dazu zählt in erster Linie Peter Steins akademischer Lehrer, Doktor- und Habilvater, Prof. Ingo Reiffenstein, dem ich für seinen unersetzlichen wissenschaftlichen Rat ebenso danke wie für die unermüdliche Geduld bei der gemeinsamen Durchsicht der Manuskripte.

Zu danken habe ich allen Kolleginnen und Kollegen an der Universität Salzburg, die dieses Unternehmen unterstützt haben, allen voran Prof. Ulrich Müller und der Stiftungs- und Förderungsgesellschaft der Universität Salzburg, namentlich Herrn Prof. Alois Rinnerthaler, für die finanzielle Unterstützung in der Abschlußphase. Ganz besonders danke ich jenen beiden jungen Kolleginnen, die mit ungeheurem Engagement und über weite Teile unbezahltem Arbeitseinsatz das Erscheinen dieses Bandes möglich gemacht haben: Mag. Beatrix Koll und Mag. Ruth Weichselbaumer. Gemeinsam möchten wir dieses Buch Frau Mag. Edith Stein widmen, die wie niemand sonst die beruflichen Höhenflüge ebenso wie die zahllosen gesundheitlichen Rückschläge in Peter Steins Leben begleitet hat.

Bamberg und Salzburg, im Sommer 2000 *I. B.*

Einleitung

Die Erzählung, die berichtet, wie jener fiktive römische Kaiser oder König Rother, der in Bari residiert, nach Aachen einen Hoftag einberufen und auf diesem einen Gutteil Europas als Lehen vergeben kann, abenteuerlich unter Einsatz des eigenen Lebens mit List und Gewalt die Tochter des oströmischen Kaisers zur Frau erwirbt, mit ihr Pippin, den Vater Karls des Großen, zeugt, nach seinem Sieg über den schurkischen Kaiser Ostroms Konstantinopel aus Pietät stehen und dessen Herrscher aus heilsgeschichtlich-frommen Erwägungen leben läßt und schließlich sein Leben im Kloster beendet: Dieser *König Rother* (im Folgenden: *KR*) verdient es aus mehreren Gründen, einem breiteren Publikum zugänglich gemacht zu werden.

Die Merkmale gekonnten unterhaltenden Erzählens verbinden sich mit einer literaturgeschichtlich wie literaturtheoretisch interessanten Position. Mit dem *KR* vollzieht sich der entscheidende Schritt der deutschen Dichtung aus dem Bann klerikal-monopolisierter Literatur heraus. Dieser Schritt erfolgt durch drei Neuerungen: Der (unbekannte) Autor erzählt die Geschichte ohne geistliche (heilsgeschichtliche oder moralische, strukturimplizite oder explizit beigefügte) Sinndeutung; er benutzt hierzu Motive, Handlungselemente und Erzählmuster, die für die Mitte des 12. Jahrhunderts die Möglichkeit der Teilhabe unserer geographischen Bereiche an einem zumindest das ganze Europa, vielleicht aber noch mehr, in seiner Verbreitung umfassenden Erzählfundus belegen: Im *KR* wird somit zum ersten Mal in deutscher Sprache jener Strom von Dichtung, den es mündlich neben der seit der karolingischen Zeit auftretenden schriftliterarischen Dichtung geistlich-klerikaler Prägung stets gegeben hat, in großem Umfang greifbar. Schließlich ist das Werk im weiteren Sinne politisch thematisiert. Diese Thematisierung wird durch dreierlei erreicht: Technisch diskutiert der Autor seine ›Thesen‹, sein ›Thema‹, nicht direkt oder gar direkt belehrend, sondern durch die Kombination und thema-relevante Variation der verwendeten Erzählschemata; er aktualisiert des weiteren den Stoff durch Anspielungen auf zeitgenössische oder bekannte historische Vorgänge, ohne jedoch dadurch erweckte Erwartungen durch einen Schlüsselroman zu erfüllen; und drittens füllt er die verwendeten Motive und Erzählschablonen konsequent mit Details auf, die auf die von ihm behandelten Fragen um eine bestimmte Herrschaftsform ausgerichtet sind, deren Diskussion auch außerliterarisch die Zeit bewegte.

Von diesen Elementen her erhält das Werk seine funktionsgeschichtlich interessante Stellung. Diese läßt sich wiederum dreifach umreißen: Produktionsbezogen wird sichtbar, mit welchen Problemen der Prozeß der Loslösung aus dem institutionell-kirchlichen Literaturmonopol verbunden war, und zwar sowohl im Versuch einer offiziellen geschichtlichen (und deswegen auch heilsgeschichtlichen) Sinngebung durch die Einordnung in die Karlsgenealogie, als auch in der noch starken Geprägtheit der Sprache von den Elementen geistlicher Dichtung; rezeptionsgeschichtlich zeigt sich, daß diese neu erstehende, nicht nur im inhaltlichen Verständnis ›weltliche‹ Dichtung nur existieren konnte, indem sie sich in den Dienst und Schutz des literarisch interessierten Feudaladels begab; literaturtheoretisch gesehen wohnt man dem gar nicht langweiligen Schauspiel bei, das zeigt, wie in einer Zeit, in der *ficta* gegenüber moralischen, heilsgeschichtlichen und geschichtlichen *facta* wesentlich als *non vera* angesehen wurden, die eigentlichen Möglichkeiten fiktionalen Sprechens und Erzählens erkannt werden: Mit Hilfe von Dichtung, eben nicht geradlinig wahren Geschichten, ohne theologisch-exegetisch bewerkstelligte Sinndeutung, zu Fragen der Wirklichkeit Stellung zu nehmen – die Möglichkeiten eines Wirklichkeitsbezugs also, den man auch im modernen Sinne als dichtungstypisch bezeichnen würde. Hier entsteht ›Literatur‹, mit JAUSS »›Literarizität‹ [...] als Prozeß einer allmählichen Literarisierung der im Ursprung an kultische, religiöse und gesellschaftliche Funktionen [institutional kirchlich in Methoden und Zielen] gebundenen Gattungen«,[1] und zwar dadurch, daß sich das neu Erstehende zunächst in die Obhut und den Bann des potenten Gegenpols der sie bisher tragenden Institution begibt.

Die schematisierende, »fatale Vorstellung, ›unterhaltende‹ Literatur« müsse eo ipso »problemlose Literatur sein und umgekehrt«[2], wird durch den *KR* also gleich beim ersten Auftreten ›weltlicher‹ ›unterhaltender‹ deutscher Dichtung *ad absurdum* geführt.

Bis in die sechziger Jahre unseres Jahrhunderts standen literaturgeschichtliche Betrachtung und literarische Wertung des *KR* unter dem Einfluß des meist schablonenhaft und abwertend gebrauchten Begriffes Spielmannsdichtung, der die Beschäftigung mit den dadurch zusammengefaßten Texten *KR, Salman und Morolf, Oswald, Orendel* und *Herzog Ernst*[3] eher »bei einer bequemen Ruhebank im Schatten althergebrachter Terminologie ein Ende finden«[4] ließ als forderte. Seit dem Ende der siebziger Jahre herrscht forschungsgeschichtlicher Konsens darüber, daß die Kategorie Spielmannsdichtung im herkömmlichen Sinne nur sehr begrenzt brauchbar ist:

> »Sie hat sich [...] allenfalls in der Subkategorie Spielmannsepik [...] bis zur Gattungsbezeichnung im engeren Sinn konkretisiert, aber selbst diese wird heute kaum noch oder nur mit großen Einschränkungen akzeptiert.«[5]

1 JAUSS 1972, S. 132.
2 CURSCHMANN 1968, S. 109; vgl. MEVES 1976 und STEIN 1980.
3 Dazu evtl. *Dukus Horant*.
4 CURSCHMANN 1968, S. VII.
5 BAHR/CURSCHMANN 1979, S. 105; vgl. MEVES 1976 und RUH 1967.

Die neuere Forschung hat zahlreiche alternative Perspektiven zu den betroffenen Texten erbracht. Nicht an letzter Stelle rangiert die Einsicht, daß eine neue, umfassende Beschäftigung mit den überlieferten Texten vonnöten ist. Gerade dieser Forderung aber stellen sich Hindernisse entgegen, die in der Überlieferungssituation und in der Editionsgeschichte des *KR* wurzeln.

Es existiert eine (weitgehend) vollständige Handschrift (H), die möglicherweise noch aus dem 12. Jahrhundert oder aber – nach der Datierung von Karin Schneider – aus dem ersten Viertel des 13. Jahrhunderts stammt; dazu kommen Fragmente aus drei Handschriften (BE, M, A mit Frings/Kuhnt). Als Sachlage ergibt sich daraus, daß H, so wie die Handschrift vorliegt, als literaturgeschichtliche und philologische Textgrundlage dienen kann und muß, wobei man eventuell M als Text-Korrektiv im Detail und A als Ergänzung des Schlusses heranziehen kann.

Dieser wenig komplizierten (und gar nicht so schlechten) Überlieferungssituation steht – bewirkt durch die Charakteristika von H – eine eher unbefriedigende Editionsgeschichte[6] gegenüber.

Die Ausgaben vor 1922 geben entweder nur Handschriftenabdrucke, die teilweise recht fehlerhaft, teilweise aber auch mit Nutzen heranzuziehen sind, oder Besserungen unsystematischer und unzulässig normalisierender Art.[7]

Die Ausgabe von Frings/Kuhnt 1922 kann fast ein

6 Diese ist am vollständigsten bei Krogmann 1936, Sp. 860 f., kritisch-informativ bei Curschmann 1968, S. 25–34, beschrieben. Zum besonderen Aspekt »Sprache und Heimat des Gedichtes« ist Kramer 1960, S. 1–3, heranzuziehen. W. J. Schröder 1967, S. 23 f., nennt Von Der Hagen/Büsching 1808 und Massmann 1837 (seit 1969 als Neudruck zugänglich) nicht. Zur Kritik der Ausgaben vor 1922 vgl. Frings/Kuhnt 1922 (S. 194; auch hier fehlt Von Der Hagen/Büsching 1808), Krogmann 1936 und Curschmann 1968.

7 Von Der Hagen/Büsching 1808; Massmann 1837; Rückert 1872; Bahder 1884.

Schwarz-Weiß-Faksimile ersetzen.[8] Die Editoren bieten einen diplomatischen Abdruck der Texte, eine genaue Handschriftenbeschreibung (mit Erörterung aller durch den Druck notwendig gewordenen Vereinfachungen) und eine umfassende Forschungsdarstellung. – Diese Ausgabe wurde mehrfach nachgedruckt: »ohne Einleitung, aber mit Namensverzeichnis und späterer Literatur«[9] 1954 und 1961 durch FLÄMIG[10] und 1968 durch KÖPPE-BENATH (mit neuerer Literatur und einer Sammlung von den »Wortlaut der Vorlage von H, nicht aber Fragen des Lautstandes oder der Schreibung«[11] betreffenden Besserungsvorschlägen) in dritter Auflage des reduzierten Nachdrucks, in der vierten des Textes.

VRIES 1922 ist bereits beim Erscheinen nicht unwesentlich kritisiert worden.[12] Ein unveränderter Nachdruck liegt seit 1974 vor. Dabei blieben auch die nicht seltenen Druckfehler des Originals, die sich v. a. im Apparat durch falsche Hinweise bemerkbar machen, unkorrigiert. Auch die überholten Schichtenthesen der Einleitung wurden wieder abgedruckt. – Diese Edition fördert die Lesbarkeit durch meist nachvollziehbare[13] Interpungierung. In Einzellesungen und in der Markierung der Initialen und der Initialenfreiräume ist diese Ausgabe, wie eine Nachprüfung anhand eines Mikrofilms von H und am Original ergeben hat, unzuverlässiger als FRINGS/KUHNT 1922. Das eigenartige, offenbar von anderen als syntaktischen Erwägungen geprägte Bild der Majuskelsetzung von H wird durch eine modernisierende Regelung zerstört, ohne daß man über den Apparat den Weg zur Handschrift finden könnte. Die Emendationen sind unsystematisch gesetzt und nur teilweise (allerdings

8 Rezensionen – auch zu VRIES 1922 – bei CURSCHMANN 1968, S. 26, Anm. 129; besonders beachtenswert E. SCHRÖDER 1924 (Rez.).

9 CURSCHMANN 1968, S. 25, Anm. 127.

10 Vgl. MINIS 1955.

11 FRINGS/KUHNT ^{3}1968, S. VIII.

12 Vgl. bes. E. SCHRÖDER 1924 (Rez.).

13 Vgl. SUOLAHTI 1926 a, S. 35.

bei den meisten tiefergreifenden Konjekturen ausführlich) begründet. Es kommt vor, daß eine Besserung an einer Stelle vorgenommen wird und an einer anderen unter den gleichen Bedingungen unterbleibt. Rechenschaft wird in solchen Fällen keine abgelegt. Eher Spontanassoziationen des Herausgebers folgend sind die Anmerkungen beigegeben.

Die beiden Editionen von 1922 weichen in der Bezeichnung der Fragmente wie auch in der Verszählung voneinander ab. Die Fragmente sind in beiden Ausgaben mit abgedruckt, deren frühere Veröffentlichungen aufgelistet. Zu ergänzen ist die Wiedergabe von M in WILHELM 1928.

Neuere Teilabdrucke greifen auf FRINGS/KUHNT 1922 zurück und bessern meist nur unwesentlich.[14] Die in der Wissenschaftlichen Buchgesellschaft erschienene Ausgabe von Hans und Irmtraud PÖRNBACHER[15] verwendet die Ausgabe von Jan de VRIES als Textvorlage.

Zur Problematik der *König Rother*-Edition

Die wichtigsten Charakteristika der KR-Überlieferung

Die einleitend beschriebene Überlieferung des *KR* weist in editionstechnischer Hinsicht die folgenden Problempunkte auf:

1. Man sieht sich fast der Problematik der Herausgabe ei-

14 MAURER 1964 (S. 36–38: V. 1–133), DE BOOR 1965 (S. 1046–58: V. 1917–2522; mit leichten Eingriffen und Prosa-Übersetzung) und EGGERS 1965 (S. 224 f.: mit Übersetzung).

15 *Spielmannsepik I: König Rother. Herzog Ernst*, Texte, Nacherzählungen, Anm. und Worterklärungen, Darmstadt 1984.

nes unikalen Manuskripts gegenüber.[16] Die Fragmente liefern kaum Handhaben zu einer Korrektur von H. Dazu sind sie viel zu wenig umfangreich und bieten zu wenige inhaltliche Varianten von Bedeutung. H ist nicht nur Leithandschrift, sondern quasi-unikales Manuskript.

2. Die für eine *KR*-Edition charakteristischen Schwierigkeiten ergeben sich aus der Beschaffenheit von H. Sie liegen auch anders als bei den Paradebeispielen für eine Überlieferung durch unikale Manuskripte: *Erec*, *Biterolf* oder *Moriz von Craûn* des *Ambraser Heldenbuches*. H steht der Entstehungszeit des *KR* mit maximal 50 Jahren Differenz viel näher.

3. Die Dialektmischung in Handschrift H stellt jeden Herausgeber vor besondere Probleme.

Erwähnt sei hier nur ein Beispiel, auf das Kramer zwar allgemein angespielt hat, das er aber doch nicht genügend ernst genommen zu haben scheint. *kneht* reimt meist auf *reht*. In drei Fällen aber wird offenbar versucht, den mittel- und niederdeutschen h-Schwund[17] zu berücksichtigen: *kenc* 3322, *kienc* 3387, *kent* 3984.[18] Durch dessen »mfrk., besonders rip. Lautvorgang«[19] beeinflußt, sei der aus diesem Gebiet stammende Schreiber unfähig gewesen, »den dem *ht* entsprechenden Laut in der Schrift wiederzugeben«.[20] Die überwiegende Zahl der Fälle weist – mit einigen Varianten – den Typus *kneht* auf. Als Reimwörter fungieren *recth* 3321, 3386, *recht* 3983, *rechte* 4371. Das heißt aber, die Veränderungen erfolgten nicht nur sporadisch, sondern gegen

16 Dazu Bäuml 1961, Stackmann 1964, S. 265 f.; zur Praxis und den daraus entstehenden Streitigkeiten vgl. Pretzel 1955/1962, De Boor 1960, Pretzel 1963, Müller 1976, Pretzel 1977 und Müller 1977: die Beispiele sind die *Kleineren Gedichte der Vorauer Handschrift* und der *Moriz von Craûn*.

17 Vgl. Kramer 1958, S. 194.

18 Vielleicht auch *kenchte* 4372.

19 Kramer 1958, S. 195.

20 Kramer 1958, S. 196.

die sonstigen Gewohnheiten dieses Schreibers und gegen den Reimklang.

4. Beim *KR* handelt es sich um einen formgeschichtlich ziemlich eindeutig lokalisierbaren Text. Er stammt aus der Zeit vor dem Umschwung im Formideal der deutschen Dichtung, den man meist mit und um Heinrich von Veldeke ansetzt. Er untersteht also frühmittelhochdeutschen Kunstprinzipien. Diese sind charakterisierbar durch die Grundsätze der Assonanz (Reime in unserem Sinne sind nicht angestrebt, sie entstehen eher zufällig) und der locker-freien Füllung des vierhebigen metrischen Grundschemas, das man nicht einmal strikt ansetzen kann. Man kann, beansprucht man auch nur eine einigermaßen sichere Rechtfertigung seines Tuns, nicht einmal die Dreireime und die überlangen Zeilen in einer Ausgabe ausmerzen. Sie stehen meist nicht an unverständlichen Stellen, d. h. sie können durchaus intendiert sein.

Die Prinzipien dieser Ausgabe

Die Edition folgt, soweit irgend möglich, dem von H überlieferten Text; im textkritischen Apparat am Fuß der Seite sind Text- und Editionsvarianten aufgeführt. Die Fragmente werden gesondert im Anhang abgedruckt. Der ursprünglich vorgesehene synoptische Abdruck der Fragmentüberlieferung direkt neben den entsprechenden Versen aus H ließ sich aus technischen Gründen nicht realisieren. Um eine bessere Vergleichsmöglichkeit der Schlußpartien zu gewährleisten, beginnen wir mit dem Abdruck des Arnswaldtischen Fragments.

Grundsätzlich gilt die gemäßigte Kleinschreibung, auch bei Majuskelsetzung der Handschrift am Versbeginn.

Eigennamen werden, soweit nicht arg entstellende Verschreibungen vorliegen, in der handschriftlichen Form beibehalten, jedoch groß geschrieben. Bei Minuskelsetzung in der Handschrift wird dies nicht im Apparat vermerkt. Eine Ausnahme liegt vor bei V. 4295, wo *grimme* als Eigenname verstanden wird.

Moderne Interpunktion wird als Hilfestellung verwendet.

Konjekturen werden durch Kursivdruck im mhd. Text angezeigt und im Apparat vermerkt.

Normalisierungen werden besonders bei *u* und *v* durchgeführt. Der *u/v*-Ausgleich wird nicht im Apparat vermerkt. Beim Abdruck der Fragmente wurde auf Normalisierungen bewußt weitgehend verzichtet.

Eine normalisierende Regelung von *c* und *z* wird insofern vorgenommen, als *c* (in handschriftengetreuem Wechsel mit *k*) für die gutturale Tenuis reserviert und im Falle einer Verwendung dieses Graphems für die dentalen Affrikaten *z/tz* gesetzt wird.

Die Abkürzungen *v̄n̄*, *ūn* für *und(e)* werden ohne jeden Vermerk aufgelöst. Vereinzelte Nasalstriche und *r*-Kürzel werden im Apparat angeführt.

Durchgeführt wird eine vorsichtig normalisierende Worttrennung bzw. Zusammenschreibung. Die Stellung der Negationspartikel mhd. *ne-/en-* wird handschriftengetreu belassen, in Zweifelsfällen erfolgt proklitische Zusammenfügung. Zusammenziehungen anderer Art (etwa: Verb und Personalpronomen) werden nur beim Auftreten von Kontraktionsphänomenen belassen: bei *wolder* für *wolde er*, nicht aber in Fällen wie *andeme* für *an deme*; diese Veränderungen werden im Apparat nicht angegeben.

Rasuren und Korrekturen in der Handschrift werden im Apparat nur dann angegeben,wenn sich daraus Änderungen in der Satzkonstruktion oder -aussage ergeben.[21]

21 Sie sind vollständig aufgelistet bei Frings/Kuhnt 1922, S. 18*–21* und S. 34*–40*.

Wiedergegeben wird die komplette Initialensetzung der Handschrift H, auf die Majuskelsetzung insbesondere am Versbeginn wird verzichtet. Ausmerzungen oder Einfügungen von Initialen werden vermieden. Die Initialensetzung erfolgt in der Handschrift grundsätzlich in dreifacher Art, der drei Drucktypen entsprechen:

– ausgeführte Initialen werden durch größeren Fettdruck wiedergegeben,
– Leerraum mit marginalem Hinweis für den Rubrikator wird durch größeren Fettdruck in eckiger Klammer wiedergegeben,
– Leerraum ohne Rubrikatorhinweis wird durch größeren Kursivdruck in eckiger Klammer wiedergegeben. Größe der Initialen und Leerräume sind im Apparat vermerkt.

Auf die Setzung von Längenzeichen wird verzichtet.

Im Bereich der Diphthonge wird für mhd. ie der handschriftliche Wechsel der Zeichen *ie, i* und *e* übernommen.

Die Setzung der diakritischen Zeichen über o, u/v ist in der Handschrift nicht konsequent. Wir folgen dem handschriftlichen Usus.

Die auslautenden Zeichen *bh, ph, phc, ch, fc* und *z* für mhd. b bzw. p werden als Andeutung einer Spirantisierung, als Signal für Unsicherheiten im Schwankungsbereich von Spirans und Verschluß gelesen. An deren Stelle wird – auch um das Lesen zu erleichtern – *f* gesetzt; z.B. bei *liphc* (V. 83), *loph* (V. 232), *hofc* (V. 1647), *virtreich* (V. 1273), *gaz* (V. 4848).

h-Aphärese wird beseitigt. Vgl. z. B.: *ast* (V. 890), *arde* (V. 2733).

Prothetisches *h* wird belassen. Vgl. z. B.: *here* (V. 119), *hic* (V. 35), *hich* (V. 259).

r-Metathese vor kurzem Stammvokal + Dental sowie in den Nebentonsilben wird übernommen, z. B.: *trostis* (V. 567), *vrostin* (V. 1595), *v̊rmige* (V. 8), *vorwin* (V. 4976).

Konjekturen von MASSMANN und VON DER HAGEN in deren Anmerkungen werden nicht berücksichtigt, eine Ausnahme bilden die ersten 40 Verse, deren Wiedergabe großteils auf der Lesung von MASSMANN beruht (vgl. dazu unten die Ausführungen zu Hs. H).

Die Ausgaben von FRINGS/KUHNT und VRIES werden nur dann berücksichtigt, wenn sie in ihrer Lesart von der Handschrift H abweichen.

Ab Vers 385 bzw. 1146 erscheinen zwei bzw. drei Zählweisen: links vom mittelhochdeutschen Text von H unsere Zählung (mit RÜCKERT und BAHDER), rechts kursiv die Zählung von FRINGS, die identisch ist mit jener von MASSMANN, recte die Zählung von VRIES.

Im textkritischen Apparat verwendete Abkürzungen:

A (recte!)	Arnswaldtisches Fragment
B (recte!)	Badener Fragment
E (recte!)	Ermlitzer Fragment
H (recte!)	Heidelberger Handschrift
M (recte!)	Münchener Fragment

B	BAHDER
B'	BAHDER in *Germania* 29 (1884) S. 228–243, 257–300
F	FRINGS
F'	Konjekturvorschläge VON FRINGS
Ha	VON DER HAGEN
Ma	MASSMANN
R	RÜCKERT
V	VRIES
V'	Konjekturvorschläge von VRIES im Apparat
V''	Vorschläge von VRIES im Anhang S. [103]–124

Überall dort, wo der Zustand der handschriftlichen Überlieferung keinen sinnvollen Übersetzungskontext gewährleistet, wurde auf die Beigabe von neuhochdeutschen Übersetzungen verzichtet (vgl. z. B. S. 408 f., 420 ff.).

Die Überlieferung des *König Rother*

Handschriften und Fragmente[22]

H *Heidelberger Handschrift* (UB Heidelberg cpg 390), von einer Schreiberhand in frühgotischer Minuskel entweder des späten 12. oder – nach der Datierung von Karin SCHNEIDER[23] – des ersten Viertels des 13. Jahrhunderts geschrieben. Die erste (Text-)Seite ist weithin unleserlich geworden durch Abnutzung und Reagenzienbenützung bei diversen Versuchen der Lesbarmachung; die letzte Seite mit dem Schluß des Werkes fehlt.

Die Handschrift enthält auf 73 Pergamentblättern ausschließlich den *König Rother.* Sie ist einspaltig angelegt; Rubrizierungen sind nicht vorhanden. Es finden ein- bzw. zweizeilige Majuskeln Verwendung. Der ursprüngliche Einband – ein schmuckloser Schweinsledereinband aus dem 15. (?) Jahrhundert – wurde 1994 durch einen Konservierungseinband aus Leder ersetzt,

22 Wir danken den Handschriftenabteilungen der UB Heidelberg und des Germanischen Nationalmuseums Nürnberg für die Möglichkeit der Einsichtnahme; zusätzlich zu diesen Bibliotheken der Bayerischen Staatsbibliothek München und der Staatsbibliothek Preußischer Kulturbesitz Berlin für das Bereitstellen von Mikrofilmen. Einzig das Ermlitzer Fragment stand uns nicht in dieser Form zur Verfügung.

23 Karin SCHNEIDER 1987 (Textband), S. 113 f.

acht Pergamentfragmente mit Textura des 15. (?) Jahrhunderts, die als Makulatur Verwendung fanden, wurden abgelöst und beigelegt.[24]

BE *Baden–Nürnberger Fragmente*. B = Badener Fragment, E = Ermlitzer Fragment. B und E gehören zur gleichen Handschrift, werden aber an verschiedenen Orten aufbewahrt: B in der Bibliothek des Germanischen Nationalmuseums Nürnberg (Nr. 27744), E in Privatbesitz in Ermlitz. Noch »aus der zweiten Hälfte des 13. Jahrhunderts«[25] stammend, repräsentieren diese Fragmente nach W. J. Schröder 1957 eine Handschrift, die (wegen nur unwesentlicher Zusätze von H gegenüber BE und nur weniger besserer Lesarten von BE gegenüber H) auf die Vorlage von H zurückgegriffen haben dürfte. BE enthalten die Verse 1002–54 und 1387–1815. – BE werden von Frings/Kuhnt 1922 und Vries 1922 verschieden bezeichnet: Bei Frings/Kuhnt 1922 werden sie unter der Sigle BE zusammen, bei Vries 1922 als Nürnberger und Ermlitzer Fragmente getrennt behandelt.

M *Münchener Fragment* (München Bayerische Staatsbibliothek, cgm 5249, Nr. 1). Es enthält die Verse 4062–80, 4099–4148, 4582–4604 und 4619–39 in der Zählung von Frings/Kuhnt 1922. M scheint gegenüber H eigenständig zu sein und H möglicherweise »noch an Alter […]«[26] zu übertreffen.

24 Detaillierte kodikologische und paläographische Beschreibungen sind ediert bei Krogmann 1936 (Sp. 858–860), darauf aufbauend und weiterführend bei W. J. Schröder 1957 (S. 204–221) und 1967 (S. 21–23), sowie Curschmann 1968, S. 25 f. und S. 28 f.

25 Krogmann 1936, Sp. 859.

26 Krogmann 1936, Sp. 859.

A *Arnswaldtisches Fragment* (Staatsbibliothek Preußischer Kulturbesitz Berlin, Ms. germ. Fol. 923, Nr. 20). Es enthält die Verse 5139–51, 5163–77 und [5186–5201] in der Zählung von FRINGS/KUHNT 1922 und dürfte ebenso wie BE auf die Vorlage von H zurückgehen. Dieses »Berliner oder v. Arnswaldtische Bruchstück« »gehörte zu einer Handschrift des 14. Jahrhunderts. Erhalten ist der größere obere Teil des Schlußblattes«.[27] A kann als Ergänzung des Schlußteiles von H herangezogen werden. Hier wird aber jene Bemerkung von W. J. SCHRÖDER zu beachten sein, die besagt, »daß man den Wortlaut von A selbstverständlich nicht einfach an das Ende von H anhängen darf; die Verse schließen inhaltlich nicht einfach an«.[28]

27 KROGMANN 1936, Sp. 859.
28 W. J. SCHRÖDER 1967, S. 22.

König Rother

(1^{r}) [*B*]i deme westeren mere
saz ein kuninc der heiz Rǒther.
in der stat zu Bare
da lebete er zu ware
mit vil grozen erin.
ime die*n*tin andere heren:
zwene unde sibinzih kuninge,
biderve unde ůrmige,
die waren ime al undertan.
er was der aller heriste man,
der da zu Rome
ie intfinc die cronen.

[*R*]ůther was ein here:
sine dinc stunden mit erin
unde mit grozen zuhtin an sinen hove
– iz ne haben die bǒche gelogen –,
daz ime da an gote nichtes ne gebrach,
wene daz *er* ane vrowen was.
do rededen die iungen graven
die in deme hove waren,

1–40 *Heute so gut wie unlesbar. Da der Text schon für F (16*–19*) und V (3) nur teilweise lesbar war, beziehen sich beide auf Ma (162, vgl. 157). Wir folgen Ma, der runde Klammern für »im Text Fehlende[s]«, eckige Klammern für »kaum mehr Lesbare[s]« (Ma 157, Anm. 2; F 17*) verwendet, und führen im textkritischen Apparat die Lesarten von Ma und V an*
1 Bi] *MaF – »War zu Anfang wie in [Vers 13, Zeile 8] Raum für eine Initiale, die auch zu [Zeile] 2 durchgezogen werden sollte? Daher in [Zeile] 2 der 3–4 buchstabige Raum vor ǒther?« (F 19*). Rubrika-*

An der Küste des Adriatischen Meeres
residierte ein König, der hieß Rother.
In der Stadt Bari
lebte er wahrhaftig
in großem öffentlichen Ansehen.
Ihm dienten (als Lehnsmänner) andere Herrscher:
zweiundsiebzig Könige,
angesehen und tüchtig,
die waren ihm alle ergeben.
Er war der mächtigste und würdigste Mann,
der in Rom
jemals die Krone empfangen hat(te).

Rother war ein (wahrer) Fürst:
seine Hofhaltung war angesehen
und entsprach den gesellschaftlichen Vorstellungen
– wenn nicht die Quelle Unwahres berichtet hat –,
so daß es ihm an nichts Erstrebenswertem fehlte,
außer, daß er keine Königin hatte.
Da sprachen (einmal) die jungen Grafen,
die sich bei Hofe aufhielten,

---

torhinweis (auf Grund des schadhaften Zustands der Seite) nicht auszumachen (F 22)*
5 grozen erin] *FV*, grozin eren *Ma* 6 dientin] dietin, diētin *wahrscheinlich MaF* 7 zwene] zvene *FV* – sibinzih] sibincih *MaFV* 8 v̊rmige] vrumige *R*, vormige *B* 9 vnder tan] *MaFV* 12 ie] [ie] *MaFV* 13 *Raum für zweizeilige Initiale freigelassen* 15 unde] uñ *MaFV* 16 haben] *MaFV*, habent *F'* 17 gote] [gote] *MaFV*, gǒte *Ma'F(Anm.)V'*, *streichen R* 18 daz er (*RBV'*)] *MaFV*, daz[s] *Ma'F(Anm.)* – was (*RBV*)] waz H

wie se ane vrowen
ir erbe solden buwen.
do duchte sie ⟨*daz*⟩ recht,
swar so war ein gut knecht,
deme die riche werin al undertan
unde so manic wol geboren man,
daz *er* ein wip neme
de ime zu vrowen gezeme.
unde virsciede er an erben,
so waneden se irsterben,
weme sie dan die cronen
solden gebin zo R$\overset{v}{o}$me.

[*A*]lsus redte der herre:
»ich vorchte vil sere,
daz hic k$\overset{o}{u}$ninges d$\overset{v}{o}$hter gehige
unde hiz tan uvele gethige,
dat her ez gewrechen ane minen lif.
gerne het ich ein wolgeboren wif,
die van alleme adele
gezeme (1^{v}) eime koninge,
da*r* zo vrowen richen herzogen.
hic ne weiz sie neirgen in dime lande,
die mir so wol gevalle,
daz ir sie lobit alle.«

---

21 wie] w'e *MaFV* 23 sie daz] sie [...] *MaFV*, dc? michil? nicht? *MaFV (Anm.)*, sie daz michel *R*, sie alle *B* 24 swar so war (*B*)] suvar so war *MaFV*, Suvar [er? her?] so war? suvar her ware? *Ma'F (Anm.)* 25 al] *MaRF, dagegen BV* 27 er (*RBV*)] es *MaF* 29 an (*RBV*)] an(e) *MaF* 30 waneden] *MaFV*, wnsceden??? *Ma'* 31 die (*RB*)] d'e *MaFV* 32 gebin (*F*)] geben *MaRBV* 33 *Raum für*

darüber, wie sie ohne Herrin
ihre Erblehen in der Zukunft (weiterhin) innehaben könnten.
Da meinten sie, es sei rechtens,
daß, wo immer ein tüchtiger Ritter herrsche,
dem Lehnsherrschaften untertan seien
und viele hochadelige Männer,
dieser sich eine Frau nehme,
die ihm als (mitherrschende) Gattin gut anstehe.
Wenn er nämlich ohne Erben versterben sollte,
glaubten sie, an dem Problem verzweifeln zu müssen,
wem sie nach ihm die Krone
in Rom übertragen sollten.

Folgendermaßen sprach der Herrscher:
»Ich befürchte heftig,
daß ich mich mit der Tochter eines Königs vermähle
und dies dann (insofern) schlecht ausgeht,
als dieser es an mir rächt.
Gerne hätte ich eine hochgeborene Ehefrau,
die in allem, was ihre adelige Abstammung betrifft,
einem König entspräche
und darüber hinaus auch mächtigen Herzogen als Herrin.
Ich habe aber in diesem Lande noch nirgends diejenige kennengelernt,
die meinen Bedingungen so entspräche,
daß (auch) ihr alle mit ihr einverstanden wäret.«

---

einzeilige Initiale im Zeileninneren, kein Rubrikatorhinweis F' 34 vorchte] vͦrchte *MaF*, Voiͦchte? *MaF(App.)*, :rchte! *F'* 37 her] *MaBFV*, er *RV'* – gewrechen] gewreche(n) *Ma* 38 ein (*FV*)] ein(e) *Ma* 39 alleme (*MaF*)] allem *RBF'V* 41 Dar] Daz H, unde *Ma'RB; vgl. V. 1870, wo V und F' Verschreibungen von z als r ansetzen* 42 neirgen] niergen *B* – lande] hove *R*

[D]o het er ein graven
der half ime wol zǒ waren
mit listen grozer eren:
so dienete er sime heren.
des quam er *s*it in groze not:
Lupolt heiz der helet gůt.
der was in Rotheris hove
mit grozeme vlize gezogen.
er was sin man unde mac,
an deme stunt ouch sin rat.
der was der aller ge*t*ruiste man
den ie sich hein romise kuninc gewan.
die thuren vol*c*degene
die giengen zo samene,
die wisen altherren
die plagen grozer eren
unde goter zuchte under in,
si nanten ein megetin.
Lupolt der sprach zi aller erist:
»ich weiz, wizze Crist,
oster over se
einis riken kuninges tǒch*t*er vil her,
da zo Constantinopole
in der meren burge.
ir vater heizit Constantin,
schone ist die tochter sin.
siu luch*t*it uz deme gedigene
so daz gesterne tůt vun deme himele.
siu luchtit vor anderen wiben

45 *Absatzbeginn in neuer Zeile. Raum für zweizeilige Initiale am Zeilenbeginn* 49 sit (*RB*)] eit H, *c*it *V*, cit *Ma* 55 getruiste (*MaRBF'V*)] gestruiste H 56 ie sich hein] iesich hein H, ie sichein (*MaRB*) – romise] romisc *MaRBF'V* 57 volcdegene (*MaRBF'V*)]

Nun hatte er einen Grafen,
der verhalf ihm wahrhaftig
mit seiner Klugheit zu hohem Ansehen:
so diente er seinem Herren.
Später sollte er deshalb noch in große Bedrängnis geraten:
der vortreffliche Held hieß Lupold.
Er war an Rothers Hof
mit aller Sorgfalt erzogen worden.
Er war Rothers Gefolgsmann und Verwandter,
und von ihm holte sich Rother stets auch Rat.
Er war der loyalste Gefolgsmann,
den je irgendein römischer König gewonnen hatte.
Die vortrefflichen, im ganzen Volk berühmten Helden
kamen zusammen,
die weisen und erfahrenen Fürsten,
die so lebten, daß sie in hohem Ansehen standen
und untereinander auf die bewährten Umgangsformen achteten,
sie nannten eine junge Frau.
Lupold sprach als erster:
»Bei Gott, ich weiß
im Osten jenseits des Meeres
von der vornehmen Tochter eines mächtigen Königs,
dort in Konstantinopel,
in der berühmten Stadt.
Ihr Vater heißt Konstantin,
seine Tochter ist schön.
Sie leuchtet aus dem Gefolge hervor,
wie es der Morgenstern vom Himmel herab tut.
Sie leuchtet vor anderen Frauen

---

vole de gene H 63 sprach] sprahc H 66 tǒchter (*MaB*)] tǒcher H, tochter *RF'* 71 luchtit (*MaRBF'*)] luchit H 72 vun] van *R*, von *B*

so daz golt von der siden.
siu ist in midin also smal,
sie gezeme eime herren wol
unde mochte von ir adele
gezeme eime koninge:
ir dinet aller degeliche.
daz wizze (2[r]) aber got der riche:
umbe de stat iz moweliche,
wande ir ne bat nie nechein man,
er moste den lif virloren han.«

[A] lso der kuninc do virnam
den rat der was getan,
ein marcgrave der heiz Herman
mid deme erist reden began,
wer der bote mochte sin,
de ime irwurbe daz megetin.
do sprach der marcgrave:
»ich sage dir ze waren,
herre, iz tǒt Lipolt!
die ist der van allen herzen holt
unde weit ouch wol, we ez umbe daz wif stat.
truwen, daz is min rat:
machtu in mit minnen
in de rede bringin,
daz er din bo*t*e wille sin,
der werbit dir aller truwelichis umbe daz megetin.«

[*R*]ůther sande boden drate
nach Lipolde in eine kemenate.
als er vor den kuninc quam gegangen,

---

78 gezeme] gezemen *R* 79 degeliche] degenlîche *R* 83 lif (*R*)] liphc H, lîph *B* 84 *Einzeiliger Initialenfreiraum, Rubrikatorhinweis* (a) 89 irwurbe] ir wrbe H 90 marcgrave (*MaRBV*)] mare-

wie das Gold vom seidenen Gewand.
Sie ist um die Taille herum so schlank,
daß sie einem Herrscher gut anstehen würde,
und sie könnte aufgrund ihres Adels
einem König gut anstehen:
jedermann dient ihr täglich.
Das aber möge der mächtige Gott wissen:
mit ihr verhält es sich gefahrvoll,
denn noch nie hat sich jemand um sie bemüht,
der nicht sein Leben lassen mußte.«

Nachdem der König vernommen hatte
den Ratsbeschluß, der da gefaßt worden war,
war es ein Markgraf namens Hermann,
der zuerst (einmal) darüber zu reden begann,
wer der Bote sein könne,
der ihm die junge Dame erwerbe.
Der Markgraf sprach da:
»Ich sage dir wahrhaftig,
Herr, Lupold wird es tun!
Der ist dir aus ganzem Herzen loyal gesonnen
und weiß auch, welche Bewandtnis es mit dieser Frau hat.
Bei meiner Treue, ich rate folgendes:
wenn du ihn ohne Zwang
zu der Zusage bringen kannst,
daß er gewillt ist, dein Bote zu sein,
dann wirbt er dir auf loyalste Weise um die junge Dame.«

Rother schickte eilends Boten
nach Lupold in eine Kemenate.
Als dieser vor den König hintrat,

---

graue H 94 wif (*R*)] wiphc H, wîph *B* 95 truwen] truven H 98 bote] botbe *oder* bode (*so Ma*) *korr.* H, bothe *Ha* 99 truwelichis] truvelichis H 100 *Zweizeiliger Initialenfreiraum*

do war*t* er wol untfangen:
der mar*c*grave romt ime den stǒl
– daz heiz in sin herre don.
also Liupolt gisaz,
der kůninc gezůgeliche sprach:
»ich han durch michele not
nach dir gesant, helet got,
daz tů mir werbes umbe daz megetin
die da so wundrin schone si.
unde hilf mir miner erin!
ia sprechint dise herren,
du sist aller best dar zǒ.
helit, nu salt tůz durc dinis (2^{v}) selbes frumicheit dǒn!«

[A]lsus redet*e* do Liupolt,
deme kuninge Růther was her holt:
»herre, dune salt mich so verre manin niet!
din here sin mir also liep,
daz ich dir werbe die bodescaft,
so ich aller truvelichis mac,
umbe daz vil schone wip,
oder ich virlesen den lip.
nu heiz dir gewinen herren,
die du mit dinen eren
wol mugis senden
uz disen landen:
eilf riche gravin,
der zwelfte bin ich zwaren.

---

103 wart (*RF'*)] war H*B* 104 marcgrave (*MaRBV*)] maregraue H 110 redete] *hinter* redet *ein* e *verblaßt oder gelöscht FV* 111 wundrin] wndrin H – schone] scohne H, scône *RB* 116 *Einzeiliger Initialenfreiraum, Rubrikatorhinweis* (a) – redete] redet H,

wurde er in auszeichnender Weise empfangen:
der Markgraf machte ihm seinen Sitz frei
– das hatte ihm sein Herr befohlen.
Nachdem sich Lupold gesetzt hatte,
sprach der König mit ausgesuchter Höflichkeit:
»Ich habe in einer mich sehr bedrängenden Angelegenheit
nach dir geschickt, vortrefflicher Held,
nämlich, daß du mir um jene junge Dame wirbst,
die so unsagbar schön sein soll.
Verhilf mir nun zur Vervollständigung meines Ansehens!
Diese Fürsten sagen nämlich,
du seist am allerbesten dafür geeignet.
Held, du solltest es (auch) um deiner eigenen Vortrefflichkeit willen tun!«

Folgendermaßen antwortete Lupold,
dem König Rother war er loyal gewogen:
»Herr, du brauchst mich nicht mit so weitreichenden Argumenten zu überreden!
Dein Ansehen ist mir so sehr Anliegen,
daß ich für dich den Botenauftrag ausführe,
so gewissenhaft und loyal, als ich vermag,
bezüglich der sehr schönen Frau,
oder ich will mein Leben verlieren.
Nun laß dir vornehme Leute gewinnen,
die du deinem Ansehen entsprechend
aussenden zu können glaubst
ins Ausland:
elf mächtige Grafen,
der zwölfte werde wahrhaftig ich sein.

---

redte *R*   120 ich] hic H, ic *B* – bodescaf] bodescast H, bodescaft *BV*   122 schone] scohne H, scône *R*   129 zwelfte] zvelfte H, t *wahrscheinlich aus* e *gebessert* (*so auch F und Weisleder 23*)

ich wil, daz have graven igelich
zwelf riter herlich,
die alle so gut gewant haven,
daz wir ane laster vor ein kuninc mugin tragen.«

[D]er kuninc do sinen hof gebot.
o, waz er *vu*rsten hete gesamenot!
zwo unde sibenzic cronen
die deneten ime schone.
den sagete he sinen willen.
do sprach vile manic helit snelle:
»herre, woldit ir mic senden
hinnen zǒ der erden enden,
daz ne widerredtich durch neheinen man.
wir sulen uch alle sin underdan!«
eilf graven ime do swǒren,
daz si erme herren umbe die maget voren;
sie waren deme kuninge alle holt.
daz machete silber unde golt,
daz er in kunincliche gap.
sie wurben des herren bodescaf.
alse die vart wart gelobit,
(3^r) do nam swert ufe deme hove
ein vil iunger degen
– beide sabel unde kelen –
ein grave der heiz Erewin,

---

131 zwelf] zvelf H 134 *Einzeiliger Initialenfreiraum, Rubrikatorhinweis* (d) 135 o, waz] ovvaz H, sowaz *RBF'* – vursten] wrsten H 136 zwo] zvo H – sibenzic] sibenzzit H 137 schone] scohne H, scône *R* 145 erme] eͬme H, ir *R* 148 kunincliche (*RBF'*)]

Ich will, daß jeder dieser Grafen
zwölf wohlausgestattete Ritter mit sich führe,
die alle so prächtige Kleider haben,
daß wir sie ohne Schande vor einem König tragen
können.«

Der König berief daraufhin seinen Hoftag ein.
Oh, welch große Zahl von Fürsten er da versammelt
hatte!
Zweiundsiebzig gekrönte Häupter
waren ihm vorbildlich ergeben.
Diesen machte er seine Absicht bekannt.
Da sprach so mancher kühne Held:
»Herr, selbst wenn Ihr mich senden wolltet
hin bis an das Ende der Welt,
würde ich Euch das um keines Menschen willen
abschlagen.
Wir wollen Euch alle ergeben sein!«
Elf Grafen schworen ihm da,
daß sie für ihn, ihren Herrn, um die junge Dame
ausziehen wollten;
sie standen alle loyal zu ihrem König.
Dies bewirkten das Silber und das Gold,
das er ihnen in königlicher Weise gab.
Sie führten den Botenauftrag ihres Herrschers aus.
Nachdem die Botenfahrt beschlossen worden war,
nahm bei Hof das Schwert
ein ganz junger Ritter
– (auch) Zobelpelz und Pelz-Kehlstücke –,
ein Graf(ensohn), Erwin hieß er,

---

kuninliche H 149 wurben] wrben H – bodescaf] bodescasp H bodescap *BV* 151 swert] suvert H 153 sabel] zabel *R* 154 Erewin] erevin H

dar mite ziret er die riter sin.
die anderen herren daten sam:
vil wol vazzetin ire man.
ir ros waren alle blanc:
iz quam in nie in chei*n* lant
so manic bate wol getan;
sie leite ein vile listiger man,
der was deme kuninge vil lef
unde ne hate der untruwen niet.

[D]ie kile waren gevazzot,
van den stade wolde Liupolt der helit got.
der kuninc heiz in stille haven
unde bad eme sine harfen dar tragen.
einis zei*ch*enes her ime gedachte,
daz her sint vollenbrachte:
er hiez die herren alle gan
oven ufen kiel sta*n*.
dri leike er in nande
die sie sint wole ircanden.
do sprach der herre vile gůt:
»kummit ir imer in decheine not,
swa ir virnemet die leiche dri,
da suld er min gewis sin.«
des vrowete sich manic man,
der sint in groze not quam.
iren růf sie do ho*b*en,
von deme stade sie *vu*oren.
eia, we die segele duzzen,
do sie in owe vluzzen!

---

159 quam in nie in chein] quam innie incheim H, quam nu nie in chein *Ha*, quam in*me* in chein *Ma*, quam nie in nihein *R*, quam in nie *nichein B*, chein *F'* 160 bate] here *Ha*, bote *V* 162 lef] leph H*B*, liep *R* 163 untruwen] vntrwen H 164 *Einzeiliger Initia-*

und damit schmückte er auch seine Ritter.
Die anderen Herren handelten ebenso:
sie rüsteten ihre Leute vorzüglich aus.
Ihre Pferde waren alle glänzend weiß:
noch nie waren in irgendein Land
so viele prächtig aussehende Boten gekommen.
Diese führte ein Mann an, der sich auf alles wohl verstand,
den der König sehr schätzte,
und der keine Illoyalität kannte.

Die Schiffe waren gerüstet,
und Lupold, der vortreffliche Held, wollte auslaufen.
Der König (aber) befahl ihm innezuhalten
und ließ sich seine Harfe bringen.
Er dachte an ein Zeichen,
das er später auch einlösen sollte.
Er befahl allen Herren,
oben auf dem Schiff Aufstellung zu nehmen.
Er spielte ihnen drei Leiche vor,
die sie später gut erkennen sollten.
Da sprach der vorbildliche Herrscher:
»Wenn ihr jemals in irgendeine Bedrängnis kommt:
wo immer ihr diese drei Leiche hört,
könnt ihr meiner (Anwesenheit und Hilfe) sicher sein.«
Darüber freute sich so mancher Lehnsmann,
der später noch in große Bedrängnis geraten sollte.
Sie erhoben ihren (Erkennungs)ruf,
vom Ufer stießen sie ab.
Hei, wie die Segel sich rauschend blähten,
als sie stromabwärts glitten.

---

lenfreiraum, Rubrikatorhinweis (d) 168 zeichenes] zeines H*B*, zeichnes *RF'* 171 stan (*RBF'*)] stant H 175 Kummit] kumit *RB* 176 swa] suva H 177 gewis] gvwis *MaV* 180 hoben (*RBF'V*)] hohen H 181 vuoren] woren H, vôren *RB*

die herren vluzzin in dat mere.
do stunt der kuninc Rother
unde bat got den richen unde den goten
durch sine othmode,
daz er sie sande
wider heim (3^{v}) zů lande.
er sprach: »*swer* danne wil scaz *n*emen,
deme sal ich in ane zale geben.
wil er aber burge unde lant,
des gib ich ime in sine gewalt,
unz in des selven dunket vil
– we gerne ich daz don wil –
unde helfe ime daz beherten
mit mines silbes swerte.«
do voren die boten here
uffe den se verre
gegin Constinopole dar zo Krechen.
ir kiele se do stezen
in daz fremede lant.
sie trogen riterlich gewant
alle geliche:
sie *vu*oren vermezzeliche.
do bat Liupolt einen koufman
eine wile zo deme schiffe gan,
unz sie von hove quemen,
des wolder ime wol lonen.
einen mantel her ime gab.
»dri tage unde nacht
hodich dir«, sprach der koufman,
»swar du wilt ritin oder gan.

---

186 goten (*so F*)] *oder* gvten (*so BV*) H, gôden *R* 190 swer (*RB*)] suvil vver H, suvilich *F'* – scaz] scat *BV* – nemen (*HaMaRBF'V*)] memen H 197 swerte] suverte H 198 *Kein Initialabschnitt (gegen MaRB)* 200 Constinopole] Constantinopole *F'* 201 ir kiele

Die Herren glitten auf das (offene) Meer.
Der König Rother aber stand (am Strand)
und bat Gott den Mächtigen und Gütigen
um seiner Gnade willen,
daß er sie geleiten möge
wieder in ihr Heimatland.
Er sprach: »Wer immer dann Gold annehmen will,
dem werde ich es in unbegrenzter Menge geben.
Will er aber Städte und Länder (zu Lehen) haben,
so übergebe ich sie ihm so zahlreich in seine Gewalt,
bis es ihm selbst (als) überreich(e Belohnung) erscheint
– wie bereitwillig ich das tun werde! –
und helfe ihm, seine Herrschaft zu befestigen
mit meinem eigenen Schwert.«
Unterdessen segelten die vornehmen Boten bereits
weit entfernt auf hoher See
in Richtung auf Konstantinopel in Griechenland.
Mit ihren Schiffen stießen sie da
in der Fremde an Land.
Sie waren ritterlich ausgerüstet,
alle ohne Ausnahme:
Sie zogen kühn und prächtig einher.
Da bat Lupold einen Kaufmann,
eine Zeitlang bei dem Schiff zu bleiben,
solange, bis sie vom Hof zurückgekehrt seien,
er wolle ihn dafür angemessen entlohnen.
Er gab ihm einen Überwurf.
»Drei Tage und drei Nächte«,
sprach der Kaufmann, »halte ich für dich Wache,
wohin immer du reiten oder zu Fuß ziehen wirst.

(*RBV''*)] vor kiele H, vor ziele *Ma* 202 fremede] fruemede H, frümede *B* 205 vuoren] woren H, vôren *R* 207 wile] uile H 213 swar] suvar H, sowar *B*

daz weiz der waldindinger got
der mer zo lebene gebot:
du has mir so kunincliche gegeben,
ich wil diner schiffe wol mit truwen plegen!«

Die herren vazzetin sich,
als ech kan virstan mich,
daz nie vor nicheinen man
so manich schone bode ne quam.
ire mantele waren gesteinit bi der erden
mit den besten iachanden die *ie* dor*f*ten gewer*d*en.
die drachen van (4[r]) schiren golde
– also siez haben wolden –,
herze unde hinden,
maneger slahte wunder
truogen die helede gode
uz van golde an ir gewede.
mit samitte unde pfellele
waren die sadilschellen
gezirot: dat was michil lof.
sie quamen schone uffe den hof.

[*D*]ie herren ritin uffe Constantinis hof,
da intfenc man in de ros.
do luchte manic iachant
vo*n* enander in daz gewant.
der turlichir degen Erwin
der hez die zwelf ritar sin
mit zuchtin nach ime gan,

216 kunincliche (*RB*)] kuninliche H 217 truwen] trwen H, triuwen *B* 218 *Einzeilige Initiale* 220 nicheinen (*RBF'*)] nieheinen H 223 die gedorften gewerden] die ge dorten gewerten H, die ge

Beim allwaltenden Gott,
der mich ins Leben gerufen hat:
du hast mich königlich entlohnt,
ich werde mich gewissenhaft um deine Schiffe kümmern!«

Die Herren kleideten sich so,
soweit ich davon etwas verstehe,
daß niemals vor irgend jemand
so viele prächtige Boten hingetreten sind.
Ihre Überwürfe waren am unteren Saum mit Edelsteinen besetzt,
mit den besten Hyazinthsteinen, die es jemals gegeben hat.
Drachenzierat aus purem Golde
– ganz so, wie sie es nur wünschen konnten –,
Hirsche und Hinden,
vielerlei Staunenerregendes
trugen die vortrefflichen Helden
in Gold gearbeitet an ihrem Gewand.
Mit Samt und feinem Seidenzeug
waren ihre Sattelschellen
verziert: da gab es viel zu rühmen.
Sie zogen reich geschmückt zu Hof.

Die Herren ritten in Konstantins Hof ein,
da nahm man ihre Pferde in Empfang.
Da blitzten viele Hyazinthsteine
im Wettstreit von ihren Gewändern.
Der vortreffliche Held Erwin
wies seine zwölf Ritter an,
den Regeln (eines solchen Aufzugs) entsprechend hinter ihm herzuschreiten,

---

dorten gewerden *B*, die dorften gewerden *R* 232 lof] loph H*B* 234 *Einzeiliger Initialenfreiraum* 237 von (*RBV*)] uou H 239 zwelf] zvelf H

die anderen herren daden sam.
sie gengen alle in sunderlich schare,
ir gewandes namen sie groze ware.
da quam deime kuninge mere,
daz uffe deme hove were
ein lossam ritirschaf.
heia, waz der kaffere was,
die den vrowen sageten,
wilich gewant de geste haveten!

[*A*]lsus redete du gote kuningin:
»nu stant uf, herre Constantin,
unde intfawir dise geste!
we gerne ich daz wiste,
wannen sie kumen weren!
ir gewant is seltsene:
swer sie hat uz gesant,
her in unser lant,
der ist ein statehafter man,
of hich mer rechte versinnen can.
mich dunket got, herre,
daz wir dese boden heren.
sie ne sint der antworte (4[v]) nicht gewone,
die du thos manigen boten vore.
ich wene, daz nie so manic man
schone in diz lant nequam.
sie sint alle wol getan,
beide ros unde man.
iz nequamen ne lute so wunnencliche
in diz Constantinis riche.«

---

242 gengen] geengen H 244 deime] dieme *R* 250 *Einzeiliger Initialenfreiraum* 255 seltsene] seltseene H 259 mer] *statt* mer *ist* mich *zu lesen V''* 268 wunnencliche (*MaRBF'V*)] wnnentliche H

und die anderen Herren handelten ebenso.
Sie zogen alle in gesonderten Gruppen dahin,
und man beachtete ihre Kleider sehr.
Da erreichte den König die Nachricht,
daß sich im Hofe
eine prächtig anzusehende Schar von Rittern befinde.
Hei, was es da an Schaulustigen gab,
die den Damen erzählten,
was für Gewänder die Fremden trugen!

Folgendermaßen sprach die vortreffliche Königin:
»Erhebt Euch nun, Herr Konstantin,
und laßt uns diese Gäste willkommen heißen!
Wie gerne ich doch wüßte,
woher sie gekommen sind!
Ihre Tracht ist hier unbekannt:
wer immer sie aber ausgeschickt hat,
hierher in unser Land,
der ist ein wohlhabender und mächtiger Mann,
sofern ich das richtig beurteilen kann.
Ich glaube, Herr, wir tun gut daran,
diese Boten respektvoll zu behandeln.
Sie sind es nicht gewohnt, eine Antwort zu erhalten,
wie die, die du bisher allen Brautwerbern gegeben hast.
Ich glaube, daß noch nie so viele Gefolgsleute
in solch prächtigem Aufzug in dieses Land gekommen sind.
Sie sind alle ein erfreulicher Anblick,
die Pferde wie die Männer.
Noch niemals sind Leute, die solches Wohlgefallen erwecken,
in dieses Reich Konstantins gekommen.«

[I]N den hof der kuninc ginc,
die hellede er alle wol intfenc,
unde die gote kuningin,
sie hiez sie willecumme sin
al geliche
unde neig en gezugenliche.
sich hof ein groz gedrank,
sie duchte seltsene daz gewant.
von ritarin unde von vr*o*wen
dar wart ein michil schowen.
do redite ein alt vrowe die heiz Herlint:
»swannen dise herren kumen sint,
daz ist ein wunderlichiz lant:
sie tragen so manigen iachant
gezirot mit deme golde.
daz daz goth wolde,
daz wer den kuninc gesehen
des dise boten weren!«

[*L*]upolt zo deme kuninge sprach:
»nu *e*rlove mir mines herren bodescaf:
darumbe ich bin gesant
her in diz lant,
daz ich der sage, herre got,
waz der ein riche kuninc inbot.
der ist der aller schoniste man,

---

270 *Absatzbeginn in neuer Zeile. Rubrikatorhinweis* (i). Statt des Initialenfreiraums N – In (*MaBFV*)] An *Ha*, Ûf *R* – ginc (*MaRBF'V*)] gine H 274 al geliche] alle gelîche *RBV''* 278 vrowen] vrwven H, vrouwen *RB* 280 alt vrowe] [alt]vrouwe *B*, vrou-

Der König begab sich in den Hof
und begrüßte die Helden alle geziemend,
und auch die vortreffliche Königin
hieß sie willkommen
alle in gleicher Weise
und verneigte sich, der Etikette entsprechend, grüßend vor ihnen.
Es erhob sich ein großes Gedränge,
(denn) allen erschien das Gewand der Boten außergewöhnlich.
Ritter und Damen
konnten sich daran gar nicht satt sehen.
Da sprach eine erfahrene und geachtete Dame namens Herlint:
»Woher auch immer diese Herren gekommen sind,
ihr Land muß staunenerregend sein:
sie tragen so viele Hyazinthsteine
in Goldschmuck gefaßt.
Möge es doch Gott gefallen,
daß wir den König selbst sehen können,
zu dem diese Boten gehören!«

Lupold sprach zum König:
»Nun gestatte mir, die Botschaft meines Herrn vorzutragen,
um derentwillen ich hierher gesandt worden bin
in dieses Land,
auf daß ich dir, edler Herr, übermittle,
was dir ein mächtiger König entboten hat.
Dieser ist der ansehnlichste Mann,

---

we *R* 281 Swannen] suvannen H 284 gezirot] gecirot H 286 wer] ver H 288 *Einzeiliger Initialenfreiraum* 289 erlove] orloue H*B*, irlouve *R* – bodescaf] bodescahp H, bodescap *B*, bodeschap *F'*

der ie von wibe gequam
unde veret mit grozer menige.
ime dienint s*n*elle helede.
scal unde (5^r) vedirspil
des ist in minis herren hove vil.
ros unde iuncvrowen
unde ander ritaris gezowe,
des vlizit sich min herre.
von du machtu mit eren
mir irlouben mines herren bodescaf,
wande her weiz aller tugende kracht.«

[*A*]lsus antwarde Constantin:
»nu sal iz dir irloubit sin
durch dines herren willen.
nu werf, s*w*az du willes!
du bist ein wetlicher man,
du salt minen urlob han.«
do sprach Lupolt
– deme kuninge Rother was er holt –:
»nu virnim mich, kuninc Constantin:
min herre gerit der tochtir din!
der is geheizen Rother
unde sizzit westert uber mere.
her ist ein statehafter man,
her wolde dine thoc*h*ter zo einer kuninginne han.
unde wil daz got von himele,
daz sie kumen zosamene,

---

296 grozer] grozzer H 297 snelle (*MaRBV*)] suelle H 300 iuncvrowen] iunͨvrowen H 304 bodescaf] bodescap H*B*, bodescaft *R* 306 *Einzeiliger Initialenfreiraum* 309 swaz] suaz H, svaz *R*

den jemals eine Frau geboren hat,
und er verfügt über ein großes Gefolge,
tapfere Helden sind seine Lehnsleute.
Festliche Stimmung und Jagdvögel
findet man am Hof meines Herrn häufig und zahlreich.
Edle Pferde und junge Damen
und was sonst noch zum höfischen Leben eines Ritters gehört,
sind meinem Herrn sehr angelegen.
Daher kannst du ohne Minderung deines Ansehens
mir erlauben, die Botschaft meines Herrn vorzutragen,
denn er verfügt über jegliche Vortrefflichkeit in höchstem Ausmaß!«

Folgendermaßen antwortete Konstantin:
»Das soll dir hiemit gestattet sein,
in Respekt vor deinem Herrn.
Trage nun vor, was du vorzutragen beabsichtigst!
Du bist (aber auch persönlich) ein ansehnlicher Mann
und sollst (auch deswegen) die Erlaubnis zu reden haben.«
Da sprach Lupold
– er stand loyal zum König Rother –:
»Höre mich jetzt an, König Konstantin:
mein Herr will deine Tochter (zur Frau).
Er ist Rother geheißen
und residiert im Westen jenseits des Meeres.
Er ist ein wohlhabender und gewaltiger Herr
und möchte deine Tochter gerne als Königin haben.
Und falls Gott im Himmel will,
daß die beiden zusammenkommen,

– werf] werph H*B* 310 wetlicher] *oder* werlicher H, *t* aus *r* gebessert *FV* 317 sizzit (*B*)] siscit H, sitzit *R* 319 thochter] thocter H, tochter *RB*

so ne gewan nie bezzer wunne
wip mit eimen manne.«

[T]rorich sprach do Constantin
– zurnich was der mot sin –:
»daz ich die rede irloubit han,
des moz ich lange trorich stan!
were min siete so getan,
daz ich sie gebe geheinen man,
so mochtich sie mit eren
senden dime herren.
daz weiz aver (5^{v}) got riche:
du tates wisliche,
du vurreditis umbe die bodeschaf!
du ne bescohetis anderis nimmer mer den tac,
wande miner tochter nebat nie niehein man,
er ne moste sin hovet virlorin han.
so mag iz u nicht irgan,
ir sit alle ge*v*an
unde negeset uweris herren
riche nimmer mere.«

[D]er kuninc heiz die botin kere
in einin kerkere.
da warens inne manigen tac,
daz ir nie nichein de sunnen gesah
noch den manen so liecht.
leider sie ne heten vrowede nicht

---

322 wunne] wnne H 323 eimen] einem *RBV* 324 *Einzeiliger Initialenfreiraum* 329 geheinen] deheinen *R* 332 got riche] got der riche *RB* 334 bodescaf] bodeschap H, bodescap *B* 335 bescohetis] bescowetis *R* 336 niehein] nichein *RBF'* 339 gevan

dann hat noch niemals eine Frau größeres Glück
mit einem Manne erfahren.«

Mit bekümmerter Miene sprach da Konstantin
– er war erzürnt –:
»Daß ich dir erlaubt habe, deine Botschaft vorzutragen,
davon werde ich noch lange Kummer haben.
Hätte ich die Absicht,
sie jemals irgendeinem Manne zu geben,
so könnte ich es als Auszeichnung empfinden,
sie deinem Herrn zu schicken.
Das aber weiß der mächtige Gott:
du hast (diplomatisch) klug gehandelt,
als du zuvor um Redeerlaubnis für deine Botschaft gebeten hast!
Andernfalls hättest du niemals mehr das Tageslicht gesehen,
denn um meine Tochter hat noch nie jemand angehalten,
der nicht seinen Kopf drangeben mußte.
So kann es euch zwar nicht ergehen, aber
ihr seid hiermit alle gefangengenommen
und werdet eures Herren
Reich nie mehr wiedersehen!«

Der König befahl, die Boten
in ein Gefängnis zu werfen.
Darinnen verbrachten sie viele Tage so,
daß keiner von ihnen jemals die Sonne erblickte
und auch nicht den hellen Mond.
Leider gab es für sie nichts Erfreuliches,

(*RBV*)] gewan H 342 *Einzeiliger Initialenfreiraum, Rubrikatorhinweis* (d) – heiz (*so alle*)] hei H 344 warens (*RV*)] waren H, wâren *sie B* 347 leider (*RB*)] lieder H – nicht] nîht H

wene vrost unde naz.
hei, wi groz ir arbeit was!
se haten hungir unde not,
sie waren na bli*b*in tod.
die dar heime gnoc habeten,
mit deme wazzere sie sich labeten,
daz under in swebete.
we kume die herren libeten!
do weinte manic man
sinen lib wol getan.
ir herzeru*w*e was groz,
sie nehetin zo niemanne trost.
iedoch half in goth der gote
durc sin othmote,
daz sie alle samen gesunde
quamen heim zo lande.

[N]u mugid *er* horen mere
de note von den herren.
do sprach der herre Erwin
zo Lupolde deme meister sin:
»owi, lie*b*er broder min, (6^{r})
wie lange sulwir hie sin?
wer helfit nu den magen
den wir gotis schuldic waren?
oder weme sal unser erbe
zo iungestin werde?
der Adamen gebili*d*ote
der helfe uns uze derrer note!«
do viellen sie al in cruces stal.

---

351 blibin (*RBF'V*)] blihin H 354 swebete] svebete H 358 herzeruwe (*RB*)] herce rvue H, herte rvue *V* 364 *Einzeiliger Initialenfreiraum, Rubrikatorhinweis* (n) – mugid er (*RB*)] mugide H 368

nur Kälte und Nässe.
Ach, wie groß ihre Mühsal war!
Sie duldeten Hunger und Entbehrung
und wären beinahe gestorben.
Sie, die daheim im Überfluß gelebt hatten,
labten sich hier mit dem Wasser,
das unter ihnen stand.
Wie armselig die Herren ihr Dasein fristeten!
Da weinte so mancher
um sein angenehmes Leben.
Großer Kummer hatte ihre Herzen erfaßt,
sie hofften auf niemanden mehr.
Jedoch sollte ihnen der barmherzige Gott
in seiner Gnade noch dazu verhelfen,
daß sie allesamt gesund
wieder in ihre Heimat gelangten.

Nun sollt ihr noch Weiteres erfahren
über das Elend der Herren.
Der Herr Erwin sprach da
zu Lupold, seinem Anführer und Vorbild:
»Ach, mein lieber Bruder,
wie lange noch müssen wir hier gefangen liegen?
Wer bietet nun unseren Verwandten Schutz und Beistand,
denen wir Unterstützung schuldeten,
oder wem wird unser Erbe
einst überantwortet werden?
Derjenige, der Adam erschaffen hat,
der möge uns aus dieser Bedrängnis befreien!«
Da fielen sie alle mit ausgebreiteten Armen (in Kreuzesform) nieder.

---

lieber (*RBF'V*)] lieher H 371 schuldic (*RBV*)] schuldit H 374 gebilidote (*so BF'*)] gebilicdote H, gebiledôte *R* 375 uze] vzze H*B*

michil wart der ir *scal*,
da sie zo gothe rie*f*en.
we trorich sie weifen!
vil trurich iz uz ir herzen gienc.
ethlichir in daz wazzer viel,
daz er darinne belochen lac.
sit gesahen sie den tac,
daz sie vroliche
besazen daheime ir riche. *385*
der kuninc heiz do hinen gan
beide mage unde man,
daz sie die zirheit gesahen
die in den kielen lagen. *389*
do giengen die iunvrowin *389a*
dure wunder schowen *389b*
mit in zo den schiffen, *389c*
da sie daz got wistin. *389d*
nu nekan u nichein man gesagen *389e*
die wunder die in den kielen lagen. *389f*
da inne was daz golt rot *390*
– cleine gewierot,
nuskele unde vingerin –,
daz die botin mitsam in
hetin bracht den vrowen: *394*
vunf dusint bouge
die sie al geben wolden,
so sie widir keren solden.
rossecleit unde vanen
lac dar ein michil teil ane *399*

---

377 ir scal (*MaRBF'V*)] irscalhal H 378 riefen (*MaRBF'V*)] riesen H 379 weifen] wiefen *R* 380 herzen] hercen H 381 wazzer] uazzer H 383 sit] Sitt H 385 besazen] besazzen H 386 *Einzeiliger Initialenfreiraum* 388 zirheit] cirheit H 389 *Ab hier*

Mächtig erklang es,
als sie zu Gott riefen.
Wie schmerzerfüllt sie da wehklagten!
Tief betrübt kam es aus ihren Herzen.
So mancher fiel (dabei) in das Wasser,
so daß er darin eingeschlossen lag.
Und dennoch sollten sie den Tag sehen,
an dem sie voll Freude
wieder daheim in ihren Ländern saßen.
Der König hatte währenddessen
seinen Verwandten und Gefolgsleuten befohlen, hinzugehen
und die Kostbarkeiten in Augenschein zu nehmen,
die in den Schiffen lagen.
Da gingen die Edelfräulein,
um die Wunderdinge zu bestaunen,
mit ihnen zu den Schiffen,
auf denen sie die Schätze wußten.
Nun kann Euch niemand beschreiben
die Kostbarkeiten, die in den Schiffen lagen.
Darinnen befand sich das rötlich schimmernde Gold
– zierlich verarbeitet,
Spangen und Ringe –,
das die Boten
den Damen mitgebracht hatten:
fünftausend Armringe,
die sie anläßlich ihrer Abreise in die Heimat
zu verschenken gedacht hatten.
Pferdedecken und Fahnen(stoffe)
waren dort in großer Zahl vorhanden

---

weicht die Zählung von F und Ma von der von V, der wir folgen, ab 390 iunvrowin] ivnwrowin H, iuncvrowin *RBF'* 391 dure] durc *RF'* – wunder] wnder H 394 nichein (*RB*)] nichien H 401 vunf] wnf H

unde wehe gezelde,
wole geworcht mit golde,
gaben in ir holden,
do sie von (6^{v}) lande varen solden,
die sie in selben heten irwelit.
da was manic snellir helit
vil virmezzinliche uz kumen,
iz ne haben de boche gelogen.

[N]u saget man uns von scazze unde van golde:
sower daz sien wolde,
des lac da ein vil michil magen.
der kuninc heiz iz abe tragen
unde beval iz sime kamerare,
daz er is also plege,
sowanne man iz haben wolde,
daz er iz haben solde,
iz ware wafen oder vane,
daz is icht queme dane,
swa ein ros irsturbe,
daz ein ander widir gew*u*nnin wurde:
daz gebot er ime an sin liben
unde heiz in des so plegen,
ob man iz immer wider gegebe,
daz iz dar allez were.

Nu wert iz iar unde dag,
daz vil manic man lac
in deme kerkenere
unde qualitin sich sere:
groz was ir weinen.

---

406 wehe gezelde (*R*)] wehe gescelde H, uehe gescelde *V*, vêhe gezelde *B* 411 snellir] sneller *RV* 414 *Einzeiliger Initialenfreiraum, Rubrikatorhinweis* (n) – scazze] scaze H, schazze *B*, silver *R* 421 haben] halen *R* 422 vane (*RBV*)] wane H 425 ge-

und kostbare Zelte,
kunstvoll mit Gold durchwirkt,
die ihnen ihre Lehnsleute und Freunde geschenkt hatten,
als sie von zu Hause fortziehen mußten,
und die sie sich selbst ausgesucht hatten.
Damals waren viele tapfere Helden
mit kühner Gesinnung ausgezogen,
wenn die Quelle nichts Falsches berichtet hat.

Nun erzählt man uns (Weiteres) von Schatz und Gold:
wer immer so etwas zu sehen wünschte,
dort lag davon eine gewaltige Menge.
Der König ließ es (von den Schiffen) herunter tragen
und überantwortete es seinem Schatzmeister,
auf daß er es so behüte,
daß er immer dann, wenn man es brauchen sollte,
darüber verfügen könne;
ob es nun Waffen oder Fahnen seien,
daß davon nichts wegkomme;
wenn immer ein Pferd eingehe,
daß ein anderes als Ersatz dafür bereitgestellt werde:
dies befahl er ihm unter Androhung der Todesstrafe
und gebot ihm, über alles so zu wachen, daß,
wenn man es jemals rückerstatten wolle,
alles (unversehrt) vorzufinden sei.

Nun war ein volles Jahr verstrichen,
und immer noch lagen die vielen Männer (Rothers)
in dem Kerker
und litten große Not:
Heftig war ihre Klage.

---

wunnin (*RB*)] gewinnin H – wurde (*RB*)] vurde H 430 *Einzeilige Initiale, kein Großabschnitt markiert (gegen R, Kramer 1961)* – iz (*RB*)] is H

unde ouch Rother daheime
vil sere trorote
unbe die botin gote.
Her wranc sine hende
unde gedachte in manigin ende,
we er daz besage,
wa sine boten lagen.
do giengen die alden ratgeben,
der vrunt da waren under wegen,
die weinotin vil sere
unde batent ouh ir herren,
daz er sie silbe geseche,
ob se lebende weren.

Rother uf eime steine (7^{r}) saz
– we trurich ime sin herze was! –
dre tage unde drie nacht,
daz er zo niemanne nicht ne sprach,
wene daz her allez dachte,
we er kumen mochte
zo Kriechin in daz lant,
da er hete gesant
manigin boten herlich.
do heiz er gen vor sich
Berter, einen alden man,
zo deme er allen sinen rat nam
– des sune waren ir sibene –,
der ne legitiz ouh niegin nidere.
her sprach: »du salt mir ratin, Berter,
we wir kumen ober mer
zu Constonopole in de stat.

---

437 unbe] umbe *RBF'* 444 weinotin] weinoten *V* 448 *Einzeilige Initiale* 452 wene] we^{ne} H 457 vor (*RBV*)] wor H 461 niegin] niergin *RBF'*

Und auch Rother in der Heimat
trauerte sehr
um die vortrefflichen Boten.
Er rang seine Hände
und dachte oft hin und her,
wie er mit eigenen Augen sehen könnte,
wo sich seine Boten aufhielten.
Da kamen die weisen Ratgeber,
deren Freunde da unterwegs waren,
und sie klagten heftig
und baten ihren Herrn ebenfalls,
er solle sich persönlich davon überzeugen,
ob sie noch am Leben seien.

Rother saß auf einem Stein
– wie betrübt sein Herz war! –
drei Tage und drei Nächte so,
daß er mit niemand sprach
und nur darüber nachdachte,
wie er (am besten) gelangen könnte
nach Griechenland,
wohin er gesandt hatte
viele prächtige Boten.
Danach ließ er zu sich kommen
Berchter, einen erfahrenen Lehnsmann,
dessen Rat er in allen Angelegenheiten einholte
– er hatte sieben Söhne –,
der hatte ihm auch noch nie einen Rat verweigert.
Er sprach: »Du mußt mich beraten, Berchter,
auf welche Weise wir übers Meer fahren sollen
in die Stadt Konstantinopel.

his, daz des got gestadet hat,
daz der kuninc Constantin
gehoubetit hat der boten min,
so ne willich nimmer mere
beliven an romesker erden
er iz ime an den lib gat.
owi, we troric her mich gemachit hat!«
alsus redete do Berter der alde man
– er was ein grave von Meran –:
»ich hete eilif sune herlih,
der zwel*f*te hiez Helfrich;
den santes du uber Elve
mit vil grozer menige.
da vor er herreverte
unde manige sturm herte,
da er die heidinen quelete
die sunder ewe leveten.
an godes dienste wart er irslagen:
den ne muge wer nummer verclagen,
nu sin ir sibene an desse vart!
(7v) owi, daz ich ie geborn wart,
ich vil weineger man,
waz ich lieber kinder virlorin han!
Lupolt ende Erevin
waren die eldesten sune min.
sowanne ich der vunver virdage,
dise zwene nemach ich nimmir virclagen!
Rother, lieber herre min,
daz sal nu min rat sin,
daz wir varen herevart
unde ir beide Ungerin unde Krechen slat.

---

472 *Einzeilige Initiale* 475 zwelfte (*F'*)] zvelte H, zvelfte *R*, zwelte *B* 479 manige] manigen *R* 484 ne *auf Rasur F, Weisleder 1914* 489 eldesten] edelsten *B* 491 zwene] zvene H

Sollte es sein, daß es Gott zugelassen hat,
daß der König Konstantin
jemand von meinen Boten enthaupten hat lassen,
so will ich so lange nicht mehr
auf römischem Boden bleiben,
bis es ihm ans Leben geht.
Ach, wie betrübt er mich gemacht hat!«
Folgendermaßen sprach da Berchter, der erfahrene Lehnsmann
– er war Graf von Meran –:
»Ich hatte elf prächtige Söhne,
der zwölfte hieß Helfrich;
den sandtest du über die Elbe
mit einem großen Heer.
Dort nahm er an einer Heerfahrt teil
und an vielen schweren Kämpfen,
in denen er den Heiden arg zusetzte,
die ohne göttliches Recht und Glauben lebten.
Im Dienste Gottes fand er den Tod:
wir können niemals genug um ihn klagen;
und nun sind sieben von ihnen auf dieser Botenfahrt!
Ach, daß ich je geboren wurde,
ich beklagenswerter Mann,
wie viele teure Kinder ich doch verloren habe!
Lupold und Erwin
waren meine ältesten Söhne.
Wenn ich schon von den anderen fünf nicht rede,
um diese zwei kann ich niemals genug klagen!
Rother, mein teurer Herr,
ich rate dir nun,
daß wir mit einem großen Heer ausziehen
und daß Ihr sowohl die Ungarn als auch die Griechen vernichtet.

ich vor uch ritare dusint:
mich ruwent sere mine kint.«

Des antworde ime do Rother der getruwe man:
»des saltu imer lon han.
ia hortich minen vater hi bevoren sprechen,
so wer were ein got recke,
daz her unrechte tete,
so man ime goten rat gebe,
daz er des nicht ne neme.
nu wil ich uffe den hof gan!
wir suln iz den herren allen sagen
unde kunden iz gote*n* knehtin
– dar an to wir rechte –,
wie iz in gevalle,
unde bedenken unsich alle.
wat ob itthelicher ist,
der hat bezzere list
dan wir uns haben genumen?
warumbe solde wir mit so manigime kumen
hin zo Creichen,
wie ne wisten werliche,
ob se waren gehoubitod?
waz, ob sie der grimige tot
noch hat neiht bevangin?
soche wir (8r) sie mit here dan,
so quelit men die helede lossam.
daz weiz der waldendinger guth
der mer zo lebene gebot,
so ruwin sie mich sere!«
do weinitin de herren.

---

498 *Einzeilige Initiale* – getruwe] getruve H 501 so wer were] swer sô wêr *R* 505 wil (*RB*)] uil H 507 goten (*RBF'*)] gotent H 519 neiht] nieht *R* 522 waldendinger guth] waldendiger got *R*

Ich bringe Euch tausend Ritter:
der Verlust meiner Kinder schmerzt mich sehr!«

Darauf antwortete ihm der loyale Rother:
»Dafür werde ich dir immer dankbar sein!
Ich hörte nämlich einst meinen Vater sagen,
daß der, der ein vortrefflicher Held sein wolle,
falsch handele,
wenn er einen guten Rat, den man ihm gibt,
nicht annehme.
Jetzt aber will ich noch zur Hofversammlung gehen!
Wir müssen es (auch) allen Herren (des Rates) vortragen
und den tapferen Rittern bekanntmachen
– damit handeln wir dem Recht entsprechend –,
(um zu sehen,) wie es ihnen gefällt,
und uns gemeinsam beraten.
Was wäre, wenn es da jemand gibt,
der einen besseren Plan hat
als den, den wir uns zurechtgelegt haben?
Wie können wir mit einer so großen Schar
nach Griechenland ziehen,
wo wir doch gar nicht sicher wissen,
ob sie enthauptet worden sind?
Was ist, wenn sie der schreckliche Tod
noch nicht in seiner Gewalt hat?
Wenn wir die Griechen dann mit Heeresmacht heimsuchen,
dann martert man die herrlichen Helden.
Das aber weiß der allmächtige Gott,
der mich ins Leben gerufen hat,
dann erfaßt mich ihretwegen (erst recht) großer Schmerz!«
Da weinten die beiden Herren.

Alsus redete do Berther der alde man:
»kuninc, du ne mochtis nimmer so gote sinne habe,
ich ne wolde dir gerne*r* gevolgich sin:
die leit die sin half min.
nu samene, herre, dine man!
ich wil is gerne iren rat han,
mit wie getanen sinnen
wir Kriechen bekennen.
des is *s*kin, herre,
mich ruwent vil sere
mine sůne wolgetan,
die ich wunderliche virloren han
die sandich durch dine ere!
nu westu, lieber herre,
also vil als ich,
wei iz an iren dingin kumen ist,
wene gut durch sine crefte
helfe mir schade*h*af*t*in,
daz daz muge gesche,
daz ich mine kint lebende gese.«
Rother ginc zo hove
mit deme alden herzogen
unde bat sine liebesten man
vor sich an den rat gan.
do de herren virnamen
die starken numare,
da horde man manigin vromen man
vromicliche rede han,
da mide sie ir herren
hulfen grozer erin.

---

526 *Einzeilige Initiale* 528 gerner (*V''*)] gerne H*RB* 529 sin] *in der Lücke zwischen* die *und* half *rot mit Einfügungszeichen nachgetragen MaFV* 534 des is skin (*V*)] des is kin H, des is ka·n *Ma*, des is nôt *R*, d*az* is *s*in *B* 535 ruwent] ruvvent H 541 wei] wie *R* –

Folgendermaßen sprach Berchter, der erfahrene Lehnsmann:
»König, du könntest nie so gute Vorschläge haben,
daß ich dir nicht lieber folgen würde (als jetzt):
der Kummer ist zur Hälfte meiner.
Herr, nun rufe deine Gefolgsleute zusammen!
Ich will gerne darüber ihre Meinung hören,
nach welchem Plan
wir Griechenland (persönlich) aufsuchen sollen.
Das aber steht fest, Herr,
mich schmerzen gar heftig
meine wohlgeratenen Söhne,
die ich auf so ungewöhnliche Art verloren habe.
Ich habe sie um deines Ansehens willen ausgeschickt!
Nun weißt du, teurer Herr,
genauso wenig wie ich,
in welcher Lage sie sich befinden,
es sei denn, Gott in seiner Allmacht
verhelfe mir vom Schicksal Getroffenen dazu,
daß es dazu kommt,
daß ich meine Söhne lebendig wiedersehe.«
Rother ging zu Hof
mit dem weisen alten Herzog
und bat die Mannen seines engsten Gefolges
zu einer Ratsversammlung zu sich.
Nachdem diese Herren
die aufsehenerregenden Neuigkeiten vernommen hatten,
hörte man viele vortreffliche Leute
Nützliches vorbringen,
womit sie ihrem Herrscher
zu einer ehrenvollen Lösung des Problems verhalfen.

---

ist] is *RB* 543 schadehaftin (*RBF'V*)] schadeafin H 544 daz daz] daz *mir* daz *V* 546 *Kein Abschnitt markiert (gegen RB)* 549 vor (*RBV*)] wor H 550 virnamen (*RBV*)] wir namen H 553 han] *nach* han *ein Buchstabe ausradiert* 555 grozer] grozzer H

sie giengen zo samene,
sprachen (8^{v}) vor die kameren.
sie reiten iren herren,
er solde mit grozen erin
in reckewis over mer vare,
so moch*t*er sin ere aller bezzist beware,
wente ein ald herzoge
was in Rotheris hove,
der riet, daz man iz solde irwenden.
do half der vatir sinin kindin!
er sprach: »ja, du zagehafter man,
wei trostis du an disin rat ga*n*?«
mit der vust er in scloch,
daz ime uze deme halse vuor daz blot
unde er ouh lach drie nacht,
daz er nehorte noch ne sprach.
do sprachen Berch*t*eris man,
her hete ime al rechte getan:
warumme her in solde seren,
ir herre hete doch schaden mere
dan der anderin sicheinir,
man ne solde ene nicht leiden.
Der herzoge hette den schaden,
ime was ein michil slach geslagen.
die herren gingen drate
vor den kuninc mit deme rate
unde reditin under in,
ob er is gevolgic wolde sin.

---

558 reiten] rieten *R* 559 er] *stark verblaßt FV* 560 mer] mere *RBV* 561 mochter (*RBF'*)] mocher H 567 wei] wie *R* – trostis] torstis *MaR* – gan (*RBF'*)] gant H 569 uze] ûz *B* 572 Berchteris (*RF'*)] Bercheris H*B* 573–582 *Pergament von 8^{v} stark abgescheu-*

Sie trafen (für sich allein) zusammen
und beratschlagten vor dem königlichen Ratsgemach.
Sie beschlossen, ihrem Herren vorzuschlagen,
er solle zwar mit prächtigem Aufwand,
aber als Landesvertriebener über das Meer fahren,
auf diese Weise könne er sein Anliegen am besten wahrnehmen.
Nur einer, ein alter, erfahrener Herzog,
befand sich an Rothers Hof,
der riet, man solle davon abstehen.
Da trat der Vater für seine Kinder ein!
Er rief: »Du Feigling,
wie hast du es wagen können, überhaupt an diesem Rat teilzunehmen?«
Er gab ihm einen Faustschlag,
daß ihm das Blut aus dem Mund schoß
und er drei Nächte lang so darniederlag,
daß er weder etwas hörte noch sprach.
Da sagten Leute aus Berchters Gefolge,
ihr Herr habe dem Herzog die gerechte Antwort gegeben:
warum habe dieser ihn auch verletzen müssen,
ihr Herr habe (ohnehin) größeren Schaden erlitten
als irgendeiner der anderen,
man solle ihm nicht noch mehr Leid zufügen.
Dem Herzog blieb der Schaden,
er hatte einen gewaltigen Schlag abbekommen.
Die Herren machten sich eilig
mit ihrem Vorschlag zum König auf
und diskutierten miteinander,
ob er danach handeln werde.

---

ert, so daß die Lesbarkeit besonders am rechten Rand und für diese Verse auch in der Mitte stark beeinträchtigt, so schon Weisleder 10
576 sicheinir] sicheiner *RV* 578 *Einzeilige Initiale. Kaum Markierung eines größeren Abschnittes (gegen F)*

sie sprachen: »wir haben einis dingis gedacht,
daz mac wol werden vollebracht:
der herverte ist ein tel zo vil!
unde ob du iz ton wil,
so machtu dic*h* aller best bewaren,
wiltu in recken wis over mere varen.
wande soche wer die Kriechen
– daz wizzestu werliche –,
(9[r]) sie ton uns vil zo leide.
unde lebit der boden sichenir,
sie mozen alle kiesen den tod:
des is den Kriechen michil not.
nu vore golt unde schaz,
des ein michil mancraft
in diner kameren
is gelegit zosamene:
des bistu, kuninc, riche.
nu tiel ene vrumeliche,
min vil lie*b*er herre!
da mide stent din ere.
wir nemugen mit unsen sinnin
nichit bezzeris ratis vinden.
ne volges du des nichit, Rother,
so ne kumistu nimmer uber mer!«

Do sprach der kuninc riche
harte willicliche:
»ir habit vrumicliche getan,

---

588 dich] dihc H 590 Kriechen] Kriechin *BV* 592 ton] tvn *V*, tûn *RB* 597 mancraft] magencraft *R* 601 tiel ene] têlene *R*, teilene *B* 602 lieber (*MaRBF'V*)] lieher H 605 nichit] nicht *RBF'*,

Sie sprachen (zum König): »Wir haben uns einen Plan ausgedacht,
der auch durchführbar erscheint:
Ein offizieller Kriegszug wäre des Guten zu viel!
Falls du damit einverstanden bist,
so ist es für dich am besten,
wenn du als Landesvertriebener übers Meer fährst.
Denn wenn wir die Griechen (mit großer Heeresmacht) heimsuchen,
– das weißt du selbst am besten –,
werden sie uns großen Kummer zufügen.
Wenn dann auch nur ein einziger Bote noch am Leben ist,
werden sie auch diesen noch töten:
diese Handlungsweise ist für die Griechen die einzig mögliche.
Nimm nun Gold und Wertsachen mit dir,
wovon eine große Menge
in deiner Schatzkammer
gehortet liegt:
dadurch bist du, König, mächtig.
Diesen Schatz verteile nun zweckentsprechend,
mein teurer Herrscher!
Damit steht dein Ansehen (fest).
Wir können mit all unserem Nachdenken
keinen besseren Vorschlag finden.
Wenn du diesen nicht annimmst, Rother,
wirst du niemals erfolgreich über das Meer gelangen!«

Da sprach der mächtige König,
indem er ihnen bereitwillig Folge leistete:
»Ihr habt wie gute Ratgeber gehandelt,

---

so auch 606 608 *Einzeilige Initiale* 609 willicliche (*RBF'*)] willisliche H

ich wil u gerne volgan!
swaz mir ie war, daz wa*s* u leit:
diz ist ubergulde aller warheit,
daz ir mir nu so vaste bestat,
nu iz mir an die not gat!
ich han gewisse michelin schaz:
nu moze er gewinni*n* gothis haz
der sin immer icht gespare,
swilichin enden er gevare!«
viere boten er do sande
vil witin inme lande
unde inbot in al geliche
de da woldin werdin riche,
daz sie zo hove quemen
der da solde sin zo Rome.
da bedorfte*r* er zo eime dinge,
daz ne (9v) mocheter nicht vol vullenbringen
ane gote knechte,
iz ne queme ime unrechte.
sinin brief er do sante
zo eime unkundigin lande.
da was ein riese der hiez Asprian,
der ne mer zo hove niquam.
durch die starken numere
hub er sich zware
mit unkundiger diete
vor de*n* kuninc goten.
der vuorte riesiniske man
die trogin stangin vressam.

---

612 swaz (*B*)] suaz H, svaz *R* – was (*RBF'*)] waz H 616 schaz] scat *R* 617 gewinnin (*RBF'*)] gevinnim H, gevinnint *Ma* gevinni*n* *V* – haz] hat *R* 626 bedorfter (*RBF'V*)] bedorfte H 627 mocheter] mochter *RBF'* – vol vullenbringen] volbringen *R*, wol vullen-

ich will euch gerne folgen!
Immer (noch) hat das, was mir schadete, eure Anteilnahme hervorgerufen:
das aber ist nun der deutlichste Beweis eurer Loyalität,
daß ihr jetzt so unbeirrt zu mir steht,
da ich in Bedrängnis gekommen bin!
Es ist richtig, daß ich über einen großen Schatz verfüge:
Jetzt möge sich der den Zorn Gottes zuziehen,
der mit diesem sparsam umgeht,
wohin immer er auch auszieht!«
Da schickte er vier Königsboten
weitum in sein Reich aus
und ließ allen verkünden,
daß die, die reich werden wollten,
zu jenem Reichstag kommen möchten,
der in Rom abgehalten werden sollte.
Er benötigte sie in einer Angelegenheit,
die er nicht erfolgreich durchführen konnte
ohne tapfere Ritter,
wenn er keinen Fehlschlag riskieren wollte.
Sein Sendschreiben schickte er auch
in ein unbekanntes Land.
Dort residierte ein Riese namens Asprian,
der noch nie zuvor zu einem Reichstag gekommen war.
Wegen der unerhörten Nachrichten
machte er sich diesmal jedoch wahrhaftig auf den Weg,
um mit Gefolgsleuten, wie man sie bis dahin nicht gesehen hatte,
vor dem trefflichen König zu erscheinen.
Er brachte riesenhafte Männer mit sich,
die schreckenerregende Stangen trugen.

---

bringen *B* 630 Sinin] einin *MaRBV* 635 zware] zvare H 637 den (*RBF'*)] der H 638 vuorte (*R*)] uvorte H, vorte *B* 639 vressam (*B*)] wressam H, vreissam *R*

Des kun*ing*is *nu*mere
– daz sagech u zware –
die irschullen harte wide:
die herren begunden riden.
da vazzite sich man wider man,
daz er schone zo hove quam.
durch daz iz ein hovesprache was,
ir nehein iz ne virsaz.
do gewan her michele herescraft,
sie ritin dicke scharehaft,
do zwa unde sibinzich cronen
vur den kuninc quamen zo Rome
do san sie in deme melme gan
einin wunderlichen man,
den ne mochte niehein ros getragen:
der duchte sie ein sel*ts*ene knape.
der troch eine staline stangin
vier unde zwienzich ellene lange,
des wart sie ein michel kaffen angetan.
sie brachte (10^{r}) ein riese der hiez Asprian.

Also Berther die riesen angesach,
nu mugit ir horen, wie her sprach:
»ich sie dů*rt* guote knechte,
die turrin wol vechten.
uns kumit zo voze ein schone schare,
die sin harte wicliche gare.
min vil lieber herre,
untfa sie nach dinen eren!
si sint zo den brusten vil groz:

---

640 *Einzeilige Initiale; keine Initiale V* – kuningis (*MaRB*)] kuninc gis H – numere (*MaBV*)] inmere H, numâre *R* 641 zware] zvare H 650 sibinzich] sibincich H 652 *Kein neuer Textabschnitt markiert (gegen R)* 653 wunderlichen] wnderlichen H 654 nie-

Die Botschaft des Königs
– ich berichte euch die Wahrheit –
fand weiteste Verbreitung:
die Herren begannen loszureiten.
Lehnsmann um Lehnsmann rüstete sich aus,
um prächtig bei Hofe zu erscheinen.
Weil der König einen Reichstag einberufen hatte,
leisteten alle ausnahmslos der Einladung Folge.
Auf diese Weise brachte er ein großes Heer zusammen;
sie ritten in großen Scharen herbei,
als zweiundsiebzig gekrönte Häupter
sich vor den König in Rom begaben.
Da sahen sie in einer Staubwolke
einen staunenerregenden Mann einhergehen,
den konnte kein Pferd tragen:
der schien ihnen ein eigenartiger Knappe zu sein.
Er trug eine eiserne Stange,
die vierundzwanzig Ellen lang war,
weswegen sie auch von allen angegafft wurde.
Sie brachte ein Riese namens Asprian.

Nachdem Berchter die Riesen erspäht hatte,
vernehmt nun, was er da sagte:
»Ich sehe dort tapfere Ritter,
die wohl zu kämpfen verstehen.
Da stößt eine prächtige Fußtruppe zu uns,
die hervorragend zum Kampf gerüstet ist.
Mein hochgeschätzter Herr,
empfange sie deinem Ansehen entsprechend!
Ihr Brustumfang ist athletisch:

---

hein] nichein *RBF'* 655 seltsene] selzene H – knape] knabe *R* 657 zwienzich] zwiencich H, zweinzich *RB* 660 *Einzeilige Initiale* 662 důrt (*BV*)] důrc H, dort *R* 663 wol (*RB*)] uol H

war gewan ie sicheinis kuningis gnoz
so manigin wichgaren man?
swar sie einin zorn willen han,
sowilich in intwichet vor der stangin,
unde her in mit deme swerte gelangit,
der ne dorfte umbe daz sin leben
nimmir einin pfenninc gegeven.

Nu vore, kuninc Rother,
derre wigande zwelfe ober mere,
so ne dar uns nehein man
mit sime volke bestan,
her ne moze virlesin den leben.
al sie in de hof ungelegen,
sie sin doch so wichgare kumen,
dir zo helfe unde zo vromen.«

Die riesen in deme melme
trogen liechte helme
unde brunien snewize,
gewrocht mit allen vlize,
die swert zo den stangen,
de geislen also lange.
(10^{v}) daz die riemin solden sin,
daz warin ketenen iserin;
groze knopfe hingen dar an:
michel wunder sie des nam,
die se heten gisen,
waz en solde geschen.
sie waffenden sich mit grimme
in die liechtin ringe.
ir gebere warin vrumeliche getan;

---

669 sicheinis (*RB*)] sieheinis H 676 *Einzeilige Initiale (gegen BV)* 683 dir] deͥr H, *er radiert, i übergeschrieben FV (so auch*

wo hat jemals ein anderer König
so viele kampfstarke Gefolgsleute gewonnen?
Wohin immer sich ihr Zorn richtet,
derjenige, der ihrer Stange entkommt, braucht dann,
wenn einer von ihnen ihn mit dem Schwert erreicht,
für sein Leben
keinen Pfennig mehr zu geben.

König Rother, nun führe mit dir
zwölf dieser Helden über das Meer,
dann wagt es niemand,
sich uns mit seinen Kriegern gegenüberzustellen,
ohne daß er sein Leben verlieren muß.
Obwohl sie weit vom Hof entfernt wohnen,
sind sie doch in voller Rüstung gekommen,
um dir zu helfen und zu nützen.«

Die Riesen in der Staubwolke
hatten blitzende Helme auf
und trugen schneeweiße Brustpanzer,
die äußerst sorgfältig gearbeitet waren,
ferner Schwerter zusätzlich zu den Stangen
und lange Peitschen.
Was daran normalerweise die Riemen sind,
waren eiserne Ketten:
Große Knöpfe waren daran befestigt.
Ganz ungewiß waren sich alle,
die sie erblickt hatten, darüber,
was da auf sie zukomme.
Kampfentschlossen wappneten sie sich
in ihre glänzenden Brustpanzer.
Sie verhielten sich wie tapfere Männer;

Weisleder 23) 684 *Einzeilige Initiale (gegen V)* 687 gewrocht] geworcht *R*

do irsag iz der herzoge van Meran.
vil luzzel er do twalte,
unze her daz volc irrante.
her sprach: »wer hat irhaben diesin scal?
den verbedich uber al!«

Do sprachen die stormgierin:
»wir untforten gine herren,
den sule wer unsich nidliche werin,
durch daz wir uns generen!«
do sprach der alde herzoge:
»sie kumi*n*t dur got here zo hofe.
iz ist der kuninc Aspriant
unde bringit riesinische man.«

Wol untfenc der kuninc riche
de riesin al geliche
unde manigen vromen man
der zo sime hofe quam,
unde sagete in allen sine not
die dar hette der helid got.
her sprach: »nu virnimet, turin wigande,
ich moz uzime lande
in einis rekken wise varen
unde wille mich anderis namen.
ich wene, (11[r]) der kuninc Constantin
gehoubitit habe die botin min.
des ist nu iar unde dach,
daz ich ir negeinen ne gesach.«

---

702 scal] a *aus* h- *oder* l-*Ansatz FV* (*so auch Edzardi 1875, 407*) 704 *Einzeilige Initiale (gegen V und Kramer 1961)* 709 kumint (*RBF'V*)] kumit H 712 *Einzeilige Initiale (gegen MaRBV)* – Wol]

das bemerkte der Herzog von Meran.
Er zögerte keinen Augenblick
und lief eilig auf die Leute (Rothers) zu.
Er rief: »Wer hat diesen (kriegerischen) Lärm angefangen?
Ich verbiete ihn allenthalben!«

Da antworteten die Kampfbegierigen:
»Wir fürchten jene Ritter,
gegen die werden wir uns kämpfend zur Wehr setzen,
damit wir unser Leben schützen!«
Da sprach der erfahrene Herzog:
»Sie kommen in guter Absicht her an den Hof.
Es ist der König Asprian
und er führt seine Riesen als Gefolge mit sich.«

Der mächtige König empfing geziemend
alle Riesen gleichermaßen
und auch all jene tüchtigen Lehnsleute,
die an seinen Hof gekommen waren,
und setzte ihnen allen die Notsituation auseinander,
in die er, der tapfere Held, geraten war.
Er sprach: »Vernehmt nun, edle Helden,
ich bin gezwungen und entschlossen, außer Landes
in der Art eines Vertriebenen zu ziehen,
und ich werde mich anders nennen.
Ich befürchte nämlich, der König Konstantin
hat meine Brautwerber enthaupten lassen.
Es ist nun ein ganzes Jahr vergangen,
ohne daß ich auch nur einen von ihnen wiedergesehen hätte.«

W *aus* V *gebessert. Eher* Vol *denn* Wol, *nach Weisleder* v *über* V *F* 718 virnimet (*MaBV*)] virminet H, virnemit *R* 725 negeinen] *erstes* e *aus* i *F*

Do begunden die herren dringen
vaste zo deme ringe
unde machitin eine schare vil breit
– do zirete sie wisheit –
unde reditin under in,
Berchter solde kuninc sin
biz ir herre queme,
wande her der cronen wol*e* pflege.
do sprach der herzoge:
»ich ne darf nicheinis gerichtis hie zo hove
wande bevild ir mir daz uwer lant,
iz wirt beroubit unde virbrant,
virhert die marke,
virwosten sie vil starke.
von du kiesit u einin anderin man,
ich wille nach minen sonen varin.
nu bitit Amelgerin,
die mach wole wesen herre!«
deme bevalen sie die cronin
unde daz gerichte zo Rome
an eime vil schonin ringe.
her was von Tengelingin.

Der kuninc Rother zo ime nam
zwelf herzogen lossam,
unde herzogen iegelich
zwei hundert ritar erlich,
so sie alle*r* schonist waren kumen.
die vil turlichin gumen
under deme volcmagene

---

726 *Einzeilige Initiale (gegen MaV)* 729 zirete (*MaRBF'*)] cirerte H 733 wole (*RBF'V*)] wolde H 739 virwosten] Uirwusten *Ha*, virwôstent *RBF'* – sie] *überflüssig nach RBF'* 741 wille (*B*)] ville

Die Ritter drängten sich
zu einem Ring zusammen
und bildeten eine große Schar
– Weisheit schmückte sie –
und besprachen untereinander,
daß Berchter da König sein solle,
bis ihr Herr wieder zurückkäme,
da er die Krone gut verwalten werde.
Da sprach der Herzog:
»Ich habe keinen Grund, das königliche Gericht zu übernehmen,
denn wenn ihr euer Land in meine Obhut gebt,
wird es beraubt und gebrandschatzt werden,
die Grenzgebiete werden verheert sein
und (die Feinde) werden sie arg verwüsten.
Deshalb erwählt euch einen anderen,
ich will nach meinen Söhnen ausziehen.
Bittet doch Amelger,
der taugt gut für das Herrscheramt!«
Dem überantworteten sie dann auch die Krone
und das römische Königsgericht
in dieser vorbildlichen Beratung.
Er war aus dem Geschlecht der Tengelinger.

Der König Rother wählte sich
zwölf Herzöge von großem Ansehen aus
und jeder der Herzöge
zweihundert prächtige Ritter,
diejenigen, die am besten ausgerüstet gekommen waren.
Diese vortrefflichen Männer
aus der Menge der bei Hof Anwesenden

H, wil *R* 745 gerichte] t *aus* e *gebessert F* 747 von (*RBV*)] won H 748 *Einzeilige Initiale; kein Großabschnitt markiert (gegen R)* 749 zwelf] zvelf H 751 zwei] zvei H 752 aller (*BF'V*)] alle H

die hoben (11v) sich zosamene.
do vorte der kuninc Asprian
mit ime zwelf sine man.
da under hette her einin riesin vreisam,
des moste man groze hote han.
der gien*c* gebunden alse ein lewe
unde was der aller kunisten eine
der ie motir barn gehiez.
swenne man in von der kitenin geliez,
deme nitete nieman einin zorn,
er ne hette den lib virlorn.
der was verre gegangin
uz der riesin lande
durch degenhete willen.
mit drowe unde mit minnen
so virwant in Aspriam,
daz her wart sin man.
er was vresliche gemot,
Witolt hiez der helit got.

Der kuninc hiez daz gedigene
mit Emilgere ritin widere
unde daz sie daz riche
bewa*r*ten vromeliche
vor aller slachte ubelen mannin.
do karde der herre dannen
ingegin der stat zo Bare,
dar die kiele waren
so witine gereitot,
dar inne der helit got
over mere solde varen.

---

757 zwelf] zvelf H 760 gienc (*MaRBF'V*)] gien H – lewe] levve H 763 swenne (*B*)] suenne H, svenne *R* 767 uz (*V*)] v H, uz *oder* van *MaF'*, van *R*, von *B* 770 virwant] uirvvant H 774 *Ein-*

scharten sich zusammen.
Da brachte auch der König Asprian
zwölf seiner Gefolgsleute mit sich.
Unter diesen hatte er einen furchterregenden Riesen,
auf den man sorgfältig aufpassen mußte.
Der ging gebunden wie ein Löwe einher
und war einer der Kampfgewaltigsten von denen,
die jemals Sohn einer Mutter genannt worden sind.
Wenn man ihn von der Kette ließ,
dann gab es keinen, der ihn in Wut brachte,
ohne sein Leben zu verlieren.
Der war zu Fuß von weit her gekommen
aus dem Lande der Riesen,
um Kampfabenteuer zu erleben.
Unter Einsatz seiner Autorität und mit Geschenken
hatte ihn Asprian so weit gebracht,
daß er sich seinem Gefolge angeschlossen hatte.
Er war von furchtbarem Kampfesmut,
Witold hieß der vortreffliche Held.

Der König befahl seinen Dienstmannen,
mit Amelger vom Hoftag aufzubrechen
und das Reich
mannhaft zu verteidigen
gegen jeglichen Widersacher.
Der Herrscher machte sich wieder
in die Stadt Bari auf,
wo die Schiffe
schon fertig gerüstet lagen,
mit denen der vortreffliche Held
über das Meer fahren wollte.

---

zeilige Initiale (gegen V) 777 bewarten (*RBF'V*)] bewaten H, bewaren *HaMa* 784 varen (*RBV*)] waren H

mit golde waren sie geladen
unde mit grozer zirheit,
samit unde pfellile breit.
den schaz man ane zale nam
(12[r]) unde trog in allez daz an
uz des kuningis kameren.
sie vortin uffe den wagennin
hinne zo den kielen
manigerslachte gewire.

Der kuninc heiz ime gewinnen man,
die got gesmide kunde slan
schone uzer golde
alse iz de ritar haben wolden:
daz worter allez uber hacht.
iz newirt biz an den tomistach
nimmer me nichein man
der soliche wunder moge began.

Do waren des kuningis kiele
gereitit vil schire.
sine harfen her zo ime nam,
her heiz daz luth unde die riesin in gan.
von deme stade sie scubin,
*d*ie sigilriemen sie zogin.
sie voren zo Constinopele
der vil meren burge
uber de se vil breit.
der kuninc gedachte eine wisheit.

---

786 zirheit] cirheit H 794 *Einzeilige Initiale* 797 wolden (*RBV*)] volden H 798 worter] vorchter *V* – hacht] acht *RB*; *Verschreibung für* nacht? *Vgl. Anm. zu 1650* 799 newirt (*HaRF'V*)]

Sie waren mit Gold befrachtet
und mit vielen anderen Kostbarkeiten,
mit Samt und breitem, feinem Seidenzeug.
Ungezählte Kleinodien nahm man
und trug sie auf die Schiffe
aus der Schatzkammer des Königs.
Auf Wagen führten sie
zu den Schiffen hin
verschiedenartigen getriebenen Goldschmuck.

Der König ließ sich Leute auftreiben,
die prächtigen Schmuck
kunstvoll aus Gold zu treiben verstanden,
so wie es den Wunschvorstellungen der Ritter entsprach.
Das alles vollbrachte er so, daß es jede Erwartung übertraf.
Bis an den jüngsten Tag wird es
keinen Menschen mehr geben,
der solch erstaunliche Taten vollbringen kann.

(Nachdem das alles geschehen war,) da waren die Schiffe des Königs
in kurzer Zeit abfahrbereit.
Er nahm seine Harfe zu sich
und ließ seine Leute und die Riesen an Bord gehen.
Sie stießen vom Strand ab
und zogen die Segel auf.
Sie segelten nach Konstantinopel,
in diese sehr berühmte Stadt,
über das große Meer.
Der König hatte sich eine Vorsichtsmaßnahme ausgedacht.

---

newir H*B* 802 *Einzeilige Initiale* 807 die (*HaMaRBF'V*)] sie H 808 Constinopele] Constinopole *RBV*, Constantinopele *F'*

er sprach zo ⟨*den*⟩ herren allen samint:
»wir sulin in ein unkundegiz lant.
iz ni ist nichein kindis spil,
daz ich u nu sagin wil: *809*
wir mozen mit gotin listin
unser lib gevirstin.
ich bit uch alle geliche *812*
armen unde riche, *812*
heizit mich Thiderich. *813*
so ne wez nichein vremede man,
wie min gewerf si getan.«
des sworen sie (12v) ime eide,
die liezin sie ummiene:
sie gelobetin, daz sie hietin Rochtere Thideric. *818*
daz datin die herren herlich.

Do de rekken scho*ne*
zo deme stade quamen,
do liefin die burgere
durch wunderis mere *823*
unde woldin ire zirheit gesen han.
do begundin die riesin san
ze vechtene an deme sande:
sich hob die vlucht dannen!
ettilicheme ward so liede, *828*
daz her des anderin nicht ne beide.
do quam einir harte hesteliche
vor den kuninc richen.
her sprach: »owi, kuninc Constantin!

---

812 zo den herren (*HaV*)] zo herren H*RB* 814 ni ist] nist *R*, inist *B* 817 gevirstin] gevristin *R* 818/819 *Ein Vers* (812) *Ma* 820 Thiderich] Thideriche *RV* 821 ne wez] n *aus* w *FV* (*so auch Weisleder 23 und Edzardi 1873/74, 407*) 822 gewerf] ge werph H*B* 824 ummiene] ummeine *HaB*, unmeine *MaRF'* 825 Rochtere]

Er sprach zu den versammelten Herren:
»Wir müssen in ein uns unbekanntes Land ziehen.
Es ist kein Kinderspiel,
was ich euch sagen werde:
wir sind gezwungen, mit klugem Verhalten
unser Leben zu bewahren.
Ich bitte euch daher alle,
die Armen wie die Reichen,
nennt mich Dietrich!
Dann nämlich kann kein Unbefugter erkennen,
wer ich bin und was ich vorhabe.«
Dies zu tun bekräftigten sie mit Eiden,
die sie ungebrochen hielten:
sie schworen, Rother Dietrich zu nennen.
Das taten die vornehmen Herren.

Nachdem die Helden glücklich
am (griechischen) Strand gelandet waren,
eilten die Bewohner der Stadt
aufgrund der aufsehenerregenden Berichte (zum Hafen)
und wollten die Pracht der Ankömmlinge sehen.
Die Riesen begannen da sogleich
ein Schaugefecht auf dem Sandstrand:
da flohen alle (Schaulustigen) von dannen.
So mancher fühlte sich dort so unwohl,
daß er auf seinen Gefährten nicht wartete.
Da kam einer in größter Eile
vor den mächtigen König gelaufen.
Er sprach: »O weh, König Konstantin!

Rothere *MaR* 826 die] *statt des* i *ein* e-*Bogen F'* 827 *Einzeilige Initiale, kein Großabschnitt markiert* – schone (*RV*)] schome H, schome *oder* schoine *Ma*, schôine *B* 831 zirheit] cirheit H 835 liede] leide *RB* 836 ne] *vor* ne *ist* b *gelöscht FV* (*so auch Weisleder 23*)

wannen mac diz volc sin?
daz veret mit so getaner craft,
daz iz neman gesagen ne mach.«

Alsus redete do die kuningin:
»wilich mach ire geverte sin?«
do sprach der burgare:
»warumbe suld ir mich des vragen?
wande unser was ein michel teil
de ne zo rechte nebesagen den kiel.
wer vorten die vreislichen diet:
da newart schowenis niet!
dar ligit ein gebunden vor sime zorne,
wir werin anderis die virlorne.
ich ne kan uch nicht mer gesagen,
war mite de kiele sin ge (13^{r}) laden,
wene mit isirinen stangen,
grozen unde langen.
lach och anderis ieht dar ane,
des ne kan ich u niet gesagen!«

Sie hiezin den vreissamen man
der da lac gebunden an,
daz er an deme stade were
unde her des godes p*l*ege.
wol gezierot was ir lif,
sie trogen alle bonit herlich.
sie ritin snewize mule,
de waren da zo Kriecken ture.
manich appelgra march,
beide schone unde starch,

---

843 *Einzeilige Initiale* 847 wande (*RB*)] vande H 849 vorten] vorchten *V* 857 ieht] icht *RF'* 859 *Einzeilige Initiale* 862

Woher können diese Leute sein?
Sie ziehen mit so großer Pracht und Kampfkraft einher,
daß es niemand beschreiben kann.«

Darauf sagte die Königin folgendes:
»Was mag wohl der Zweck ihrer Fahrt sein?«
Darauf sprach der Bürger:
»Warum fragt Ihr (gerade) mich das?
Ein großer Teil von uns
hat ja nicht einmal das Schiff richtig gesehen.
Wir hatten Angst vor den grauenerregenden Leuten:
So kam es gar nicht zu einer Besichtigung!
Dort liegt einer, den man wegen seiner Aggressivität
angekettet hat,
andernfalls wären wir alle verloren gewesen.
Ich kann Euch von nichts anderem berichten,
womit die Schiffe beladen sind,
als von eisernen Stangen,
großen und langen.
Sollten sie noch andere Ladung haben,
kann ich nichts davon berichten.«

Sie trugen dem furchterregenden Mann,
der dort angekettet lag, auf,
am Strande zu bleiben
und auf die Schätze aufzupassen.
Sie waren prächtig geschmückt,
alle trugen ritterliche Barette.
Sie ritten schneeweiße Maultiere,
die waren in Griechenland sehr selten.
Viele Apfelschimmel,
schön und kräftig gewachsen,

---

plege (*HaMaRBF'V*)] psege H 863 gezierot] gecierot H – lif] liph H*B*

die giengen in an den henden.
den waren de manen bewunden
mit borten also cleine,
da inne was got gestene.
so war de herren hinin rietin,
de riesin liefen alliz mite
in ere wichgewete.
dar saz in manigen rieten
der kuninc Constantin,
wie de herren mochtin sin.
do sprach siner ratgeven ein:
»herre, dir ist uvele geschen
an den boten walgetan
die du hast gevangin lan!
unde sin diz ir herren,
sie mog*in*t unsich alle sere.
des intgeldet ettelicher man,
der is nie scult ne gewan.
die da mit den stangen
kumen sint so langen
den ne mach nehein man widir (13^{v}) stan.
du hast den valant getan!«

Do qua*m* iz an einin ostertac,
daz Constantin mit scalle was
an deme Poderamis hove
mit gravin unde mit herzogin
unde mit vrigin herren.

---

869 giengen] e *aus* n *gebessert V* (*so auch Edzardi 1875, 407 und Weisleder 23*). *Viel eher wäre* gungen *oder* gimgen *zu lesen mit Besserung der zweiten und dritten der vier Senkrechten aus unentzifferbarer ursprünglicher Schreibung F* 870 bewunden] bewnden H 872 gestene] gestenne H, gesteine *HaMaRB* 876 *Kein Initialabschnitt (gegen RB)* – rieten] rêten *R*, rêtin *B* 880 geschen

trabten von ihnen geführt einher.
Deren Mähnen waren umwunden
mit kunstvoll durchwirkten Bändern,
in die kostbare Edelsteine eingearbeitet waren.
Wohin immer die Herren ritten,
die Riesen liefen zu Fuß stets mit ihnen
in ihren Rüstungen.
Da saß in angestrengtem Nachdenken
der König Konstantin,
darüber, wer die Herren sein könnten.
Da sprach einer seiner Ratgeber:
»Herr, dir ist ein Mißgriff unterlaufen
mit den vornehmen Boten,
die du gefangennehmen ließest!
Und wenn dies nun ihre Herren sind,
dann werden sie uns allen große Unannehmlichkeiten bereiten.
So mancher wird dafür büßen müssen,
der niemals daran beteiligt war.
Denen, die da mit den so langen Stangen
hergekommen sind,
kann sich niemand entgegenstellen.
Du hast den Teufel getan!«

An einem Osterfest geschah es,
daß im Festesschall Konstantin sich
im Hippodromos aufhielt
mit Grafen und Herzogen
und mit edelfreien Herren.

(*HaR*)] gescheit H*B*, geschein *MaV* 884 mogint (*R*)] moygit H, môigint *BF'* – sere (*RB*)] Serre H 885 ettelicher] *zweites* e *aus* l *gebessert F* (*so auch Weisleder 23*) 886 ne] g *vor* ne *radiert FV* (*so auch Weisleder 23*) 890 hast (*RBF'*)] ast H 891 *Einzeilige Initiale* – quam (*RF'V*)] quan H*B*

de hette er durch sin ere
heim zo sime hus geladit.
die wurden mit swete gebadit
den sie von vrochten haveten,
wande die riesin gebartin also sie doveten.

Do Thiederich unde sine man
vor den kuninc quam gegan,
eme ward ein schone denest getan:
intgegin ine gingen de herzogen lossam
unde die gote kuningin.
sie hiez sie willekume sin,
sie neic in allen geliche
unde intfenc sie gezoginliche.
do solden zwene gravin
Asprianis stangin intfahin.
da was so vil stalis zo geslagin,
sie ne mochtin sie he*b*e noch getragen.
an iren danc viel sie dar nieder,
sie liezin sie durch not ligen.

Constantin saz upfe sinin stol,
Thiederich gezoginliche stont
vor ime an den knien.
her sprach: »kuninc, man sagete mer ie
von dir groze vrumecheit!
leider (14^{r}) nu ist min arbeid
also groz zo mime schadin,
daz ich in dier nimmir ne mochte gesagen.
nu inkinne got an mir armen man,

---

898 wurden] wrden H – swete] svvete H 899 vrochten] vorchten *MaR* 901 *Einzeilige Initiale (gegen V)* 910 intfahin] hi *aus* nt *FV* 911 da] do *V* 912 hebe (*BV*)] hetbe H, hetbe *für* hebe *Ha*, heibe *für* heben *Ma*, hebin *R* 913 nieder] nider *HaR* 915 *Ein-*

Diese hatte er wegen seines Ansehens
zu sich in seinen Palast geladen.
Sie bekamen alle Schweißausbrüche
vor Angst,
denn die Riesen führten sich auf, als ob sie tobten.

Als Dietrich mit seinem Gefolge
vor den König schritt,
wurden sie nach vornehmem Protokoll empfangen:
Die edlen Herzöge gingen ihnen entgegen,
ebenso die vortreffliche Königin.
Sie begrüßte sie
und verneigte sich vor ihnen allen
und empfing sie höflich.
Da sollten zwei Grafen
Asprians Stange in Empfang nehmen.
Diese war aber so dick mit Eisen beschlagen,
daß sie sie weder aufheben noch tragen konnten.
Gegen ihren Willen fiel sie zu Boden,
sie ließen sie gezwungenermaßen dort liegen.

Konstantin saß auf seinem Thron,
Dietrich lag, wie es ihm anstand,
vor ihm auf den Knien.
Er sprach: »König, man hat mir stets
von dir höchst Vorteilhaftes erzählt!
Leider ist nun meine Bedrängnis
zu meinem Schaden so groß,
daß ich sie dir nie vollständig beschreiben könnte.
Nun erweise deine Gottesfurcht an mir armem Mann,

---

zeilige Initiale (gegen V) 916 stont (*so HaRV*)] *oder* stvnt (*so MaB*) H 917 knien] Rnten; kanten? reiten? *Ma* 923 inkinne] irkenne *HaR*, irkinne *MaB*

wande mich hat in achte getan
ein kuninc der heiz Rother
unde sizzet westrit ober mer.
des gewalt ist so getan:
ime nemach nieman wider stan.
do her mir sin riche virbot,
do mostich iz rumen durch de not.
do ne truwidich in negeineme lande
minin lif so wol behalden
so hir zo deme hove din.
mir is gesaget, daz du so gewaldich sis.
min dienist biede ich dich an,
nu *nim* iz, *t*uginthafter man!
durch genade quam ich here gevaren,
du salt dine here an mir bewarin!
ne wiltu mich an din dienist nicht nemen,
so moz ich Rothere den lif gibin.«

Al de wile Rother den kuninc bat,
Asprian der riese trat
in de erden biz an daz bein.
Constantin ward inein
mit den bidervisten magin
die an sinen hove warin,
we her de herren lossam
mochte behalden.
er sprach: »der herre (14[v]) nemach vor Rother nicht genesen,
nu wolde er gerne mit mir wesen.
her butit sich an de gewalt min
unde sagit mir ouch, daz her notic si.

---

925 heiz] heizit *RF'V*, heizet *B* 932 lif] liph H*B* 936 nim (*MaRBV*)] min H – tuginthafter (*HaMaRBF'*)] zvgint hafter H

denn mich hat verbannt
ein König namens Rother,
der residiert im Westen jenseits des Meeres.
Dessen Macht ist so beschaffen,
daß ihm niemand Widerstand zu leisten vermag.
Als er mich seines Reiches verwies,
mußte ich es gezwungenermaßen verlassen.
Da konnte ich in keinem Lande hoffen,
mein Leben so sicher zu bewahren,
wie an deinem Hof.
Man hat mir erzählt, du seist sehr mächtig.
Ich biete dir meinen Dienst an,
nimm ihn an, vortrefflicher Herr!
Um Erbarmen zu finden, bin ich gekommen,
mache dein Ansehen an mir wahr!
Willst du mich nicht als Dienstmann aufnehmen,
muß ich mein Leben in Rothers Hand geben.«

Während der ganzen Zeit, da Rother den König anflehte,
stampfte der Riese Asprian
bis über den Knöchel in den Erdboden.
Konstantin beriet sich
mit seinen tüchtigsten Anverwandten,
die an seinem Hof weilten, darüber,
in welchem Status er diesen prächtigen Herren
Asyl gewähren könne.
Er sprach: »Dieser Herr kann sich vor Rother nicht erretten
und möchte gerne hier bei uns leben.
Er will sich in meine Lehnshoheit begeben
und erklärt mir auch, daß er in Bedrängnis sei.

---

940 lif] liph H*B* 941 *Einzeilige Initiale* 949 *Kein neuer Abschnitt (gegen R)* 952 ouch (*RB*)] ovhc H*Ma*, ouhe *Ha*

waz wert iz umme den virtrivenen man?
mir is leit, daz er ie here quam,
unde die sine ho*l*den
dunkint mich harte irbolgen,
die habent so notlic gesite:
Da stet ein unde tredet,
der gezeme wole in der helle
deme tuvile zo eime gesellen!«

Do reitin ime de herren, daz her ir also pflege,
daz sie ez vůr got nemen:
»wir ne wizzen umbe Rothere net.
diz ist ein vreislicher diet,
den sul wir grozliche geben,
daz sie uns lazen daz leben.«
Constantin sprach herliche
wider Thiederiche:
»mir ratin genoge mine man,
wir sůlin dich minniliche un*t*fan.
ob siez aber widerredit habetin,
wei ungerne ich en virsagete!
deme ellenden,
swilichin mir got gesendet,
deme wirt gedienit, wizze Crist,
alse her wert ist.
doch ne achtich zo nieheinen vrumen man,
der da ie durch richtom (15^{r}) uz quam
her zo Kriechen in dit lant.
ture degene ville balt,
din geverde daz ist groz,

---

953 wert iz (*RBF'*)] wertis H 955 holden (*MaRBV*)] *ursprünglich* hoden, *am* h *radiert* H, boden *Ha*, loden *F* 957 habent] haben *MaRB* – notlic gesite (*V*)] notlicge site H*Ma*, notliege sitte *Ha*, nôtliche site *RB* 961 *Einzeilige Initiale (mit F gegen Ma)* – reitin] rietin *R* 963 wizzen] wizen H 967 *Keine Initiale, kein neuer*

Was geschieht mit dem Vertriebenen?
Mir ist es unangenehm, daß er je hergekommen ist,
und seine Gefolgsleute
wirken auf mich sehr gereizt,
sie benehmen sich so gewalttätig:
dort steht einer da und stampft,
der würde in der Hölle
gut als Kumpan zum Teufel passen!«

Da rieten ihm die Herren, so mit ihnen umzugehen,
daß er ihr Wohlwollen gewinne:
»Von Rother wissen wir nichts,
dies hier aber sind schreckliche Leute,
denen gegenüber wir uns großzügig erweisen müssen,
damit sie uns das Leben lassen.«
Konstantin sprach mit herrscherlicher Gebärde
zu Dietrich:
»Meine Leute raten mir eindringlich,
daß wir dich wohlwollend aufnehmen.
Wenn sie jedoch dagegen geredet hätten,
wie ungern ich nicht nach ihrem Willen handeln würde!
Jedem Heimatvertriebenen,
den mir Gott auch immer schickt,
wird gedient, bei Gott,
so wie er es wert ist.
Ich halte allerdings niemand für einen Würdigen,
der, um Reichtum zu erwerben,
hierher nach Griechenland gekommen ist.
Werter, kühner Held,
dein Aufzug ist prächtig,

Absatz (gegen R) 970 minniliche] minnicliche *RB* – untfan] unfan H*RB* 972 wei] wie *R* 974 swilichin] suvilichin H 975 wizze] wize H 976 her wert ist] her is wert ist *RB* 977 nieheinen] nicheinen *RBF'* 979 dit (*so RV*)] *oder* dic *oder* did (*so MaBF*) H 980 degene] degen *RB*

du bist ir aller obergnoz!
nu gebut dir an de gewalt min,
du salt hie silve wirt sin,
wandiz mir zo danke is, *978*
daz du minis gotis gerochis.
wer wanden, daz du gertis *980*
einir magit wolgetan *980*
die ich mit vlize irzogen han:
so tet ich also Rothere *982*
der dich virtreib ober mere.
den han ich iedoch bedwungin:
sine botin sin hiere gebunden
in mime kerkenere,
her ne gesiet sie nimmer mere. *987*
dar under waren zwene man,
daz sie ein keiser mochte han
gerne in siner gewalt.
si vuortin manigin helt balt.«

Alse Asprian dise rede vir*nam*, *992*
den schilt er vazzen began
unde vordirte sin wicgewete.
her sprach: »man butit uns hi unrechte!
ir habit minen herren zo swache gezalt:
Rother sante gote knechte in diz lant! *997*
sower die heiz binden,
des mochte her noch lichte untgelden!
nu si wir hi vor huwen (15[v]) handen:
er wir werdin gevangin
– daz weiz der waldindiger got –, *1002*

987.988 *Ein Vers Ma* 993 hiere] hier *RBF'* 994 kerkenere] kerkêre *R (hier und in der Folge)* 996 zwene] zvene H 1000 *Einzeilige Initiale (mit F gegen V)* – virnam (*HaMaRBV*)] virman H

du übertriffst alle!
Verfüge über alles, was in meiner Gewalt steht,
du selbst sollst hier Hausherr sein,
denn es geschieht mit meiner Zustimmung,
daß du dich meines Besitzes bedienst.
Wir hatten zunächst geglaubt, du wollest
um ein schönes Mädchen anhalten,
das ich mit großer Hingabe aufgezogen habe:
(Wäre dem so,) so würde ich wie Rother handeln,
der dich über das Meer vertrieben hat.
Den habe ich jedoch besiegt:
seine Boten liegen gefangen
hier in meinem Kerker,
er wird sie niemals wiedersehen.
Unter diesen waren zwei Vasallen,
(so vortrefflich,) daß sie ein Kaiser
gerne zu seinen Gefolgsleuten zählen könnte.
Sie führten viele kühne Helden mit sich.«

Als Asprian das hörte,
ergriff er seinen Schild
und verlangte nach seiner Rüstung.
Er sprach: »Man verweigert uns hier unser Recht!
Ihr schätzt meinen Herrn zu gering ein:
Rother sandte vortreffliche Ritter in dieses Land!
Und wer diese in Ketten legen ließ,
dem kann es noch leicht geschehen, daß er dafür büßen muß!
Nun sind wir zwar hier in Eurer Hand,
bevor wir aber gefangen werden
– beim allmächtigen Gott –,

1001 schilt (*HaMaF'*)] scihlt H, scilt *RB* 1002–54 *Zur Parallelüberlieferung in den Fragmenten BE vgl. S. 394–398* 1004 swache] suache H*R* 1006 hiezzet] liezzet *Ma* 1008 huwen] uwen *RBF*

er geligit ettelicher tod
der allerturist wil sin,
mir ne zobreche die stange min!«
Snelliche her an den rinc trat.
Constantin zo ime sprach:
»herre, ir zornit ane not,
wande huch hi neman missebot!
die rede die ich han getan,
die suld er nicht zo nide han.
mich machent getru*n*ki*n* mine man,
daz ich hute alse en tore gan!
von du ne kan ich nicheime goten knechte
gean*t*warten zo rechte.
min drowe newart nie von sinne getan,
des geloubit mere, herre Asprian,
wandiz mer noch in deme libe unbe gat
unde mich so geweldigit hat,
daz ich widir uweris herren man
negeine gote rede ne kan.«

Asprianis zorn was irgan.
sich herbergetin Thiederichis man
der porten also nahe,
daz sie sich wol undersagen.
do gingen die kamerare
die mit Tethiriche da waren
unde gewunnin zwelf wagine,
die gingin sibin nacht geladene.
sie trogin golt unde (16[r]) schaz
unde allez daz in den kielen was:
eine vil michel macht des gotis.

1014 *Einzeilige Initiale* 1016 zornit (*so HaV*)] *oder* zvrnit (*so MaRBF*) H 1020 machent] mach(e)ten *RBF'* – getrunkin (*V*)] getrukint H, trunkin *RB* 1023 geantwarten (*MaRF'*)] ge anwarten

wird so mancher tot daliegen,
der sich besonders tapfer hervortun will,
es sei denn, mir zerbricht meine Stange!«
Kampfbereit trat er auf den Ring zu.
Konstantin sprach zu ihm:
»Herr, Ihr seid ohne Grund erbost,
denn hier hat Euch niemand ungebührlich behandelt!
Die Worte, die ich eben geäußert habe,
sollten Euch nicht zu Feindseligkeiten veranlassen.
Meine Leute machen mich betrunken,
so daß ich mich heute wie ein Tor verhalte!
Deswegen bin ich nicht imstande, edlen Rittern
in geziemender Weise zu antworten.
Ich war nicht bei Sinnen, als ich drohte,
glaubt mir das, Herr Asprian,
denn es geht mir noch immer im Leibe herum
und hat mich so überwältigt,
daß ich den Gefolgsleuten Eures Herrn gegenüber
keine wohlgesetzten Worte finden kann.«

Asprians Wut war verraucht.
Dietrichs Gefolgsleute quartierten sich
so nahe dem Hafen ein,
daß sie untereinander in Sichtweite blieben.
Da gingen die Schatzverwalter,
die hier bei Dietrich waren,
und besorgten sich zwölf Wagen,
die fuhren sieben Nächte vollbeladen.
Sie transportierten das Gold und die Kostbarkeiten
und alles, was sich in den Schiffen befand:
eine große Fülle von Wertsachen.

H*B* 1025 mere] mer *RBF'V* 1026 unbe] umbe *MaRBF'* 1030 *Einzeilige Initiale* 1033 undersagen] undersahen *R* 1036 zwelf] zvelf H 1040 eine] ein *RBF'*

da mite vor ein der iz wol behote.
dene triven ses riesin vresam
unde heizen ene ungebere han,
daz die burgere
immer sageten mere
von Dietheriches mannen.
do stribete her an de lannen.
zwene steine her in de hant nam,
de wref dier grimmige man,
daz dar uz vor du vlamme:
die Kriechen hoven sich danne.
doch volgete hume manich man,
unze her vor Constantine quam.
do sprach ein grave oberlut:
»hir veret des tuvelis brut!
mochtich die schande
immer mer gewandelen
– so mir daz heiliche licht! –,
ich negebeite sin vor deme kuninge nicht!«

Also die kuninginne gesach
dene de dar gebunden lach, –
sie sprach: »sich nu, herre Constantin,
hi voren sie den meister din
in einer ketenen zwaren!
owi, we tump wer do waren,
daz wer unse tochter virsageten Rothere
der dise virtreif uber mere:
iz ne gewelt (16[v]) nicht grozer wisheit!
got der moze geven leit
dineme ungemote!

1047 an de] an der *R* 1049 dier] der *R* – grimmige (*so HaMaR*)] *oder* grimmiger (*so BV*) H 1052 hume] ume *RB* 1060 *Einzeilige*

Mit dem Transport ging einer als guter Bewacher.
Den trieben sechs furchterregende Riesen vor sich her
und befahlen ihm, mit seinem Benehmen Aufsehen und Schrecken zu erregen,
damit die Bewohner der Stadt
ohne Unterlaß etwas zu reden hätten
von Dietrichs Gefolgsleuten.
Da zerrte er heftig an der Kette.
Zwei Steine ergriff er,
die rieb der Wüterich,
daß eine Flamme daraus hervorschoß:
die Griechen machten sich davon.
Doch folgte ihm so mancher,
bis er vor Konstantin anlangte.
Da sprach ein Graf ganz laut:
»Da kommt die Brut des Teufels daher!
Wäre ich imstande, diesen Schandfleck
jemals auszumerzen
– so wahr mir das heilige Licht leuchten möge –,
ich würde diesen nicht vor dem König erwarten!«

Als die Königin den erblickte,
der da an der Kette geführt wurde,
sprach sie: »Da schau jetzt, Herr Konstantin,
da führen sie einen, der dir über ist,
wahrhaftig doch an einer Kette!
O weh, wie unbesonnen wir doch damals waren,
daß wir Rother unsere Tochter verweigert haben,
der diese über das Meer verjagt hat:
das zeugte nicht von großer Klugheit!
Gott möge mit Kummer
deine unmögliche Haltung bestrafen!

Initiale 1062 herre] *fehlt R* 1064 zwaren] zvvaren H 1066 wer] vver H 1067 virtreif] uirtreiph H

owi, herre gote,
nu mochtistu dise van oder slan,
ob wer minen rat hedden getan!
ich wene aber, sowes sie dich beten,
daz du iz vor vorchtin tetes,
mer dan dur gote.
owi, hetten sie nu min gemote,
so heizen sie in geben daz selve wif,
dar umbe du manegen man daz lif
hast benumen unde bracht in arbeid:
so wolde ich sien dine kundicheit!
dise ne sin dir aver kumin nicht rechte,
sie voren gote knechte,
mich dunkit, daz sie dine meistere sin.
du torstis baz in daz ouge din
gegrifin mit thiner hant,
den du zornetis wider dessen wigant
immer mit eineme hare!
hude ne is din gebare
nicht kunincliche getan:
du zuckis dich trunckenheit an!«

Die recken stalletin ir ros
unde geherbergetin uffe dene hof.
in er mantelin sie sich bevengin,
vor Constantine sie giengen
harde gezoginliche
mit eren herren Thiederiche.
silbe trogen sie die swert,
under in ne (17[r]) hette nigen werc

1078 wif] wiph H*B* 1079 lif] liph H*B* 1083 knechte (*HaMaRBF'V*)] knenchte H 1090 kunincliche (*MaRBF'*)] kunnicliche H, kunningliche? *Ha* 1092 *Einzeilige Initiale (mit F gegen V)*

O weh, edler Herr,
du könntest nun diese hier gefangennehmen oder töten lassen,
wenn wir nach meinem Rat gehandelt hätten!
Ich glaube (nämlich), daß du alles, um was sie dich gebeten haben,
(nur) aus Furcht gewährt hast,
viel mehr (jedenfalls) als aus Wohlwollen.
Ach, hätten sie doch die gleiche Absicht wie ich,
dann würden sie jene Frau fordern,
derentwegen du so manchen in Not
und ums Leben gebracht hast:
da hätte ich dann gerne deine Schläue gesehen!
Diese nämlich kommen dir gar nicht gelegen,
(denn) sie haben tüchtige Ritter bei sich,
mir kommt vor, sie sind dir über.
Du würdest dich eher getrauen, in dein Auge
zu fahren mit deiner Hand,
als gegen diesen Helden
auch nur im geringsten zornig aufzumucken.
Heute ist dein Auftreten
gar nicht königlich:
du hast Trunkenheit vorgeschützt!«

Die Helden brachten ihre Pferde in die Ställe
und quartierten sich am Hofe ein.
Sie hüllten sich in ihre Überwürfe
und begaben sich vor Konstantin
ganz der Etikette gemäß
mit ihrem Herrn Dietrich.
Jeder von ihnen trug sein Schwert selbst,
denn bei ihnen hatten nichts zu schaffen

1094 bevengin] beviengen *R* 1098 silbe] Silve *F* – swert] suert H*R* 1099 werc] wert *MaR*, † werc *V*, werc *oder* wert? *F'*

der unwizzende hoveman,
noch ne dorfte niergen zo in gan,
wande sie voren mit so getanen statin,
daz den Dietherichis gatin
ne nebluchte der tach.
sin holde der da gebunden lach,
der hette sich gezirot,
van ume schen daz golt rot.
her troch eine brunien guldin:
der bezeichnote den richetum under en.
dar ober troch der helit got
einin stalinen hot.
deme was die liste
gewracht mit allen vlize,
gewierit vile cleine.
do troch her an den beinen
z*w*o hosen schonir ringe,
die schowetin die iungelinge,
einen goden wafenroch troch er an.
do sprachen Constantinis man:
»hute gesie wer daz beste gewant
daz ie quam in diz lant.
dise rekken sin alle riche!
wer leven bosliche,
daz wir dienin eime zagin,
der ime vil seldene grozen schadin
durch unsir siheinis willen tot,
wande ene erbarmet zo harde daz got!«

1100 unwizzende] vnwizenden H 1104 ne nebluchte] nie nebelûchte *R* 1106 gezirot] gecirot H 1109 der] die *RB* 1110 troch] trohc H, troche *Ha* 1113 gewracht] gewarcht *R*

jene Höflinge, die (vom höfischen Benehmen) nichts verstanden,
und durften sich auch nirgendwo zu ihnen gesellen,
denn ihr Aufzug war so vornehm,
daß denjenigen, der Dietrich gleichgekommen wäre,
noch nie das Tageslicht beschienen hat.
Sein Gefolgsmann, der da an der Kette geführt wurde,
der hatte sich geschmückt,
von ihm leuchtete das rötliche Gold.
Er trug einen goldenen Brustpanzer:
er machte (damit) ihre Macht und ihren Reichtum offenbar.
Auf dem Kopf trug der vortreffliche Held
einen eisernen Helm,
dessen Rand war
sorgfältig gearbeitet
und mit filigranen Verzierungen versehen.
An seinen Beinen trug er
eine Panzerhose aus festen Stahlringen,
die bestaunten die jungen Leute (aus Konstantinopel),
darüber hatte er einen wertvollen Waffenrock an.
Da sprachen die Gefolgsleute Konstantins:
»Heute sehen wir die beste Ausrüstung,
die jemals in dieses Land gelangt ist.
Diese vertriebenen Helden sind alle wohlhabend!
Wir aber leben armselig, (und es ist eine Schande,)
daß wir einem feigen Geizhals dienen,
der sich niemals großen Schaden
um eines von uns willen zufügt,
weil ihm sein Besitz zu sehr leid tut!«

1116 zwo (*HaMaRBV*)] zowo H 1117 iungelinge (*RB*)] iuncgelīge H 1118 wafenroch] waphen roch H*B* 1125 grozen] grocen H

Die umbehange man uf hienc.
der kuninc Constantin zo tische gienc
uf ein schone palas.
Constantin da inne was
mit vile grozime gedrange
von Dietherichis mannin.
(17v) der was ein schone menige:
ein dusint snellir helide
vorte der virtrivene
zo hove in daz gesidile.
die kamerere quamin,
die des gotis plagin,
unde satten Dietheriche
harde vromicliche.
truzzaten ande schenken
die solden bedenken
zucht mit grozen eren.
sie vorchten die geste sere!

Do zohc man vor Constantinis disch einin lewen vreissam,
der ne wolde niemanne vor nicht han.
her nam den knechten daz brot,
her tet en over deme dis*ch*e groze not.
Asprian begreif ene mit der hant
unde war*f* ene an des sales want,
daz her al zebrach.
we leide eme der kuninc do saz,
her ne geregite doch nie de vote.
»got moze uns gebozen«,

1128 *Einzeilige Initiale* 1146 *Einzeilige Initiale (mit F gegen MaV). Zwei Verse V (1146.1147). Änderung der Zählweise: links vom Text unsere Zählung (mit RB), rechts kursiv F (=Ma), recte V* – zohc] zohe *Ha* 1147 han] lan *F'* 1149 dische (*R*)] dissge H,

Man drapierte den Saal mit Festteppichen.
König Konstantin ging zu Tisch
in seinem prächtigen Festsaal.
Konstantin sah sich da drinnen
einer bedrängend großen Zahl
von Gefolgsleuten Dietrichs gegenüber.
Von diesen war eine stattliche Menge da:
eintausend kühne Helden
hatte der »Vertriebene«
an den Hof in den Festsaal gebracht.
Die Kämmerer eilten herbei,
die das Vermögen zu verwalten hatten,
und wiesen Dietrich
in gebührender Weise seinen Platz an.
Die Truchsessen und Mundschenken
waren angewiesen, darauf zu achten,
sich gemäß der Etikette und dem Ansehen des Hofes zu verhalten.
Sie fürchteten die Gäste sehr!

Da führte man vor Konstantins Tisch einen furchterregenden Löwen,
der stets vor allen bevorzugt behandelt werden wollte.
Er fraß den Rittern die Speisen weg
und bedrängte sie bei Tisch sehr.
Asprian packte ihn mit der Hand
und schleuderte ihn an die Wand des Saales,
daß er daran gänzlich zerschellte.
Sosehr betrübt darüber der König auch dasaß,
er bewegte dennoch nicht einmal seine Füße.
»Gott möge uns zu Hilfe kommen«,

---

disge *B* 1150 der] *über der Lücke zwischen* mit *und* hant *nachgetragen* 1151 warf (*HaBV*)] war H, warp(h) *MaRF'* 1154 vote] voze *R*

sprachen zwene herzogen,
»diser herren hir zo hove!«
der eine rumite den sal
unde sagete iz deme ingesinde over al:
»dar hat der eine valant
den lewin geworfen an die want,
durch daz her eme sine spise nam.
ir sulit gewerliche gan!
wild er minis rades volgen,
ir vermidet den unholden
unde lazit ene mit gemache
(18r) werven sine sache.
hodit uch alle uffe daz leven,
daz ir ime sin brot nicht ne nimen!
begrifet her iemanne mit der hant,
her werfit ine an des sales want!«

Die kunincgine sach gerne den zorn,
daz der lewe was virloren.
sie lachete Constantine an.
»nu warte«, sprach sie, »wie genir hoveman
din vedirspil irzogen hat,
der da vor deme dische stat!
iz kumet noch an die ride min:
ia ne hettes du die tochter din
nicht vorloren an Rothere
der diese vertreif over mere,
owi, we gerne ich noch riete,
daz men die boten liete
ritin hin zo lande
unde vazzede sie mit gewande

1171 an des (*RBF'V*)] indes H 1172 *Einzeilige Initiale (mit F gegen V)* – kunincgine] kuneginne *Ha*, kuningîn *R*, kuniginne *B*
1178 iz] ir *B*

sprachen zwei Herzöge,
»gegen diese Herren hier bei Hof!«
Einer von ihnen verschwand aus dem Saal
und berichtete das Vorgefallene allen am Hof:
»Da hat doch dieser eine Teufel
den Löwen an die Wand geworfen,
weil er ihm seine Speise weggefressen hatte.
Ihr müßt euch vorsichtig und wehrbereit verhalten!
Wollt ihr einen Rat von mir befolgen,
so geht diesem Ungetüm aus dem Weg
und laßt ihn ungestört
seinen Angelegenheiten nachgehen.
Wollt ihr nicht euer Leben riskieren, so hütet euch,
ihm seine Speise wegzunehmen!
Wenn er jemand mit seiner Hand zu fassen bekommt,
schleudert er ihn an die Saalwand!«

Die Königin sah mit Freude den Aufruhr darüber,
daß der Löwe zugrunde gegangen war.
Sie lachte Konstantin an.
»Schau doch«, sprach sie, »wie jener Höfling
dein Jagdvögelchen gezähmt hat,
(jener Höfling,) der dort vor der Tafel steht!
Es wird noch so kommen, wie ich schon immer gesagt habe:
Hättest du deine Tochter
Rother nicht so endgültig versagt,
der diese da über das Meer vertrieben hat,
ach, wie gerne wollte ich dir jetzt noch raten,
daß man die Boten
in ihre Heimat reiten lasse
und sie mit Gewändern ausstatte

– sulicher slachte iz were,
daz man en mochte given mit heren –:
we mochte iz bat bestadet sin?
nu gedenke, herre Constantin,
daz sich dise nicht nemochten erweren: *1182*/1191
we woldestu den dich vor Rothere generen?
gedenkit her an sine man,
so moz din lant an owe gan!
wane givestu mir noch die haftin
die dar ligint an uncrachten, *1187*/1196
daz ich sie moze uz nimen?
sie havent ein vil swar liven!«

(18^{v}) Der kuninc, ioch *in der* note,
sprach, daz her dies nine tete.
ir bete were al verloren, *1192*/1201
se mostin dolen sinen zorn.
iz were ir leit oder lieb,
sie nequamin von Kriechen nicht,
so lange so er lebe*n*te genc.
do sprach aber die kuningin: *1197*/1206
»waz wunderis wiltu an in began?
ir vader hiez Adam,
danne wir alle quamin.
du soldes gothis schonin
an der vil a*r*mer diete *1202*/1211
unde liezis sie uz der note.
nu sin sie virswellit,

1187 heren] êren *RB* 1193 an owe] in ouwe *R*, enouwe *B* 1195 an] in *RB* – uncrachten] unkraftin *R* 1196 moze] moce H 1198 *Einzeilige Initiale* – in der] einer H*RB* 1199 dies] diz *R*, diez *BF'* 1200 verloren] werloren H 1203 nicht] niet *R (und in der*

– diese müßten so beschaffen sein,
daß man sie ihnen ohne Prestigeverlust schenken könnte – :
Wie könnte die Angelegenheit klüger bereinigt werden?
Denke doch daran, Herr Konstantin,
daß sich diese hier (gegen Rother) nicht erwehren konnten:
Wie wolltest du dich dann vor Rother retten?
Wenn er seine Gefolgsleute nicht vergessen hat,
wird dein Land baden gehen!
Warum übergibst du mir die Gefangenen nicht wenigstens jetzt,
die dort armselig gebunden liegen,
damit ich sie (aus dem Kerker) herausholen kann?
Sie leben ein sehr schweres Leben!«

Selbst in dieser bedrängten Lage sprach der König,
daß er das niemals tun werde.
Ihre Bitte sei völlig sinnlos,
sie müßten seinen Grimm erdulden.
Ob es ihr nun angenehm sei oder nicht,
sie kämen aus Griechenland nicht fort,
solange er lebe.
Darauf entgegnete die Königin:
»Welche Absonderlichkeiten hast du denn mit ihnen vor?
Ihr Vater hieß Adam,
von dem wir alle herkommen.
Du solltest dich nicht gegen Gott vergehen
mit deinem Verhalten gegenüber dieser armen Schar
und (solltest) sie aus ihrer Notlage befreien.
Sie sind vom Hunger angeschwollen

Folge) 1204 lebente genc] lebete gen H, lebete *RB*, †lebete gen *V* 1206 wunderis] wnderis H 1210 armer (*MaRBF'V*)] amer H 1212 virswellit] virsuellit H*R*

harte missevůrit.
owi des ir vil schonin libes!
der mir armen wibe
einin sulichen helfere
wider den kuninc gebe,
also die dar ligit gebundin,
so mostin sie *zo* lande!
du ne rietis mir nicht so vaste mite,
er iz der ane danc were,
s*o* schere er iz verbere!«

Bercher sprach zo deme kuninc herren sin:
»ich troste mich an de kuningin!
iz kumit uns wole, daz Asprian
deme lewen so we hat getan.
sie vroit sich in ir gemote!
die anderin nerochtin,
ob wir also vere werin,
daz sie unsich nimmir nigesehin
hie in ir lande.
sie gent so runande
beide uz unde in,
wene wir in ieht dankneme sin.
ir nechein ne wenit (19[r]) vor uns genesen:
nu sulen sie mit genadin wesen!
irlazent sie der sorgin
unde var zo den herrebergen,
daz die ellenden mozen genezen
des der din vater lieze,

1213 missevůrit (*B*)] misse ẘrit H, misse vvorit *Ma*, missevûrit *R* 1219 zo lande (*HaRBV*)] lande H 1220 *Zwei Verse Ha* 1221 † *V* 1222 so] Sou *oder* Siu (*so F*) H, swe *Ha*, siu *Ma*, svî *R*, swî *B*, sui *V* 1223 *Einzeilige Initiale (mit F gegen V)* – kuninc]

und ganz entstellt.
Oh weh um ihr schönes Aussehen!
Wenn doch jemand mir machtloser Frau
einen solchen Helfer
gegen den König verschaffte
wie den, der da an der Kette geführt wird,
sie könnten zweifellos in ihr Land heimkehren!
Du könntest mir dann gar nicht so schnell (das Gegenteil) befehlen,
daß er nicht, noch bevor du dein Verbot geäußert hättest,
dieses eiligst mißachten würde.

Berchter sprach zum König, seinem Herrn:
»Die Königin macht mich zuversichtlich!
Es kommt uns sehr zustatten, daß Asprian
den Löwen so mißhandelt hat.
Sie freut sich in ihrem Innern darüber!
Den anderen würde es gar nichts ausmachen,
wenn wir so weit fort wären,
daß sie uns niemals mehr
hier in ihrem Lande erblickten.
Sie gehen mit heimlichem Gerede
aus und ein,
weil wir ihnen wohl nicht sehr angenehm sind.
Keiner von ihnen glaubt, sich vor uns retten zu können:
lassen wir sie doch ihren Frieden haben!
Befreit sie doch von ihren Ängsten
und zieh dich in deine Quartiere zurück,
damit jenen Heimatvertriebenen das zunutze kommt,
was dir dein Vater vererbt hat,

---

streichen RBF' 1227 vroit] wroit H 1234 ieht] icht *RF'* 1238 herrebergen] her(e)bergin *RB* 1239 genezen] genezzen H, geniezen *R*

der hie vil maniger unbe gat
unde habit vil grozen unrat
von deme armote.
got durch sine gote
der irgezze sie ir leides!
io mochtin sie heime
wole wesen riche.
sie l*e*ben iamerliche:
daz irbarmit mich sere.
nu hilf en dur dine here!
du bist richir dan Constantin:
warumme soldistu an siner spise sin?
iz ne were uns nicht mugelich!«
do sprach der herre Dietherich:
»du hast einin stedigen mot,
daz der got geve got!
swanne ich uz dime rate gan,
so nevolgich nimer nehein man.«

Also man daz wazzer genam,
Dietherich vor den kuninc gienc stan.
her sprach: »ich wolde gerne, Constantin,
zo den herbergen sin
mit mine*n* holden.
sie ne mugin mer nicht gevolgen,
also ich hare zo hove gan;
so ist dar vile manich man,
da wir al samen sin.
nu helfet mer, vrowe kuningin,
wande ich vore eine helfelose diet,

1241 unbe] umbe *RBF'* 1248 leben (*R*)] lieben H*B* 1250 dur] thur *B* – here] êre *RB* 1257 swanne] svanne H*R* 1258 nehein]

von denen hier so mancher herumgeht
und völlig hilflos ist
infolge seiner Mittellosigkeit.
Gott in seiner Güte
möge sie für das Erlittene entschädigen!
Sie können durchaus zu Hause
mächtig und wohlhabend gewesen sein.
Hier aber leben sie in arger Not:
Das tut mir sehr weh.
Nun hilf ihnen um deines Ansehens willen!
Du bist mächtiger und wohlhabender als Konstantin:
Warum solltest du es nötig haben, an seinem Tisch zu essen?
(Darauf zu verzichten) wäre uns auch gar nicht mühsam!«
Da sprach der Herr Dietrich:
»Du hast eine feste und treue Gesinnung,
Gott möge dich dafür belohnen!
Sollte ich jemals deinen Rat nicht mehr begehren,
werde ich keinem anderen Ratgeber mehr Gehör schenken!«

Nachdem man das Wasser entgegengenommen hatte,
begab sich Dietrich vor den König.
Er sprach: »Ich würde gerne, Konstantin,
in meinen Quartieren wohnen,
zusammen mit meinen Gefolgsleuten.
Sie können mir nicht folgen,
wenn ich hierher an den Hof ziehe;
wir sind nämlich viele Leute,
wenn wir alle zusammen sind.
Königliche Herrin, kommt mir zu Hilfe,
denn ich führe eine hilfsbedürftige Schar an,

---

neheinen *RB* 1259 *Einzeilige Initiale* 1263 minen (*HaRF'V*)] minent H*B*

der vromigistin nevolget mir niet.
swaz so ich der (19[v]) mochte haben,
die hat Rother irslagen.
her virtrei*f* mich uze deme lande min!«
do sprach der kuninc Constantin:
»wir virzihent din ungerne,
nu vare zo dinen herbergen!
gerochis du ieht des ich han,
dat sal dir wesin underdan.
ich wille dich gerne miete
unde wille dir ere biete,
daz du dinin hoveman
zogeliche heizis hi zo tiske gan,
wander irsrecket mir daz wib,
die mir ist also der lib.
minen man*n*en ne magit nicht schade wesen,
die sint is dicke genesen.
in disime sale ist iz aber selden getan!«
do sprach der riese Aspriam:
»herre, iz tete mir michil not,
mer nam din berwelf min brot!«

Dietherich der herre
vor zo den herbergin
unde gebarte verzen nacht,
also her were unstadicha*f*t,
al wante ime die ellenden
got begunde senden.
den waren die porten uf getan,

1273 virtreif (*R*)] virtreich H*B* 1275 virzihent] virzîhen *RF'* 1277 ieht] icht *RF'* 1278 Dat] Daz *Ha* 1279 wille] wil *R* – miete] mieten *R* 1280 biete] bieten *R* 1282 zogeliche] zogenliche *R* 1283 irsrecket] irscrecket *F'* 1285 mannen (*BV*)] manen

von den Tüchtigsten ist mir niemand gefolgt.
Alle, die ich von diesen gehabt habe,
hat Rother getötet.
Er hat mich aus meinen Ländereien vertrieben!«
Da sprach der König Konstantin:
»Wir verzichten nur ungern auf dich,
begib dich jedoch jetzt in deine Quartiere!
Wenn du irgend etwas von dem, was ich besitze, brauchst,
dann soll es dir zu Gebote stehn.
Ich will dir gerne Lohn geben
und dir eine angesehene Stellung anbieten,
wenn du nur deinen Höfling anweist,
sich hier mit Anstand zu Tische zu begeben,
denn er verängstigt mir die Frau,
die ich liebe wie mich selbst.
Meinen Leuten macht ja sein Benehmen keine Beschwerden,
die überstehen das leicht.
Allerdings geschieht so etwas in diesem Saal sonst nie!«
Da sprach der Riese Asprian:
»Herr, nur eine große Bedrängnis brachte mich dazu,
dein kleiner Bär fraß mir mein Essen weg!«

Der Herr Dietrich
zog sich in seine Quartiere zurück
und verhielt sich vierzehn Tage lang,
als ob er unvermögend wäre,
bis ihm schließlich die Flüchtlinge
Gott zuzuführen begann.
Diesen wurden die Türen geöffnet,

H, mannin *R* 1288 Aspriam] Asprian *MaRBF'V* 1291 *Einzeilige Initiale, kein Großabsatz markiert (gegen R)* 1294 unstadichaft (*HaV*)] vnstadichat H, unstadehaft *RB*, unstadihacht *F'*

sie liezen sie uz unde in gan.
selve her iz in wol gebot,
her bottin vlizeliche ir not.
Berther unde Asprian
unde andere Dietherichis man,
wol entfengen sie die armen
ande lezin sich ere not erbar(20^{r})men.
dicke richte man den tisch.
da was daz inbiz gewis
allen die des gerochten,
daz sie den helit gesochtin.
den beschinete men groze minne
unde brachte sie alles godes en inne.
des was den ellenden not,
wandez en nieman ne bot.
ovir alle die stat
ir zoch zo Dietheriche die cracht,
die von degenheite
gelidin hatten arbeite.
sie ne hatten die kleider noch die ros,
darumbe verbot man en Constantinis hof.
des livete ville manich riche
harte iamerliche.

Sich virstont die notige diet,
dat sie deme richen waren lieb,
der in Constantinis hove was.
ir zoch dar hiene ein groz heris craft
zo Dietheriche:
her gab en vrumeliche.
her genozte sich in,

1304 lezin] lezzin H 1306 gewis] gevis H 1309 beschinete] be-schein(e)te *RBF'* 1314 cracht] kraft *R* 1321 *Einzeilige Initiale* 1322 deme riche] dem(e) rîchen *RB* 1324 hiene] hine *R*

und man gestattete ihnen, ein und aus zu gehen.
Er sorgte sich persönlich um ihr Wohlergehen,
eifrig linderte er ihre Notlage.
Berchter, Asprian
und andere Gefolgsleute Dietrichs,
sie nahmen die Bedürftigen wohlwollend auf
und ließen sich deren Not zu Herzen gehen.
Immer wieder deckte man den Tisch.
Da war Speise sicher
allen jenen, die danach begehrten,
den Held aufzusuchen.
Diesen erzeigte man große Freundlichkeit
und beschenkte sie reichlich.
Das hatten die Vertriebenen auch bitter nötig,
denn niemand sonst unterstützte sie.
Aus der ganzen Stadt
kam eine große Zahl derer zu Dietrich,
die aus politischen Gründen
in Bedrängnis geraten waren.
Sie besaßen weder (standesgemäße) Kleidung noch Pferde,
weshalb man ihnen den Zutritt zu Konstantins Hof verwehrte.
Und so lebte so mancher einst mächtige Herr
ganz erbärmlich.

Diese mittellosen Leute erkannten,
daß sie dem Reichen und Mächtigen willkommen waren,
der sich an Konstantins Hof aufhielt.
Eine große Heerschar von ihnen zog da
hin zu Dietrich:
Er half ihnen tatkräftig.
Er machte sich ihnen gleich,

he sazte sie inebin in
unde hiez ir de schenken
hotin mit deme tranke *1322*/1331
unde gebot den truchtsetin,
daz sie ir niene virgezin.
den vremedin gestin
war*t* die aller besten
lifnare vore getragen *1327*/1336
die man iergin mochte haven,
also dien herren gezam:
ir leides ein teil virgazin.
swe dar hate ritaris namen
die sundirte man dan *1332*/1341
unde ga*f* en gote rosse
unde pelleline rocke,
zo den rossin (20^{v}) staline ringe,
daz sie mit swerte n*e*man ne kunde gewinnen.
do troch der riese Asprian *1337*/1346
manigen mantil wolgetan
uze der kamerin Dietherichis
unde vazzite sie al geliche.
die swert her en umb bant
unde gab in die vanin an die hant. *1342*/1351
do begunden sie be*h*urdiren
und vroweden sich vor lieve.
des lovete man Dietheriche
dar zo hove grozliche.

1328 he] her *RB* – in] sin *F'* 1331 truchtsetin (*B*)] truchtzetin H, truhtsêzin *R* 1334 wart (*RF'*)] war H*B* – besten] beste *RB* 1335 lifnare] liph nare H*B* 1337 *Keine Initiale (mit MaV gegen RB)* – dien] die *MaRBV* – gezam] geâzin *MaBV''*, gesâzin *R*, †gezam *V*

er hieß sie sich neben ihn setzen
und befahl den Mundschenken,
sie mit Trank zu versorgen,
und wies die Truchsessen an,
sich eifrig um sie zu kümmern.
Den fremden Gästen
wurden die erlesensten
Speisen aufgetischt,
die man auftreiben konnte,
ganz so, wie es diesen Herren zustand:
da vergaßen sie einen Teil ihres Mißgeschicks.
Alle, die da den Namen eines Ritters hatten,
die nahm man aus der Menge heraus
und stattete sie mit guten Pferden aus
und mit seidenen Gewändern,
zusätzlich zu den Pferden mit Rüstungen aus Stahl,
so daß ihnen niemand mit dem Schwerte beikommen konnte.
Da brachte der Riese Asprian
so manchen prächtigen Überwurf
aus Dietrichs Schatzkammer herbei
und stattete alle damit aus.
Er band ihnen Schwerter um
und gab ihnen Wimpel in die Hand.
Da begannen sie zu turnieren
und freuten sich überschwenglich.
Dafür wurde Dietrich
zu Hofe eifrig gepriesen.

1339 swe] Svve H 1340 dan] dane *RV* 1341 gaf (*R*)] gach H*B*, gaph *MaV* 1344 neman] nēman H, nieman *RB* 1349 swert] suert H*R* 1351 behurdiren (*MaRBF'V*)] bebvrdiren H

Do quam ein herlich schare
die hatte sich virsumit gare,
daz sie so lange waren,
sie vrochtin, daz man en icht gave.
Berker gienc se unbe
allez schowende,
we ir gelaz were getan.
do saz dar manich nakit man
unde schametin sich vil sere.
do sprach Berker zo sime herren:
»nu warte zo disin armen,
daz mochte got irbarmen!
sie schame*nt* sich vor schanden,
sie netrage*nt* nicht unbez lif unde in den handen.
du salt sie alle vazzen
unde *ge*rei*te* machen!
sie sin zo deme gurtele also smal,
en stat er lif harde wal.
sie vlizen sich zu waren
na riterlichen gebare.
die toginliche blicke
began sie so dicke,
daz iz von unge(21ʳ)slahte
kumin nine mochte.
ne sin under in nicht edele man,
so heit mir min houweht ave slan!«
»ich volge dir gerne!« sprach Dietherich,
»*sw*er so genade sochit ane mich,

1355 *Einzeilige Initiale (mit F gegen V)* 1358 vrochtin (*B*)] wrochtin H, vorchtin *R* 1359 unbe] umbe *RB* 1360 schowende] schouwunde *R* 1362 saz] sat *F* 1367 schament (*RBF'V''*)] schamet H 1368 netragent (*RBF'V''*)] netraget H – unbez] umbez *MaRBF'* – lif] liph H*B* 1370 gereite] reithte H, reiche *Ha*, reichte

Da kam eine vornehme Schar,
die sich sehr verspätet hatte;
weil sie so spät dran waren,
befürchteten sie, nichts mehr geschenkt zu bekommen.
Berchter ging um sie herum
und beobachtete genau
ihr Aussehen und ihr Benehmen.
Da saßen viele Männer in nicht standesgemäßer Kleidung
und schämten sich sehr.
Da sprach Berchter zu seinem Herrn:
»Nun sieh dir diese Armen an,
es könnte Gott erbarmen!
Sie schämen sich wegen ihres armseligen Zustandes,
sie haben kaum etwas am Leib und nichts in den Händen.
Du solltest sie alle neu einkleiden
und ausrüsten, wie es sich gehört!
Sie haben so schlanke Hüften,
ihre Figur ist gut gebaut.
Wahrhaftig, sie befleißigen sich
ritterlichen Benehmens.
Ihre Blicke lassen sie (nur) dezent
umherschweifen,
so daß ihr Verhalten aus einer nichtständischen Geburt
niemals erklärbar wäre.
Wenn sich unter ihnen keine Adeligen befinden,
dann laß mir den Kopf abschlagen!«
»Ich befolge deinen Rat gerne«, sprach Dietrich,
»wer immer bei mir Erbarmen sucht,

MaBV, rechte *R*, rîche *V''* 1371 sin] sint *MaRB* 1372 lif] liph H*B* 1375 toginliche] toginlîchen *HaB*, togintlîchi(n) *RF'* 1380 howeht] hôvet *RB*, howebt *V* 1382 swer (*R*)] Sv wer H, sower *HaBV*

he vindit sie, ob iz got wil!«
dar war des godis harde vil
den ellenden vor getragen, *1377*/1386
sie entfengen iz al an Cristis namen.

Do ne stund iz borlange,
er Dietherich der manne
ses dusint gewan,
die ime waren underdan *1382*/1391
mit dieniste aller tagelich:
sin ingesinde was herlich.
do quam ein verorloget man
zo Constantinopele gegan,
ein grave der hiez Arnolt, *1387*/1396
der vorde ein nodigiz volc:
dre vrige herren,
die hatten groze ere
virloren in eren lande.
die gingen trorande *1392*/1401
vil blocliche in der stat,
daz en nieman nicht ne gaf.
do sprach der beste coufman
der ie vele got gewan:
»ich sie an u herren wole, *1397*/1406
er ne sint der armote nicht gewune!
wilder nu drate
volgin mime rate,
so gat vor Dietheriche:
her helfit u vrumeliche *1402*/1411
uz der note.
unde gerocht ir minis gotis,

1383 will] vvil H 1384 war] wart *RB* 1387 *Beginn der Fragmente BE, 2, vgl. S. 398–426* 1387 *Einzeilige Initiale* 1401 bloc-

wird es, so Gott will, finden!«
Da wurden viele Geschenke
für die Vertriebenen herbeigeschafft,
und diese nahmen sie alle im Namen Christi entgegen.

Da dauerte es nicht sehr lange,
bis Dietrich an Gefolgsleuten
sechstausend gewonnen hatte,
die loyal zu ihm standen
in ihrer täglich neuen Dienstbereitschaft:
er verfügte über ein herrscherliches Gefolge.
Da kam ein vom Krieg Vertriebener
nach Konstantinopel,
ein Graf namens Arnold,
der brachte eine in Not geratene Schar mit:
drei Freiherren,
die eine hochangesehene Stellung
in ihrer Heimat verloren hatten.
Die gingen bedrückt
und ganz verschämt in der Stadt herum,
weil ihnen niemand etwas gab.
Da sprach der edelste Kaufmann,
der je großen Besitz erworben hat:
»Ich erkenne an euch Herren genau,
daß ihr an Mittellosigkeit nicht gewöhnt seid!
Wollt ihr nun eilig
meinen Rat befolgen,
so begebt euch vor Dietrich:
Der wird euch wirksam
aus eurer Notlage heraus helfen.
Und wenn ihr geruht, etwas von meinem Besitz
anzunehmen,

---

liche] bloliche H*B*, blozliche *MaRF'*, blôtlîche? *V''* 1402 gaf] gap *R* 1406 gewune] gewne H, gewone *MaRB*

ich give ein gewant,
daz ir u so harde nicht ne schamet,
daz ir so nachit sin.«
»nu lone der (21[v]) min drechtin«,
sprach Arnolt der grave,
»daz sal du wizzen zwaren:
of mir Dietherich genade dot,
ich vergelde der din got!«

Der ellende grave
nam sine mage
unde vor vore Dietheriche.
der intfenc ene vrumeliche
mit godeme gebare
unde vragete ene, wie her ware.
do sprach her trorande:
»mich hant mine viande
virtriven dur iren overmot:
nu is mir thure daz got.
swe arm so ich si,
ich bin doch von minin magen vri
unde han durch genade
her zo der gevragit.«
»die vindistu«, sprach Dietherich.
mit Berker besprach her sich,
waz sie deme herren solden geven,
daz her mit eren mochte nemen.
alsus riet do der alde man:
»got hat vil wole zo dir getan
mit grozeme gote:
nu helf in uzir der note!

1413 give ein] give u ein *RBV* 1414 u] ûch *RF'* 1421 *Einzeilige Initiale* – ellende (*RB*)] elende H 1426 ene] *fehlt R* 1430 is] iz *B* 1442 der] *fehlt R*

so schenke ich euch Gewänder,
damit ihr euch nicht so heftig zu schämen braucht
wegen eurer unzulänglichen Bekleidung.«
»Unser Herrgott möge dich belohnen«,
sprach der Graf Arnold,
»das sollst du wahrhaftig wissen:
Falls sich Dietrich meiner erbarmt,
dann bezahle ich dir deine Habe!«

Der heimatvertriebene Graf
nahm seine Verwandten (und Gefolgsleute)
und begab sich vor Dietrich.
Dieser nahm ihn hilfsbereit auf
mit höflichem Zuvorkommen
und fragte ihn, wer er sei.
Da sprach der Graf bedrückt:
»Mich haben meine Feinde
in ihrer frevlerischen Gesinnung vertrieben:
Nun mangelt es mir an Mitteln.
So mittellos ich auch jetzt sein mag,
so bin ich doch von freier Abkunft
und habe mich, um Hilfe zu erlangen,
hierher zu dir durchgefragt.«
»Die sollst du finden«, sprach Dietrich.
Er beriet sich mit Berchter,
was sie dem Herren schenken sollten,
das er mit Anstand annehmen könne.
Folgendes schlug da der erfahrene alte Mann vor:
»Gott hat dir große Wohltat erwiesen
mit reichem Vermögen:
Hilf ihnen jetzt aus ihrer Bedrängnis!

unde wiltus minen rad haven,
so h*eiz* den schaz her vore tragin:
hir newirt der bo*s*heit nicht geplegen! *1437*/1446
man sal en dusint marc geven
unde itwaz geven mere:
so helfet iz ouh den herren,
daz her den bestin hof gewinne
den man in der stat vinde.« *1442*/1451
»in trowen«, sprach Asprian,
»her sal ouch *e*inen (22r) han!
dar inne wil ich ime, daz is war,
drizich rittare vazzen ein iar!«

Dietheriche duchte die rede got. *1447*/1456
den meren sc*h*az man vor in troch
inde gaf deme edelen manne.
do vor her vroliche danne
hinne vor Constantinin
unde sagete ime unde den sinen: *1452*/1461
»diz hat mir Dietherich gegevin,
got laze ene mit genaden lieven!«
do sprach de edile kuningin:
»weiz got, her mach wol edile sin!
hir schinit Constantinis sin! *1457*/1466
eya, arme, wie ich nu virstozin bin,
daz min thoc*h*tir deme virsagit wart,
der diesen helit virtrieven hat!
dirre tod so vrumichliche:
ich weiz wol, Rother der ist riche *1462*/1471
unde mac wol gew*a*lt han.«
do sprachen Constantinis man:

1443 unde (*RBF'*)] Nu H, †nu *V* 1444 heiz (*RB*)] hiez H 1445 bosheit (*HaRBF'V*)] boheit H, bo(z)heit *Ma* 1452 einen (*RV''*)] ninen H, minen *HaB*, †ninen *V* 1454 drizich (*R*)] driezich H –

Und wenn du in dieser Frage meinen Rat haben willst,
so lasse dir jetzt deinen Schatz herbeitragen:
Knausrigkeit hat hier nichts zu suchen!
Man möge ihnen tausend Mark schenken
und darüber hinaus noch einiges mehr;
das ermöglicht es dem Herrn auch,
daß er sich den besten Hof halten kann,
den man in der Stadt findet.«
»Meiner Treu«, sprach Asprian,
»er w i r d einen haben!
An diesem will ich ihm wahrhaftig
dreißig Ritter ein Jahr lang halten!«

Dietrich hielt diese Worte für gut.
Man brachte den berühmten Schatz vor ihn
und beschenkte den vornehmen Mann.
Da zog er beglückt von dannen
hin vor Konstantin
und berichtete diesem und den Seinen:
»Dies hat mir Dietrich geschenkt,
Gott segne seinen Lebenslauf!«
Da sprach die edle Königin:
»Gott, wie vornehm er sein muß!
Daran wird Konstantins Haltung erst richtig deutlich!
Weh mir Armer, wie unglücklich ich dadurch bin,
daß meine Tochter dem verwehrt wurde,
der einen Helden wie diesen vertrieben hat!
Dieser (schon) handelt so vortrefflich:
Ich ersehe daraus deutlich, daß Rother vermögend ist
und wohl auch mächtig.«
Da sprachen Konstantins Vasallen:

---

vazzen] vazen H 1455 *Einzeilige Initiale* 1456 schaz (*HaBF'V*)] sclaz H, scaz *MaR* 1462 lieven] levin *R* 1467 thochtir] thoctir H, tochtir *RB* 1471 gewalt (*RBF'*)] gewolt H

»vrowe, u ist der ride not!
der tuvil tho en den dot,
die iz ie irwantin!
wir weren uz deme lande
mit deme kuninc Rothere.
der hette unsich widir over mere
gesant mit grozen eren.
nu dunkit uns bezzere,
nu des nicht nemach irgan,
daz wer werden Dietherchis man.
her gevet uns vromeliche
unde machit uns (22^{v}) alle riche.«

Die ellende grave
nam sine mage
unde vor vur Dietheriche.
her entfienc sie vrumic*liche*
unde sante in vor in de stat.
Berker ime einin hof gab.
dar zo gab ime Asprian
drizzic ritar lossam
mit grozime gote.
do wart vaste zo mote
des kuningis ingesinde:
sie newoldin niht irwenden,
sie newurdin Dietherichis man.
dar begunden vrige herren gan,
dar nac*h* die edelin graven
unde alle die da waren
in Consta*n*tinis hove,

1480 bezzere] bezzer mêre *R*, bezzer hêrre *B* 1482 Dietherchis] Diet(h)erichis *HaRB*, thietherches *Ma* 1485 *Einzeilige Initiale* 1488 vrumicliche (*RBF'*)] vrumiche H 1492 drizzic (*MaF'*)] driz-

»Herrin, Ihr habt allen Grund, das zu sagen!
Der Teufel möge jene holen,
die das je verhindert haben!
Wir wären (dann nämlich) außer Landes (gezogen)
mit dem König Rother.
Der hätte uns (dann) wieder über das Meer zurück
gesandt in großem Ansehen.
Nun halten wir es für richtiger,
da dies nun einmal nicht geschehen kann,
daß wir Dietrichs Vasallen werden.
Er wird uns großzügig beschenken
und uns alle vermögend machen.«

Der heimatlose Graf
nahm seine Verwandten und Gefolgsleute
und begab sich vor Dietrich.
Dieser empfing sie zuvorkommend
und sandte ihn voraus in die Stadt.
Berchter übergab ihm dort einen Hof.
Dazu verschaffte ihm Asprian
dreißig prächtige Ritter
mit ansehnlichem Vermögen.
Da faßten einen festen Entschluß
die Gefolgsleute des Königs:
Sie wollten davon nicht abstehen,
Dietrichs Vasallen zu werden.
Zunächst begannen die edelfreien Herren zu ihm überzuwechseln,
danach die vornehmen Grafen
und (schließlich) alle, die da
zu Konstantins Hof gehörten,

---

zit H, drîzic *RB* 1499 nach (*RF'V*)] nacht H*B* 1501 Constantinis] constatinis H

ane die ricken herzogen:
die irlazi*t* *is* daz liet,
sie ne tadens ouch nicht.
swaz der anderen vrome was,
die zugin hin mit heres craft
zo Dietheriche.
her gab en tageliche
mit golde deme rotin
de pellele ungescrotin,
dar zo mantele snevare:
dar nach hoven sie sic dare.
do moste der riese Asprian
dicke zo der kameren gan,
biz her sie gewerte
des sie an den herren gerten.
do lovete men Dietheriche,
die herren al geliche.
dar newas ouh niehein man,
her ne mochte mit *e*rin bestan,
ob se virsant waren,
die sinen schaz namen.

Also die ritare wider quamen
mit den schonen gaven,
do hob (23^{r}) sich harde tougin
daz runin under den vrowin
beide vro unde spade
an der vrowen kemenaten
von deme herren Dietheriche:
her levete vromicliche.
»owi, we sal ich«, sprach die kuningin,

1502 ricken] rîken *RB* 1503 irlazit is (*F'*)] irlazis H*RB* 1519 niehein] nichein *RBF'* 1520 erin (*HaBF'*)] trin H, ime *R*, †trin *V*, tru-

mit Ausnahme der mächtigen (und begüterten) Herzöge:
Ihnen erspart die Erzählung (den Wechsel),
sie verhielten sich ja auch nicht so.
Alle anderen aber, die etwas taugten,
die wechselten in Scharen
zu Dietrich über.
Er schenkte ihnen tagtäglich
zusammen mit dem rötlich schimmernden Gold
unzerschnittene Seidenstoffe
und dazu noch schneeweiße Umhänge:
Um dieser Dinge willen hatten sie sich zu ihm begeben.
Da mußte der Riese Asprian
immer wieder in die Schatzkammer gehen,
bis er ihnen alles erfüllt hatte,
was sie von dem Herrn begehrten.
Da pries man Dietrich,
alle Ritter einhellig.
Da gab es auch keinen dieser Gefolgsmannen,
der nicht angesehen leben konnte,
auch wenn sie Vertriebene waren,
die seine Geschenke angenommen hatten.

Nachdem die Ritter wieder zurückgekehrt waren
mit den prächtigen Geschenken,
da erhob sich ganz heimlich
ein Getuschel unter den Damen
von früh bis spät
bei der Kemenate der Herrin
über den Herrn Dietrich:
Er führe ein tadelfreies Leben.
»O weh«, sprach die Königstochter, »wie bringe ich es fertig,

---

win *V''* *(gegen R)*

1523 *Einzeilige Initiale, kein Großabschnitt markiert*

1530 vromicliche] wromicliche H, uromicliche *V*

»irwerbe umbe den vater min,
daz wer den selven herren
gesien mit unsen eren?«
»ich ne wez ez, introwen«, sprach Herlint,
»du bist einigiz daz kint,
dinen vater also lieb.
nu bitde in eini*r* hocgezite,
daz der dene helit zo hus neme.
zo waren ich dir daz sagen:
so mogwir ene aller best gesen.
iz ne mac ouch nimmir baz geschen.«
die iuncvrow*e* gin*c* in drate
zo ir vatir kemenatin
unde sprach: »woldi*t* er nu, vater min,
dise pinke*s*ten hir heime sin,
daz duchte mich ein ere getan,
unde sameneten uwere man,
daz die recken sagin,
ob ir ieht riche waren.
ich ne weiz, war zo der vurste sal,
her ne hette ettewane schal
mit vroweden in deme hove sin!«
do sp*r*ach kuninc Constantin:
»wol dich, tochter, daz du levis!
we du nach den heren strevis
unde retis ie daz beste!
ich wille haven geste,
daz man immer sagete mere,
waz hie schales (23ᵛ) were

1532 irwerbe] irwerben *R* 1535 wez ez] wezei H, weiz *HaRBF'*, †wezei *V*, weiz (wêt) ez *V''* 1537 lieb] lîbe *R* 1538 einir] einie H, eine *Ha*, eime *MaR*, einer *BV* – hocgezite (*HaMaRBF'*)] hotgezite H, hocgezit *V* 1539 neme] lade *R* 1540 waren] varen H 1541 ene] in *RB* – best] beste *R* 1543 *Einzeilige Initiale (gegen MaRB)* – iuncvrowe (*HaRBV''*)] iuncvrowen H, †iunc vrowen *V* –

bei meinem Vater zu erreichen,
daß wir diesen Herrn
so treffen können, daß es unserem Ansehen nicht schadet?«
»Meiner Treu, ich weiß es nicht«, sprach Herlint,
»(allerdings:) du bist das einzige Kind
und deinem Vater sehr teuer.
Erbitte von ihm doch ein Fest,
so daß er den Helden in sein Haus einlädt.
Ich sage dir wahrhaftig:
Auf diese Weise können wir ihm am besten begegnen.
Es gibt keine günstigere Gelegenheit.«
Die junge Dame ging eilig hinein
ins Gemach ihres Vaters
und sprach: »Würdet Ihr, mein Vater, beschließen,
an diesem Pfingstfest zu Hause zu bleiben,
hielte ich dies für ein Verhalten, das Euer Ansehen fördert,
ebenso, wenn Ihr Eure Vasallen einberiefet,
so daß den Helden vor Augen geführt würde,
wie groß Eure Macht und Euer Reichtum sind.
Ich kann mir nicht vorstellen, wozu ein Fürst gut sein soll,
wenn er nicht manchmal Festeslärm
und Festesfreude an seinem Hof hat!«
Da sprach König Konstantin:
»Wohl dir, Tochter, daß du lebst!
Wie sehr dir an unserem Ansehen liegt
und wie du immer das Förderlichste vorschlägst!
Ich werde Gastlichkeit üben in einer Weise,
daß man in alle Zukunft davon erzählen wird,
wie großartig und lautstark die Stimmung

---

ginc in (*RF'*)] ginnin H, gin hin *Ha*, gîng *B*, †ginnin *V*, ginc *V''* 1545 woldit (*HaRBF'V*)] woldir H 1546 pinkesten (*RBF'*)] pinketen H 1549 sagin] sagen *V* 1554 sprach (*HaMaRBF'V*)] spach H – kuninc] der kuninc *RB* 1555 levis] leris *Ma* 1556 heren] êren *RB* 1559 sagetę] sage *F'V*

zo disen hochgezitin.
min gewalt get so wide:
virsizzet iz da*n* geman,
der moz den lif virloren han!«

Widir zo kemenatin ginc daz megetin. *1557*/1566
do sante der kuninc Constantin
wide sine mere
unde gebot den ritarin
hin zo der wertschefte
die was gelovet mit crafte. *1562*/1571
her hiez sie sichriliche varen,
do mostin sie alle dare.
swer sich ieht sazte dar widir,
deme gebot man iz bi der widen,
daz her gerne*r* dar gienge, *1567*/1576
dan man in hienge.
do ne torstiz nieman irlan.
sich gesellete man wider man
zo sime gelichen
unde vazziten sic vlizeliche. *1572*/1581
dar ne hette nichen ma*n*til namen,
her newere mit golde besclagen,
unde mochte daz so lichte sin getan,
daz sin n*ie*man niheine war ne nam.
die vorsten riche *1577*/1586
hoven sich geliche
hin zo deme Poderamus hove:

1561 hochgezitin] hochgecitin H 1563 dan (*MaF'V''*)] daz H, danne *RB*, †daz *V* – geman] ieman *MaR* 1564 lif] liph H*B* 1565 *Einzeilige Initiale* – ginc (*RBF'V*)] gin H 1571 sichriliche] sich riliche *Ha*, sichirlîche *RBF'* 1573 ieht] icht *HaRF'* 1575 gerner

bei diesem Fest war.
Meine Befehlsgewalt reicht sehr weit:
Jeder, der fernbleibt,
hat sein Leben verwirkt!«

Die junge Dame kehrte wieder in ihre Kemenate zurück.
Da ließ der König Konstantin
weitum seine Botschaft verkünden
und alle Ritter aufbieten
zu seinem Hoffest,
das so mit seiner ganzen Autorität angekündigt wurde.
Er verpflichtete sie streng zum Kommen,
da mußten sie alle dorthin kommen.
Jedem, der auch nur das geringste Widerstreben zeigte,
befahl man es unter Androhung des Galgens,
damit er es eher vorziehe hinzukommen,
als gehängt zu werden.
Da wagte es niemand zu unterlassen.
So kamen sie Mann für Mann
nach Standesgruppen zusammen
und rüsteten sich sorgfältig aus.
Da galt kein Mantel etwas,
der nicht mit Gold verziert war,
auch wenn dieses so gewichtlos war,
daß es niemand bemerkte.
Die mächtigen und vermögenden Fürsten
brachen allesamt auf
zum Hippodromos:

(*BF'V''*)] gerne H*R*, †gerne *V* 1576 dan] danne *R* 1581 mantil (*HaMaRBF'V*)] matil H 1584 nieman (*RB*)] nieiman H – war ne nam] warrenam *Ha*, war neman (!) *B*

seszen herzogen
unde drizzi*c* gravin.
mit scalle sie da waren *1582*/1591
unde nuzzen Constantinis got,
so man noch manichis herren todt.

Do sie quamin zo Constantinopole
d*er* vil meren burge,
die vrostin waren dar ober nacht, *1587*/1596
daz man ire da wole pla*ch*.
der tac begunde uf gan.
iegelich kamarare nam
sime herren eine stat
die *man* eme von hove (24^{r}) gab. *1592*/1601
do heizin sie Aspriane
daz geg*in*sidele vahen
deme herren Dietheriche.
dar benketer vlizeliche
mit aldime stole, *1597*/1606
daz verre was gevuerit
hie vor von ir lande
– iz trogin elphande
wile*n* in den gebiene –,
dar inne lac got gesteine: *1602*/1611
swe dinster die nacht was,
sie luc*h*tin alse der tac.
her sazze einen tisch herlich,
dar mochte der riche Dietherich
ane laster zo gan. *1607*/1616

1589 drizzic (*RBF'V*)] drizzit H 1591 nuzzen] nuzzin *MaRBF* 1593 *Einzeilige Initiale* 1594 der (*HaRBF'V*)] Do H 1595 vrostin] vorstin *R* 1596 plach (*RF'V*)] plaf H*B*, plag *Ha*, p(f)lac *Ma* 1600 man eme (*HaBV*)] eme H, men eme *R* 1601 heizin] heizen *HaV* 1602 geginsidele (*V''*)] gesidele H*RB* 1605 aldime]

sechzehn Herzöge
und dreißig Grafen.
Festlich gestimmt hielten sie sich dort auf
und genossen Konstantins Gastlichkeit,
wie man noch heute die vieler Herren genießt.

Nachdem sie in Konstantinopel angelangt waren,
in der sehr berühmten Stadt,
verbrachten die Fürsten die Nacht dort
und wurden gut versorgt.
Der Tag begann zu grauen.
Jeder Kämmerer nahm
für seinen Herrn den Platz (an der Tafel) entgegen
den ihm die Hofbeamten zuwiesen.
Da hießen sie Asprian,
den Platz gegenüber (dem Konstantins) zu belegen
für den Herrn Dietrich.
Dort bereitete er eifrig Sitzgelegenheiten
mit altehrwürdigen Stühlen,
die von weit her gebracht worden waren
aus ihrem Herkunftsland
– Elefanten hatten sie
einst als Stoßzähne getragen –,
in sie waren Edelsteine eingelegt:
Wie finster eine Nacht auch sein mochte,
sie strahlten wie der Tag.
Er stellte einen prächtigen Tisch auf,
an den sich der mächtige und vermögende Dietrich
ohne Prestigeverlust begeben konnte.

---

al dime *Ha* – stole] stele *Ha*, gestôle *RB* 1606 verre] vere H – gevuerit] gewerit H, gevôret *R*, gevorit *BV* 1607 ir lande (*BV*)] irlande H, Irlande *R* 1609 wilen (*R*)] Wille H, wîle *B* – gebiene] gebeine *RB* 1611 dinster] thuster *Ha* 1612 luchtin (*RB*)] luctin H – alse] also *MaRBV* 1613 sazze] sazte *MaRB*

do was her ein harte her man,
ein herzoge der hiez Friderich,
des kamerare virsumede sich.
der hiez Aspriane
sine benke rucken nahir *1612*/1621
unde sagite ime zware,
wie ricke sin herre ware.
her wolde also ture sin,
so der kuninc Constantin.
er sprach: »nu rum it, groze bulgan, *1617*/1626
wir sulin daz geginsidile han!«
»introwen«, sprach Asprian,
»daz ne wirt nuwet gedan!
von hove schof man mir die stat,
daz sie u niman ne gaf. *1622*/1631
irhe*v*et ir wider mich socheinen zorn,
en mocht er gerne han virborn
biz zo eime anderen male,
so iz hie heimlicher ware:
daz duchte mich wistum getan! *1627*/1636
nu kiesit einin anderen man *1628*/1637
unde lazit mich min gestole han!« *1628*/1638

Der kamerere here
der zornite sich (24^{v}) sere
unde troste sich zo hundert man*n*en, *1631*/1641
die mit ime warin gegangin
unde duchtin torliche getan,
daz der riese Asprian
icht torste riden da widir.
her stez eme einin banc darnider. *1636*/1646

1616 was her ein] was ein *RBF'* 1622 ricke] rîche *R*, rîke *B* 1626 geginsidile] geginsidele *RV* 1628 nuwet (*RB*)] nwet H 1631 irhevet (*RB*)] Irhe^{f}vet H*Ma* – socheinen] sicheinen *RF'* 1636.1637

Da gab es einen sehr vornehmen Herrn,
einen Herzog namens Friedrich,
dessen Kämmerer war zu spät gekommen.
Dieser forderte Asprian auf,
seine Sitze enger zusammenzurücken,
und beteuerte ihm,
wie mächtig und vermögend sein Herr sei.
Dieser bestehe darauf, genauso vornehm zu sein
wie der König Konstantin.
Er sprach: »Mach' Platz, du langer Lümmel,
uns steht der Platz gegenüber dem König zu!«
»Meiner Treu«, sprach Asprian,
»das wird keinesfalls geschehen!
Die Hofbeamten haben mir diesen Platz zugewiesen,
Euch aber hat ihn niemand zur Verfügung gestellt.
Wenn Ihr aber mit mir irgendwie Streit anfangen wollt,
solltet Ihr Euch den besser aufsparen
bis auf ein anderes Mal,
wenn wir hier unter uns sind:
Das hielte ich für eine kluge Handlungsweise.
Sucht Euch jetzt einen anderen (zum Streiten)
und überlaßt mir meine Sitze in Ruhe!«

Der vornehme Kämmerer
geriet ganz außer sich
und vertraute auf die hundert Leute,
die mit ihm gekommen waren,
und er hielt es für töricht gehandelt,
daß der Riese Asprian
es überhaupt gewagt hatte zu widersprechen.
Er warf ihm eine Bank um.

Ein Vers (1628) MaF 1638 *Einzeilige Initiale* 1640 mannen (*RBV*)] manen H 1645 stez (*RF'*)] stezt H*B*

Asprian der helit got
die hant her uf ho*f*
unde scloc ime einin orsclac,
daz eme der kopf al zobrach.
*n*ach den schilden giengin sine *man*
unde woldin Aspriane slan.
der herzogo Friderich,
selve wafinter sich
unde rief sinen sellen.
do hof sich ein geschelle,
daz Tiederichis kamerere
da zo hove bestanden were
mit michilicher craft.
ienir der da gebunden lac,
der begunde bremin alse ein berre.
die ketenin die zobrach er gare
unde begreif eine staline stangin,
vier unde zwenzik elle lange.
swaz ime des volkes widir stiez,
wie luzzel her des genesen liez!
do sprach ein riese die hiez Grimme:
»iz wirt hie ubil inne,
ich sie Widolde varen.
nu gedenket, herre Asprian,
uwir grozer gote!
mit listigeme mote
vragit dene grimmigin man,
waz eme daz lut hette getan,
daz her in so viant si!«
»mir wart gesegit, herre min«,
sprach *do* Widolt der helit got,

1646 *Kein Initialabschnitt (gegen R)* 1647 hof (*HaMaRB*)] hofc H 1648 scloc] slôc *B* – einin] einen *HaMa* – orsclac] ôrslac *B* 1650 nach (*HaMaRBV*)] Hach H *(vgl. auch Anm. zu 798)* 1652

Asprian, der vortreffliche Held,
erhob seine Hand
und gab ihm einen Schlag hinters Ohr,
daß ihm der Kopf zerschellte.
Seine Leute eilten zu den Waffen
und wollten Asprian töten.
Der Herzog Friedrich
waffnete sich höchstpersönlich
und rief nach seinen Freunden.
Da begann man überall herumzuschreien,
daß Dietrichs Kammerherr
bei Hofe angegriffen werde
von einer großen Schar.
Jener, der da an der Kette lag,
der begann zu brummen wie ein Bär,
zerriß die Kette ganz und gar
und ergriff eine Stange aus Eisen,
eine vierundzwanzig Ellen lange.
Von allen Leuten, die ihm in die Quere kamen,
ließ er kaum einen ungeschoren.
Da sprach ein Riese namens Grimme:
»Jetzt wird es hier drinnen ungemütlich werden,
ich sehe Witold daherkommen.
Besinnt Euch jetzt, Herr Asprian,
Eurer großen Friedfertigkeit!
Mit kluger Überlegung
fragt also den wütenden Mann,
was ihm diese Leute angetan haben,
daß er so feindselig gegen sie ist.«
»Mir ist gesagt worden, mein Herr«,
so sprach Witold, der vortreffliche Held,

---

herzogo] herzoge *HaMaRBF'* 1653 wafinter] waphinter H*B*
1663 zwenzik] zvencik H*R* 1672 vragit] vrâgiter *R*, †vragit *V*
1676 sprach do (*RV''*)] Do sprach H, sprach *B*

(25[r]) »sie hetten dich bracht an groze not.
do newist ich, we iz hette getan:
ich wolde sie alle irslagen ha*n*.
were der danne zo iemanne zorn, *1671*/1681
der moste den lif haben virlorin!«
»introuwen«, sprach Asprian,
»sie ne hetten mer niecht getan,
wane ere unde gotis!
nu wichit uwers gemotis *1676*/1686
unde gebit die stangin diesim man!«
ein riese sie im vz der hant nam.

Den herzogen herren
row sin kemerere.
daz volc alzosemene *1681*/1691
hof sich dar zogegine
unde wolden Aspriane slan.
do sprach Widolt der kone man:
»waz ist ieniz gedrenge?
owi miner stangin! *1689*/1696
sie woldin di schaden, herre,
des ingelden sie hute vil sere!
iz ne si, daz ich irste*r*ve,
in moz vile we werden,
sie kumin vluchti*c* widir!« *1691*/1701
mit der vust sloc *er* einin dar nider
unde begreif den herzogen got
unde cratzit ime ave den stalin hot.
mit deme hare he*r* in uf want:
do intfiel er eme in daz gedranch. *1696*/1706

1677 dich (*HaRF'V*)] dicht H*B* – bracht] brach *Ha* 1679 han (*RBV*)] hanc H, hane *Ha* 1681 lif] liph H*B* 1688 *Einzeilige Initiale* – herren] hêren *RB* 1689 row] rou *RB* 1698 irsterve (*HaBF'V*)] irsteve H, irsterbe *R* 1700 vluchtic (*MaRBF'*)] vluchtie

»sie hätten dich in arge Bedrängnis gebracht.
Und weil ich nicht wußte, wer das getan hatte,
wollte ich sie alle erschlagen.
Jedenfalls: wenn du über jemand wütend wärest,
hätte der sein Leben verloren!«
»Meiner Treu«, sprach Asprian,
»sie haben mir nichts anderes erwiesen
als Hochachtung und Wohlwollen!
Nun laßt ab von Eurem Zorn
und übergebt Eure Stange diesem Mann da!«
Ein Riese nahm sie ihm aus der Hand.

Den vornehmen Herzog
schmerzte der Verlust seines Kämmerers.
Alle Anwesenden miteinander
drängten herbei
und wollten Asprian töten.
Da sprach Witold, der kühne Gefolgsmann:
»Was soll jenes Gedränge?
O weh, daß ich meine Stange nicht mehr habe!
Sie wollten dir (doch) Böses antun, Herr,
das wird sie heute noch teuer zu stehen kommen!
Wenn ich nicht zuvor sterbe,
werden sie arge Schmerzen erdulden müssen,
sie werden kehrtmachen und fliehen!«
Einen schlug er mit der Faust nieder
und ergriff den edlen Herzog
und zerrte ihm seinen eisernen Helm vom Kopf.
Er riß ihn am Haar in die Höhe:
Da entfiel er ihm in das Getümmel.

H, vluhtiec *Ha* 1701 sloc er einin (*B*)] sloc einin H, slôc einin her *R* 1703 cratzit ime] crazitime H, crozitime *Ma*, kratzitim *R*, krazzitime *B* 1704 her (*RBF'V*] here H

swa her die anderen gevienc,
wie strodicke iz uf gienc!
dar wart gestozen manic man,
daz her unsa*n*fte nider quam.
nu ne weiz ich, wie ein spileman
zo hove vor den kuninc quam
(25^{v}) unde sagite ime mere,
daz dar groz vechte were.

Constantin vragete mere,
waz dar schalles were.
her sprach: »daz weiz der heilige Crist,
ich sage der als iz ist:
dar gaf einer daz foter
mit der lengistin roten,
die ich mit den ougin ie gesach,
biz man sie ime uze der hant brach.
do wart her dancneme:
sie sin ime alle gezeme,
armen unde riche,
her rofit sie vreisliche.
mir is lieb, daz ich so vro inran!
dohc warf her mich over ver man,
daz mine voze
die erden nie nebero*r*tin.
ich stont ime ouch vor deme liechten,
her nebedorte min dar zo niehte.«

Wido*l*t wart gevangin,
gebundin an die lannin.

1709 unsanfte (*MaRBV*)] vnsavfte H 1711 vor (*RBV*)] wor H 1714 *Einzeilige Initiale* 1717 alsiz (*RBF'*)] alsis H 1725 rofit] rof^{tt} *Ha*, rofte *MaV* 1727 dohc] doke *Ha* 1728 voze (*MaRBV*)] woze H, vôte *R* 1729 neberortin (*HaMaRBF'V*)] neberotin H

Wo immer er die anderen zu fassen bekam –
wie Strohhalme wirbelte er sie durch die Luft!
Da wurde so mancher so angerempelt,
daß er sehr schmerzhaft auf dem Boden landete.
Nun habe ich nicht erfahren, wie ein Spielmann
an den Hof und bis vor den König durchkam
und ihm berichtete,
daß im Festsaal ein heftiger Kampf woge.

Konstantin erkundigte sich,
was dort für ein Lärm sei.
Er sprach: »Der heilige Christ sei mein Zeuge,
ich berichte dir nur Tatsachen:
Da gab einer Saures
mit der längsten Rute,
die ich mit meinen Augen je gesehen habe,
bis man sie ihm aus der Hand riß.
Da aber wurde er erst liebenswürdig:
Alle kommen ihm gleichermaßen gelegen,
Arme wie Reiche,
er rauft sie ganz fürchterlich.
Mir ist es ganz angenehm, daß ich so glücklich davongekommen bin!
Doch warf er mich über vier Mann hinweg,
so daß meine Füße
dabei den Boden nicht berührten.
Wahrscheinlich stand ich ihm auch im Licht,
und er konnte mich dort zu nichts brauchen.«

Witold wurde überwältigt
und wieder an die Kette gelegt.

1731 bedorte] bedorfte *RF'* 1732 *Einzeilige Initiale* – Widolt (*R*)] Uvidol H, Uindol *Ha*, Widol *Ba*, Uvidolt *V* – gevangin (*RBV*)] gewangin H

als er zo den herbergen quam,
wie drate iegelich man
na deme anderen zoch!
vor deme kuninge wart die clache groz
over Dietherichis kemerere,
daz sie gerouft weren.
»daz ist mer lieth«, sprach Constantin,
»nu sagit iz deme herren sin!
wil her u riechtin, daz is mer lieb,
ich ne underwindes mich niecht.«
als iz Dietherich virnam,
her hiez zo eme sine man gan,
(26r) Widolden den konen,
uffe den hof vronen:
»hat her iemanne icht getan,
iz sal ime an den lif gan
zo uwir aller gesichte!«
»wir irlazin in des gerichtis«,
sprach Friderich der herzoge,
»e der tuvil kume her zo hove,
swanner her quame,
da wir in alle gesechin.«
bi den henden sie sich bevingen,
vor den kuninc se giengen.
sie sprachen: »neina, herre Dietherich,
nicht ne ladene vore dich!
her ne hat uns sulechis nicht geschadit,
daz iz dir immer werde geclagit.
nu du, helith, virtriven bist,

1737 deme] dem *F* – clache] klage *R* 1740 lieth] leith *R*, leit *B* 1741 sagit iz (*RB*)] sagittiz H, sagitt iz *Ha* 1742 riechtin] richtin *R* 1743 niecht] niet *R* 1744 *Kein Initialabschnitt (gegen RB)*

Nachdem er wieder im Quartier angelangt war,
wie eilig da alle
einer nach dem anderen sich aufmachten!
Vor dem König erhob sich heftige Klage
über Dietrichs Kämmerer,
daß sie (von ihm) gezaust worden seien.
»Das bedrückt mich«, sprach Konstantin,
»aber tragt das seinem Herrn vor!
Ist er bereit, euch Recht zu verschaffen, ist mir das angenehm,
ich aber werde mich dieser Aufgabe nicht unterziehen.«
Als Dietrich das vernahm,
ließ er seine Gefolgsleute,
auch den kampflustigen Witold,
zu sich auf den königlichen Hof kommen.
»Hat er irgend jemand etwas angetan,
soll es ihm an das Leben gehn
öffentlich vor euch allen!«
»Wir verzichten auf eine Gerichtsverhandlung gegen ihn«,
sprach der Herzog Friedrich,
»bevor dieser Teufel hierher an den Hof kommt,
wenn auch immer er herkommt,
wo wir ihn alle ansehen müssen.«
Sie nahmen einander bei den Händen
und gingen vor den König.
Sie sprachen: »Nein, Herr Dietrich,
lade ihn nicht (hierher) vor dich!
Er hat uns keinen so nennenswerten Schaden zugefügt,
daß er jemals vor dir zu klagen wäre.
Da du, Held, ja ein Landesvertriebener bist,

1749 lif] liph H*B* 1755 gesechin] gesagen *R* 1756 bevingen (*BV*)] bewingen H, beviengen *R* 1761 geclagit (*so alle*)] *oder* gedagit H

man sal dich eren, wizze Crist,
h*ie* in diseme riche:
daz stet uns gevohliche!«
do dankete eme der herre.
ettelicher forte *s*ere,
her wurde des roufens geclagit
mit vil grozen bulslagen,
ob der helit kone
uf den hof queme.
dar umbe liezen sie die clage
unde swigitin lasteris unde schaden.

Die gerouftin mit deme hare
die swigitin is zware
swilche wis sie mochtin.
der kuninc saz in *trechten*
unde clagitiz der kuningin:
»eya, arme, wie ich nu gehonit bin
an den vremeden magin,
die here geritin waren
uz anderen richen!
die (26^{v}) sin so vreisliche
beide gerouf*t* unde geslagin,
daz siez immer mugen clagen.
daz hat Dietherichis man
umme ein stole getan!
vluchtic quamen sie wider,
her stiez ⟨*sie*⟩ mit der vust nidir,
daz sie in deme hore lagen.

1763 wizze] wize H 1764 hie (*HaRF'V*)] Hce H, hec (!) *Ma*, hê *B* 1766 eme] in *RB*, ene *V''* 1767 sere (*HaMaRBF'V*)] fere H 1768 geclagit (*so F*)] *oder* gedagit (*so HaMaBV*) H, gedegit *R* 1771 queme] quâme *R* 1774 *Einzeilige Initiale* – gerovftin] ge-

wird man dich ehrenvoll behandeln, bei Gott,
hier in diesem Reich:
So steht es uns gut an!«
Da dankte ihm der Herr.
So mancher befürchtete auch sehr,
er werde (selbst) wegen Haarausreißens angeklagt
und dazu mit heftigen Beulenschlägen,
wenn der streitbare Held
auf den Hof käme.
Deshalb verzichteten sie auf ihre Anklage
und redeten nicht mehr von ihrer Schande und ihrem Schaden.

Da waren sie nun an den Haaren gerauft worden
und schwiegen doch tatsächlich darüber,
so gut sie es vermochten.
Der König saß in Gedanken versunken da
und beklagete sich bei der Königin:
»Sieh' an, Arme, welche Schande man mir da zugefügt hat
an meinen auswärtigen Gefolgsleuten und Verwandten,
die hierher geritten waren
aus anderen Reichen!
Die hat man ganz schrecklich
gerauft und verprügelt,
daß sie sich immer darüber beklagen können.
Das hat Dietrichs Gefolgsmann
wegen eines Sitzplatzes getan!
Fliehend sind sie hierher zurückgekehrt,
er hatte sie mit der Faust niedergestoßen,
so daß sie im Schmutz lagen.

---

roiftin *Ma* 1775 zware] zvare H*R* 1777 trechten] riechte H*B*, richte *R*, triechte *F'*, †riechte *V*; *vgl. V. 4330, 4569, 4864* 1784 gerouft (*HaRBF'V*)] gerovf H 1787 stole] gestôle *RB* 1789 stiez sie (*RBV*)] stiez H 1790 hore] hove *HaMaR*

wane mochten sie umbe die schuzzen vragen?
die mochten sie haven geschozzen,
so ne hetten sie is nicht genozzen:
des woldich immer vro sin!«
»nu swich«, sprach die kuningin,
»unde laze wir daz geschuzze!
din rede ist unnutze:
hette der so na gesin,
daz du ene rechte hettis gesen,
dir ne gehulfe des nichein boge,
du ne mostis sin gevlogin
zo aller vurdrist after wege.
unde were aber Rothere gegeven
die unse tochter schone,
so ne troste dich nieman honen!
her hette dir uze sime lande
der thurin wigande
gesendit, daz dich nieman
mit here torste bestan:
von du moz ich wole clagen.
nu dulde honede unde schaden
hir in dime lande
von Dietherichis manne!«

Den zorn liez Constantin bestan
unde hiez na siner tochter gan,
(27[r]) daz die magit schone
schire zo dische quame.
dar ane ne sumpmete sie nicht,
ir was uffe den hof lieb.
die vrowe begonde vore gan,

1791 die] dic *Ma* 1798 hette der] hete der dir *R*, hette der der *B*, †hette der *V* 1805 troste] torste *RV* 1814 *Einzeilige Initiale* 1815 *Ende des Fragmentes BE 2* 1818 sumpmete] sûmete *RBF'*

Warum konnten sie nicht die Schützen anfordern?
Die hätten sie [die Riesen] erschießen können,
so daß sie nicht ungestraft davongekommen wären:
darüber hätte ich mich ewig gefreut!«
»Schweig jetzt«, sprach die Königin,
»und lassen wir das mit dem Schießen!
Was du sagst, ist wertlos:
Wäre dieser so nahe gewesen,
daß du genau auf ihn zielen hättest können,
hätte dich kein Bogen davor bewahrt,
daß auch du hättest fliehen müssen,
als Allererster den Weg entlang.
Hätte man aber Rother
unsere schöne Tochter gewährt,
so wagte es niemand, dir Schmach zuzufügen!
Er hätte dir aus seinem Lande
einige von seinen vortrefflichen Kriegern
gesandt, so daß niemand es gewagt hätte,
dich mit Heeresmacht anzugreifen:
Deswegen habe ich allen Grund zur Klage.
Jetzt erdulde eben Schmach und Schaden
hier in deinem (eigenen) Lande
von Dietrichs Vasall!«

Konstantin verzichtete auf eine weitere Auseinandersetzung
und schickte um seine Tochter,
daß das schöne Mädchen
schnell an die Tafel komme.
Damit zögerte sie auch nicht,
sie kam nur zu gerne an den Hof.
Die junge Dame ging voraus,

hundert megede lossam,
die volgeden ir zwaren,
alle valehere.
manigin armbouc rot
trogin sie gewirot.
uns sagit daz liet mere,
wie sie gevazzit weren:
daz aller vordirste wif,
die hette gezierit den lif
mit einer cronen guldin:
daz gebot ir vater Constantin.
die anderen megide alle samen
die trogin ritarlich gewant
von grozeme overmote:
cyclat der gote
der was mit deme golde
gestikit allenhalven,
dar under zabil unde kelin.
sie moste manigir anseen,
e die vrowe schone
hin zo diske quame.

Do hof sich daz gedrenge
von manigeme snellen manne
mit deme herren Dietheriche.
die waren wundirliche
gevazzit, als er vore gieng.
ir nehortit e noch sint
gesagin von bezzerme gewete,
dan die recken hetin.
ir himede waren sidin,

1822 zwaren] zvvaren H, zwâre *R* 1823 valehere] valehâre *HaR* 1827 gevazzit] gewazzit H 1828 wif] wiph H*B* 1829 gezierit] gecierit H – lif] liph H*B* 1832 samen] samt *R* 1834 grozeme]

hundert schmucke Mädchen
folgten ihr wahrhaftig,
alle blondhaarig.
Viele feingearbeitete rotgoldene Armringe
trugen sie.
Die Geschichte erzählt uns noch mehr darüber,
wie sie ausgestattet waren:
Die Frau an der Spitze des Zuges
hatte sich geschmückt
mit einer goldenen Krone:
das hatte ihr ihr Vater Konstantin so befohlen.
Die anderen jungen Damen alle
trugen Kleider nach ritterlicher Mode,
die zu ihrer festlich gehobenen Stimmung paßten:
wertvoller Seidenstoff
war mit Gold
überall durchwirkt,
darunter auch schwarzes und rotes Pelzwerk.
So mancher konnte es nicht lassen, sie zu betrachten,
bevor die schöne Herrin
die Tafel erreichte.

Danach entstand ein Gedränge
wegen der vielen kühnen Männer
um den Herrn Dietrich.
Die waren aufsehenerregend
ausgestattet, als er sie in den Saal führte.
Weder habt ihr früher vernommen, noch werdet ihr je
erzählen hören von Kleidung, die wertvoller war
als jene, die die Helden trugen.
Ihre Hemden waren aus Seide,

---

groceme H 1839 anseen] ane sehin *R*, ane seen *B*, ansehen? *F'* 1840 schone (*HaMaRBF'V*)] schne H 1842 *Einzeilige Initiale*

sie trogin bonit guldin,
da inne got gesteine.
ein karbu*n*kul schone
uffe Dietheriche stunt
der virdru*cte* (27^{v}) manich gesmide got,
daz wole gelovet ware,
ob man dit dar inne nich ne sage.

Wie mochtiz uffe der herden
die mantele immer werdin
bezzer mit gevoge,
dan die herren trogen?
die inville waren hermelin,
dar over gezogen cyclatin.
der in na bi was
den duchtiz schone also ein gras.
alse die varwe virlasc,
aller steine ubirglas
luchte von der edelicheite sin.
wie mochte turi*r*s icht sin?
da*r* zu smactiz suze.
iz brachtin blatvuze
Aspriane zo eren,
her gaf iz sime herren.
von du mostin sie al intsamt
des herren Dietherichis gewant
schowin de da waren.
von den kaffaren

1853 ein (*RBF'*)] Einnen H*B* – karbunkul (*BF'V*)] karbulkul H, karbunkel *R* 1854 stunt] stont *R* 1855 virdructe (*so HaRBV*)] *oder* vir drude (*so F*) H, virdructe *oder* virdriede *Ma* 1856 gelovet] gelovit *HaMaRBF* 1857 ob man] obin an *Ma* 1858 *Einzeilige Initiale, kein Großabschnitt (gegen F)* – mochtiz] mochtin *RBF'* – her-

sie hatten golddurchwirkte Barette auf,
in die Edelsteine eingearbeitet waren.
Ein prächtiger Karfunkel
erglänzte an Dietrich
und ließ so manches wertvolle Schmuckstück nicht zur Geltung kommen,
das man hoch gepriesen hätte,
wenn man diesen daran nicht gesehen hätte.

Wie könnte es auf dieser Welt
in Bezug auf Mäntel jemals etwas geben,
das kunstvoller und kostbarer gefertigt wäre
als das, was die Herren trugen?
Auf dem Futter aus Hermelinpelz
war golddurchwirkter Seidenstoff aufgezogen.
Wenn man sich in der Nähe der Herren aufhielt,
dann wirkte er wie saftig grünes Gras.
War man aber weiter entfernt, so daß die Farbe an Deutlichkeit verlor,
erstrahlte der glänzendste aller Steine
aufgrund seiner edlen Reinheit.
Was hätte es Besseres geben können?
Auch strömte er einen angenehmen Duft aus.
Ihn hatten Plattfüßler
Asprian als Ehrengeschenk überbracht,
und dieser hatte ihn seinem Herrn geschenkt.
Deswegen kamen sie alle nicht umhin,
den Aufzug des Herren Dietrich
zu bestaunen, die anwesend waren.
Weil sich so viele Gaffer um Dietrich drängten,

---

den] erdin *R*, erden *B* 1865 schone] grone *V''* (*so auch Roediger und Edzardi 1)* 1867 ubirglas] ubirglast *R* 1869 turirs (*MaRBF'V*)] turis H 1870 dar (*MaRBF'V*)] Daz H 1873 gaf] gaph H

virlos die vrowe ir hochgizit,
daz sie niene besach des ritaris lif.

Die hochgezit waren alle *1871*/1881
dre tage volle.
als iz an den drieten tach quam,
die varunde diet begunde gan
vor den Dietherichis dis*ch*:
her gaf in schone, wizze Crist! *1876*/1886
den hals her niegote,
her gaf sini*n* ma*n*til gotin
eineme armen spilemanne:
her was zo heile dar ingegannen.
so tatin die anderen al intsamt, *1881*/1891
dar ne behelt nieman sin (28^{r}) gewan*t*.
die mit ime dar waren,
sie ne rochtin zwaren,
wie iz in uz der hant nam:
ir ma*n*tele nequam nichen dan. *1886*/1896

Do scheit sich die hochgezit.
aller manne *ge*lich
reit zo sinin selidin,
ane Dietherichis helede:
die voren zo den herrebergen *1891*/1901
unde mostin gevazzit werden. *1892*
vrummicheit hette her dar began! *1894*
iz newart ouch nie nehein man *1895*

1878 vrowe] wrowe H – hochgizit] hochgicit H 1879 lif] liph H*B* 1880 *Einzeilige Initiale* – hochgezit] hochgecit 1882 drieten] driten *R* 1884 disch (*BV*)] dish H, disc *R* 1885 gaf] gaph H 1886 hals her niegote] halsherme gote *Ha*, hals her neigote *RB* 1887 gaf] gaph H – sinin (*RBF'V*)] sinim H – mantil (*MaRBV*)] matil H 1889 ingegannen] in gegangen *RBF'V* 1891

wurde die Dame um ihr Fest gebracht:
sie bekam den Ritter nicht zu Gesicht.

Das Fest dauerte insgesamt
drei volle Tage.
Als der dritte Tag anbrach,
begannen die Fahrenden,
vor Dietrichs Tisch hin zu ziehen:
Bei Gott, er beschenkte sie fürstlich!
Er neigte seinen Oberkörper
und schenkte seinen kostbaren Umhang
einem bedürftigen Spielmann:
der war zu seinem Glück dort hineingekommen.
Genauso taten die anderen alle,
keiner von ihnen behielt seinen Umhang.
Die mit Dietrich anwesend waren,
wahrhaftig, ihnen war es gleichgültig,
wer ihnen ihren Umhang aus der Hand nahm:
Keiner ihrer Umhänge wurde vom Fest zurückgebracht.

Da gingen die Festgäste auseinander.
Jedermann
ritt wieder zurück zu seinem Hof,
mit Ausnahme der Helden Dietrichs:
diese begaben sich in die Quartiere
und mußten neu ausgerüstet werden.
Dietrich hatte sich vorbildlich (freigebig) verhalten!
Es hat auch noch nie einen Mann gegeben,

---

gewant (*HaMaRBF'V*)] gewan H 1893 zwaren] zvaren H*R* 1895 mantele (*MaRBV*)] matele H 1896 *Einzeilige Initiale* – hochgezit] hochgecit H 1897 aller manne gelich (*RV''*)] Allermannelich H*B* 1900 herrebergen] her(e)bergen *RB* 1901 gevazzit] gewazzit H 1902 vrummicheit] vrumicheit *HaRB*

die Dietheriche dorste bestan,
die recken namen hette,
daz her so ville getate.
von du lobit in daz liet,
sie nigenoztin sich alle dar zo nicht.

Die ho*h*ti*th* was irgangen.
do lief man wider manne
zo vroner kemenatin
unde sagite von der gewete
die der recke Dietherich
hette gevazzit ane sich.
also der eine inne was,
der ander vor den turin was,
wante die magit so vil virnam,
daz sie den tuginthaftin man
von aller slachte sinne
in iren herzen begunde minnen.
noch dan was sie ime vremide:
sint gewan sie mit deme helede
manige werltwunne
unde ouch trube darunder.

In der kemenatin wart iz stille.
do sprach die kuninginne:
»owi, vrowe Herlint,
wie (28^{v}) groz mine sorge sint
umme den herren Dietheriche!
den hettich sichirliche

1909 *Einzeilige Initiale, kein Großabschnitt markiert (gegen R)* – hoftich (*so F*)] *oder* hofcich (*so Ha*) H, hofcith *MaF'*, hôchgezît *R*, hôfzîch *B*, hohtith *V*   1912 gewete] wâte *R*   1914 gevazzit] gewazzit *Ha*   1916 was] saz *Ma, ebenso R und B in den Anm.*

der als Vertriebener zu bezeichnen war,
der es wagen hätte können, sich Dietrich an die Seite
zu stellen dadurch,
daß er ebenso Großes vollbrachte.
Deswegen preist ihn das Lied,
sie alle konnten sich mit ihm nicht messen.

Das Fest war zu Ende gegangen.
Da eilten sie alle, Mann für Mann,
zum Gemach der Königstochter
und berichteten von den Gewändern,
die Dietrich, der Vertriebene,
angelegt hatte.
Während der eine gerade in der Kemenate war,
wartete der andere schon vor der Tür,
bis die junge Dame so viel erfahren hatte,
daß sie den mit so vielen Vorzügen ausgestatteten Mann
in jeder Hinsicht
in ihrem Herzen zu lieben begann.
Zu diesem Zeitpunkt war sie ihm noch fremd:
Später aber sollte sie mit dem Helden
viel Glück in der Welt erleben,
aber auch Leidvolles.

In der Kemenate war Ruhe eingekehrt.
Da sprach die Königstochter:
»O weh, Dame Herlint,
wie groß mein Kummer ist
wegen des Herrn Dietrich!
Den würde ich nur zu gerne

1917 wante (*RBV''*)] Vante H 1925 *Zweizeilige Initiale am Zeilenbeginn. Markierung eines Großabschnittes (gegen RF)* 1926 kuninginne (*MaRBV*)] *oder* kunniginne (*so HaF*) H

vorholne gerne gesen,
unde mochit iz mit gevoge geschen
unbe den tugintha*f*tin man.
vunf bouge lossam
die mochte ein bote schire *1927*/1936
unbe mich verdienen,
der den helit drate
brachte zo miner kemenaten!«
»in trowen«, sprach Herlint,
»ich wille mich heven an den sint, *1932*/1941
iz si schade oder ne si,
ich ge zo den herbergen sin!
doch pflegit her sulicher zuchte,
daz wir sin waren ane laster.«
Herlint gienc drate *1937*/1946
zo einir kemenatin
unde nam die turlichen want,
also manich vrowe hat.
darin zierte sie den lif.
do gin*c* daz listigez wif *1942*/1952
zo deme herren Dietheriche,
her intfinc sie vromeliche.
vil na sie zo ime saz,
deme recken sie in daz ore sprach:
»dir imbutit holde minne *1947*/1956
min vrowe die kuninginne
unde ist der vruntshefte underdan:
du salt hin zo ir gan!
dar wil die magit zware
dich selve wole infan, *1952*/1961

1932 mochit iz] mochtiz *HaRBF'* – gevoge (*RBV*)] gewoge H 1933 unbe] umbe *RBF'* 1933 tuginthaftin (*MaRBV*)] tuginthastin H 1934 vunf (*RB*)] Wnf H 1936 unbe] umbe RB 1944 laster] lachter *R* 1945 *Kein Initialabschnitt (gegen RB)* 1947 want] wât

heimlich treffen,
falls das mit höfischem Anstand möglich wäre
für diesen vortrefflichen Mann.
Fünf prächtige Armringe
könnte sich ein Bote auf leichte Weise
bei mir verdienen,
wenn er den Helden so bald wie möglich
in mein Gemach brächte!«
»Meiner Treu«, sprach Herlint,
»ich werde mich auf den Weg machen,
ob das nun gut ausgeht oder nicht,
ich suche ihn in seinem Quartier auf!
Allerdings hat er so vornehme Umgangsformen,
daß wir keine Bloßstellung von ihm erwarten müssen.«
Herlint begab sich eilig
in ein Gemach
und nahm ein kostbares Gewand,
eines, wie es auch heute vornehme Damen besitzen.
Damit schmückte sie sich.
Darauf ging die kluge und erfahrene Frau
zum Herren Dietrich,
dieser empfing sie zuvorkommend.
Sie setzte sich ganz nahe zu ihm
und flüsterte dem Vertriebenen zu:
»Dir entbietet Wohlwollen und Zuneigung
meine Herrin, die Königstochter,
die dir in Liebe ergeben ist:
Du mögest sie aufsuchen!
Die junge Dame wird dich bei ihr
persönlich geziemend empfangen,

RBF'V' 1949 zierte] cierte H – lif] liph H*B* 1950 ginc (*RV*)] gin H, gîng *B* – wif] wiph H*B* 1957 vruntshefte] vruntschefte *HaBV* 1959 zware] zvare H*R* 1960 infan] intfâhen *R*, infâ(h)in *V''*

nicht wene durch din ere,
aller truwin herre!
des mach du vil (29r) gewis sin
an der iuncvrowen min.«

Alsus ridede do Dietherich:
»vrowe, du sundigis dich
an mer ellenden manne!
ich bin ouch zo kemenatin gegangen
hie vore, do daz mochte sin!
warumme spozeder min?
lieder so tod man den *a*rmen ie!
uwer vrowe nigedachte die rede nie!
hie is so ville herzogen
unde vorsten in deme hove,
daz ir mit einen anderen man
uwerin scheimf mochtin han:
des hetter min*n*ir sunde!
ir virdienit daz afgrunde,
daz her mich so torecht woldit han!
ich ne bin ne so arm man,
ine ware doch zware
dar heime ein richer grave!«
Herlint sprach deme herren zo
– sie kunde ire rede wale gedon –:
»neina, herre Dietherich,
nicht nedenke des ane mich!
ich ne han is weiz got nicht getan:
mich hiez min vrowe here gan!
sie nimit michil wunder,

1965 *Einzeilige Initiale, kein Großabschnitt markiert (gegen F)* 1970 spozeder] spotet ir *MaF'*, spotedir *R* 1971 lieder] Lie der H, leider *RB* – armen (*HaMaRBV*)] amen H 1972 nigedachte (*so F*)] *oder* ingedachte (*so HaMaRBV*) H 1976 scheimf] scheunf *Ha*,

ausschließlich deswegen, weil du so angesehen bist,
du Inbegriff aller Vorzüge!
Darauf kannst du dich verlassen
bei meiner jungen Herrin.«

Folgendermaßen sprach Dietrich:
»Herrin, du versündigst dich
an mir armem Vertriebenen!
Auch ich habe Kemenaten aufgesucht,
früher, als mir das möglich war!
Warum treibt Ihr Euren Spott mit mir?
Leider behandelt man Unglückliche immer so!
Eure Herrin hat diese Worte nicht einmal gedacht!
Hier gibt es so viele Herzöge
und Fürsten am Hof,
daß Ihr mit einem anderen Mann
Euren Mutwillen treiben könntet:
da würdet Ihr Euch weniger versündigen!
Euch gebührt die Hölle dafür,
daß Ihr mich so zum Narren machen wolltet!
Auch wenn ich jetzt noch so unglückselig bin,
zu Hause war ich wahrhaftig
ein vermögender und mächtiger Graf!«
Herlint sprach zu dem Herrn
– sie verstand es gut, ihre Worte zu wählen –:
»O nein, Herr Dietrich,
das dürft Ihr von mir nicht glauben!
Ich habe nichts Derartiges getan:
Meine Herrin hat mir befohlen, hierher zu kommen!
Sie ist darüber sehr erstaunt,

---

schimf *R* 1977 minnir (*RB*)] minir H 1980 ne] nie *R* 1981 ine] ichne *V* – zware] zvare H*R* 1983 *Kein Initialabschnitt (gegen RB)*

daz du so manige stunde *1982*/1991
in desseme hove heves gewesen
unde sie ne woldis nie gesen.
daz ist doch seldene getan
von eime so statehaften man!
nu ne wizit mer der rede nicht: *1987*/1996
der kuninginne ware lief
swelich ere der (29v) gesche,
swie du sie nie nigese.
woldistu aber dar gan,
du ne thadis nicht ubelis dar anne!« *1992*/2001

Dietherich zo der vrowin sprach
– her wiste wole, daz iz ir ernist was –:
»hie ist der merkere so vile:
swer sin ere behaldin wille,
Der sal gezogenliche gan! *1997*/2006
ia wenit der elende man,
daz her nimmer so wole geto,
daz siez alle vůr got
nimen die in deme hove sin.
nu sage der iun*c*vrouwin din *2002*/2011
min dienist, ob sie is gerochit!
ich ne mach sie nicht gesochen
vor der missehelle:
ich vorte, daz iz irschelle
uns beiden laster*l*iche. *2007*/2016
so virbutit mer daz riche
Constantin der herre.
so moz ich immir mere

1991 heves gewesen] haves gesîn *R* 1992 gesen] gesien *R* 1995 ne] *gestrichen RB* – wizit] wizzit H, wîzet *RB* 1996 lief] lieph H*B*, liep *R* 1997 gesche] geschêhe *R* 1998 nie nigese] nî gesêhe *R* 2000 anne] an *RV* 2001 *Einzeilige Initiale* – vrowin] wrowin

daß du dich schon eine geraume Zeit
an diesem Hofe aufhältst
und noch nicht versucht hast, sie persönlich zu treffen.
So hat sich noch nie
ein hochstehender und vermögender Mann verhalten!
Nehmt mir meine Worte jetzt nicht wieder übel:
Die Königstochter wäre
über jeden Ehrenerweis, der dir zuteil würde, hocherfreut,
auch wenn du sie niemals besuchen würdest.
Wolltest du sie aber aufsuchen,
tätest du damit nichts Böses!«

Dietrich sprach zu der Dame
– er hatte genau gemerkt, daß sie es ernst meinte –:
»Hier gibt es so viele Aufpasser:
Wer immer seinen Ruf bewahren will,
der muß mit Delikatesse vorgehen!
Als Vertriebener weiß man ja,
daß man sich nie so korrekt verhalten kann,
daß keiner von denen daran Anstoß
nimmt, die sich bei Hof aufhalten.
Bestelle nun deiner jungen Herrin
meine Ergebenheit, wenn sie darauf Wert legt!
Aber ich sehe mich außerstande sie aufzusuchen
wegen der möglichen Unannehmlichkeiten:
Ich befürchte, es könnte bekannt werden und
uns beiden üble Nachrede eintragen.
Dann wird mich aus seinem Reich
der Herr Konstantin ausweisen.
Ich aber muß dann für immer

H 2003 vile] ville H 2004 wille] wil *R* 2006 elende] ellende *RB* 2010 iuncvrouwin (*RBF'*)] ivnuronwin H, iuncvrowen *Ha*, ivnuron win *Ma*, ivnurowin *V* 2014 vorte] uorchte *V* 2015 lasterliche (*HaRBV*)] lastercliche H, laster(t)liche *V*

vluchtich sin vor Rothere
unde ne mach mich niergin generen.« *2012/2021*

Herlint wolde dannen gan.
der herre bat sie dar bestan
unde heiz die goltsmide sin
zwene scho silverin
ilinde giezin *2017/2026*
– wie sie do zowin liezin! –
unde zwene von golde,
als er sie geven wolde.
do bat her Asprian,
daz sie zo einime voze quamen, *2022/2031*
daz her die beide neme
unde der vrowen geve
unde enin mantil vile got,
zwelf bouge golt rot:
so sal (30^{r}) men einir kuninginne *2027/2036*
ir botin minnin!
do spra*n*ch sie vroliche
von deme herren Dietheriche.

Herlint quam drate
zo ire vrowin kemenatin *2032/2041*
unde sagete ir von deme herren
her pflege sinir eren
harte vlizeliche:
»daz wizzin werliche,
ime sin des kuningis hulde lieb, *2037/2046*
her ne mach dich gesen nicht
mit nicheinir slachte voge.

2021 *Zweizeilige Initiale, Markierung eines Großabsatzes* – wolde (*RB*)] volde H 2024 zwene] zvene H*R* 2026 zwene] zvene H*R* 2029 Asprian] Aspriane *RV'* 2033 vile] ville H*R* 2034

auf der Flucht vor Rother leben
und werde nirgendwo vor ihm sicher sein.«

Herlint wollte sich entfernen.
Der Herr aber bat sie noch zu bleiben
und befahl seinen Goldschmieden,
zwei Schuhe aus Silber
so rasch wie möglich zu gießen
– wie sie sich da sputeten! –
und zwei aus Gold,
er wolle sie jemand zum Geschenk machen.
Da bat er Asprian, 2029
daß er nur die beiden nehme, 2031
die zum gleichen Fuß paßten, 2030
und diese der Dame übergebe, 2032
dazu einen wertvollen Überwurf
und zwölf Armringe aus rötlich schimmerndem Gold:
Dies ist die rechte Art, der Botin
einer Königin seine Achtung freundlich zu erweisen!
Da eilte sie hocherfreut
von dem Herrn Dietrich fort.

Herlint erreichte in kurzer Zeit
das Gemach ihrer Herrin
und berichtete ihr von dem Herrn,
er achte auf seine Reputation
sehr sorgfältig:
»Du sollst wahrhaftig wissen,
der legt großen Wert auf die Gunst des Königs
und sieht daher keine Möglichkeit, dich aufzusuchen,
ohne die Etikette zu verletzen.

---

zwelf] zvelf H*R* 2037 spranch (*HaRBF'V*)] sprach H 2039 *Einzeilige Initiale*

nu warte an dise schohe!
die gab mir der helit got
unde tete mir lievis genoch;
unde einin mantil wol getan
– wol mich, daz ich ie dare quam! –,
unde zwelf bǒge die ich han,
die gaf mir der helit lossam.
iz ne mochte uffe der erdin
nie schonir ritar werden
dan Dietherich der degin.
so *laze* mich got liebin,
ich kaffedene undankis ane,
daz ich mich is imer mach schamen!«
»Iz schinit wole«, sprach die kuningin,
»daz ich nicht selich nebin!
nu her min nicht wil gesehen:
mach du mir die scho geven,
durch des herren hulde,
die vullich dir mit golde!«
schire wart der cof getan.
sie zoch dene guldinen an
unde nam dene silverinen schon:
(30[v]) Der ginc an den selven voz.
»owi«, sprach die (schone) kuningin,
»wie wer nun gehonit sin!
do diese*r* schoe*n* lossam
ist missegrife getan,
ich ne bringen nimer an!
introwen, du most hine widir gan

2053 zwelf] zvelf H*R* 2058 laze (*RBF'*)] lazene H, laz ene *Ha* – liebin] lebin *R* 2061 *Einzeilige Initiale* 2069 schon] schôch *R* 2071 (schone)] *am linken Rand vor* kuningin *von gleicher Hand nachgetragen* H. *Nicht in den Text aufgenommen RBF* 2073 do

Aber sieh doch diese Schuhe an!
Die hat mir der treffliche Held geschenkt
und mir reichlich sein Wohlwollen bewiesen,
auch einen wunderschönen Überwurf
– wohl mir, daß ich dorthin gegangen bin! –
und die zwölf Armringe, die ich (hier) habe,
schenkte mir der herrliche Held.
Ich kann mir nicht vorstellen, daß es auf dieser Welt
jemals einen prächtigeren Ritter gegeben hat,
als den Helden Dietrich.
So wahr Gott mich leben lassen möge,
ich konnte gegen meinen Willen den Blick von ihm nicht abwenden,
so daß ich mich dafür für immer schämen muß!«
»Es ist jetzt ganz deutlich geworden«, sprach die Königin,
»daß mir kein Glück beschieden ist!
Da er mich nun einmal nicht aufsuchen will:
wenn du mir die Schuhe überlassen kannst,
um des Wohlwollens des Herrn willen,
fülle ich sie dir dafür mit Gold an!«
Das Geschäft war rasch abgeschlossen.
Die Königstochter zog den goldenen Schuh an
und ergriff dann den silbernen:
der aber paßte nur an den gleichen Fuß.
»O weh«, sprach die schöne Königstochter,
»in welch peinliche Situation wir nun geraten sind!
Mit diesen beiden wunderschönen Schuhen da
ist eine Verwechslung geschehen,
ich bringe diesen niemals auf meinen Fuß!
Meiner Treu, du wirst noch einmal hingehen

---

dieser schoen (*B*)] Do diesen schocn H, do diesen schoen *Ha*, do dieser schoen *oder* schocn *MaBF'*, dô diser schôhe *R*, †do diesen schocn *V*, do *streichen V''* 2074 missegrife] missegrîfen *R*

unde bitten Dietheriche
harde gezogenliche,
daz her dir den anderin schon gebe
unde mich gesen *wille selve*,
o*f* her in sime kunne
ie goter slachte gew*u*nne.«
»owi«, sprach Herlint,
»wie gare die laster danne sint
unser beider, vrowe!
nu wizzistaz, introwin,
soldich immer schande han,
ich moz abir widir gan!«
do hob die magit wolgetan
ir wat lossam
vaste an de kne,
sie nigedachte der zucht nie,
vrowelicher gange sie virgaz:
wie schire sie ober den hof geloufin was
zo deme herren Dietheriche!
her infinc sie vromichliche
in allen den gebere,
als er sie nie gesege.
do wiste der helit wole san,
warumme sie dar wider quam!

Herlint sprach zo deme heren:
»ich moz immer mere
in bodescheffe gan.
der schon is missegrife getan!

2079 schon] schô *R* 2080 gesen wille selve] gesen selve wille H, selve wille gesehen *R*, selbe wille gesen *B*, †gesen selve wille *V*, selven will gesen *V''* 2081 of (*RF'*)] och H*B*, ob *V* 2082 ie] iet *R* – slachte (*RB*)] slacte H – gewunne (*RB*)] geuinne H 2083 *Kein*

und Dietrich ganz höflich
bitten müssen,
daß er dir den dazu passenden Schuh geben
und sich dazu entschließen möge, mich persönlich
aufzusuchen,
falls er seiner Abkunft nach
jemals von hoher Art war.«
»O weh«, sprach Herlint,
»wie vollständig dadurch unser beider
Blamage geworden ist, Herrin!
Aber du sollst wissen, meiner Treu,
auch wenn ich für immer dem Gespött preisgegeben bin,
ich kann es nicht lassen, wiederum hinzugehen!«
Da raffte die hübsche junge Dame
ihr wunderschönes Gewand
ganz bis zu den Knien,
sie dachte nicht mehr an züchtiges Benehmen
und vergaß, wie sich eine Dame zu bewegen hatte:
Wie schnell sie über den Hof gerannt war
zum Herrn Dietrich!
Dieser empfing sie zuvorkommend
und ganz so,
als ob er sie noch nie gesehen hätte.
Aber der Held wußte sehr gut,
warum sie wiederum hergekommen war!

Herlint sprach zu dem Herrn:
»Ich werde wohl immer wieder
mit Botschaften unterwegs sein müssen.
Diese Schuhe sind verwechselt worden!

Initialabschnitt (gegen RB) 2985 vrowe] wrowe H 2091 kne] knie *R* 2096 vromichliche] vromelîche *MaR* 2101 *Zweizeilige Initiale am Zeilenbeginn, Markierung eines Großabschnittes* 2104 schon] schô *R* – missegrife] missegrîfen *R*

sie sin der kuninginne
(31[r]) gegeven durch dinin willin;
noch solde wir den einin haven.
des heiz dich min vrowe manen,
daz du ir den anderen sch*o*ch geven woldis
unde sie geseges selbe,
ob du undir dime kunne
ie got geslechte gew*u*nnis.«
»Ich datiz gerne«, sprach Dietherich,
»wane die kamerere, die meldin mich!«
»nie sie«, sprach Herlint,
»mit vroweden sie in deme hove sint!
die ritare schiezen den schaft,
dar is michil spilis craft.
ich wil hin vore gan.
nu nim zwene diner man
unde heve dich vil drate
na mer zo der kemenaten!
mit deme grozen schalle
virmissin sie din alle.
ich gescheffe ein gestille
vo*r* der kuninginne.«

Herlint wolde dannen gan,
do sprach der listiger man:
»nu beide des kamereris,
ich wille na den scho*n* vragen!«

2109 schoch (*R*)] schonch H, schôn *B* – geven woldis] gêves *RV''* 2110 geseges selbe] selbe gesêges *RV''* 2112 gewunnis (*HaRB*)] gewinnis H 2113 *Eineinhalb- bis zweizeilige Initiale* 2114 die melden] die *fehlt R* 2115 nie sie] nein sie *RBV'*, niensie *F'* 2120

Sie sind der Königstochter
um deinetwillen geschenkt worden;
wir müßten aber auch noch den einen (dazupassenden) haben.
Deswegen gab mir meine Herrin den Auftrag, dich zu ersuchen,
du mögest ihr den fehlenden Schuh überlassen
und sie persönlich aufsuchen,
falls du deiner Abkunft nach
jemals von hoher Art warst.«
»Das würde ich gern tun«, sprach Dietrich,
»gäbe es nicht die Kammerherrn, die mich anzeigen werden!«
»Diese niemals«, sprach Herlint,
»sie halten sich im Hof auf und vergnügen sich!
Die Ritter werfen den Speer,
dort gibt es eine Fülle von Unterhaltung.
Ich werde vorangehen.
Du aber nimm zwei von deinen Leuten
und mache dich alsbald
nach mir zur Kemenate auf!
Bei dem großen Lärm und dem Treiben
wird dich keiner bemerken.
Ich sorge dafür, daß niemand sich herumtreibt
in der Nähe der Königstochter.«

Herlint war dabei fortzugehen,
da sprach der einfallsreiche Mann:
»So warte doch auf meinen Schatzmeister,
ich möchte ihn noch gerne wegen der Schuhe fragen!«

---

zwene] zvene H*R* 2123 schalle] scalle *V* 2126 vor] von H*RBF'V''*, †von *V* 2127 *Einzeilige Initiale* 2130 wille (*B*)] ville H, willen *R* – schon (*B*)] schonch H, schôhen *R*

schire quam Asprian.
her sprach: »owi, waz han ich der getan?
die wege ich nicht irlidin ne mac!
du mowis mich allen disen tac
mit itenuwim mere, *2127*/2136
dan du ie getatis, herre!
ir was hie ein michel teil geslagen,
die han die knechte zo tragin.
ist ir dar ich*t* irvallen:
ich bringe der sie alle.« *2132*/2141
do nam Asprian
die anderen sch*o*ch lossam
unde einin mantil vile got
unde zwelif armboge rot
unde gab d*e* al*s* de*r* vrowin. *2137*/2146
do gienc sie also tougin
vil harte vroliche
von deme herren Dietheriche
unde sagite ouch zwaren
ir vrowen liebh mare. *2142*/2151

Der megede wartin was grozlich.
sich beriet der herre Dietherich
mit Berkere deme alden manne,
we iz mit gevoge mochte gan.
vile wole sprach der herzoge: *2147*/2156
»an deme Poderamus hove
sal ich machen grozen schal.
dar zut daz lut ubir al,
so ne wardit din niehein man.«

2139 icht (*RF'V*)] ich H*B* 2142 schoch] schonch H, schôhe *R*, schôn *B* 2144 zwelif] zvelif H*R* 2145 de als der] den alden H, de al der *RBF'*, †den alden *V*, der alden *V''* 2149 ouch (*so*

Asprian war sofort zur Stelle.
Er sprach: »Ach, was habe ich dir getan?
Ich halte das Hin- und Herlaufen nicht mehr aus!
Du mühst mich schon den ganzen Tag
mit immer neuen Aufträgen, mehr
als du das je getan hast, Herr!
Von diesen Schuhen ist eine große Zahl gemacht worden,
die Knechte haben sie ausgetragen.
Falls dabei irgend etwas falsch gelaufen ist:
ich bringe alle her (die wir noch haben).«
Da holte Asprian
die (beiden) anderen wunderschönen Schuhe
und einen wertvollen Überwurf
und zwölf Armringe aus rötlich schimmerndem Gold
und überreichte das alles der Dame.
Da schied sie ganz verstohlen
hochbeglückt
von dem Herrn Dietrich
und überbrachte auch wahrhaftig
ihrer Herrin eine Botschaft, die dieser sehr angenehm war.

Die jungen Damen warteten voller Spannung.
Der Herr Dietrich aber beriet sich
mit seinem erfahrenen Gefolgsmann Berchter,
wie alles ohne Komplikationen ablaufen könnte.
Sehr klug sprach da der Herzog:
»Auf dem Hippodrom
werde ich aufsehenerregenden Lärm verursachen.
Dann wird das Volk von überall herströmen,
und niemand wird sich um dich kümmern.«

HaMaRBV)] ocvh H – zwaren] zvaren H, zvare *R* 2150 liebh] lieb *B*, lief *R* 2151 *Einzeilige Initiale (gegen V)* 2153 manne] man *R* 2159 niehein] nichein *RBF'*

her heiz die riesen uz gan, *2152*/2161
selve bedacter sin ros.
sich hof der lut uffe dene hof.
do vorde der alde iungelinc
dusint ritar in den sint.
Widolt mit der stangen *2157*/2166
vor dar scrickande
in allen den gebere,
als er *ein* heriz ware.
da ubirwarf sich Asprian,
der was der riesen spileman. *2162*/2171
Grimme zwelif clafter spranc,
so datin die anderin al intsamt.
her greif einin ungevogen stein,
daz der merkare nechein
Diederiche virnam, *2167*/2176
do sie begunden umbe (32^{r}) gan.

In deme venstere die iunge kuninginne stunt.
schire quam der helit iunc
over hof gegangin,
da wart her wole infangen. *2172*/2181
mit zwen ritarin erlich
dar ginc die recke Dietherich.
do wart die kemenate uf getan,
dar in ginc der helit wolgetan.
den hiez die iunge kuningin *2177*/2186
selve willecume sin
unde sprach, swes her dar gebete,
daz sie daz gerne deten
na er beider eren:

2163 iungelinc (*HaRBF'V*)] iungelint H 2168 ein heriz] herriz H, nerriz *Ha*, heriz *RB*, †herriz *V*, ein bere *V''* 2171 Grimme (*so alle*)] Grinme H, mit grimme her *V''* – zwelif] zvelif H*R* 2177

Er befahl den Riesen, sich aufzumachen,
und sattelte auch selbst sein Pferd.
Die Leute zogen zum Hof.
Da führte der jünglingshafte Greis
tausend Ritter auf dem Weg dorthin an.
Witold mit seiner Stange
bewegte sich dorthin springend,
ganz so,
als ob er ein Hirsch wäre.
Asprian drehte sich um und um,
er übernahm die Rolle des Spielmanns der Riesen.
Grimme sprang zwölf Klafter weit,
alle anderen taten dasselbe.
Er ergriff einen sehr unhandlichen Felsbrocken,
so daß keiner der Aufpasser
Dietrich bemerkte,
als sie umherzustreifen begannen.

Die junge Königin stand in der Fensternische.
Alsbald kam der jugendliche Held
über den Hof gegangen
und wurde höflich empfangen.
Mit zwei stattlichen Rittern
war der Held Dietrich dorthin gekommen.
Da wurde die Kemenate geöffnet,
der prächtige Held begab sich hinein.
Ihm bot die junge Königin
persönlich den Willkomm
und versicherte ihm, worum immer er bitte,
daß sie das alles erfüllen würde,
so wie es ihrer beider Ansehen förderlich sei:

Sehr große Initiale, kein Großabschnitt markiert (mit F) 2178 iunc (*HaMaRBV*)] iunt H 2181 zwen] zven H*R* 2182 ginc (*HaMaRBV*)] gint H 2184 ginc] *s. 2182* 2188 deten] dete *R*

»ich han dich gerne, herre, *2182*/2191
durch dine vromicheit gesen,
daz ne is durch anderis nicht geschen!
desse schon lossam
die saltu mir zien an!«
»vile gerne«, sprach Dietherich, *2187*/2196
»nu i*r*s geruchit an mich!«
der herre zo den vuten gesaz,
vil schone sin gebere was.
uffe sin bein saz*t*e sie den voz:
iz ne wart nie vrowe baz geschot. *2192*/2201
do sprach der listiger man:
»nu sage mer, vrowe lossam,
mere uffe die truwe din,
alse du cristin wollis sin:
nu hat din gebetin manic man; *2197*/2206
ob iz an dinin willin solde stan,
wilich under in allen
der beste gevalle!«

(32[v]) »Daz sagi*c* der«, sprach die vrowe,
»vil ernistliche introwen, *2202*/2211
herre, uffe die sele min,
als ich getoufet bin:
der uze allen landen
die turin wigande
zo einander hieze gan, *2207*/2216
so ne wart nie nichein man
der din ge*n*oz mochte sin.
daz nemich an de truwe min,

2193 schon] schô *R* 2196 irs (*RBF'V*)] ies H 2197 vuten] uvten (*so F*) *oder* uvcen (*so Ma*) H, vozen *Ha*, vûzen *RB*, uoten *V* 2198 gebere (*RB*)] geberre H 2199 sazte (*RB*)] saze H – voz] vôt

»Der Grund, Herr, für meinen Wunsch,
mit dir zusammenzutreffen, ist deine Vortrefflichkeit,
es ist durch nichts anderes dazu gekommen!
Diese wunderschönen Schuhe
bitte ich dich, mir anzuziehen!«
»Sehr gerne«, sprach Dietrich,
»da Ihr das von mir verlangt.«
Der Herr kniete zu ihren Füßen nieder,
seine Bewegungen waren vollendet.
Auf seinen Schenkel stellte sie ihren Fuß:
Niemals sind einer Dame auf vornehmere Art die Schuhe angezogen worden.
Da sprach der klug berechnende Mann:
»Sage mir nun, du wunderschöne Dame,
bei deiner Aufrichtigkeit,
so wahr du eine Christin sein willst:
es haben doch schon viele Männer um deine Hand angehalten;
wenn es nun deiner Wahl überlassen wäre,
wer von allen diesen
würde dir am besten gefallen?«

»Das will ich dir sagen«, sprach die Dame,
»und zwar in vollem Ernst, meiner Treu,
Herr, bei meiner Seele
und so wahr ich getauft bin:
Wenn jemand aus allen Reichen
alle vortrefflichen Helden
zusammenriefe,
so gäbe es doch keinen,
der sich mit dir messen könnte.
Dafür würde ich meine Zuverlässigkeit verpfänden,

MaR 2204 wollis] welles *R* 2209 *Sehr große Initiale am Seitenbeginn, Großabschnitt mit F* – sagic (*MaBV*)] sagit H, saget *Ha*, sagich *R* 2217 genoz (*RBF'V*)] ge gnoz H

daz nie nichein moter gewan
ein barin also lossam,
daz iz mit zuchtin, Dietherich,
muge gesitzin ineben dich:
von du bistu der tuginde ein uzgenumen man.
soldich aber die wele han,
so nemich einen helit got unde balt,
des botin quamin her in diz lant
unde ligin hie zware
in minis vater kerkenere.
der ist geheizin Rothere
unde sizzet westert uber mere.
ich wil ouch immer magit gan,
mer ne werde der helit lossam!«

Als iz Diederich virnam,
do sprach die listege man:
»wiltu Rothere minnen,
den wil ich dir schire bringin!
iz nelevet niehein werltman,
der mer so leve hette getan
– des sal her noch geniezen! –,
bit in die honede liezin.
her bozte mer dicke mine not,
des lone ime noch goth!
wir nuzzen vroliche daz lant
unde leveten vroliche (33^{r}) samt.
her was mir ie genedich unde got,
all en have mir nu virtriven der helit got!«

2220 barin] barn *R* 2222 muge] mochte *RB* – gesitzin (*R*)] gesizin H, gesizzin *B* 2225 einen] einin *RBV* 2227 zware] zvare H*R* 2233 *Einzeilige Initiale. Großabschnitt gegen alle anderen* – Diede-

daß niemals eine Mutter
ein so wunderschönes Kind geboren hat,
daß es sich, Dietrich, ohne überheblich zu sein,
dir gleich stellen könnte:
Deswegen bist du ein Mann von außergewöhnlichen Vorzügen.
Hätte ich aber die Wahl,
würde ich mich für einen edlen und kühnen Helden entscheiden,
dessen Boten hierher in unser Land kamen
und bei uns nun wahrhaftig
im Kerker meines Vaters liegen.
Er heißt Rother
und residiert im Westen jenseits des Meeres.
Ich will auch für immer unberührt bleiben,
wenn dieser wundervolle Held nicht mein wird!«

Da Dietrich das vernommen hatte,
sprach er mit kluger Berechnung:
»Wenn du Rother lieben willst,
werde ich ihn alsbald zu dir führen!
Es lebt auf der ganzen Welt kein Mensch,
der mir so große Wohltaten erwiesen hat
– dafür wird er noch meinen Dank erfahren! –,
solange sein Hochmut ihn nicht daran hinderte.
Er hat meiner Not oft Abhilfe geschaffen,
das möge ihm Gott einst lohnen!
Wir erfreuten uns am Ertrag des Landes
und lebten in Freuden miteinander.
Er verhielt sich mir gegenüber immer wohlwollend und gütig,
auch wenn mich dieser edle Held nun vertrieben hat.«

---

rich] Diederech *V* 2237 niehein] nichein *RB* 2246 al en] Allen H – mir] mî *R*, mic *B*

»Intruwen«, sprach die iunge kuningin,
»ich virstamich an der ride din!
der ist Rother also leib,
her ne hat dich virtriven nicht. *2242/2251*
swannen du verist, helit balt,
du bist ein bode her gesant,
die sint des kuningis hulde lieb.
nu ne virhel mich der rede nicht!
swaz mir hute wirt gesagit, *2247/2256*
daz ist imer wole virdagit
biz an den iungistin tac.«
der herre zo der vrowen sprach:
»nu lazich alle mine dinc
an godes genade ande din: *2252/2261*
ia stent dine voze
in Rotheris schoze!«

Die vrowe harte irsricte.
den voz sie uf zuchte
unde sprach zo Dietheriche *2257/2266*
harde boltliche:
»nu newart ich *ne* so ungezogin!
mich hat min ubermot bedrogen,
daz i*ch* mine voze
satte in dine schoze. *2262/2271*
ande bistu Rother so her,
so nemachtu, kuninc, nimir mer
bezzer tugint gewinnen.
der uzgenu*m*ener dinge

2247 *Große Initiale (I)* – truwen (*RB*)] trwen H, triven *V* – iunge (*RB*)] iuncge H 2248 virstamich] virstanuch *Ma*, virstân mich *R* 2249 leib] lieb *Ha*, liep *R* 2250 virtriven] virtriwen H 2253 die] dir *MaF'V''*, dî *RBF'* 2261 voze] z *aus* c *gebessert*, vote *B* 2263 *Größere Initiale am Zeilenbeginn, Großabschnitt mit F* – irsricte] irscricte *MaRBV* 2264 voz] uot *F* 2265 zo] *im Zwischenraum*

»Meiner Treu«, sprach die junge Königin,
»jetzt verstehe ich, was du sagen willst!
König Rother ist dein Freund,
er hat dich gar nicht vertrieben.
Woher auch immer du kommst, kühner Held,
du bist als Bote hergesandt worden,
das Wohlwollen des Königs ist dir Anliegen.
Verschweige mir jetzt deine Botschaft nicht!
Was immer du mir jetzt anvertraust,
das bleibt streng verschwiegen
bis zum Jüngsten Tag.«
Der Herr sprach zu der Dame:
»Nun stelle ich mich und alles Meinige
der Huld Gottes und deiner anheim:
Fürwahr, deine Füße stehen
in Rothers Schoß!«

Die Dame erschrak heftig.
Sie riß ihren Fuß in die Höhe
und sprach zu Dietrich
mit (ebenso) großer Offenheit:
»Noch nie habe ich etwas so Unschickliches getan!
Mich hat mein Leichtsinn irregeführt,
so daß ich meine Füße
in deinen Schoß setzte.
Aber wenn du wirklich der vornehme Rother bist,
dann kannst du, König, niemals
größere Vortrefflichkeit erlangen.
Außergewöhnliche Dinge

---

oberhalb der Zeile nachgetragen 2266 boltliche] baltliche *Ha*, beltlîche *R*, blôtliche *BF'* 2267 ne] nee H 2269 ich (*HaRBF'V*)] iz H – ich *am Zeilenende radiert, neue Zeile beginnt mit* iz *FV'* 2270 satte] *erstes* t *aus* z *gebessert*, sazte *HaMaRB* 2272 nimir (*MaRBV*)] mmir (*so F*) H, nimmir *Ha* 2274 uzgenumener (*MaRB*)] uzgenumnener H, uzgenummener *Ha*

hastu von meisterschaf list,
so wilchis kunnis du aber bist.
min herze was hellende,
unde hette dich goth nu her gesendet,
daz were mer innen*c*liche (33v) lieb.
ich ne mach is doch getr*u*wen niet,
du nescheinis mir die warheit.
unde wariz dan al der werlde liet,
so rumde ich sichirliche
mit samt der die riche.
sus ist iz aber immir ungetan!
doch nelebet niehein man
so schone, den ich da vor neme,
ob du der kuninc Rother werist.«
Alsus redite do Dietherich
– sin gemote was harte listich –:
»nu *ne* han ich vrunde mere
dan di*e* armin herren
in deme kerkenere.
swa mich die gesehin,
dar mochtis dich an en virstan,
daz ich der war gesagit han.«
»introwin«, sprach die kuningin,
»die irwerbich umbe den vatir min
mit ettelicheme sinne,
daz ich sie uz gewinne.
her ne gevet sie aber nicheinime man,
her ne moch*t*e sie uffe den lif han,

2275 meisterschaf] meisterscheffe *R* 2279 mir] mer *RBV* – innencliche (*MaRBF'*)] innentliche H, innencliche *Ha* 2280 getruwen (*HaRBF'V*)] getrunwen H 2282 wariz] variz H – liet] leit *RB* 2286 niehein] nichein *RBF'* 2288 werist] verist H 2289 *Einzei-*

beherrschst du meisterlich,
welcher Abkunft du auch immer bist.
Mein Herz war heimatlos,
und wenn dich Gott nun her zu mir geschickt hätte,
wäre mir das von ganzem Herzen willkommen.
Jedoch kann ich mich nicht darauf verlassen,
wenn du mir nicht beweist, daß alles wahr ist.
Dann allerdings würde ich, selbst wenn die ganze Welt dagegen wäre,
ganz gewiß
mit dir zusammen aus diesem Lande ziehen.
So, wie es jetzt steht, wird es für immer ungeschehen bleiben.
Jedoch lebt kein Mann
so trefflich, daß ich ihn dir vorziehen würde,
wärest du der König Rother.«
Folgendermaßen sprach da Dietrich
– er bedachte alles sehr planvoll –:
»Ich habe hier keine anderen Vertrauten,
als die unglücklichen Boten
im Gefängnis.
Sowie die mich erblicken,
könntest du an ihrem Verhalten den Beweis sehen,
daß ich dir die Wahrheit gesagt habe.«
»Meiner Treu«, sprach die Königstochter,
»die erhalte ich von meinem Vater überantwortet,
wenn ich nur einigermaßen klug vorgehe,
so daß ich sie herausholen kann.
Er wird sie allerdings niemand anvertrauen,
der nicht mit seinem Leben dafür einstehen kann,

---

lige Initiale 2291 nu ne (*HaRBF'V*)] Nv H 2292 dan] Uan *Ha* – die (*RBF'V*)] din H, dinen *Ha* 2297 introwin] in trowen *V* 2298 die] de *MaB* 2302 mochte] moche H, moze *RBF'V* – lif] liph H*B*

daz her nichein intrinne,
biz man sie abir wider bringe
in den kerkenere, *2297/2306*
dar sie mit notin waren.«

Des antwarte do Dietherich:
»ich wil sie nemen ubir mich
vor Constantine deme richen.
morgin sichirliche *2302/2311*
so sal *ich* her zo hove gan.«
die vrowe also lossam
kuste den herren.
do schiet her danne mit (34^{r}) eren
uz van der kemenatin *2307/2316*
zo den herbergen drate.
also daz Berker gesach,
wie schire der rinc zelazen was!
do sagete der herre Dietherich
die mere also wunniclich *2312/2321*
deme turlichen herzogen.
des begundin sie beide got love*n*.

Die iuncvrowe lac uber nacht.
we groz ire gedance was!
als iz zo deme tage quam, *2317/2326*
einin stab sie nam
unde slouf in ein swarziz gewete,
alse sie sich gewilot hette;
einin palmen sie ober ir achslen nam,
alse sie zu deme lande wolde gan, *2322/2331*

2303 her] ir *R*, er *B* 2307 *Einzeilige Initiale* 2308 sie] se *Ma*
2311 sal ich her (*HaRBV*)] sal her H 2322 loven (*HaRBF'V*)]

daß keiner von ihnen entkommt,
bis man sie wieder zurück gebracht hat
ins Gefängnis,
in dem sie erbarmungswürdig gelebt hatten.«

Darauf antwortete Dietrich:
»Ich werde mich für sie verbürgen
gegenüber dem mächtigen Konstantin.
Morgen werde ich ganz verläßlich
hierher an den Hof kommen.«
Die wunderschöne Dame
küßte den Herrn.
Da kehrte er ohne Schädigung seines Ansehens
aus dem Damengemach
alsbald wieder in sein Quartier zurück.
Sowie Berchter das bemerkte,
wie plötzlich da die Vorstellung im Hof abgebrochen wurde!
Da berichtete der Herr Dietrich
das erfreuliche Geschehen
dem trefflichen Herzog.
Beide begannen deswegen Gott zu preisen.

Die junge Dame fand die ganze Nacht keinen Schlaf.
Wie viel sie zum Nachdenken hatte!
Als es Tag zu werden begann,
ergriff sie einen Stab
und schlüpfte in ein schwarzes Kleid,
als ob sie den Schleier genommen hätte;
sie legte einen Palmzweig auf ihre Schulter,
als ob sie (auf eine Pilgerfahrt) außer Landes ziehen wollte,

---

louem H 2323 *Einzeilige Initiale, kein Großabschnitt (gegen R)* 2324 gedance] gedanc *RF'*

unde hob sich vil drate
zo iris vater kemenaten
unde clopfete an daz turlin,
uf dete do Constantin.
also he die magit an gesach, *2327/2336*
wie listichliche sie zo ime sprach:
»nu gebut mir, herre vatir min,
moter, er sult gesunt sin!
mir ist so getrǒmot,
mer ne sende der waldindicger goth *2332/2341*
sinin botin underdan,
ich moz in abgrunde gan
mit levendigen live,
des nist nehein zwivil.
is ne mac mich neman irwenden, *2337/2346*
ich ne wille daz elelende
(34v) buwin immir mere
zo troste minir sele.«

Trurich sprach do Constantin:
»neina, lieve toch*t*er min! *2342/2351*
sage mer, waz du willis,
ia wegich der dir helle!«
»vater, daz ist immir ungetan,
mer newerden die botin lossam!
die wil ich vazzen unde baden, *2347/2356*
daz sie genade mozen haven
an ir a*rmin* live
etteliche wile.

2331 vil] wil H 2333 clopfete] clofphete H 2335 he] her *R* 2339 getrǒmot H 2340 waldindicger] waldindiger *RB* 2341 underdan] under dan *R* 2343 live] liphe H*B* 2347 immir] mimir

und machte sich eilig auf
zum Gemach ihres Vaters
und klopfte an die kleine Tür,
darauf öffnete Konstantin.
Als er die junge Dame (erstaunt) ansah,
wie überlegt sagte sie doch da zu ihm:
»Nun erlaubt mir, mein Herr Vater, Abschied zu nehmen,
Mutter, Ihr möget gesund bleiben!
Mir hat solches geträumt,
daß ich, falls mir nicht der allmächtige Gott
seinen ihm ergebenen Boten sendet,
ganz gewiß zur Hölle fahren werde
bei lebendigem Leib,
darüber gibt es keinen Zweifel.
Und so wird mich niemand davon abhalten können,
fern der Heimat
für immer zu leben
zum Heile meiner Seele.«

Betrübt sprach Konstantin hierauf:
»Nein, meine geliebte Tochter,
sage mir, was du willst,
fürwahr, ich werde alles tun, um dich vor der Hölle zu bewahren!«
»Vater, das kann nur dadurch geschehen,
daß ich die prächtigen Boten überantwortet bekomme!
Die will ich (neu) ausstatten und baden,
daß sie Linderung verspüren können
in ihrem unglücklichen Dasein
wenigstens für einige Zeit.

Ma 2349 *Einzeilige (sehr schöne) Initiale* 2350 lieve] lêve *B* – tochter (*RBF'V*)] tocher H 2351 willis] welles *R* 2355 vazzen] vazen H 2357 armin (*HaMaRBV*)] amim *oder* arnim (*so F*) H

ich ne ger er nicht wane drie tage,
so wirdin sie die widir aber
zo deme kerkenere.«
Constantin der mere
sprach, dat her daz gerne dete,
ab sie eini*n* burgen hetten,
der sie uffe den lif torste nemen
unde sie ime widir mochte geven,
daz ir nichein intrunne.
do sprach die magit iunge:
»ich bitis hute so manich man,
daz sie ettelicher moz bestan,
des lif ist also tuginthaft,
deme du sie mit eren geven macht.«
do sprach Constantin:
»daz ton ich gerne, tochter min!«

Der zit iz naote
vil harde genote,
daz Constantin zo tiske gienc.
Dietherich des nicht neliez,
her queme mit sinin mannen
vor den kuninc gegangen.
do man daz wazzer nam,
die iun*c*(35r)vrowe lossam
ginc vor deme tiske umbe
heize weinunde,
ob sie iemanne so leve hette getan,
der die botin lossam

2360 wirdin] werden *RB* 2364 einin (*HaRBF'*)] einir H – hetten] hette *V* 2365 lif] liph H 2370 moz] môt *B* 2371 lif] liph H 2375 *Einzeilige Initiale* – zit] cir H – naote] nacte *Ha*, nâhôte *R*

Ich möchte sie gar nicht länger als drei Tage haben,
dann erhältst du sie zurück
wieder in den Kerker.«
Der berühmte Konstantin
sagte, daß er das gerne tun wolle,
wenn es einen Bürgen gäbe,
der es sich zutraue, mit seinem Leben für sie zu haften,
und auch imstande sei, sie ihm wiederzugeben,
ohne daß einer von ihnen entkommen sei.
Da sprach die junge Dame:
»Ich werde heute alle Herren darum bitten,
da wird doch einer dabei sein, der für sie bürgt,
der solche Vorzüge aufweist,
daß du sie ihm ohne Angst um dein Ansehen
überantworten kannst.«
Da sprach Konstantin:
»Geliebte Tochter, das werde ich gerne tun!«

Da war es ganz nahe
an die Zeit gekommen,
zu der sich Konstantin zur Tafel zu begeben pflegte.
Dietrich verabsäumte nicht,
mit seinen Gefolgsleuten
vor dem König zu erscheinen.
Nachdem man das Wasser genommen hatte,
ging die wunderschöne junge Dame
um die Tafel herum,
in Tränen aufgelöst (und fragte,)
ob sie irgend jemand so viele Wohltaten erwiesen
habe,
daß er für die prächtigen Boten

2377.2378 gienc : neliez] gie : nelie *RV''* 2381 wazzer] wazer H 2382 iuncvrowe (*HaRBF'*)] iunvrowe H 2384 weinunde] weinnunde H

uffe den lif torste nemen:
ir nechein torste sie des geweren.
herzogin die richin
virzigint ir geliche,
biz sie zo den reken quam,
mit deme die rat was getan.
do sprach die m*a*git erlich:
»nu gedenke, helit Dietherich,
aller dinir gote
unde hil*f* mir uz der note!
nim die botin uffe daz leve*n*,
die hezit der die kuninc geven.
irzagit sin minis vater man,
sie ne turrin sie nicht bestan!
doch sal die edelecheit din
mit samt mir geteilit sin,
daz ich der genieze.
swe gerne du daz liezis,
dich nelazen din tuginthafter mot.
du salt mich geweren, helit got!«
»gerne«, sprach Dietherich,
»sin*t* irs gerochit ane mich!
iz ne gat mich nicht wene an den lif,
doch werdich din burge, schone wif!«

Die botin gab do Constantin
Dietheriche uffe den lif sin,
der herre sie do obernam.

2387 lif] liph H 2391 recken (*HaRB*)] reken H 2393 magit (*HaR*)] migit H*B* 2396 hilf (*HaRBV*)] hil H, hilp *MaF'* 2397 leven (*RF'*)] levent H*B* 2398 hezit] hezzit H, heiz(z)it *MaRB* – die] der *Ma* 2401 sal] sol *B* 2402 geteilit] geteilet *V* 2405 nela-

mit seinem Leben einzustehen wagte:
Keiner von ihnen wagte es, ihr diese Bitte zu erfüllen.
Auch die mächtigen Herzöge
schlugen ihr dies gleicherweise ab,
bis sie zu dem Helden kam,
mit dem alles ausgemacht war.
Da sprach die edle junge Dame:
»Held Dietrich, vergiß du jetzt nicht
deine große Vortrefflichkeit
und hilf mir aus meiner Bedrängnis!
Stehe für die Boten mit deinem Leben ein,
der König wird sie dir übergeben lassen.
Die Leute meines Vaters haben jede Courage verloren,
sie trauen sich nicht zu, für sie zu bürgen!
Du aber wirst mir deine adelige Hochherzigkeit
zuteil werden lassen,
so daß sie mir zugute kommt.
So gerne du es vermeiden würdest,
deine vortreffliche Gesinnung wird dir das nicht gestatten.
Du mußt und wirst mir meinen Wunsch erfüllen, edler Held!«
»Gerne«, sprach Dietrich,
»wenn Ihr das von mir begehrt!
Es steht ja dabei nur mein Leben auf dem Spiel,
dennoch will ich dein Bürge werden, schöne Frau!«

Da überantwortete Konstantin die Boten
Dietrich auf dessen Leben,
und der Herr übernahm sie.

---

zen] nelazzen H, nelazzes *Ha*, nelaze *RB* 2408 sint (*RBF'V*)] Sin H, swas *Ha* – ane] anne H 2409 mich] mî *R*, mir *B* – lif] liph H*B* 2410 wif] wiph H*B* 2411 *Einzeilige Initiale* 2412 lif] liph H

do volgetin ime des kuningis man
zo deme kerkenere, *2407*/2416
dar sie mit notin waren.
die helenden haftin
lagin in (35v) unkreften
unde leveden bermeliche.
Berker der riche *2412*/2421
stunt unde wienote,
do her den schal gehorte.
den kerkenere man uf brach,
dar in schein do der tac.
schire quam in daz liecht, *2417*/2426
des newarin sie gewone niecht.
Erwin was der erste man
der uz deme kerkenere quam.
als en der vater an gesach,
wie groz sin herzeruwe was! *2422*/2431
her karte sich hine umbe
unde wran*c* sine hende.
her ne torste ni*c*ht wienen
unde ne stunt ime nie so leide
sint in sin moter getroch. *2427*/2436
Ervin der helit got
was von deme live getan
also von rechte ein ar*m* man.

Sie namin die zwelf gravin
uz deme kerkenere *2432*/2441
unde iegelich sinen man.
die ritar also lossam,

2417 helenden] ellenden *RB*   2421 wienote] weinote *HaRB*   2425 *Kein Initialabschnitt (gegen R)*   2430 herzeruwe] herceruwe H   2432 wranc (*HaMaRBF'V*)] wrant H   2433 nicht (*MaRBF'*)]

Da gingen ihm die Leute des Königs
zum Gefängnis nach,
wo sie (die Boten) schmachteten.
Die fern ihrer Heimat Eingekerkerten
lagen hilflos da
und vegetierten erbarmenswürdig dahin.
Der große Berchter
stand da und schluchzte,
als er ihr Klagen hörte.
Man schloß das Gefängnis auf,
da fiel die Helle des Tages hinein.
Das Licht kam ihnen zu plötzlich,
sie waren es nicht gewöhnt.
Erwin war der erste,
der aus dem Gefängnis heraus kam.
Als ihn sein Vater erblickte,
wie übermächtig da sein Kummer wurde!
Er wandte sich ab
und rang seine Hände.
Er getraute sich nicht zu weinen,
und doch war er noch nie von solchem Schmerz erfüllt gewesen,
seitdem ihn seine Mutter getragen hatte.
Der vortreffliche Held Erwin
war von einem Äußeren,
wie es von Rechts wegen einem Mittellosen zusteht.

Sie befreiten die zwölf Grafen
aus dem Gefängnis
sowie alle ihre Gefolgsleute.
Die prächtigen Ritter

---

nieht H – wienen] weinen *HaRB* 2435 sint] Sin^{t} H 2436 Erwin] Erruin H 2437 live] liphe H*B* 2438 arm (*HaMaRBV*)] arin H 2439 *Einzeilige Initiale* – zwelf] zvvelf H

sie warin swarz unde sale,
von grozen notin missevare.
Lupolt der meister *2437/2446*
ne mochte nicht geliesten
wan ein bose schurzelin,
daz want her umme den lif sin.
do was der weinige man
harte barliche getan, *2442/2451*
zoschundin unde zeswellit.
Dietherich der helit got
stunt trorich von leide
unde ne wolde doch nicht weinen
u*mb*e die botin lossam. *2447/2456*
(36^{r}) Berker der alde man
ginc al umbe
die haften schowende.
do ne ruwen in nichein din*c*
harter dan sine schonen kint. *2452/2461*

Dietherich der herre
heiz die botin heren
voren zo den herbergen sin,
wan Lupolt unde Erwin:
die liez man eine gan, *2457/2466*
daz her ne pla*ch* nehein man.
do sprach Erwin der mere:
»Lupolt, trut herre,
sie*s* du einin grawin man
mit deme schonin barte stan, *2462/2472*
der mich schowete
wunderen note?

2443 swarz] svarz H*R* 2446 geliesten] gebresten *Ha*, geleisten *RB* 2447 schurzelin] schurcelin H 2448 lif] liph H*B* 2450 barliche] burliche *Ha*, barmliche *F'* 2455 umbe (*HaMaRBV*)] Vnde

waren verschmutzt und verdreckt
und durch das große Elend entstellt.
Lupold, ihr Anführer,
hatte nichts anderes zur Verfügung,
als einen armseligen kleinen Schurz,
den hatte er sich um seinen Unterleib gebunden.
So war der unglückliche Mann
beinahe ganz nackt,
zerschunden und (vom Hunger) aufgeschwollen.
Dietrich, der vortreffliche Held,
stand voll Kummer und Schmerz da
und hielt die Tränen zurück,
die ihm wegen der prächtigen Boten aufstiegen.
Berchter, der erfahrene Mann,
ging überall herum
und besah sich die Gefangenen.
Da hatte ihn noch nie etwas mehr geschmerzt
als seine prächtigen Kinder jetzt.

Der Herr Dietrich
ließ die edlen Boten
in seine Quartiere führen,
mit Ausnahme von Lupold und Erwin:
diese ließ man alleine dorthin gehen,
so daß sie niemand beaufsichtigte.
Da sprach der sehr berühmte Erwin:
»Lupold, lieber Herr,
siehst du dort den ergrauten Mann
mit dem stattlichen Bart stehen,
der mich gemustert hat
so aufmerksam und bedrückt?

H 2459 dinc (*HaMaRBV*)] din H 2461 *Einzeilige Initiale; keine Initiale Ma* – herre] hêre *R* 2466 her] er *RB* – plach (*RV*)] plaf H*B* 2469 sies du (*BF'*)] Siedu H*R*

her karte sich umbe
unde wran*c* sine hande.
her ne torste nicht weinen
unde ne stunt ime doch nie so leide!
waz, ob got der gote
durch sine otmote
ein groz zeichin wil began,
daz wir kumin hinnen?«
»daz is war, brodir min,
her mach wole unse*r* vatir sin!«
do lachetin sie beide
von vroweden unde leide.

Die ellenden geste
warin han*t*feste
biz an den anderen da*ch*.
die iun*cv*rowe eren vater bat,
daz her sie lieze dare gan,
sie wolden selve dienan.
orlof er der kuninc gaf.
we schire sie over hof getra*t*h
zo deme herren Dietheriche!
do hiez man al geliche
die (36v) vremedin ritar uz gan.
dar nebeleib nichein man,
wan der verchmage,
die uber mere wa*ren* gevarin.
den botin also lossam,
den legete man got gewant an
unde vazzede sie vlizicliche:

2474 wranc (*HaMaRBV*)] wrant H 2482 unser] vnse H*RB*
2485 *Einzeilige Initiale* 2486 hantfeste (*RF'V*)] hanfeste H*B*
2487 dach (*MaBF'V*)] dath H, dac *R* 2488 iuncvrowe (*HaRBF'*)]

Er wandte sich ab
und rang seine Hände.
Er getraute sich nicht zu weinen
und war doch noch nie von solchem Schmerz erfüllt gewesen!
Was wäre, wenn der gütige Gott
in seiner Gnade
das große Wunder wirken will,
daß wir von hier weg kommen?«
»Wahrhaftig, mein Bruder,
es könnte wohl unser Vater sein!«
Da lachten sie beide
vor Glück und Schmerz zugleich.

Die heimatfernen Fremden
blieben unter Bewachung
bis zum folgenden Tag.
Da bat die junge Dame ihren Vater,
daß er ihr gestatte, zu ihnen zu gehen,
sie wolle ihnen persönlich dienen.
Der König gab ihr seine Einwilligung.
Wie rasch sie über den Hof geeilt war
zum Herrn Dietrich!
Da befahl man allen
fremden Rittern, den Raum zu verlassen.
Da blieben nur
die engsten Verwandten zurück,
die über das Meer mitgekommen waren.
Den prächtigen Boten
zog man wertvolle Gewandung an
und stattete sie sorgfältig aus:

---

iunwrowe H, iunvrowe *V* 2492 getrath] getrach H*B*, getraf *R*, †getrach *V* 2498 waren gevarin (*HaRBV*)] was gewarin H 2501 vazzede] vazede H

daz quam von Dietheriche.
der tis*ch* wart gerichtot.
Berker der helt got
was trochtsaze *2497*/2506
die wile sine kint azin.

Alse die herren gesazen,
ir leides ein teil virgazen.
do nam die reke Dietherich
eine harfin die was erlich *2502*/2511
unde scleich hinder den ummehan*c*:
wie schire ein leich dar uz clanc!
swilich ir begunde trinkin
deme begundiz nidir sinkin,
daz er iz uffe den tiske goz. *2507*/2516
swilich ir abir sneit daz brot, *2509*
deme intfiel daz mezses durch not.
sie wurdin von troste witzelos.
wie manich sin troren virlos!
sie sazin alle unde hortin, *2513*/2521
war daz spil hinnen karte.
lude der eine leich clanc:
Luppolt ober den tisch spranch
unde der grave Erwin.
sie heizin in willekume sin, *2518*/2526
den richen harfere,
unde kustin in zwaren.
wie rechte die vrowe do sach,
daz her der kuninc Rother was!

2503 tisch] tis H, tisc *MaRBF'* 2507 *Einzeilige Initiale* – gesazen] geazen *V''* 2508 virgazen] virgazzen H 2509 recke (*HaRB*)] reke H 2511 ummehanc (*MaBF'V*)] vmme han H 2515 tiske]

das geschah auf Dietrichs Veranlassung.
Der Tisch wurde bereitet.
Berchter, der vortreffliche Held,
waltete als Truchseß
die ganze Zeit über, da seine Söhne speisten.

Als die Herren an der Tafel saßen,
vergaßen sie nahezu ihr Leid.
Da ergriff der Held Dietrich
(s)eine vortreffliche Harfe
und begab sich unbemerkt hinter einen Wandteppich.
Wie bald von dort ein Leich erklang!
Wer immer von ihnen gerade zu trinken begonnen hatte,
dem entglitt der Becher,
so daß er den Wein auf den Tisch verschüttete.
Wer immer von ihnen aber gerade sein Brot schnitt,
dem entfiel das Messer ohne sein eigenes Zutun.
Vor Zuversicht verloren sie (fast) den Verstand.
Wie ihnen doch allen da ihr Kummer verging!
Sie saßen alle da und horchten,
wie das Spiel weitergehe.
Hell war der erste Leich verklungen:
Lupold sprang über den Tisch
und auch der Graf Erwin.
Sie boten ihm Willkommen,
dem mächtigen Harfenspieler,
und küßten ihn wahrhaftig.
Wie eindeutig die Dame da sehen konnte,
daß er der König Rother war!

---

tisc *RBF'* – goz] gôt *R* 2516 swilich ir] swelicher *Ha*, swilicher *V* 2518 witzelos] wizzelos H*B* 2521 hinnen] hinen H

Alse die iun*c*vrowe hinnin widir quam, *2523*/2531
do liez man die botin uz gan
allenthal*v*en in die stat,
daz ir neman ne (37r) plach.
do merketen iz des kuningis man
unde sagetin iz ir herren san. *2528*/2536
»nu ne rochit«, sprach Constantin,
»ich bevalch sie eme uffe daz leven sin!
her pleget so goter sinne,
ir ne mach ime nichein intrinne.«
der kerkenere wart gerǒmot, *2533*/2541
alse die iun*c*vrowe gebot.
do drie tage irg*e*ngin,
die botin sie aber viengen
unde legetin sie zwaren
widir in den kerkenere. *2538*/2546
michil bette*w*ate
unde ander got gerate
wart in virholene dar in getragin
– do mosten sie genade haven –,
similen unde wizbrot: *2543*/2551
des was den helidin vil not.
die iun*c*vrowe heiz enin man
zu Dietherichis herbergen gan. *2546*
der grob ein hol zo berge, *2547*
von deme kerkenere, *2547*/2556
swar sie woldin hinnin keren. *2548*
do lagin die haftin
in sanftin uncreftin.
die botin lagen dar alle

2530 *Einzeilige Initiale* – iuncvrowe (*HaRBF'*)] ivnurowe H – hinnin] hinin H 2532 allenthalven (*RBF'V*)] Allenthalchen H 2541 iuncvrowe (*HaRB*)] ivnurowe H 2542 irgengin (*BF'V*)] irgegēgin

Nachdem die junge Dame wieder fortgegangen war,
erlaubte man den Boten auszugehen
überallhin in die Stadt,
ohne daß sie jemand bewachte.
Das bemerkten die Gefolgsleute des Königs
und meldeten es sogleich ihrem Herrn.
»Kümmert euch nicht darum«, sprach Konstantin,
»ich habe sie ihm gegen Bürgschaft seines Lebens anvertraut.
Er ist so klug und besonnen,
keiner von ihnen kann ihm entfliehen.«
Das Gefängnis wurde gereinigt,
so, wie es die junge Herrin befahl.
Nachdem drei Tage vergangen waren,
fing man die Boten wieder ein
und brachte sie wahrhaftig
wiederum ins Gefängnis.
Eine große Menge Bettzeug
und andere wichtige Gebrauchsgegenstände
waren für sie heimlich hineingebracht worden
– da hatten sie es nun bequem –,
Semmeln und Weißbrot:
das alles brauchten die Helden sehr.
Die junge Herrin befahl einem ihrer Leute,
zu Dietrichs Quartieren zu gehen.
Der grub einen Gang,
der vom Kerker hinauf führte,
wohin immer sie sich begeben wollten.
Da lagen nun die Gefangenen
in unbeschwerter Hilflosigkeit.
Die Boten alle lagen da

H, irgiengin *R* 2544 zwaren] zvaren H, zewâre *R* 2552 iuncvrowe (*HaRBF'*)] iunvrowe H 2554.2555 *Als ein Vers (2547) gezählt MaF* 2557 lagin] lagen *V*

zwenzih tage vulle
unde haveten grozen wirtschaf*t*:
sie wunnin an deme live craft.

Do hob sich under deme himele
von zwein unde sibinzik kuningin
Von ⟨*woster*⟩ Babilonie
zo Constantino deme kuninge
die aller groziste hervart
die ie*rgin* gewart.
Ymelot gerte sin zo man,
her was ein heidin vreisam.
(37^{v}) ime ne mochte nicht widirstan,
her wolde die riche alle han
bedwungin mit grozir gewalt.
uber al uncristin lant
so nevirsaz neiman sin gebot,
her wolde selve wesen got.
Simelin hiez sin wib,
her virlos zo Jerusalem sint den lif.

Do quam en ilinde man
vor deme volke gevarin
zo Constantinopole
der vil meren burge
unde sagete deme kuninge mere,
wie not ime were,
ob her sich mochte irweren:
in sochte ein kreftigiz here.

2560 zwenzih] zvencih H 2561 grozen] groze *R* – wirtschaft (*R*)] wirtschaf H*B* 2563 *Einzeilige Initiale, kein Großabschnitt (gegen R)* 2564 zwein] zvein H*R* – sibinzik] sibincik H 2565 woster Babilonie (*RBV''*)] babilone H, Babilonie *V* 2567 hervart] herwart H 2568 iergin (*BF'*)] ie gerin H, ie gecin *Ha*, ie geriten *R*, ge-

volle zwanzig Tage
und ließen es sich gut gehen:
Sie gewannen ihre Körperstärke wieder.

Da brach unter dem Himmel,
geführt von zweiundsiebzig Königen,
aus Babylon in der Wüste
gegen den König Konstantin
die größte Heeresmacht auf,
die jemals zustandegekommen ist.
Ymelot wollte ihn sich als Gefolgsmann unterwerfen,
er war ein furchterregender Heide.
Ihm konnte nichts standhalten,
er wollte sich alle Königreiche
mit brutaler Gewalt unterwerfen.
Im gesamten Heidenland
wagte es niemand, seine Befehle zu mißachten,
er setzte sich Gott gleich.
Seine Gemahlin hieß Simelin,
er (selbst) verlor später in Jerusalem das Leben.

Da kam ein Eilbote
vor dem Kriegsvolk herangestürmt
nach Konstantinopel,
in die sehr berühmte Stadt,
und berichtete dem König,
wie nötig er es habe,
sich zu wehren, falls er das könne:
ein gewaltiges Heer greife ihn an.

---

riten *oder* gevarin *F'*, †ie gerin *V* – gewart] wart *HaR* 2573 bedwungin] bedwungen *V* 2575 neiman] nieman *R* 2577 hiez (*V*)] heiez H, heiz *RBF'* 2578 virlos] wirlos H – lif] liph H*B* 2579 *Einzeilige Initiale* – quam en (*RB*)] quamen H*Ha* 2582 vil] wil H 2583 sagete] sageten *Ha*

alsus redede do Constantin:
»wer mochte so riche sin,
der mich torste bestan?«
do sprach der gahinder man:
»din groze overmot
der nis zo nichte got!
introwen, sie havent genendot!
iz is der herre Ymelot
von woster Babilonie;
zwene unde sibinzik kuninge
die sochen daz lant din.
ich sach die vorreise sin,
so manich zelt ufgeslagen:
sie mugin wole zenzik dusint haven!«

Deme kuninge wurdin sware
die starken numere.
Dietherich der helit got
der torste wole sinin mot.
her sprach: »halt dich wole, Constantin,
unde gib mer uffe den lif min
die (38^{r}) elenden haftin
uz den uncreftin!
hetten sie ros unde gewant,
undir in is manich helit balt;
dar zo besende dine man.
wer sulen ingegin in varen!«
»nu lone dir got«, sprach Constantin,
»ich bevalh den kemerere min
beide ros unde gewant,

2596 zwene] zvene H*R* – sibinzik] sibincik H 2598 vorreise] uozreise *Ha* 2599 zelt] celt H 2600 zenzik] cencik H 2601 *Einzeilige Initiale, kein Großabschnitt (gegen F)* – sware] svare H*R*

Darauf sprach Konstantin:
»Wer könnte so mächtig sein,
daß er es wagte, mit mir den Kampf aufzunehmen?«
Da sprach der Bote, der es sehr eilig hatte:
»Deine große Überheblichkeit
ist hier völlig fehl am Platze!
Meiner Treu, sie haben es gewagt!
Es handelt sich um König Ymelot
aus Babylon in der Wüste;
zweiundsiebzig Könige
ziehen mit Kriegsmacht gegen dein Land.
Ich habe die Vorhut gesehen,
zahllose aufgeschlagene Zelte:
sie dürften an hunderttausend Mann haben!«

Den König bedrückten
diese unerhörten Neuigkeiten.
Dietrich, der vortreffliche Held, aber
versetzte ihn wieder in zuversichtlichere Stimmung.
Er sprach: »Verzweifle nicht, Konstantin,
sondern befreie mir gegen Bürgschaft meines Lebens
die fremden Gefangenen
aus ihrer Haft!
Hätten sie nur Pferde und Ausrüstung,
unter ihnen befinden sich viele vortreffliche Kämpfer;
darüber hinaus berufe deine Gefolgsleute ein.
Wir werden deinen Gegnern entgegenziehen!«
»Gott möge dir lohnen«, sprach Konstantin,
»ich übergab damals meinem Schatzmeister zu treuen Händen
sowohl die Pferde als auch die Ausstattung,

2604 torste] troste *RBV* – wole] *fehlt Ma* 2606 lif] liph H*B*
2607 haftin] hastin *F*

daz sie brachtin in diz lant.
iz wirt in allez widir gegeven,
nu du turlicher degin
mit mir wenigin man
in derre note wilt bestan.« *2612*/2621

Constantin gienc drate
na Dietherichis rate
unde sante wide in daz lant.
do quam vil manich helt balt
zo Constantinopole *2617*/2626
der vil meren burge.
innirthalp drin tagin
do mochter vunfzik dusint haven.
do gie*n*gin ilande
die turin wigande *2622*/2631
unde namen die zwelf gravin
uz deme kerkenere
unde iegelich sinen man.
wie schire iz allez widir quam,
daz sie brachtin in daz lant! *2627*/2636
Dietherich der helit balt,
die nam sie zo siner schare.
do warin sie dar herliche gare
uffe rossen sneblanken.
do was deme helede wal zo danche. *2632*/2641

Den heleden vil iungin
giengen die ros in sprungin.
do brachte Dietherichis vane
zwenzik dusint lossam

2621 *Einzeilige Initiale* 2627 innirthalp] inninthalp *Ha* 2628 vunfzik] uvnfcik H 2629 giengin (*MaRBV*)] giegin H 2631

die sie in dieses Land gebracht hatten.
Das soll ihnen nun alles wiedergegeben werden,
da du, vortrefflicher Held,
mit mir bemitleidenswertem Mann
in dieser Bedrängnis aushalten willst.«

Konstantin ging hin und handelte eilig
nach Dietrichs Vorschlag
und bot weitum im Land seine Gefolgsleute auf.
Da begaben sich alle kühnen Krieger
nach Konstantinopel
in die sehr berühmte Stadt.
Innerhalb dreier Tage
verfügte er über etwa fünfzigtausend.
Da beeilten sich
die trefflichen Helden (Dietrichs)
und befreiten die zwölf Grafen
aus dem Gefängnis
und alle ihre Gefolgsleute.
Wie schnell da auch alles wieder zum Vorschein kam,
was sie in das Land mitgebracht hatten!
Dietrich, der kühne Held,
gesellte sie seiner Schar zu.
Da erschienen sie dort prächtig gerüstet
auf ihren schneeweißen Pferden.
Dem Helden aber war wieder wohl zumute.

Unter den jugendstarken Kriegern
galoppierten die Pferde dahin.
Da führte Dietrich unter seinem Feldzeichen
zwanzigtausend prächtige Streiter

---

zwelf] zvelf H*R* 2635 brachtin (*RB*)] bractin H 2640 do] daz *BF'* 2641 *Einzeilige Initiale* 2644 zwenzik] Zvencik H*R*

in breithe*n* (38^{v}) blickin uber lant. 2637/2646
manigin gotin wigant
vorte der kuninc Consta*n*tin
ingegin die viande sin.
sie ritin wol sibin nacht
ingegin der heriscraft. 2642/2651
die zwene unde sibinzich kuninge
von wostin Babilonie,
die ligetin sich also nahe,
daz sie den rouh gesagen
von den herbergen: 2647/2656
do hoben sich die sorgin!
do gaf in Dietherich den trost,
her herbergete do aller vurderost
mit den sinin heleden
inzusken den menigin. 2652/2661

Schire viel do die nacht an.
dar bevalen Constantinis man
einin anderen die kint unde wif,
ir nichein troste sich an den lif.
Dietherich unde sine man 2657/2666
begunden runinde gan
unde rietin an die heidenschaf*t*
die dar lach mit heriscraft:
wilich ere in daz were,
ob sie den kuninc meren 2662/2671
ane Constantinis schadin
ge*v*ahen mochtin odir slan.
»introwin«, sprach Widolt,

2645 breithen (*RBF'V*)] breither H 2647 Constantin (*HaMa RBV*)] constatin H 2651 *Initialabschnitt bei R* – zwene] zvene H*R* 2652 wostin] wostir *RBF'V* 2654 rouh] roch *Ha* – gesagen] gesahen *R* 2660 den] der *RBF'* 2661 *Einzeilige Initiale* – do]

in breiter, funkelnder Schar über das Land.
Viele tapfere Kämpfer hatte
auch Konstantin aufgebracht
gegen seine Feinde.
Etwa sieben (Tage und) Nächte
ritten sie der Heeresmacht entgegen.
Die zweiundsiebzig Könige
aus Babylon in der Wüste
schlugen ihr Lager so nahe auf,
daß Konstantins Leute den Rauch sahen
von ihren Zelten aus:
Da erhob sich große Besorgnis!
Aber Dietrich gab ihnen Vertrauen,
er schlug seine Zelte in vorderster Linie auf
mit seinen Helden
zwischen den Heerlagern.

Rasch fiel die Nacht ein.
Da befahlen Konstantins Leute
einander ihre Kinder und Frauen an,
keiner von ihnen hoffte zu überleben.
Dietrich und seine Mannen (dagegen)
begannen flüsternd umherzugehen
und schmiedeten Pläne gegen die Heidenschar,
die da mit einem mächtigen Heer lagerte:
welch großes Ansehen es ihnen einbringen würde,
wenn sie den berühmten König,
ohne daß Konstantin auch nur einen Mann einbüßte,
gefangennehmen oder töten könnten.
»Meiner Treu«, sprach Witold,

---

fehlt B 2663 wif] uviph H 2664 lif] liph H*B* 2667 rietin] rieten *V* – heidenschaft (*R*)] heidenschaf H*B* 2672 gevahen (*RBV*)] Gewahen H

»kume wir in daz volk
– sie sin uncristine diet –, 2667/2676
ich ne werdin borsenfte niet,
des sulin sie vil gewis sin!
unde laz*et* man mi die hende min,
iz moz en an den lif gan!«
do waffende sich Asprian, 2672/2681
unde zwelf ritar lossam
(39r) sluffen in er wicgewant,
in was zo deme storme harte lieb.
da schein ein hal*s*perg liecht,
die troch der helit Asprian. 2677/2686
iz nelevet nichein so kone man,
der ime widir stieze,
daz her ⟨*in*⟩ genesin lieze
under der heidinschefte.
sie hoben sich mit crefte. 2682/2691

Der herzoge von Meran
heiz Dietherichis man
vlizeliche wachen
*u*nde grozen schal machin.
her sprach: »min herre mit den sinin 2687/2696
wil zo Constantine,
der hat na ime gesendot.«
do was *v*il manic helit got
wol gewa*f*int an den wich.
iz ne wiste niemannis lif 2692/2701
wan die verchmage,
die over mere waren ge*v*aren.
Dietherich ginc zo den rossen sin.

2676 werdin] werdiu *Ma* 2678 lazet (*RBF'*)] lazent H 2679 lif] liph H*B* 2680 waffende] vaffende H 2681 zwelf] zvelf H*R* 2684 halsperg (*alle*)] halfperg H 2688 her in (*V*)] her H, hern *RBF'* 2691 *Einzeilige Initiale* 2694 unde] Wnde H 2698 vil

»wenn wir nur mitten unter diese Kriegsschar gelangen
– es sind ja lauter Heiden! –,
dann werde ich nicht sehr sanft vorgehen,
dessen können sie sicher sein!
Und wenn man mir die Hände nicht fesselt,
wird es ihnen ans Leben gehen!«
Da waffnete sich Asprian,
und zwölf prächtige Ritter
zogen ihre Rüstungen über,
sie konnten den Angriff kaum mehr erwarten.
Da blitzte ein hell glänzender Panzer auf,
den der Held Asprian trug.
Es gab keinen so kampftüchtigen Krieger,
den er, wenn er ihm begegnet wäre,
hätte heil davonkommen lassen,
aus der Heidenschaft.
Sie brachen mit einer kampftüchtigen Schar auf.

Der Herzog von Meran
befahl Dietrichs Leuten,
eifrig wach zu bleiben
und großen Lärm zu machen.
Er sprach: »Mein Herr mit seinem Gefolge
wird sich jetzt zu Konstantin begeben,
der hat ihn zu sich gebeten.«
Da waren viele tapfere Helden
für den Kampf gut ausgerüstet.
Niemand aber wußte von dem Plan,
außer den engsten Verwandten,
die über das Meer mitgekommen waren.
Dietrich begab sich zu seinen Pferden.

(*RBV*)] wil H 2699 gewafint (*MaRBV*)] gewasint H 2700 lif] liph H*B* 2702 gevaren (*HaRBV*)] gewaren H 2703 *Kein Initialabschnitt (gegen RB)*

do luchte ein brunie guldin
an daz mark lossam. 2697/2706
die trok der zur*ni*giste man
der von Adame
zo der werlde ie bequeme,
unde eine stangin vr*ei*ssam,
da ne mochte nicht vor bestan. 2702/2711
die trost*e* Dietheriche*s* volc:
daz was der helit Widolt.
Luppolt der getruwe man
sprach zo den riesen al:
»*ir* en den halspergin liecht, 2707/2716
nu ne kumit uz der dicke niet,
daz sie icht zo verre schinin!«
Dietherich mit den sinin
der reit umme die heidenschaft
(39v) die lac mit heris craf*t*, 2712/2721
unde begonde vragen,
war sin herre ware.
her hette sich virsumot,
her brachtime manigin helit got.
do zeig*ite in* man zo manne 2717/2726
unz er zo Ymelote quam
in ein zeilt lossam.
daz swert zuchte Asprian
unde hiez in vil stille stan,
ob her den lif wolde han. 2722/2731
der kuninc do nicht ne sprach,
als *er* die stangin an gesach,

2706 zurnigiste (*MaRBF'*)] zvringiste H 2709 vreissam (*RB*)] vriessam H 2711 troste (*HaRBV*)] trosten H – Dietheriches (*RBF'V*)] dietheriche H 2715 ir en] Vsen H, umbe? *Ha*, mit den uren *R*, ir in *BV''*, †vsen *V* 2719 reit] riet *Ma* 2720 craft (*HaR*)]

Da strahlte ein goldener Brustharnisch
auf ein prächtiges Streitroß.
Den trug der kampfwütigste Mann,
der aus dem Geschlechte Adams
je in diese Welt geboren worden ist,
samt einer furchterregenden Stange,
der nichts widerstehen konnte.
Darauf vertraute Dietrichs Schar:
Es war der Held Witold.
Lupold, der loyale Gefolgsmann,
sprach zu allen Riesen:
»Ihr in euren glänzenden Rüstungen,
seht nur zu, daß ihr euch nicht aus der Menge entfernt,
damit eure Rüstungen nicht so weithin sichtbar leuchten!«
Dietrich ritt mit den Seinen
um die Heidenschar herum,
die da mit Heeresmacht lagerte,
und begann sich zu erkundigen,
wo sich sein Herr aufhalte.
Er sei zu spät gekommen
und bringe ihm zahlreiche tapfere Helden.
Da wies ihn einer zum anderen weiter,
bis er bei Ymelot anlangte
in einem prächtigen Zelte.
Da riß Asprian sein Schwert heraus
und befahl Ymelot, ganz ruhig zu bleiben und sich nicht zu bewegen,
wenn er sein Leben behalten wolle.
Der König verhielt sich ganz still,
nachdem er die Stange erblickt hatte,

---

craf H*B* 2721 begonde (*B*)] begende H, begunde *R* 2725 zeigite in] zeiginte H, zeigt ime *Ha*, zeigite *RBF'* 2727 zeilt] zelt *HaMaR* 2730 lif] liph H*B* 2732 als er (*RBF'V*)] Alse H, als he *Ma*

die duchtin harde vreissam.
ge*v*angin was der rike man.

Dietherich unde sine man 2727/2736
begundin deginliche gan
under eine dicke schare,
dar valtin sie daz herre gare.
Widolt gab die stangin
uz den handin. 2732/2741
swaz her der heiden anequam
die sclouc her alse en donir san.
swa*r* er zo der dicke quam,
dar sclouc her uffe den man,
daz sie al zescrietin 2737/2746
also ein stop daz da hine weite.

Die zwelf riesen vreissam
die sclogin manichen man.
die heidin vlun durch not,
sie iagete der grimme to*th*. 2742/2751
Widolt wart ge*v*angin,
gebundin an die lannin.
Dietherich der herre
vor zo den herbergin
in allen den geberen, 2747/2756
al*s* iz ime nicht geschen were.

Dietherich (40[r]) heiz sine man
zo den herbergen gan;

2733 harde (*RBF'*)] arde H 2734 gevangin (*RBV*)] Gewangin H 2735 *Einzeilige Initiale, kein Großabschnitt (gegen F)* 2738 here (*RB*)] herre H 2740 uz] niergin ûz *R*, nuwet ûz *B*, †uz den handin *V*, niwit uz *V''* 2742 sclouc] slouc *B* 2743 swar (*MaRBV*)] Swaz H*Ha* 2744 sclouc] slouc *B* 2745 zescrietin] zescreitin *RB*

die erschien ihm nämlich äußerst bedrohlich.
Der mächtige Herr wurde gefangen genommen.

Dietrich und seine Mannen
schickten sich an, sich verwegen
durch eine dichte Menge durchzukämpfen,
dabei schlugen sie einen großen Teil des Heeres nieder.
Witold gab seine Stange
aus der Hand.
Wen von den Heiden er immer erreichen konnte,
den schlug er wie der Donner nieder.
Wo immer er in eine dichte Schar geriet,
hieb er auf die Leute ein,
daß sie auseinanderflogen
wie Staub, der durch die Luft wirbelt.

Die zwölf schrecklichen Riesen
schlugen zahllose Krieger zusammen.
Notgedrungen ergriffen die Heiden die Flucht,
der grimmige Tod war hinter ihnen her.
Witold wurde wieder eingefangen
und an die Kette gelegt.
Der Herr Dietrich
kehrte zu seinen Zelten zurück
und verhielt sich so,
als ob sich um ihn nichts ereignet hätte.

Dietrich befahl seinen Mannen,
sich in ihre Zelte zu begeben;

2747 *Einzeilige Initiale* – zwelf] zvelf H*R* 2749 vlun] vluhin *R* 2750 toth (*HaMaRBV*)] toch H 2751 gevangin (*RBV*)] gewangin H 2752 lannin (*RB*)] lanin H 2756 als iz (*MaRBF'V*)] Aliz H 2757 *Einzeilige Initiale*

swaz schalles sie ver*n*emen,
daz sie icht zo den rossen quamen. *2752/2761*
do rief der wachtere
obir daz here mere:
»wol uf, herre Constantin,
ich hore die *v*iande din
mit grozeme schalle! *2757/2766*
ich wene, sie here wollen!«
we sere sie irquamen,
do sie die vlucht virnamen
von den heidenschefte
die dar lagin mit herres crefte. *2762/2771*
Constantin wart gewafenot
unde vil manich helit got.
do sprachin sumiliche:
»nu siet zo Dietheriche!
her ligit dar alse ein bose zage, *2767/2776*
swe her unsich here gewisit hevet.
von den untruwin sin
sit ir virratin, herre Constantin!«

Constantin do rande,
als ime daz ma*r*k irhancte, *2772/2781*
vor ein gezelt erlich.
»wol uf, her Dietherich,
die heidin willin uns bestan!
hie nachet der toth manic manne!«
lute rief Ymelot: *2777/2786*
»herre, ir spotit ane not!
hinacht zo mittirnacht,
do ich in mineme bete lac,
do quam ein vreislicher man

2759 vernemen (*RBV*)] Vermemen H 2764 viande] wiande H 2769 den] der *RBF'* 2779 *Einzeilige Initiale (gegen V)* 2780

welchen Lärm auch immer sie hörten,
sie sollten auf keinen Fall zu ihren Pferden eilen.
Bald darauf rief der Wächter
über das ganze Heer hin aus:
»Auf, auf, Herr Konstantin,
ich höre deine Feinde
mit mächtigem Getöse!
Ich glaube, sie wollen angreifen!«
Wie sehr sie da alle erschraken,
als sie das hörten, was (nur) Fluchtlärm war,
von den Heidenscharen,
die da mit Heeresmacht lagen.
Konstantin wurde bewaffnet
und zahlreiche tüchtige Helden.
Da sprachen einige:
»Nun schaut euch Dietrich an!
Wie ein gemeiner Feigling rührt er sich nicht,
dabei hat er uns doch hierher gebracht.
Durch seine Unzuverlässigkeit
seid Ihr verraten, Herr Konstantin!«

Konstantin hastete da,
so schnell es ihm sein Pferd erlaubte,
vor ein prunkvolles Zelt.
»Schnell auf, Herr Dietrich,
die Heiden wollen uns angreifen!
Hier kommt der Tod auf viele zu!«
Laut rief Ymelot:
»Herr, Ihr treibt Eure Scherze ohne Veranlassung!
Heute um Mitternacht,
als ich auf meinem Lager ruhte,
erschien ein furchtbarer Mann

---

mark (*HaMaRB*)] mak H 2781 gezelt] gecelt H 2782 wol] Vol H 2784 manne] man *R*

unde trouk mich under sinen arme dan. *2782/2791*
mir sin die mine gar irslagin,
sie ne mugin dir nicht geschadin!«

(40[v]) Alse daz Constantin virnam,
do kerte her vroliche dan
unde sagite sinen mannen: *2787/2796*
»Ymelot is gevangin,
daz hat Dietherich getan!
nu mozin sie lasterliche stan
die den herren ane not
zo verre habin gevalscot *2792/2801*
mit grozeme unrechte!«
do gingin got knechte
zo deme herren Dietheriche
unde danketin ime grozliche.
daz mar*h* virleiz Constantin, *2797/2806*
zo vordist her in daz gezelt ginc.
die hande nam her vor sich,
her sprach: »got lone der, herre Dietherich,
daz du mit dinin man*nin*
den kuninc hast ge*v*angin! *2802/2811*
eia, turlicher degin,
wilich ere dir ist gesche*n*!
hettich nu sigen *gut*
des dir immir wu*r*de not,
daz sal der wesen undirtan!« *2807/2816*
ir aller sorge was irgan.

2793 *Einzeilige Initiale* 2800 zo] so *HaF'* – verre] vere H 2802 gingin (*RB*)] gincgin H, giencgin *Ha* – got] gote *RBV* 2805 marh (*MaRBF'*)] marb H, mark *HaV* 2806 vordist] vordirst *RBF'*, uvrdist *V* – gezelt] gecelt H 2809 mannin (*MaRBV*)] manim H,

und trug mich unter seinem Arm fort.
Mein Heer ist vernichtet,
meine Leute können dir nichts mehr anhaben!«

Als Konstantin das gehört hatte,
ritt er frohgestimmt wieder fort
und berichtete seinen Leuten:
»Ymelot ist gefangen,
das hat Dietrich vollbracht!
Jetzt stehen alle voll Schande da,
die den Herrn ohne jede Veranlassung
so arg verdächtigt haben,
und zwar sehr zu Unrecht!«
Da begaben sich die edel gesinnten Ritter
zum Herrn Dietrich
und dankten ihm überschwenglich.
Konstantin stieg vom Pferd
und betrat als erster das Zelt.
Er streckte Dietrich die Hände entgegen
und sprach: »Gott möge es dir lohnen, Herr Dietrich,
daß du mit deinen Kriegern
den Heidenkönig gefangengesetzt hast!
O, du vortrefflicher Held,
welch großer Ruhm dir zuteil geworden ist!
Hätte ich irgend etwas in meinem Besitz,
dessen du bedürfen solltest,
das soll dir zur Verfügung stehen!«
Ihrer aller Angst war vorbei.

---

manin *HaF'* 2810 gevangin] gewangin H 2811 *Keine Initiale (gegen Ma)* 2812 geschen] geschem H, geschein *HaMaBV*, geschehin *R* 2813 sigen (*V*)] sigen in H, sicheinin *Ma*, sigein *RBF'* 2814 wurde (*MaRBV*)] wude H, wirde *Ha*

Der tac begunde uf gan.
Do salite manic man
Dietherich der wigant
nam Ymelotin bi der hant
unde vortine vor Constantine;
her bevlach in ime unde ⟨*den*⟩ sinin.
do sprach der listiger man:
»wir soldin einin botin han
der den vrowen sagete,
waz wir gevromit hebetin.«
»in trowen«, sprach Constantin,
»der bote saltu selve sin
durch miner tochter willen!
unde sage der (41r) kuninginne
unde den vrowin allinsamt,
wie ritin in daz lant
vil harte vroliche.
din volc sumelichiz
laz mit mir hei bestan.«
do sprach der listige man,
daz her gerne dete,
des in der kuninc bete.
Dietherich ginc dannen
mit sinin heimlichen mannin
unde sante daz volc zo des kuningis vanin.
her bat sie grozen danc haven.
zo ime na*m* her sine man,
swaz ir ober mere quam.
den kunin her sagete,
wes her willin habete.
die turin wigande
hugitin do zo lande.

2817 *Einzeilige Initiale* 2818 salite] salte man *R*, salite man *B* 2822 bevlach] bevalch *MaRBF'V* – den sinin] sinin H*RB* 2832

Der Tag dämmerte herauf.
Da lieferte Dietrich der Held
viele Männer aus
und faßte Ymelot an der Hand
und brachte ihn vor Konstantin;
er vertraute ihn diesem und dessen Leuten an.
Danach sprach der klug planende Mann:
»Wir müßten eigentlich einen Boten vorausschicken,
der den Damen berichtet,
was wir hier vollbracht haben.«
»Wahrhaftig«, sprach Konstantin,
»diese Botschaft mußt du persönlich überbringen,
meiner Tochter zuliebe!
Und richte auch der Königin
und allen Damen zusammen aus,
daß wir nach Hause reiten
in überglücklicher Stimmung.
Einige von deinen Leuten
laß hier bei mir zurück.«
Da sprach der klug planende Mann,
er befolge bereitwilligst,
worum ihn der König gebeten habe.
Dietrich begab sich hinweg
mit seinen engsten Vertrauten
und schickte seine übrigen Kriegsleute zur Schar des Königs.
Er bat sie, seines Dankes gewiß zu sein.
Bei sich behielt er diejenigen seiner Gefolgsleute,
die mit ihm über das Meer gekommen waren.
Diesen Verwegenen eröffnete er,
was er plante.
Die trefflichen Kriegsleute
sehnten sich nach der Heimat.

---

wie] wi *RBF'* 2835 hei] her *Ha*, hie *RV* 2843 nam (*RF'V*)] nan H*B*

Dannin vor do Dietherich.
ein zeichin daz was herlich
brachter zo Constantinopole
der vil meren burge
mit den sinin mannin.
her sprach, were intrunnin.
do *w*einte de vrowe kuningin.
»iarya, wa is Constantin
unde die wigande
uz von manigeme lande?
Dietherich, lieber herre,
gese wir sie immir mere?«
»nein ir, daz weiz got!
sie hat geslagin Ymelot
unde ritit da here mit heriscraft,
her wil zevorin die stat.
ich ne truwe mich nicht irweren,
nu moz ich vliezin ober mere.
(41^{v}) beide wib unde kint,
wa sie in der burg i*h*t sint,
sie kiesint alle den tot.
sie irslet der kuninc Ymelot!«

Do nam daz Constantinis wib
ir tochter die was herlich,
unde batin Dietheriche
beide grozliche,
daz her in hulfe uz der heidinschefte
die dar quamen mit herescrefte.
do heiz der listige man
die zelder also lossam

2849 *Einzeilige Initiale* 2850 zeichin] ceichin H 2854 sprach were] sprach her were *HaV* 2855 weinte] ueinte H 2864 wil

Dietrich zog (vom Heerlager) fort.
Ein herrscherwürdiges Feldzeichen
führte er nach Konstantinopel,
der sehr berühmten Stadt,
mit seinen Mannen.
Dort erzählte er (aber), er habe fliehen müssen.
Da schluchzte die königliche Herrin:
»O weh, wo bleibt Konstantin,
wo bleiben die Kriegshelden
aus den vielen Ländern?
Dietrich, lieber Herr,
haben wir Aussicht, sie jemals wiederzusehen?«
»Weiß Gott, nein!
Ymelot hat sie alle getötet
und reitet jetzt mit einem mächtigen Heer heran,
er will die Stadt vernichten.
Ich traue mir nicht zu, mich zur Wehr zu setzen,
und deshalb muß ich mich auf das Meer absetzen.
Frauen und Kinder,
wo sie sich in der Stadt aufhalten,
werden allesamt den Tod finden.
Der König Ymelot wird sie alle umbringen lassen!«

Da brachte Konstantins Gattin
ihre königliche Tochter,
und beide flehten Dietrich
inständig an,
daß er ihnen zur Flucht vor jener Heidenschar verhelfe,
die da mit einem mächtigen Heer heranziehe.
Da ließ der klug planende Mann
die prächtigen Damenpferde

(*RB*)] uvil H 2868 burg iht] burgit H*RB* 2871 *Einzeilige Initiale* 2878 zelder] celder H

der kuninginne dar zehen
unde vorte sie zo den kielen. 2872/2881
dar mugit ir gelǒbin
von manigir schonir vrowen
weini*n* unde hantslagin,
sie ne mochtin nicht gedagin.
her zoch ein michil magincraft 2877/2886
na Dietheriche uz der stat.
sie woldin alle uffe den mere
vor Ymelote den lif generen.
do troste sie der karge man,
her hetiz durch eine list getan. 2882/2891

Dietherich heiz sine man
vil drate in ⟨*die*⟩ kel gan.
Asprian der helit got
den kamerschaz *dar* in troch.
sie gehetin alle uffe daz mere. 2887/2896
do heiz der kuninc Rother
die moter an deme stade stan,
die tochter in den kiel gan.
ir weinin was grozlich,
sie sprach: »owi, herre Diederich, 2892/2901
weme wiltu tugint (42[r]) haftir man
unsich armen wif lan?«
sus sprach die gote kuningin:
»nu nim mich in den kiel din
zo miner tochter lossam!« 2897/2906
do sprach die listige man:
»vrowe, ir solit uch wol gehaven,

2879 zehen] cehen H, ziehen *R* 2883 weinin (*HaMaRBV*)] Weinim H 2885 her] Her H, er *HaRB* – magincraft (*HaMaRBV*)] māgincraft H 2887 den] dem *V* 2888 lif] liph H*B* 2891 *Ein-*

der Königin heranführen
und brachte sie zu den Schiffen.
Ihr könnt mir glauben,
viele schöne Damen
schluchzten da und schlugen ihre Hände zusammen,
sie konnten sich nicht beruhigen.
Eine große Schar von ihnen
folgte Dietrich aus der Stadt hinaus nach.
Sie wollten alle auf dem Meer
vor Ymelot ihr Leben retten.
Da beruhigte sie der listenreiche Mann,
er habe nur wegen eines bestimmten Planes so gehandelt.

Dietrich befahl seinen Gefolgsleuten,
sich rasch an Bord zu begeben.
Asprian, der vortreffliche Held,
schiffte den königlichen Schatz ein.
Sie beeilten sich alle, auf das Meer zu gelangen.
Da ersuchte der König Rother
die Mutter, am Ufer zu bleiben,
die Tochter aber, an Bord zu kommen.
Die Königin schluchzte heftig,
sie sprach: »Ach, Herr Dietrich,
wem willst du, vortrefflicher Mann,
uns schutzlose Frauen ausliefern?«
Und die edle Königin fuhr fort:
»Nimm mich doch in dein Schiff
zu meiner schönen Tochter!«
Da sprach der planvoll handelnde Mann:
»Herrin, Ihr habt Grund, froh gestimmt zu sein,

---

zeilige Initiale, kein Großabschnitt (gegen F) 2892 in die kel] in kel H*RB* 2894 dar (*HaMaRBV*)] man dar H 2899 weinin] uveinin H 2902 wif] wiph H*B* 2904 nim] ram *Ha*

Constantin nis nicht geslagen!
Ymelote han wir ge*v*angin,
iz ist Constantine wol irgangin! 2902/2911
he ridit here zo lande
mit lieve*m* *e*rande;
her komit ovir dri thage.
ir mogit eme werliche sagin,
sin tochter si mit Rothere 2907/2916
gevaren westene over mere.
nu gebut mir, vrowe herlich.
ione heiz ich niwit Dietherich!«

»Wol mich«, sprach die kuningin,
»daz ich ie gewan den lif min! 2912/2921
nu laze dich got der gode
durch sine otmode
die mine tochter lossam
lange mit ge*m*achin han!
daz ist war, turlicher degen, 2917/2926
si were der sa*mf*ter gegevin,
dan du si hast gew*u*nnin,
inde stund iz an minin willin!
swie Constantin nu den lif
quelede umbe daz schone wif, 2922/2931
daz ist mir daz minnist,
nu du Rother bist!
nu vare, trulicher degin,
sante Gilege moze din plegin!«
do sprach (42^{v}) daz schone megitin: 2927/2936

2909 gevangin] gewangin H 2912 lievem erande (*RV''*)] lieuen merande H, lieven êrande *BF'*, †lieuem merande *V* 2916 westene] westere *Ha*, westert *R* 2919 *Einzeilige Initiale, in das* U *ist ein* v *eingeschrieben* – Wol] Uvol, H, Nu wol *Ha* 2924 gemachin

Konstantin hat keine Niederlage erlitten!
Wir haben Ymelot gefangengenommen,
für Konstantin ist alles gut gelaufen!
Er befindet sich auf dem Heimritt
mit willkommener Botschaft;
in drei Tagen wird er eintreffen.
Ihr könnt ihm dann wahrheitsgemäß sagen,
seine Tochter sei mit Rother
nach Westen über das Meer gezogen.
Mit Verlaub, königliche Herrin,
ich heiße nämlich keineswegs Dietrich!«

»Wohl mir«, sprach die Königin,
»daß ich geboren wurde!
Nun möge dich der gütige Gott
in seiner Gnade
meine wunderschöne Tochter
viele Jahre in angenehmer Ruhe besitzen lassen!
Ich versichere dir, trefflicher Held,
sie wäre dir mit weniger Unannehmlichkeiten zuteil geworden,
als du sie auf dich nehmen mußtest, um sie zu erwerben,
wäre es nach meinem Willen gegangen!
Wie sehr sich Konstantin nun auch
selbst bemitleiden wird wegen der schönen Frau,
darauf kommt es mir am allerwenigsten an,
da du Rother bist!
Ziehe nun hin, vortrefflicher Held,
der heilige Ägidius möge dich beschützen!«
Da sprach die schöne junge Dame:

(*HaRBF'V*)] genachin H, genathin *Ma* 2926 samfter (*MaRBV*)] sanister H, sanifter *Ha* 2927 gewunnin (*RBV*)] gewinnin H 2931 minnist] minist H 2933 trulicher] turlicher *MaRBF'V*

»gehavet uch wole, moder min!«
die vrowen also lossam
gingin lachende dannen
uf den Constantinis sal
unde gunden Rothere wol, *2932/2941*
daz in got gesande
mit eren heim zo lande.

Alse Rother over mere qua*m*,
do wart die vrowe lossam
swanger einis kindis, *2937/2946*
einis seligin barnis.
do was Eme*l*ger dot,
die lant alle verstorot
van ses margravin,
die woldin Hademaren *2942/2951*
zo eime koninge han genomin unde gelovet.
de was ein riche herzoge,
geboren von Diezen.
die Rother gehiezen
trowen biz he queme, *2947/2956*
die werthin die crone
deme richen ervelosan man
unze *W*olfhart daz swert gena*m*
a*n* enim schonim ringe.
der was van Thendelinge, *2952/2961*
des koningis Amelgeres sune.
iz ne quam ⟨*nie*⟩ van *eineme* kunne
also manich ture wigant.
beide liude unde lant

2938 dannen] danen H*B*, dan *R* 2943 *Einzeilige Initiale, kein Großabschnitt markiert (gegen R)* – quam (*RF'V*)] quan H*B* 2947 Emelger (*MaRBV*)] emeger H, eineger *Ha* 2958 Wolfhart (*MaF'*)] lofhart H, Wolfrat *HaRB* – genam (*RBF'V*)] genan H, geuan *oder*

»Lebt wohl, meine Mutter!«
Die schönen Damen
gingen lachend von dannen
in Konstantins Halle
und wünschten Rother aufrichtig,
daß ihn Gott mit dem großen Erfolg für sein Ansehen
sicher heim geleite.

Während Rother über das Meer fuhr,
empfing die wunderschöne Herrin
ein Kind,
einen zu gesegneter Zukunft bestimmten Königssproß.
Da war Amelger tot
und das ganze Reich in Wirren gestürzt
durch sechs Markgrafen,
die wollten Hademar
zum König haben.
Dieser war ein mächtiger Herzog
aus dem Geschlecht derer von Diessen.
Diejenigen, die Rother Loyalität versprochen hatten,
bis er zurückkomme,
hatten die Krone verteidigt
für den mächtigen Mann, der noch keinen Erben hatte,
bis Wolfrat den Ritterschlag empfangen hatte
in einer feierlichen Versammlung.
Er stammte aus dem Geschlecht der Tengelinger
und war der Sohn des Königs Amelger.
Niemals entstammten einem Geschlecht
so viele vortreffliche Helden.
Reich und Reichsvolk

---

genam *Ha* 2959 an enim (*HaRBF'V*)] Aenim H 2960 Thendelinge] Thengelinge *HaRBF'* 2962 quam nie van eineme] quam van eineme sinin H, quam van eineme *RB*, † *V*

die beherte der ture man, 2957/2966
biz Rother wider quam.

In stride lagen die lant.
Rother der wigant
liez die wechmudin
luzel geruwe*n*, 2962/2971
he moste durch gerich*t*e varen.
he heiz die vrowen bewaren
(43^{r}) Luppolden den getruwen man.
die andre ritare lossam,
zo den rossin waren sie gere*cht*. 2967/2976
do reit dar manich got knech*t*
bit Rothere ingegin Berne
unde strichen durch die berge.
die riesen hetten grozen not,
sie liefen alle gewaffenot. 2972/2981
die *reise Wolfrat* ⟨*niene*⟩ erwant,
do wister over lant
eine vil breide menige
Rothere zogegine.
her infienc in mit eren, 2977/2986
also van rechte ein man sinen herren.

Sich hof der lut over den doz!
dar wart der scal harde groz,

2967 *Einzeilige Initiale, Großabschnitt (gegen RF)* 2970 geruwen (*RBF'*)] geruwent H 2971 gerichte (*RBF'V*)] gerithe (*so F*) *oder* geriche H 2975 gerecht (*V*)] gereih (*so F*) *oder* gerech (*so MaRB*) H 2976 knecht (*RV*)] knech H*B*, kneth *Ha* 2978 berge] buͤrge H, u *expungiert,* e *darübergeschrieben* 2981 die reise Wolfrat

behauptete der vortreffliche Gefolgsmann,
bis Rother wieder heimgekehrt war.

Im Reich herrschte Krieg.
Rother, der kühne Held,
gönnte den von der Reise Erschöpften
kaum eine Ruhepause,
denn es war seine Pflicht auszuziehen und die Ordnung wiederherzustellen.
Er ersuchte Lupold, den loyalen Gefolgsmann,
die Herrin zu beschirmen.
Die anderen prächtigen Ritter
waren bereit, ihre Pferde zu besteigen.
Da ritten viele vorzügliche Krieger
mit Rother in Richtung Verona
und durchstreiften das Bergland.
Dabei hatten die Riesen große Mühsal zu ertragen,
sie mußten ja in voller Rüstung zu Fuß laufen.
Auch Wolfrat versäumte es nicht, an dem Zug teilzunehmen;
da führte er durch das Land
eine breite Kriegerschar
Rother entgegen.
Er meldete sich bei ihm in geziemender Weise,
so wie es einem Gefolgsmann seinem Herrn gegenüber zukommt.

Der Lärm überstieg die Stärke eines Getöses!
Es ging sehr laut zu,

---

niene erwant] Die riese wolframmen erwant H, die riesen Wolfrât an erwant *R*, der reise Wolfrât enerwant *B*, der *statt* die *F'*, † *V*
2983 menige (*RF'*)] menie H*B* 2984 zogegine] zo geginne H
2987 *Einzeilige Initiale (gegen V)*

dar der here Constantin
reit uf den hof sin *2982*/2991
zo Constantinopolin in der stat.
der koninc hasteliche sprach,
wa sin thoc*h*ter were,
daz he sie nicht insege.
des antwarde die koningin: *2987*/2996
»gehalt dich wale, Constantin,
geinir ritar erlich,
der ⟨*sich*⟩ da nante Dietherich,
daz was der koninc Rother
unde hat gevort over mere *2992*/3001
mine tochter unde din.
wie mochte sie baz bestadet sin?
si wil der listige man
zo eineme wete han,
biz ime wirt gelonit *2997*/3006
des he der hat (43^{v}) gedienit.
her hat uns rec*h*te getan,
wir hetten wonderlichen wan:
wat reken mochte dar so riche sin?
ir sit gewarnet, Constantin: *3002*/3011
kome u imer mer gein ve*r*triven man,
da solit ir uch baz vor warnan!«

[C]onstantinis gemode
sich verwandelode.
her begunde sere weini*n* *3007*/3016

2989 herre] here H*RB* 2992 koninc] koͧninc *B* 2993 thochter] thocter H, dochter *R*, tochter *B* 2996 gehalt (*MaRBF'V'*)] Ge alt H 2998 der sich da (*RBV*)] Der da H 3003 wil] vil H 3007 rechte (*HaMaRBV*)] recte (*so F*) *oder* redte H 3009 recken] reken

als der Herr Konstantin
in seinen Hof einritt
in der Stadt Konstantinopel.
Der König fragte sofort,
wo seine Tochter sich aufhalte,
weil er sie nicht erblicke.
Darauf antwortete die Königin:
»Bewahre die Fassung, Konstantin,
jener vornehme Ritter,
der sich da Dietrich nannte,
das war der König Rother,
und er hat
unser beider Tochter mit sich übers Meer genommen.
Wie könnte sie besser aufgehoben sein?
Der klug planende Mann
will sie als Pfand behalten,
bis er dafür seinen Lohn erhält,
was er in deinen Diensten geleistet hat.
Er hat uns behandelt, wie wir es verdienten,
denn wir hatten recht seltsame Vorstellungen:
Welcher Flüchtling hätte so vermögend und mächtig sein können?
Das ist eine Warnung für Euch, Konstantin:
falls jemals wieder ein Flüchtling bei Euch Zuflucht suchen sollte,
werdet Ihr Euch besser vorsehen müssen.«

Konstantins Stimmung
schlug um.
Er begann heftig zu schluchzen

H 3011 gein] gehein *V* – vertriven (*RBF'V*)] uetrwn H, uetriven *F* 3013 *Zweizeiliger Freiraum für Initiale, Rubrikatorhinweis* (c) *am linken Rand. Großabschnitt mit F* 3015 weinin (*HaRBF'V*)] weinim H

inde quelite sich von leide.
he sprach: »owi, vrou koningin,
nu rowet mich die thoc*h*ter min,
die der kuninc Rother
hat gevort ovir mere! *3012*/3021
nu ist iz mich dure bestan,
waz so her gaf gehenin man!«
her viel von leide in unma*cht*.
do zouch der burgere craf*t*
uz der stat mere, *3017*/3026
ire rofin was mere groz: *3019*
we *w*al des Ymelot genoz!
der sin solde plegin,
der zouch dur wunder after wege
unde wolde gerne han gesien, *3023*/3031
waz da were gescien.
Ymelot mit listin
begunde den lif vristin.
do Constantin darnider lach,
Imelot huf sich uze der sta*t*. *3028*/3036
in eime sciffe he intran
inde vor bit coufmannin dan
zo der wosten Babilonie,
danne si*t*h manige*m* coninge
von ime begeginde groz herzel*ei*t. *3033*/3041
des gewonnin ouch die reckin michel arbeit.

[A]lse Constantin zo ime (44r) selvin bequam,
do rief man wider man,

3018 thochter] thoter H, tochter *RB* 3022 waz] Vaz H – gehenin] dehênin *R* 3023 leide] leyde H – unmacht (*B*)] unmath H, unmaht *RV* 3024 craft (*R*)] craff H, kraf *B* 3025.3026 *Ein Vers Ha*, *Ma springt in der Zählung von 3017 auf 3019* 3025 uz der stat mere] † *V* 3026 mere] sere *MaRF'* 3027 wal] ual H 3029 wunder]

und quälte sich in Selbstmitleid.
Er sprach: »Ach, königliche Herrin,
mir ist so weh um meine Tochter,
die der König Rother
mit sich über das Meer genommen hat!
Nun ist mich das teuer zu stehen gekommen,
womit er jemals irgend jemand beschenkt hat!«
Er fiel vor Kummer in Ohnmacht.
Da zog eine große Schar von Bürgern
aus der berühmten Stadt hinaus,
ihr Geschrei war bemerkenswert groß:
Welch großen Nutzen Ymelot daraus gewann!
Derjenige, der ihn bewachen sollte,
lief aus Neugier hinterdrein
und wollte auch gern gesehen haben,
was da vorgefallen sei.
Ymelot aber schickte sich schlau an,
sein Leben zu retten.
Während Konstantin ohnmächtig dalag,
machte sich Ymelot aus der Stadt davon.
Auf einem Schiff entkam er
und segelte mit Handelsleuten
nach Babylon in der Wüste,
von wo her später noch vielen Königen
durch ihn schweres Leid zustoßen sollte.
Und auch Rothers Helden erwuchs daraus noch große Mühsal.

Nachdem Konstantin wieder zu sich gekommen war,
riefen alle, Mann für Mann,

---

wnder H 3030 wolde] uvolde H 3032 listin] listen *V* 3035 stat (*RB*)] stati H, statt *V* 3039 sith (*F'V''*)] sich H*RB* – manigem] manige H, manigen *RBV''*, † *V* 3040 herzeleit] herzeliet H 3042 *Einzeiliger Initialenfreiraum, Rubrikatorhinweis* (a)

dee aldin unde die iungin:
»Imelot ist intronnin!« *3038*/3046
»iaria«, sprach Constantin,
»nu nemit scaz, vrowe koningin,
unde gevit den wigandin
unde vromit si heim zo lande!
of he mich hie na beste, *3043*/3051
daz mir des volkis ich*t* zege.«
si was des goldis milde,
si legedit uf die scilde.
vorsten den richen
gaf si riclichen *3048*/3056
unde lonede den godin knechthin,
alse man noch van recthin
plegit grozer eren.
zo lande riden die heren.

[D]o die groze menige *3053*/3061
gerumde deme koninge,
do sprac ein spileman:
»herre, du salt dich wol gehan!
lonis du mir, Constantin,
ich brenge dir die toch*t*er din. *3058*/3066
wir mozin aver einin kiel havin,
die maniger hande wondir trage:
golt unde steine,
wazzerperlin cleine
scarlachin unde pellen. *3063*/3071
swer da coufen wolle,
daz wir des gode stade han.

3044 dee] *zweites* e *aus* i *F* 3045 intronnin] intronin H 3051 icht (*RF'V*)] ich H*B* 3057 recthin] rechtin *MaRB* 3058 grozer] grozzer H 3059 *Nach* heren *Raum für 4-5 Buchstaben, Rubrikatorhinweis* (d). *Großabschnitt F* – herren] heren H*R* 3060 *Kein*

die Alten wie die Jungen:
»Ymelot ist entkommen!«
»Um Himmels willen«, sprach Konstantin,
»nehmt sogleich von meinem Schatz, königliche Herrin,
und beschenkt die Krieger
und entlaßt sie geziemend nach Hause!
Wenn er mich später wieder angreift,
daß ich mich dann auf meine Leute verlassen kann.«
Sie ging mit dem Golde großzügig um,
sie häufte es auf die Schilde.
Die mächtigen Fürsten
beschenkte sie verschwenderisch
und belohnte die wackeren Ritter so,
wie man noch heute zurecht handelt,
wenn man Ansehen haben will.
Die Herren ritten heim auf ihre Ländereien.

Nachdem die große Schar
sich vom König fort begeben hatte,
sprach ein Spielmann:
»Herr, du brauchst nicht bedrückt zu sein!
Wenn du mich entsprechend entlohnst, Konstantin,
verschaffe ich dir deine Tochter wieder.
Wir werden aber ein Schiff brauchen,
das vielerlei sensationelle Dinge mit sich führt:
Gold und Edelsteine,
zierliche echte Perlen,
Scharlachtuche und Seidenstoffe.
Wenn jemand bei uns einkaufen will,
müssen wie dafür gut ausgerüstet sein.

Initialfreiraum ausgespart, kein Großabschnitt (gegen F) – groze] grozze H – menige (*R*)] menie H*B* 3065 tochter (*RBV*)] tocher H 3070 scarlachin] scarlachen *V* – unde] uñ H 3071 swer] Sver H

seszich ritare lossam,
die solin der inne verholne sin.
die iuncvrowe, Constantin,
bedrugit die sel*ts*ene wa*t*,
dat sie lich*te* in den kiel ga*t*
unde schowet min (44ᵛ) cramgewant:
so vore wir si in daz din lant.
nu sprich, waz du mir biedis!
unde behaget mir die mede,
ich sezze in urteil den lif,
ich nebrenge der Rotheres wif.«

»[G]enadhe here«, sprach Constantin,
»ich wise dich uf den scaz min!
des nim dir, trut geselle,
swe vile du willis.
mir ist zo der verde lief,
ich ne versume dich minis dankis nich*t*!«
der sigel zo deme kele
wart gereit schire.
dar in trouh man golt rot,
alse der koninc gebot,
nuschen unde boge unde harbant,
sel*ts*ene cramgewant:
daz sante Constantin
mit rade na der tho*ch*ter sin.
daz got begunde man zo tragin,
scire wart der kiel geladhin.

3073 seszich (*HaMaRBV*)] Seszith H 3076 seltsene (*RB*)] selzene H – wat (*RBF'*)] want H 3077 lichte (*so HaMaRBV*)] lithe (*so F*) *oder* liche H – gat (*RBV*)] gan H 3078 schowet] schovet H 3081 mede] miede *HaR* 3082 sezze] seze H 3084 *Einzeiliger Initia-*

Sechzig prächtige Ritter
müssen sich unbemerkbar auf dem Schiff aufhalten können.
Die junge Herrscherin, Konstantin,
werden die ausgestellten Kleider so betören,
daß es gut sein kann, daß sie an Bord kommt
und die von mir feilgebotenen Kleider besichtigt:
und dann geht es ab in dein Land.
Sag' jetzt, was du mir bietest!
Und wenn mir der Lohn angemessen erscheint,
stehe ich mit meinem Leben dafür ein,
daß ich dir Rothers Gattin überbringe.«

»Habt Erbarmen, Herr«, sprach da Konstantin,
»ich gebe für dich Anweisung betreff meines Schatzes!
Davon nimm dir, lieber Kumpel,
alles, was du begehrst.
Ich habe größtes Interesse an diesem Unternehmen,
und ich werde alles in meiner Macht Stehende tun, dir meinen Dank nicht vorzuenthalten.«
Das Hauptsegel auf dem Schiff
war alsbald fahrbereit gemacht.
An Bord trug man das rötlich schimmernde Gold,
wie es der König anordnete,
Mantelspangen, Armringe und Haarschleifen,
auch ausgefallene Kleider zum Verkauf:
das alles schickte Konstantin
in schlauer Berechnung zu seiner Tochter.
Man ging daran, die Ware heranzuschaffen,
und alsbald war das Schiff voll beladen.

---

lenfreiraum, Rubrikatorhinweis (G) 3089 nicht (*F'*)] nich H*B*, niet *R* 3095 seltsene] Selzene H 3097 thochter] thoter H, to(c)hter *RB*

veren unde spileman *3093*/3101
huven sich alle dar an,
intgigin Bare sciften over mere.
do was der koninc Rothere
hine zo Riflande
mit sinin vianden. *3098*/3106
dar ri*ch*te der gode keyser
widewin unde weisin.

[D]o die leide Criechin
ze Bare zo stiezin,
uz gienc der spileman *3103*/3111
(45[r]) unde truch der kiselinge an
vere, die he anme stade vant:
listich was der valant!
nu siet, war zo he se wolde,
oder we si coufen solde! *3108*/3116

[D]es morgins, als iz dagede,
der spileman havede
behangen sine crame
mit gewete sel*ts*ene.
do giengin die burgere *3113*/3121
uz der stat ze Bare.
sie veilsceden golt unde pellin:
»wie biedet ir dat, geselle?«
dane was nechein so ture dinc,
her ne gevit unbe einin penninc. *3118*/3126
do duchte die burgare,
daz he ein tore ware.
si couften sin gewete,

3100 veren] verien, vergen *Ha* 3104 Riflande] rislande *Ha* 3105 vianden] † *V*, wîganden *V'' (so auch Roediger)* 3106 richte (*RB*)] rigte H 3108 *Einzeiliger Initialenfreiraum, Rubrikatorhinweis*

Schiffsleute und Spielmänner
gingen an Bord,
sie segelten in Richtung Bari über das Meer.
Da hatte sich der König Rother
an den Niederrhein (Ripuarien) aufgemacht
zu seinen Feinden.
Dort sprach der vortreffliche Kaiser
Witwen und Waisen Recht.

Nachdem die üblen Griechen
in Bari angelegt hatten,
begab sich der Spielmann von Bord
und nahm vier Kieselsteine mit sich,
die er am Strande aufgelesen hatte:
dieser Teufel war gerissen!
Merkt jetzt auf, was er mit ihnen vor hatte,
oder wem sie zum Kauf bestimmt waren!

Am nächsten Morgen, als es Tag wurde,
hatte der Spielmann bereits
seinen Verkaufsstand drapiert
mit ausgefallenen Gewändern.
Da kamen die Einwohner
aus der Stadt Bari.
Sie feilschten um den Goldschmuck und die Seidenstoffe:
»Wie teuer soll das sein, Kumpel?«
Da gab es kein noch so wertvolles Stück,
das er nicht um einen Pfennig verschleudert hätte.
Da waren die Stadtbewohner der Ansicht,
daß er töricht sei.
Sie kauften seine Kleider

(d) 3112 vere] vele *R*, viere *V''* 3116 *Einzeiliger Initialenfreiraum, Rubrikatorhinweis* (d) 3119 seltsene] selzene H 3125 unbe] umbe *RBF'*

s*w*at he gotes hette.
einer die ciselinge gesach.
her sprach: »geselle, war zo wolli*t* ir daz?«
do bot he einin an der stunt
nit wan umbe dusint punt
des allir bestin goldis
des die vrowen tragen woldin.
do sprach der burgare,
dat iz sin spot were:
»ir lieget deme duvele an daz bein,
diz dunkit mich ein bose veltstein!«

»[E]ntrowen«, sprach die spilema*n*,
»ir havent ime unrecthe getan,
ir velsched in ane not.
he ist (45^{v}) ze manigin dingin guot!
neme in ein koningin an die hant,
her lu*h*te ovir al di*t*h lant.
neman ersturve:
e he begraven w*u*rde,
man solden dar mide bestrichin,
so leveder sicherliche.
nieman inis halz noch crump,
he ne w*u*rde sciere gesunt,
gerorde in die koningin
mit deme goden steine min.
si soldiz aver in disme sciffe don,
over it nis chein vro*m*e dar zo!
hette wir einin crumbin man,
inde wolde die koningin dar in gan,

3129 swat (*RB*)] Suat H 3131 wollit (*HaMaBF'V*)] wollir H, woldit *R* 3132 bot (*R*)] boit H*B* 3134 bestin] besten *V* 3140 *Einzeiliger Initialenfreiraum, Rubrikatorhinweis* (e) – spileman (*HaMaRBF'V*)] spilemam H 3141 unrecthe] unre(c)hte *RB*

und was er sonst an Ware feilbot.
Einer erblickte die Kieselsteine.
Er sprach: »Na, Kumpel, wozu braucht Ihr die?»
Da bot er ihm sogleich einen
um nicht weniger als tausend Pfund
allerfeinsten Goldes,
wie es die vornehmen Damen als Schmuck begehrten.
Da sprach der Städter,
daß dies wohl nur ein Witz sein könne:
»Ihr lügt, daß es dem Teufel an die Knochen geht,
für mich ist das nur ein ganz ordinärer Feldstein!«

»Meiner Treu«, sagte der Spielmann,
»damit habt Ihr ihm Unrecht getan,
Ihr macht ihn ohne Grund schlecht:
er taugt zu Vielerlei!
Wenn ihn eine Königin zur Hand nähme,
würde er Licht über das ganze Land verbreiten.
Niemand müßte sterben:
Bevor ein Toter begraben wurde,
müßte man mit ihm darüber streichen,
dann würde er bestimmt wieder lebendig.
Es gibt keinen Gelähmten oder Verkrüppelten,
der nicht alsbald gesund würde,
berührte ihn die Königin
mit meinem Wunderstein.
Sie müßte das allerdings hier auf meinem Schiff tun,
anderswo bringt er keinen Nutzen!
Hätten wir einen Verkrüppelten hier,
und wäre die Königin bereit, das Schiff zu besteigen,

3145 luhte] lugte H, lûchte *RB* – dith (*HaMaV*)] dich H, diz *RBF'* 3147 wurde] wrde H 3150 nieman (*HaRBV*)] Niemam H 3151 wurde] wrde H 3152 gerorde] gevorde *V'* 3155 vrome (*RBF'V*)] urowe H

in*de* ne si it dan nuwit war
dat ich u gesagit han,
so heizit mich van *3153*/3161
unde up ein boum han!«

[D]o sprach ein ritare
de geweldich was ze Bare:
»ich han z*w*ei wenige kindelin,
die ein iar gelegin sin, *3158*/3166
die wir ie mostin tragin.
ich willit minir vrowen sagin.
wat, of si durch ire gode
gebozet der selver node?
gehilfet in der din stein, *3163*/3171
daz sie geint wider heim,
ich geve der gotes sulige craft,
swaz du is gevoren macht!«
»liegich«, sprach der (46r) spileman,
»heizit mir min hovet ave scaln! *3168*/3176
mir ist der lif so lief,
ich ne geve*n* dir so niet!«
sine vronde he do nam, *3171*
seszen coufman, *3171*
unde gienc vor die vrowen stan. *3172*/3181
do infienc in die riche
harde gunsteliche
in allen den gebere,
als er ein herre were.

[D]o bat her die kuninginne *3177*/3186
durch sancte Petres willen,

3158 inde ne si (*F'V*)] In ne si H, nesî *RB* 3162 *Einzeiliger Initialenfreiraum, Rubrikatorhinweis* (d) 3164 zwei] zuei H 3172 sulige] suliche *RB* 3175 scaln] sclan *HaMaRBV* 3177 geven (*RB*)]

und es würde sich als unwahr herausstellen,
was ich Euch gesagt habe,
dann laßt mich gefangennehmen
und an einem Baum aufhängen!«

Da sprach ein Ritter,
der in Bari eine mächtige Stellung innehatte:
»Ich habe zwei bedauernswerte kleine Kinder,
die schon ein Jahr lang bettlägerig sind,
die wir seit je her tragen mußten.
Ich werde das meiner Herrin berichten.
Was wäre, wenn sie in ihrer Gewogenheit
deren Not beseitigte?
Wenn dein Stein ihnen solche Hilfe verschafft,
daß sie auf eigenen Füßen wieder nach Hause kommen,
so belohne ich dich mit einer so großen Menge wertvoller Sachen,
wie du sie mitzunehmen imstande bist!«
»Habe ich gelogen«, sprach der Spielmann,
»dann laßt mir den Kopf abhauen!
Ich liebe allerdings mein Leben
und setze es nicht so ohne weiteres als Pfand!«
Der Herr holte seine Freunde zusammen,
sechzehn Handelsleute,
und begab sich vor seine Herrin.
Da empfing ihn die Mächtige
äußerst zuvorkommend,
ganz in der Art,
als wäre er einer der Adeligen.

Da bat er die Königin
im Namen des Heiligen Petrus,

---

geue H, *fehlt wohl* en *oder* in *Ha* 3185 *Einzeiliger Initialenfreiraum, Rubrikatorhinweis* (d)

dat si uf hulfe zwen ha*f*ten
von grozen uncreften:
»daz sin, vrowe, mine kint,
die lange crump gelegin sint.
hie steit ein ⟨*kiel*⟩ bi deme stade,
dar sal ich si up heizin tragin.
dar liget gesteine dat ist got
unde bozit manigen siner not.
nemet ir einin, vrowe, an die hant,
he lu*h*tet over alle die lant.
swilich man erstervit,
er he begravin werde,
woldet ir in dar mide bestrichin,
he levede san vrolichen.
neman nis halz noch crump,
he newerde zo hant gesunt,
alse uns gener gesæget hat,
de si hat here brach*t*.
her sprichit, in si iz niuwit war,
daz ich u gesagit han,
daz *ic* in heze van
unde uf einin boum han.
versohez, vrowe, durch got,
is wirt u wol gelonot,
unde trostet mine arme kint,
(46ᵛ) die nu lange gelegin han,
wandich weinger man
*b*i en da michel leit han!«

3187 zwen] zven H*R* – haften (*HaMaRBV*)] hasten H 3191 ein kiel (*HaBV*)] ein H*R* 3194 unde] Vñ H 3196 luhtet] lugthet H, lûchtet *RB* 3197 swilich] Svilich H*R* – erstervit] ersterbe *R* 3204 here] herre *V* – bracht (*RF'V*)] brach H*B*, brath *Ha* 3205 iz

daß sie zwei Bettlägerigen aufhelfe
aus schwerer Krankheit:
»Es handelt sich dabei um meine Kinder, Herrin,
die schon lange Zeit verkrüppelt ans Bett gefesselt sind.
Bei uns im Hafen liegt ein Schiff,
auf das ich sie tragen lassen soll.
Dort liegen wunderkräftige Steine,
die befreien so manchen von seiner Krankheit.
Wolltet Ihr einen, Herrin, zur Hand nehmen,
würde er Licht über alle die Länder verbreiten.
Wer auch immer sterben sollte,
geruhtet Ihr, bevor er begraben wird,
damit über ihn zu streichen,
würde er sogleich frohgemut wieder zum Leben erwachen.
Es gibt keinen Gelähmten oder Verkrüppelten,
der nicht alsbald gesund würde,
wie uns der beteuert hat,
der die Steine zu uns gebracht hat.
Er sagt, wenn das nicht wahr sei,
was ich Euch eben berichtet habe,
dann könne ich ihn gefangennehmen
und an einem Baum aufhängen lassen.
Lasse es auf einen Versuch ankommen, Herrin, um Gottes willen,
dafür werdet Ihr sicher reichen Lohn finden,
und verschafft meinen hilflosen Kindern Heilung,
die nun schon lange ans Bett gefesselt sind,
denn mir bemitleidenswertem Mann
erwächst durch sie großes Leid!«

(*RBF'V*)] ir H – niuwit] niuvit H 3207 ic (*HaMaBV*)] it H, ich *R* – heze (*B*)] hezze H, heize *R* 3209 versohez] verso(c)htez *RBF'* 3211 mine] inine *F* 3212 han] sint *HaMaRB* 3213 weinger] weiniger *F'* 3214 bi] Si H, sîn *RBV''*, † *V*

»[N]u du mich«, sprach die koningin, *3207*/3216
»biddis durch unsin tre*h*tin,
ich ne wille dir nit versagen.
nu heiz die kint zo deme sciffe tragin!«
Luppolt was uz gegan.
zwenzich ritar lossam *3212*/3221
volgeden der vrowen zo deme kiele.
dar quamen *d*ie siechen scire,
den su dar got solde sin.
in den kiel trat die koningin:
»wol uf«, sprach der spileman, *3217*/3226
»zo den Criechen wille *w*ir varen!
siet, war daz wif stat,
die uns here gemout hat!«
do sprungin vile scire
die Criechen zo deme kiele. *3222*/3231
die crumben wur*f*en sie an daz stat;
geneme wart der hantslach!
die der vrowen soldin plegen,
die vordin die Criechen after wege.
Nu siet zo deme valandas man, *3227*/3236
Wie he dat wif gewan!

[D]ie Criechen huven sich dan.
die vrowe vragede den spileman,
wie in dare sante
zo deme selvin lande. *3232*/3241
»daz dede min herre Constantin!
der lieve vater din
sante uns ovir mere.«
»owi, koninc (47r) Rothere«,

3215 *Einzeiliger Initialenfreiraum, Rubrikatorhinweis* (N) 3216 trehtin] tregtin H 3217 versagen] ueͬsagen H 3220 zwenzich] Zvenzich H*R* 3222 die (*HaRBF'V*)] sie H 3226 wir] uir H

»Da du mich«, sprach die Königin,
»im Namen Gottes, unseres Herrn, bittest,
will ich dir nichts abschlagen.
Laß jetzt deine Kinder zu dem Schiff tragen!«
Luppold war gerade nicht in der Stadt.
Zwanzig stattliche Ritter
begleiteten die Herrin zu dem Schiff.
Alsbald gelangten die Kranken auch dorthin,
denen sie da eine Wohltat erweisen sollte.
Die Königin ging an Bord:
»Nun vorwärts«, sprach der Spielmann,
»zu den Griechen wollen wir segeln!
Sehr her, dort steht die Frau,
die uns die Strapazen der Herfahrt aufgehalst hat!«
Da sprangen in großer Eile
die Griechen an Bord.
Die Verkrüppelten warfen sie an den Strand;
vollendet wurde der Handel!
Diejenigen, denen die Sicherheit der Herrin oblag,
die nahmen die Griechen mit sich fort.
Seht Euch diesen Teufelsknecht an,
wie er sich der Frau bemächtigte!

Die Griechen machten sich auf und davon.
Die Dame fragte den Spielmann,
wer ihn hergesandt habe
in dieses Land.
»Das tat Konstantin, mein Herr!
Dein teurer Vater
hat uns über das Meer gesandt.«
»Ach, König Rother«,

3231 wurfen (*RF'V*)] Wurchen H, wurchen *MaB* 3237 *Zweizeiliger Initialenfreiraum, Rubrikatorhinweis* (d). *Großabschnitt (gegen RF*)

sprach daz wenige wif,
»wie du nu dinen lif
beginnis quelin umbe mich!
so duon ich minin umbe dich!«

[D]ie vrowe gehat*e* sich ovele!
zo Constantinopile
vorde sie die spileman.
wie scire numere quam,
den vorsten were gelungin!
aldin unde i*un*gin
heizin sie willekomin sin.
in den kiel trat Constantin
unde nam die tho*ch*ter bi der hant
unde ⟨*vorde*⟩ sie uf daz lant.
he halste sie unde custe,
wie wol in des geluste!
die moder weinende genc,
ir tho*ch*ter sie ungerne infienc.
swaz die moder redde,
die toch*t*er iz alliz dolete.
Constantine was *v*il lief,
her inhatte uf ire sprechin nit.
he liez si swigin unde dagin,
biz si is g*n*oh mo*h*te havin.

[D]o erscal daz numare
ovir al die stat zo Bare,
daz die vrowe was verloren;

3249 *Einzeiliger Initialenfreiraum, Rubrikatorhinweis* (d) – vrowe] vrouwen *RB* – gehate (*VF'*)] gehatin H 3254 iungin (*HaMaRBV*)] iwvgin H 3256 trat] cinc *Ha*, mit *Ma* 3257 thochter (*F'*)] thoter H, tohter *R*, tochter *B* 3258 vorde sie (*HaMaRBV*)] sie H 3260 wol (*so HaMaRB*)] *oder* wal (*so V*) H 3262 thochter (*RB*)] thoter H, tohter *R*, tochter *B* 3263 redde] redede *R* 3264 tochter

sprach die unglückliche Frau,
»wie sehr du dich nun
meinetwegen mit Sorgen quälen wirst,
ebenso wie ich mich um dich!«

Die Herrin gebärdete sich wie eine Unglückliche.
Nach Konstantinopel
brachte sie der Spielmann.
Wie rasch sich doch dort die Nachricht verbreitete,
die fürstlichen Abgesandten hätten Erfolg gehabt!
Die Alten und die Jungen
boten ihnen Willkomm.
Konstantin begab sich an Bord
und ergriff seine Tochter bei der Hand
und geleitete sie an Land.
Er umarmte und küßte sie:
Welch große Freude ihm das bereitete!
Die Mutter kam in Tränen herbei,
sie empfing ihre Tochter nur ungern.
Was immer die Mutter auch sagte,
die Tochter ließ alles über sich ergehen.
Konstantin aber fühlte sich prächtig,
er wartete nicht darauf, daß seine Tochter redete,
er ließ sie in ihrem beharrlichen Schweigen gewähren,
bis sie es einmal über haben werde.

Die böse Kunde ging von Mund zu Mund
in der ganzen Stadt Bari,
daß die Herrin entführt worden sei;

(*MaRBF'V*)] tocher H 3265 vil] wil H 3266 inhatte] irhatte *Ha*, inhorte/inharte *Ma*, inahte *B* 3267 swigin] svigin H*R* – dagin] clagin *B'*, *so auch Roediger* 3268 gnoh (*RBV*)] guoh H – mohte (*RBV*)] mothe H 3269 *Einzeiliger Initialfreiraum, Rubrikatorhinweis* (d)

si vorten Rotcheres zorn.
beide wif unde man
sie woldin alle in*w*ech gan.
do quam der helit Luppolt
unde torste daz trorige volc.
he bat sie dar beliven:
des inwere negein z*w*ivel,
he ne gewonne die hulde,
daz Rocther die sculde
an ir negeime reche
oder i*h*tes leides spreche.
(47^{v}) do vielen algeliche
die burgere also riche
zo den vozen Luppolde.
sie sprachen, swaz he wolde,
des volgeden sie uf sinen trost.
ir sorgen waren vile groz.
do sprach der herre vile got:
»goth helfe uns uzer not!
minis herren truwe is so vile:
wir genesen wol, of iz goth wil.«

[V]on deme thage over siven na*h*t,
do quam mit grozer herescraft
Rocther der herre
unde vant leide mere.
Luppolt der getruwe man
der gienc vor *de* herren alle stan
unde sprach zo deme koninge herlich:
»ich han mich, herre, wider dich

3274 inwech] in uech H 3276 torste] troste *RBV* 3278 zwivel] zuivel H 3280 Rother] rocther H 3282 ihtes] igtes H, i(c)ht *RB*, igt *F'* 3286 swaz] svaz H*R* 3292 wil] vil H 3293 *Einzeiliger Initialenfreiraum, Rubrikatorhinweis* (v) – naht (*RB*)] nagt H

sie fürchteten Rothers Unmut.
Frauen und Männer
wollten alle aus der Stadt fliehen.
Da kam Lupold, der Held, zurück
und sprach dem verängstigten Volk Mut zu.
Er beschwor sie, in der Stadt zu bleiben:
Es gäbe keinen Zweifel daran,
daß er die Gnade erwirken könne,
daß Rother das Vorgefallene
an keinem von ihnen ahnden
oder irgendeinen für sie nachteiligen Spruch fällen würde.
Da warfen sich alle
die hochmögenden Stadtbewohner
Lupold zu Füßen.
Sie sprachen, was immer er anordne,
das würden sie im Vertrauen auf ihn befolgen.
Ihre Befürchtungen waren sehr groß.
Da sprach der vortreffliche Herr:
»Gott möge uns aus dieser schlimmen Lage befreien!
Die Gerechtigkeit meines Herrn ist sehr groß:
Es wird uns nichts geschehen, wenn Gott will.«

Von diesem Tag an nach sieben Nächten
kehrte mit großer Heeresmacht
Rother, der Herrscher, zurück
und fand schlimme Nachricht vor.
Lupold, der loyale Gefolgsmann,
trat aus der Reihe all der Herren heraus
und sprach zu dem erhabenen König:
»Ich habe mich, Herr, deinem Auftrag gegenüber

3295 Rother] Rocther H 3298 vor de herren alle stan] vor den herren alle stan H, vor den hêrren allezan *R*, vor die herren alle stan *BV''*, † *V*

ovele behalden, Rothere:
di*n* wif ist wider over mere!
daz havet Constantinis man
mit grozen listen getan.
nu vortich, herre, dinen zorn, *3297*/3306
daz mer der lif si verlorn!
hie steit min broder Erwin:
he lach durch den willin din
zo Kriechen vil manigen tach,
daz he die sunne nie gesach. *3320*/3311
mo*ht*e wir sin geniezen,
daz ir genesen liezin
eine vil unsculdige diet,
die ne hat dir ge*t*han nich*t*!
ich nam die burgare, *3307*/3316
die woldin uzer Bare
alle iren wech gan:
uf minin trost sin sie hie bestan!
ich bin eine sculdich wider dich,
du (48^{r}) salt richtin over mich, *3312*/3321
daz ist billich unde rec*ht*:
waz bedorfte ein got k*necht*
richetumes mere,
behelde he truwe unde ere!
nu ich des nine han getan, *3317*/3326
nu laz iz mir an den lif gan.«

[N]u vernemet, wie Rocther sprach,
deme daz her*z*eleit gescah!
vor den herren allin sammt

3302 din (*HaMaRBV*)] Dim H 3305 vortich] vorchtich *V'* 3311 mohte (*RBV*)] Mothe H 3314 gethan (*MaF'V*)] gelhan H, getan *HaRB* – nicht (*F'V*)] nich H*B*, niet *R* 3320 salt] solt *B* 3321

schlecht bewährt, Rother:
Deine Gattin befindet sich wieder jenseits des Meeres!
Das hat ein Gefolgsmann Konstantins
nach einem schlau ausgedachten Plan getan.
Nun fürchte ich, Herr, deinen Unmut,
daß ich mein Leben verwirkt habe!
Aber hier steht mein Bruder Erwin:
Er schmachtete in Ausführung deines Befehls
in Griechenland viele Tage im Gefängnis,
so daß er die Sonne niemals erblickte.
Könnten uns doch seine Verdienste zugute kommen,
daß Ihr verschonen wolltet
ein gänzlich schuldloses Volk,
das dir nichts angetan hat.
Ich habe die Bewohner der Stadt aufgehalten,
sie waren alle entschlossen, aus Bari hinaus
ihrer Wege zu ziehen:
Im Vertrauen auf mich sind sie hiergeblieben!
Ich allein bin dir gegenüber schuldig geworden,
über mich sollst du dein Urteil fällen,
das ist billig und recht:
Wozu braucht ein echter Ritter
Reichtum und Macht,
kann er sich nur seine Loyalität und sein Ansehen erhalten!
Da mir das nun nicht gelungen ist,
laß es mich mit meinem Leben entgelten!«

Hört jetzt, wie Rother sprach,
den der schwere Schlag getroffen hatte!
Vor den versammelten Edlen

---

recht (*RB*)] recth H 3322 knecht (*RBV'*)] kenc H, knec, knect *Ma* 3326 iz (*RBF'V*)] ir H 3327 *Einzeiliger Initialenfreiraum, Rubrikatorhinweis* (n) 3328 herzeleit (*HaMaRBF'V*)] he zeleit H

nam he Luppolde mit der hant *3322*/3331
unde custe en vor den munt sin:
»gehave dich wole, neve min!
warumbe quelis du den lif?
iz levet so manich schone wif!
is uns aver sichein guot *3327*/3336
vo*n* der vrowen geordinot,
daz mach ze iungest wal irgan.
swich, dugenhafter man!
vorchtes du minen zorn,
so were din dienest ovele verlorn, *3332*/3341
daz du mi*r* dicke hast getan.
ia lege du, helt lossam,
zo Kriechen drithehalf jar,
dines lives harte ungevar,
unde manich ritar erlich! *3337*/3346
gezornit ich immir widir dich,
so dadich alse Judas
der sich selvin virlos.
du salt den burgeren sagin,
daz sie sich alle wal gehaven!« *3342*/3351

[D]ar horde manich got kne*ch*t
Rotheres lantrech*t*
unde wie sin zorn was getan.
der herzoge von (48[v]) Meran
gienc gezogenliche *3347*/3365
vor den koninc riche
unde lachede vor lieve:
»nu laze mich got virdienen,

3333 warumbe] Var umbe H 3336 von (*RBF'*)] Vor H 3338 swich] Svich H*R* 3341 mir (*RBF'V*)] mit H 3348 virlos] uir lois H*B* 3351 *Einzeiliger Initialenfreiraum, Rubrikatorhinweis* (d) –

ergriff er Lupolds Hand
und küßte ihn auf den Mund:
»Sei guten Mutes, lieber Neffe!
Warum quälst du dich?
Es gibt ja noch so viele schöne Frauen!
Wenn aber die edle Dame irgendwie
zu unserem Glück vorherbestimmt ist,
kann alles immer noch ein gutes Ende nehmen.
Sag' jetzt nichts mehr, du vorbildlicher Gefolgsmann!
Müßtest du wirklich vor meinem Zorn zittern,
so würde die Dienstbereitschaft schlecht belohnt,
die du mir so oft bewiesen hast.
Du, vortrefflicher Held, lagst ja
in Griechenland eineinhalb Jahre gefangen,
unter äußerst mißlichen Lebensbedingungen,
zusammen mit vielen vortrefflichen Rittern!
Würde ich dir auch nur im geringsten zürnen,
verhielte ich mich wie Judas,
der sich selber ins Verderben stürzte.
Du mußt jetzt den Bewohnern der Stadt ausrichten,
daß sie alle guten Mutes sein sollen!«

Da vernahmen viele vortreffliche Gefolgsleute,
was Rother unter Recht verstand
und wie es um seinen Unmut bestellt war.
Der Herzog von Meran
trat in geziemender Weise
vor den mächtigen König
und sprach vor Freude lachend:
»Gott möge mir vergönnen, daß ich durch treue Dienste vergelten kann,

---

knecht (*RB*)] knet H 3352 lantrecht (*RF'V*)] lant rech H*B*, lant reth *Ha* 3358 laze] lace H – mich] dich *RB*

daz du Luppolde hast getan! *3351*
hude hat din truwe *3353*/3361
an mir armin man *3352*
die aldin zucht genuwet, *3354*
der din vatir plegete,
die wile daz he levete!
unde ware min lif zware *3357*/3366
alse vor vonfzich jaren,
so verdiendich dise ere
unde ed*l*iche mere!
nu ne mach des leider niwet sin!
nu hat der koninc Constantin *3362*/3371
ethelicheme gemachet mǒ.
dar gedenket, iungelinge, zo,
die hie intgegenwart stan:
daz ist des valandes man!
ich gemezze, Rother, *3367*/3376
wir solin mit creften over mere,
mir nist der bart nie so gra,
daz ich hie heime besta!«

»[W]ar sint nu«, sprach Asprian,
»mines herren Rotheres man, *3372*/3381
den he hie sin got gaf
unde den kreftigen scaz?
nu bedarf her ⟨*er*⟩ an der node!«
do drungin helede gote
vaste zo deme ringe *3377*/3386
unde h*u*ven manich lantrec*ht*. *3379*

3360.3361 *Umstellung der Verse MaRB* (3361.3360), *ein Vers Ma* (3360+3361), *Ha* 3360.3362 3365 zware] zvare H*R* 3366 vonfzich] uonfcich H 3368 edliche (*MaRBF'V*)] ediche H, e diche *Ha* 3375 ich] nicht *Ha* – gemezze] gemeze H 3376 wir] Vir H 3379 *Zweizeiliger Initialenfreiraum, Rubrikatorhinweis* (w),

was du an Lupold getan hast!
Heute hast du in wahrhaft königlicher Haltung
an mir, dem geringen Lehnsmann,
jene gute alte Loyalität fortgesetzt,
die dein Vater hoch hielt,
so lange er lebte!
Und wäre ich noch in solcher Verfassung
wie vor fünfzig Jahren,
würde ich tatkräftig diese Loyalität zu verdienen suchen
und noch so manche andere!
Das aber kann nun leider nicht mehr sein!
Der König Konstantin hat
nicht wenigen von uns Mühsal bereitet.
Daran solltet ihr, junge Helden, euch erinnern,
die ihr hier anwesend seid:
Das ist ein Teufelsknecht!
Ich schlage nachdrücklich vor, Rother,
wir müssen mit voller Heeresmacht übers Meer!
Mein Bart ist noch lange nicht so grau,
daß ich zu Hause bleibe!«

»Wo sind denn nun«, sprach Asprian,
»die Gefolgsleute meines Herrn Rother,
die er gerade in diesem Raum immer beschenkte
mit wertvollen Dingen aus seinem Besitz?
Jetzt braucht er sie in seiner Notlage!«
Daraufhin stürmten drängend vortreffliche Helden
nach vorne zu dem Kreis um Rother
und erfüllten in mannigfacher Weise die Pflichten eines Lehnsmannes.

Großabschnitt (gegen RF) 3380 mines] minis *V* 3381 den he hie] der hie *Ha* – hie] ie *RB* – gaf (*RBF'V*)] gaft *oder* gafe (*so F*) H 3383 her er (*HaBV*)] her H*R* 3384–3386 *Vers fehlt nach* 3385 *HaMaRBF, crux V* 3386 huven] herven H, horten *Ha*, heiven *Ma*, erven *RB*, horen *V''* – lantrecht (*RB*)] lant recth H

dar lovete manich got *knecht*
Rothere deme richen
harde vrumeliche,
quemez ime an die not, *3383*/3391
sie rieden mit (49[r]) ime an den dot.
lude rief Widolt:
»hie ist ein herlicher volc!
lant unde mage
sezzent sie an die wage *3388*/3396
durch dinen willin, Rothere!
wir solin dir helpin ovir mere!
swer dir icht dienet,
deme wir*t* wal gelonet!
uns havint Constantines man *3393*/3401
ein groz herzeleit getan.
genuzzen si des, daz were mer zorn!
so hettich och einin michelen louf verlorn.«
do sprach der helit Wolfrat:
»nu iz Widolt gelovet hat, *3398*/3406
daz wir deme koninge Rothere
solin helfen over mere,
ich vore uzer mi*me* lande
der turen wigande
eine michele scare: *3403*/3411
zwelif dusent ritare wale gare.
Luppolde zwaren
wil ich sin here waren:
der herre ist min konlinc!
iz ist ein cristenlich dinc, *3408*/3416

3387 knecht (*RBF'V'*)] kienc H 3389 vrumeliche] uromeliche *RBV* 3396 willin] villin H 3398 swer] Sver H*R* 3399 wirt (*RBV*)] wir H, wird *Ha* 3402 genuzzen] Genuzen H 3404 *Kein*

Da gelobten viele tüchtige Krieger
dem mächtigen Rother
in unbedingter Loyalität,
sie würden, gerate er in Bedrängnis,
mit ihm auch in den Tod gehen.
Schallend rief Witold:
»Hier ist ein Kriegsheer, würdig eines Herrschers!
Land, Verwandte und Freunde
setzen sie aufs Spiel,
um deinen Willen zu erfüllen, Rother!
Wir werden dir die Fahrt übers Meer ermöglichen!
Wer immer sich dir zur Verfügung stellt,
dem wird reicher Lohn zuteil!
Konstantins Leute haben uns
schweren Kummer zugefügt.
Kämen sie jetzt ungeschoren davon, würde mich das rasend machen!
Außerdem hätte ich einen langen Fußmarsch umsonst gemacht.«
Da sprach der Held Wolfrat:
»Da nun Witold versprochen hat,
daß wir dem König Rother
den Zug übers Meer ermöglichen,
werde ich aus meinem Lande
an kühnen Streitern
eine mächtige Schar herbeiführen:
zwölftausend gut ausgestattete Ritter.
Ich will wahrhaftig
Luppolds Ansehen wieder festigen:
Dieser Herr ist ja mein Verwandter!
Das nennt man christlich gehandelt,

Initialabschnitt (gegen RB) 3408 mime (*Ha*)] mine H, minen *RB* 3411 zwelif] Zvelif H – wale] walle H*R* 3412 zwaren] zvaren H*R*

daz beide, brotere unde neven,
bit einander rechte levin.
swer den vront durch sines eines rat
verlazet, so iz ime an die not gat,
geswiche he deme lantman,
he hette michel baz getan!
Berker der riche
der tede vromeliche:
do min vatir was vertriven,
he gewan ime sin lant wider.
he ersluch Elvewine,
(49^{v}) einen herzogen van Rine.
der was ein vreislicher man,
her hatte uns michil leith getan.
von den sculdin sin,
Luppolt, trut neve mi*n*,
so wil ich imer dir bistan,
die wile ich daz levin han!«
sus vermaz sich in deme ringe
d*er* here von Tengelinge.

»[W]ar sin mine mage unde man?
wir sulin sicherliche varen
in daz Constantinis lant«,
sprach Luppolt der helet balt.
»nu min neve Wolfrat,
als er gelovet hat,
ridet heim ze lande
na den wigande,

3416 brotere] brodere *HaB*, brothere *R* 3418 swer] Sver H*R* 3420 geswiche] Gesviche H*R* 3422 *Kein Initialabschnitt (gegen R)* 3426 *Am unteren Rand von 49^{r} Schreiberprobe (Alphabet, sowie u. a. der Name* rotger*)* 3428 vreislicher] ureisclicher H*RB*

wenn Brüder und Verwandte
miteinander rechtsmäßig leben.
Wenn jemand einen ihm Nahestehenden aus Egoismus
im Stiche läßt, wenn dieser in Bedrängnis ist,
hätte der einem Landsmann die Hilfe versagt,
hätte er viel besser gehandelt!
Der mächtige Berchter
handelte einst vorbildlich:
Nachdem mein Vater vertrieben worden war,
eroberte er ihm sein Land wieder.
Er tötete Elwin,
einen Herzog aus dem Rheinland.
Der war ein schrecklicher Mann,
er hatte uns großen Schaden zugefügt.
Wegen Berchters Verdiensten,
Lupold, mein lieber Verwandter,
werde ich dir immer zur Seite stehen,
solange ich lebe!«
In solch hochherziger Weise meldete sich in der Versammlung
der Herr von Tengelingen zu Wort.

»Wo sind meine Verwandten und Gefolgsmannen?
Wir werden ganz gewiß
in das Land Konstantins ziehen«,
sprach Lupold, der kühne Held.
»Da mein Verwandter Wolfrat,
wie er zugesichert hat,
heim in sein Land reitet,
um seine Kriegsmannen zu holen,

3431 min (*BF'V*)] mim H, mîne *R* 3435 der (*HaMaRBV*)] Daz H – herre] here H*RB* 3436 *Einzeiliger Initialenfreiraum, Rubrikatorhinweis* (W) 3440 min (*HaRBF'V*)] nim H 3443 wigande] wiganden *R*

so vor ich helede iunge
zo der samenunge
uz der stat zo Meylan,
die ich von Rothere han:
zwenzich dusint manne
mit snewizen bronien.
des si ein tach gesprochin
van hute ober zwelf wochin
her zo Bare uf den sant!«
daz gelovete manich wigant
vor Rothere deme richen
harde vromeliche.
do sprach der herzoge von Meran:
»zwenzich dusint lufsam,
der salt du wa*r*tin, Rothere,
von mir ze volleist over mere!
ich gelove dir an die truwe min:
widervert mir Constantin,
deme wert lichte ein s*w*erdis slach,
daz he gedenken nine mach,
of ime die to*ch*ter (50[r]) ie wurde lief
– stervich e, *des* inmach ich dan nicht,
daz in wize mir negein man! –,
wande he hat mir michel leit getan.
mich d*w*ingit noch die alde noth,
daz he Luppoltde so hat gemarterot!«

[D]ie herren lagen over nacht
ze Bare in der stat,

3448 zwenzich] Zvenzich H*R* 3449 bronien] brunnen *R* 3451 zwelf] zvelf H*R* 3456 *Kein Initialabschnitt (gegen R)* 3457 zwenzich] Zven zich H – lufsam] lussam *MaBV* 3458 wartin (*RBF'V*)] watin H, warin *HaMa* 3459 mere] merre H 3462 swerdis] suerdis H 3463 nine] ime *Ha* 3464 tochter (*B*)] tother

werde auch ich starke junge Helden
dem Heeresaufgebot zuführen
aus der Stadt Mailand,
die ich von Rother zu Lehen bekommen habe:
zwanzigtausend Mann
in glänzend weißen Harnischen.
Zu diesem Zweck soll ein Reichstag anberaumt werden
für heute in zwölf Wochen
hierher auf den Strand von Bari!«
Das gelobten alle Helden
vor dem mächtigen Rother
in höchst vorbildlichem Verhalten.
Da sprach der Herzog von Meran:
»Mit zwanzigtausend preiswürdigen Mannen
sollst du rechnen können, Rother,
als meinem Beitrag zum Zug übers Meer!
Ich verspreche dir bei meiner Treue:
läuft mir Konstantin über den Weg,
kann es leicht sein, daß er einen Schwertschlag erhält,
daß er nicht mehr darüber nachdenken kann,
ob er seine Tochter jemals liebgewonnen hat
– sollte ich davor sterben, bin ich dazu nicht mehr imstande,
das soll mir dann niemand vorwerfen –,
er hat mir nämlich großes Leid angetan.
Mich bedrückt immer noch der alte Kummer,
daß er Lupold so gepeinigt hat!«

Die Herren blieben die Nacht über
in der Stadt Bari,

H, tohter *R* 3465 e des (*RBV*)] e dan des H – nicht] niet *R* 3468 mich (*so alle*)] Mith H – dwingit (*B*)] dujngit (*so F*) *oder* duingit (*so HaMaV*) H, dvinget *R* 3470 *Einzeiliger Initialenfreiraum, Rubrikatorhinweis* (d)

des morgenis rumpten si den sant.
do strichen vorsten ober lant:
Luppolt gegen Meylan,
Berker ze Meran. *3468*/3476
do reit ein helit iunge
gegen Tengenlingen:
daz was der helit Wolfrat,
als uns daz buch gezalt hat,
mit wie getanen erin *3473*/3481
sie Rothere deme herrin
gewunnin die vil goten
Pipinchis muder,
van deme uns Karl*us* sit bequam
unde eine magit lossam, *3478*/3486
die gode sanctæ Gerdrut:
dar zo Nivele hat sie hus
unde hilfit den ellenden
gerne uze den sunden.
von du nis daz liet *3483*/3491
von lugenen gedi*ht*et niet!

[D]er zi*th* it nahen began
sich vazzede manich man
in die grozen herevart
die Rother gelovet hat. *3488*/3496
do streich ein alder wigant
wol ge*v*azzit over lant
in die stat ze Bare
unde sagete lieve mere,
daz queme (50ᵛ) manich hereman. *3493*/3501

3477 Tengenlingen] Tengelingen *RB* 3483 Pipinchis] Pipînchînes *R* 3484 Karlus (*MaBV*)] karlr H, karlt *Ha*, Karle *R* 3486 sanctæ] sancta *Ha*, sancte *RB* 3487 Nivelle] niuele H 3491 gedihtet (*MaRBF'V*)] gedithet (*so F*) *oder* gedichet H 3492 *Zweizei-*

am Morgen brachen sie vom Strand auf.
Da zogen Fürsten über das Land:
Lupold auf Mailand zu,
Berchter nach Meran.
Da ritt ein jugendstarker Held
in Richtung Tengelingen:
es war der Held Wolfrat,
wie uns das Buch berichtet hat (im Zusammenhang damit),
auf welch siegreiche Weise
sie Rother, dem Herrscher,
die vortreffliche
Mutter Pippins (zurück) eroberten,
der uns später Karl schenkte
und ein wunderschönes Mädchen,
die edle heilige Gertrud:
Ihre Kirche steht in Nivelle
und sie hilft den Menschen in diesem Jammertal
bereitwillig, sich von ihren Sünden zu befreien.
Deswegen ist diese Erzählung
nicht in der Art von Lügengeschichten erfunden!

Die Zeit rückte (dem festgesetzten Termin) näher.
Zahlreiche Gefolgsleute rüsteten sich
für den gewaltigen Kriegszug,
zu dem Rother aufgerufen hatte.
Da zog ein alter Kriegsheld
wohlgerüstet übers Land
nach der Stadt Bari
und überbrachte dort die willkommene Nachricht,
daß zahlreiche Kriegsleute heranzögen.

---

liger Initialenfreiraum, vor er *Rubrikatorhinweis* (d), *Großabschnitt (gegen Rückert)* – Der zith (*HaMaF'*)] .er zich H, Der zît *RB*, † *V*, die zit *V''* – it] iz *R*, sich *V''* 3497 gevazzit (*RBV*)] gewazit H

he reit ein ros lovesam
unde vorde in deme scilde sin
eine bukelen guldin.
der scilt was also getan,
daz he alse ein vur bran *3498*/3506
von deme overglaste.
he troch eine brunien vaste,
uf den gurtel ginc ime der bart:
nechein here newart
bi den ziden also lofsam, *3503*/3511
alse der here van Meran.
Rother der riche
entfienc in vromeliche,
also tede Asprian
unde Widolt der kone man. *3508*/3516
he sprach: »Eia, koninc edele,
nu ne halt dich nicht ovele
unde gif mir daz bodenbrot:
dir komit manich helet got!
nim die burgare *3513*/3521
inde rit uz ze Bare
uf den sant lofsam:
du gesist edelichen man
e dise dach ende!
ich bin vore gesendit, *3518*/3526
daz ich der, herre, sal *s*agin,
wie groze mancraft si haven.«

[R]other unde Asprian
unde Widolt der kone man,
die namen die burgare *3532*/3531

3509 herre] here H*RB* 3511 herre] here H*R* 3513 entfienc] entfinc *HaR* 3523 edelichen] etelichen *Ma* 3526 sagin (*Ha MaRBF'V*)] gagin H 3527 wie] Vie H – mancraft] magin-

Er ritt ein Pferd, das man wohl preisen konnte,
der Buckel seines Schildes
war mit Gold überzogen.
Dieser Schild war so beschaffen,
daß er wie ein Feuer Helligkeit verbreitete
infolge seines alles überstrahlenden Glanzes.
Er trug einen wohlgehärteten Harnisch,
sein Bart reichte ihm bis zum Schwertgurt:
Es gab keinen Fürsten
zu jenen Zeiten, der so preiswürdig war,
wie der Herr von Meran.
Der mächtige Rother
empfing ihn geziemend,
ebenso handelten Asprian
und Witold, der verwegene Kämpfer.
Berchter sprach: »Wohlan, edler König,
handle jetzt nicht gegen den höfischen Brauch
und gib mir meinen Botenlohn:
Viele tüchtige Helden sind auf dem Wege zu dir!
Rufe die Bewohner der Stadt zusammen
und reite aus Bari hinaus
an den schönen Strand:
Dort wirst du so manchen Gefolgsmann begrüßen können,
noch bevor dieser Tag sich neigt!
Man hat mich vorausgeschickt,
um dir, Herr, zu berichten,
welch großes Kriegsheer sie haben.«

Rother, Asprian
und Witold, der verwegene Kämpfer,
die versammelten die Bewohner der Stadt

---

kraft *R* 3528 *Einzeiliger Initialenfreiraum, kein Großabschnitt (gegen F)*

unde rieden uz ze Bare
uf einin sant lofsam
unde wartin allinthalvin dan.
do sagen si under luften
volc bit grozer cre*f*ten *3528*/3536
riden wol gewafenot.
dar brachte manigen helet guot
Luppolt der getrue (51ʳ) man
und vorde einin herlichen vanen:
als in der wint hette verwandelot, *3533*/3541
so lu*ht*e dar ane daz golt rot
in allin den gebærin,
als iz himelbliche werin.
do sprachin die burgare
uzer der stat ze Bare: *3538*/3546
»genedenlicher tre*ht*in,
wer ma*c* geniz volc sin
bi deme vanen wolgetan?«
do sprach der herzoge von Meran:
»Rother, lieve herre min, *3543*/3551
daz sin die notstadele din!
ieniz zeichen lossam
vorit Luppolt der getrue man.
der verdienet hude sine gra*f*scaft,
daz du ir ime wole gunnen macht. *3547*/3556
iz ist harde we undersniden!
dar rident zwenzich dusint mide
also getaner hereman,

3535 grozer] grozin *R*, grozen *F'* – creften (*HaMaRV*)] cresten H, krefte *B* 3541 luhte (*RBV*)] luthe H 3542 gebærin] geberin *RB* 3545 genedenlicher] genedeclicher *RBF'* – trehtin (*RBV*)] tre-

und ritten aus Bari hinaus
an jenen schönen Strand
und spähten überallhin aus.
Da sahen sie dort, wo Himmel und Erde sich trafen,
eine Kriegerschar mit großer Macht
schwer bewaffnet einherreiten.
Da brachte viele vortreffliche Helden
Lupold, der loyale Gefolgsmann, heran
und führte eine Fahne mit sich, die eines Herrschers würdig war:
Wenn sie vom Winde hin und her geworfen wurde,
glänzte an ihr das rötlich schimmernde Gold auf,
ganz so,
als ob Blitze vom Himmel niederführen.
Da sprachen die Leute
aus der Stadt Bari:
»Barmherziger Gott,
wer mag jene Schar sein
unter jener wunderschönen Fahne?«
Da sprach der Herzog von Meran:
»Rother, mein lieber Herr,
das sind die, die dir in Gefahr und Kampf beistehen!
Jenes prächtige Feldzeichen
gehört Lupold, dem loyalen Gefolgsmann.
Heute erbringt er dir seine Leistung für seine Grafschaft,
so daß du sehen kannst, daß du sie ihm nicht umsonst zum Lehen gegeben hast.
Das Feldzeichen ist kunstvoll aus bunten Stoffen zusammengewirkt!
Unter ihm reiten zwanzigtausend
Krieger, die so kampftüchtig sind,

---

thin H 3551 daz] dat *RB* – din] min *Ma* 3554 verdienet] verd[i]enet H – grafscaft (*HaMaRBF'V*)] grascaft H 3556 we] wêhe *R* 3557 zwenzich] zvenzich H*R*

daz dar nuwet mach vore besta*n*:
die vorich unde mine kint
durch dinen willin in den sint.«

[*D*]o lu*h*ten in strite over lant
smaracten unde iachant
neven der Luppoldis scare.
deme einin vanen snevare
deme volgedin iungelinge,
die vorde van Tengenlinge
Wolfrat der iunge man.
dar rieden von*f*zich dusint an
der uzgenomenen diete
in allin *e*ren state.
pellin unde kleine gewire,
die scone*st*en gezire
(51^{v}) die dar ie dechein man
ze her*v*erte gewan,
die vortin si an den rossen.
in pellinen rockin
quam die berische diet.
iz ne beluchte niechein li*ht*
also manichen hel*m* guth
mit golde wol gezierot,
dan der helet Wolfrat
sin*me* neven hette bracht.
iz scienet den Beyeren imer mer an:
da ist noch manich watziere man!

3559 nuwet] nuvet H, niwit *R* – bestan (*HaRF'*)] bestant H*B* 3561 dinen] dinin *V* 3562 *Einzeiliger Initialenfreiraum* – luhten (*MaR*)] luften H*B* 3569 vonfzich (*RBF'*)] uonzich H 3571 eren (*so RB*)] iren H – state] state *oder* site *Ma*, stete *R* 3573 sconesten]

daß ihnen nichts standhalten kann:
Ich und meine Söhne haben sie
deinem Willen gemäß für diese Heerfahrt aufgeboten.«

Da erglänzten über das Land im Wettstreit
Smaragde und Hyazinthsteine
an der Seite von Lupolds Schar.
Dort folgten einem schneeweißen Feldzeichen
junge, starke Krieger,
die führte Wolfrat von Tengelingen an,
der jugendstarke Gefolgsmann.
Unter diesem ritten fünfzigtausend
überaus kampfkräftige Mannen,
die in jeder Hinsicht in hohem Ansehen standen.
Mit seidenen Stoffen und kunstvollem Geschmeide,
mit dem prächtigsten Schmuck,
den je ein Gefolgsmann
für einen Kriegszug aufbringen konnte,
waren ihre Pferde ausgestattet.
In seidenen Überkleidern
nahten sich die bayrischen Krieger.
Nie hat noch das Tageslicht
auf so viele wertvolle Helme geschienen,
mit Gold beschlagen,
wie sie der Held Wolfrat
seinem Verwandten zuführte.
Das ist ja noch heute an den Bayern nicht zu übersehen:
Da gibt es immer noch viele erlesen gekleidete Leute!

---

sconen H*RB* 3575 herverte] herwerte H 3578 berische] bey(e)rische *HaR* 3579 liht (*BV*)] lith H, liet *R* 3580 helm (*HaRB*)] helin H 3583 sinme (*Ha*)] Sinine (*so F*) *oder* Simie H, sîme *MaRB*, sinin *V*

[A]lse die helede guote
geherbergeten
uffe den sant bi dem mere,
do gienc der koninc Rothere
unde infienc mit grozen eren
Luppoltde den herren
unde Wolfratin
unde manigen helet guten:
die heiz he willekomin sin.
»owi, Rother, herre min«,
sprach der riese Asprian,
»daz ich nicht samenunge nehan
uzer mineme la*n*de
der tueren wigande!
daz machit, daz si *hie* ne sint:
nu muz ich leider eine sin!«
»swigit, herre Asprian«,
sprach Widolt der kone man,
»dar zo Constantinopole
in der meren burge
nist negeinis salis dure,
unde gestellit ir mich da vore,
ist dar dan ieman inne,
sich hevet ein unminne,
daz man sie biez (52[r]) tomenstach
bit necheinen eren verreden inmach!«

[D]ie herren waren dar over nacht
biz an den anderen tach.

3586 *Einzeiliger Initialenfreiraum, Rubrikatorhinweis* (a) 3598 lande (*HaMaRBV*)] laude H 3600 si hie ne] si ne ne H, daz si verre *HaRBV''*, † *V* – sint] sin *R* 3602 swigit] Svigit H*R* – herre] here H*RB* 3607 gestellit (*HaRBF*)] (ste)stellit *MaV*, ge *aus* ste *ge-*

Nachdem die vortrefflichen Helden
ihr Lager aufgeschlagen hatten
am Strand, nahe beim Meer,
begab sich der König Rother dorthin
und begrüßte mit ausgesuchter Höflichkeit
den Herrn Lupold
und Wolfrat
sowie viele andere vortreffliche Helden:
Er bot ihnen seinen Willkomm.
»Weh mir, Rother, mein Herr«,
sprach der Riese Asprian,
»daß ich nicht auch über ein Aufgebot
aus meinem Lande verfüge
von trefflichen Kriegern!
Das kommt daher, daß sie nicht hier (in der Nähe) wohnen:
So stehe ich notgedrungen alleine da!«
»Seid doch still, Herr Asprian«,
sprach Witold, der verwegene Kämpfer,
»dort in Konstantinopel,
in der weit berühmten Stadt,
gibt es keine Saaltüre,
vor die Ihr mich stellen mögt,
ohne daß, wenn sich jemand im Saal aufhält,
ein solcher Kampf entbrennt,
daß man ihm bis zum Jüngsten Tag
mit keinem Helden-Preislied gerecht werden kann!«

Die Herren blieben dort über Nacht
bis zum folgenden Tag.

---

bessert H 3610 biez] biz *RBV'* – tomenstach] tomestach *RBF'* 3612 *Einzeiliger Initialenfreiraum, Rubrikatorhinweis* (d) – herren] heren H*RB*

do nam der herre von Meran
Luppolden den getru*w*en man *3608*/3616
unde Wolfraten;
si giengen vile drate.
die s*w*ert druch Erwin,
daz gebot ime der vader sin.
do riedin sie deme koninge, *3613*/3621
daz he uzer der menige
welide drizi*ch* dusint lossam
unde lieze die andre ze hus varin,
inde gaf in bit golde,
die daz nemen wolde. *3618*/3626
alse de rat was getan,
do gienc der riese Asprian
unde nam des koninges golt rot,
als ime Berker gebot,
inde gaf den wiganden; *3623*/3631
he vromede sie heim ze lande.
do vorte der koninc Rothere
drizi*c* dusint over mere,
u*n*de zwen unde z*w*enzich kiele
*w*ordin geladen scire. *3628*/3636
da vor vil manich man,
des vader nie ze Bare quam.

[L]ude duzzin die segele!
die kiele gie*n*gen evene
inde quamen in ses wo*ch*en *3633*/3647
over mere gevlozzen

3614 herre] here H*RB* 3615 getruwen] getruuen H 3618 swert] suert H*R* 3620 *Kein Initialabschnitt (gegen R)* 3621 menige (*RF'*)] menie H*B* 3622 drizich (*so MaRBF'V*)] drizith H 3633 drizic (*RBF'*)] Drizzit H 3634 unde (*MaRBV*)] Vude H – zwen]

Da nahm der Herr von Meran
Lupold, den treuen Gefolgsmann,
und Wolfrat mit sich;
sie machten sich eilig auf den Weg (zu Rother).
Ihre Schwerter trug Erwin,
darum hatte ihn sein Vater ersucht.
Da rieten sie dem König,
daß er aus der großen Truppenversammlung
dreißigtausend, die ihm zusagten, auswähle
und den anderen die Heimreise erlaube
und jene mit Gold beschenke,
die es anzunehmen gewillt wären.
Auf diesen Rat hin
machte sich der Riese Asprian auf
und schaffte das rötlich schimmernde Gold des Königs herbei,
wie es Berchter anordnete,
und belohnte damit die Krieger;
er verabschiedete sie geziemend in ihre Länder.
Da hatte der König Rother für seine Heerfahrt
übers Meer dreißigtausend Mann,
und zweiundzwanzig Schiffe
wurden in Eile befrachtet.
Da fuhren viele Leute mit,
deren Väter niemals auch nur bis Bari gekommen waren.

Rauschend blähten sich die Segel!
Die Schiffe zogen gleichmäßig dahin
und gelangten, nachdem sie sechs Wochen
übers Meer gefahren waren,

---

zven H*R* – zwenzich] zuenzich H*R* 3635 wordin] vordin H – geladen] geladin *V* 3638 *Einzeiliger Initialenfreiraum, Rubrikatorhinweis* (L) 3639 giengen (*RB*)] giencgen H 3640 wochen (*RB*)] wochchen H 3641 gevlozzen] geulozen H

hin ze Constantinopole
⟨*der*⟩ vil meren burge.
eine mile niderhalf der stat,
dar holz unde (52^{v}) geberge lach, *3638*/3646
dar zugen Rotheres man
under die boume lossam
die ros uz den kielen,
daz i*s* inwiste nieman
over al Criehenlant, *3643*/3651
*w*ie manich tuere wigant
in den walt scone
brac*h*te der koninc von Rome.
an den lach die alde zucht
unde die wereltliche v*or*cht. *3648*/3656
die solde ein iegelich man
wider sinen herren han,
sone worde die gruntveste
nuwet der helle geste.

[A]lse die helede gute *3653*/3661
die scif gerumoten,
do zugen die Rotheres man
under die boume lossam.
do sprach ⟨*der*⟩ koninc riche
harde wisliche: *3658*/3666
»vrunt inde man!
ich wille vor Constantine gan
in walleres wise
werven mine spise

3643 der vil (*MaRBV*)] uil H 3649 is (*Ha*)] ist H, iz *RBF'V* – nieman (*MaBV*)] nieinan H, niemen *R* 3651 wie (*HaMaRB*)] Vie H, viel *V* 3653 brachte (*RB*)] Bracte H 3655 wereltliche] werdecliche *R* – vorcht (*V''*)] urovcht H, vrucht *R*, vroucht *B*, † *V* 3658

nach Konstantinopel,
zu der sehr berühmten Stadt.
Eine Meile unterhalb der Stadt,
in eine bewaldete Hügellandschaft,
dorthin brachten Rothers Gefolgsleute
unter prächtige Bäume
die Pferde aus den Schiffen,
so, daß niemand
in ganz Griechenland etwas davon erfuhr,
wie viele vortreffliche Krieger
in den schönen Wald
der König von Rom gebracht hatte.
An ihnen war noch die gute alte Gesinnung zu finden
und die Wertschätzung der weltlichen Ordnungsmacht.
Diese Haltung müßte jeder Gefolgsmann
seinem Herrn gegenüber zeigen,
dann könnte es niemals geschehen, daß die Fundamente (unserer Gemeinschaft)
vom Teufel geholt werden.

Nachdem die tapferen Helden
die Schiffe entladen hatten,
zogen sie, die Leute Rothers,
sich in den prächtigen Wald zurück.
Da sprach der mächtige König
wohlüberlegt und klug:
»Freunde und Gefolgsleute!
Ich beabsichtige, mich zu Konstantin zu begeben
und wie ein Pilger
meinen Unterhalt zu erwerben,

---

worde] vorde *R*, worden *V''* 3659 geste] gesten *R* 3660 *Einzeiliger Initialenfreiraum, Rubrikatorhinweis* (a) 3664 der koninc (*RBV*)] koninc H

durch numaris willen.« *3663*/3671
do sprach von Tengelingen
Wolfrat der junge man:
»du ne salt nicht eine dare gan!
Berker ist ein wis man
unde hat dir manigen rat getan. *3668*/3676
wilt du, koninc herre,
behalden din here,
dan bidde mit dir gan
Luppolde den getru*w*en man.
nu nim daz guode horn min, *3673*/3681
daz sal die bezechenunge sin:
(53^{r}) die Crichen plegent sinne,
unde wirt din ieman innen,
dich vant Constantinis man.«
»in trowen«, sprach Asprian, *3678*/3686
»verneme wir din horn,
so ist die veste verlorn!
die bruc nist nirgen so wit
– so mir sele unde lif –,
vor wilecher straze ich bestan *3683*/3691
unde Widolt der kone man,
dar wir*t* der engeste pfat
den ie chei*n* man gesach!«

[D]o sluffen die helede guode
in pilegrimis gewete. *3688*/3696
der herzoge von Meran
unde Luppolt der getru*w*e man,
die volgitin deme koninge

3671 Tengelingen (*RBF'*)] tendelingen H 3677 here] êre *RB* 3679 getruwen] getruuen H 3688 bruc] burc *RV* 3692 wirt (*RV*)] wir H, wird *Ha* 3693 chein (*RBF'*)] cheim H – gesach] ge-

um die Lage zu erkunden.«
Da sprach der Tengelinger,
Wolfrat, der jugendliche Gefolgsmann:
»Du darfst dorthin nicht alleine gehen!
Berchter ist ein erfahrener Mann
und hat dir schon oft Rat und Hilfe angedeihen lassen.
Und wenn du, König und Herr, willst,
daß dein Ansehen keinen Schaden erleidet,
so ersuche (auch) Lupold,
den loyalen Gefolgsmann, mit dir zu gehen.
Nimm auch mein treffliches Horn mit dir,
das soll als Notsignal dienen:
Die Griechen sind sehr listig,
und wenn dich jemand bemerkt,
werden dich Konstantins Leute gefangennehmen.«
»Meiner Treu«, sprach Asprian,
»sowie wir dein Horn hören,
ist die Burg verloren!
Die Stadt bietet nirgendwo so viel Raum
– so wahr ich Seele und Leben habe –,
daß nicht jede Straße, die ich absperre
zusammen mit Witold, dem verwegenen Krieger,
zum schmalsten Saumpfad wird,
den je ein Mensch gesehen hat!«

Da zogen sich die trefflichen Helden
Pilgerkleider über.
Der Herzog von Meran
und Lupold, der loyale Gefolgsmann,
begleiteten den König

---

trat *R* 3694 *Einzeiliger Initialenfreiraum, Rubrikatorhinweis* (d), *kein Großabschnitt (gegen R)* 3697 getruwe] getruue H

gande von der menige.
do reit ein recke guote,
vor den walt her schowete.
Rother der riche
groztin guthliche
unde vragete,
waz dar meres ware:
»ich bin ein ellender man,
na miner spise moz ich gan.
nu sage mir, tru*t*h herre min!
ich bin ein ar*m* pilegrim
unde vare durch die riche
vil gamerliche:
so moz der nothafter man
dicke zo hove gan.
dar vragit man den wallere
gerne numare.
sagistu mir icht durch go*t*h,
des wirt dir wole gelonoth.«
do sprach der helt tuginthaft:
(53ᵛ) »ich sage der wunders craft!
hi zo Constantinopole
der vil merin burge
was ein reckir herre
unde plach grozer erin.
daz schinit mir immir an:
her hat mer michil guot getan.
ime waren die vorsten alle holt,
her gaf in daz kreftig*ist*e golt,
daz ie sichein man

3700 *Kein Initialabschnitt (gegen RB)* 3704 *crux V* 3706 ellender] elender H 3708 truth (*HaMaRF'V*)] truch H*B* 3709 arm (*so HaMaRBV*)] *oder* arin (*so F*) H 3716 goth (*HaMaRF'V*)] goch

und entfernten sich (mit ihm) von den anderen.
Da ritt ein vornehmer Held daher
und sah sich vor dem Walde um.
Der mächtige Rother
grüßte ihn freundlich
und fragte ihn,
was es an Neuigkeiten gäbe:
»Ich befinde mich fern meiner Heimat
und muß daher umherziehen, um meinen Unterhalt zu finden.
Erzähle mir etwas, mein lieber Herr!
Ich bin nämlich ein mittelloser Pilger
und ziehe durch die Lande
unter widrigen Bedingungen:
Ein notleidender Mann ist gezwungen,
häufig an Höfen einzukehren.
Dort erkundigt man sich bei dem Pilger
dann gerne nach den neuesten Ereignissen.
Wenn du mir um Gottes willen etwas berichtest,
wird dir das reichlich gelohnt werden.«
Da sprach der vortreffliche Held:
»Ich kann dir Sensationelles berichten!
Hier in Konstantinopel,
der sehr berühmten Stadt,
hielt sich ein heimatvertriebener Edler auf
und lebte so, daß er sich hohes Ansehen erwarb.
Dafür bin ich jetzt noch ein lebender Beweis:
Er hat mir große Wohltaten erwiesen.
Die Fürsten waren ihm loyal gesonnen,
er beschenkte sie mit dem wertvollsten Gold,
das je irgend jemand

H*B* 3718 *Kein Initialabschnitt (gegen RB)* 3722 reckir] recke *RB* – herre] hêre *RB* 3727 kreftigiste (*V''*)] creftige H*RB*

zo desir werltde gewan.
sin hof stunt offin vromeliche 3723/3731
den armin unde den richen.
die vundin an deme gotin
vatir unde motir.
sin wille was zo gebine,
her ne rochte nicht zo lebine 3728/3736
mit sicheinis scazzis ubersite,
dar hetter urloge mite:
her s*w*ante in nacht unde tac.
swer in dusint pfunde bat,
her gab sie ime also ringe, 3733/3741
also zwene penninge.
beide, herre, ich wil dir sagin,
warumbe ich die rede han irhaven!«

[R]other d*a*r gerne virnam,
waz her selve hette getan. 3738/3746
do sprach der riche mere:
»ich sage dir von deme herren:
her was othmote
unde plach der bezzistin gote
die ie sichein man 3743/3751
zo der werlde gewan.
icht ne levet nichein zunge
die daz gesagen kunde,
waz her tuginde hat began.
her bereit (54r) die ellenden man, 3748/3756
arme kint heiz her vazzin unde baden,

3738 swante (*RBF'V*)] sante H 3739 swer] Sver H*R* 3741 zwene] zvene H*R* 3744 *Einzeiliger Initialenfreiraum, Rubrikatorhinweis* (R), *kein Großabschnitt (gegen F)* – dar] der H, *streichen*

auf dieser Erde sein Eigen nannte.
Sein Hof stand den Armen und den Reichen
zu ihrem Nutzen offen.
Sie fanden an diesem Wohltäter
Vater und Mutter.
Sein ganzes Wollen war aufs Schenken ausgerichtet,
er legte keinen Wert darauf, zu leben
mit mehr Vermögen, als er (für eine standesgemäße Hofhaltung) benötigte,
damit befand er sich auf Kriegsfuß:
Er ging mit seinem Schatz Tag und Nacht verschwenderisch um.
Wenn ihn jemand um tausend Pfund bat,
schenkte er sie ihm (so) bereitwillig,
wie zwei Pfennige.
Warte, Herr, ich muß dir noch sagen,
warum ich begonnen habe, dir das zu berichten!«

Rother ließ sich da gerne erzählen,
was er selber getan hatte.
Da sprach der edle Mann weiter:
»Ich berichte dir noch mehr von diesem Herrn:
Er war leutselig
und von der großzügigsten Hilfsbereitschaft,
die jemals irgend jemand
auf dieser Welt gezeigt hat.
Es gibt niemanden,
der das preisen könnte,
was er an vorbildlichen Taten vollbracht hat.
Er stattete die Flüchtlinge aus,
er ließ den Bedürftigen Bad und Kleidung bereiten

RBV, dar *auch Roediger* 3749 bezzistin] besten *R* 3755 bereit] beriet *R*

vor siz uffe den tisk tragin.
her gab en al daz her gewan,
her nerochte wer iz nam.
her vorte sulke degine, *3753*/3761
daz under deme himele
nie nichein virtriven man
so groze hereschaf*t* gewan.
Constantine deme richen
half er vrumicliche *3758*/3766
von grozin notin:
her vinc Ymelotin.
der was ein heidin vreislich,
deme dientin tagelich
zwene unde sivenzi*c* koninge *3763*/3771
von woster Babilonie.

[D]o karte unse gedigine
vroliche widere.
her sante den wigant
zo botin in daz lant, *3768*/3776
daz her den vrowen sagete,
waz her ge*v*rumit havite.

[H]ie zu Constanti*no*pole
in der merin burge
was daz scone*ste* wif *3773*/3781
die ie gewan den lib.
darumbe hetter arbeit
unde irwar*b* mit sinir hovischeit,

3757 siz] si(c)h *RBF'V*, sie *Roediger* 3761 himele] hymele H 3762 nie] Hie *Ha* 3763 hereschaft] hereschaf H*RB* 3770 zwene] Zvene H*R* – sivenzic (*HaMaRB*)] sivenzit H 3772 *Einzeiliger Initialenfreiraum, Rubrikatorhinweis* (d), *kein Initialabsatz RB*

und vor ihnen auftischen.
Er schenkte ihnen alles, was er erworben hatte,
es war ihm gleichgültig, wer es sich nahm.
Er hatte solche Krieger bei sich,
daß unter diesem Himmel
noch nie ein Vertriebener
über eine so kampfstarke Heeresmacht verfügte.
Den mächtigen Konstantin
befreite er erfolgreich
aus großer Bedrängnis:
Er nahm Ymelot gefangen.
Dieser war ein fürchterlicher Heide,
ihm dienten täglich
zweiundsiebzig Könige
aus Babylon in der Wüste.

Nach diesem Erfolg kehrten unsere Kriegshelden
voll Siegesfreude nach Hause zurück.
Konstantin hatte den kühnen Helden
als Boten in sein Land vorausgesandt,
damit er den Damen berichte,
was er vollbracht habe.

Hier in Konstantinopel,
der weit berühmten Stadt,
lebte die schönste Frau,
die jemals geboren worden ist.
Um diese zu gewinnen, hatte er Mühsal auf sich genommen
und erreichte durch seine vornehme Art,

3777 gevrumit (*RBV*)] gemrumit H, genrumit *Ha*, gewrumit *Ma* 3778 *Einzeiliger Initialenfreiraum, kein Rubrikatorhinweis. Kein Initialabschnitt RB* – Constantinopole] constantinnopole H 3780 sconeste (*V*)] scone H*RB* 3783 irwarb (*RBF'V'*)] ir warh H

daz die magit lossam
ir vater inran, *3778*/3786
her sie wider quemin:
do heter*s* ime zo lone
unde vorte*s* westert over mere.
daz was der koninc Rothere
van Rome, ein tuginthafter man *3783*/3791
unde hat uns al (54ᵛ) lieb getan.
nu virnim, guote pilegrim,
we ime des gelonit si!«

[R]other wolde dannin gan.
do sprach der helit lossam: *3788*/3796
»beite, wallere,
hic sage der starke mere!
alse min herre wider quam,
ime inran der heidiniske man.
do sante der koninc Constantin *3793*/3801
botin na der tochter sin.
sie stalin sie deme koninc Rothere
unde vortin sie widir over mere.
do reit der koninc Ymelot
unde vorte manigin helit got *3798*/3806
har zo Criehen in daz lant
unde sti*f*te rouf unde brant
unde vienc Consta*n*tine
den leiden herren minin.
do loste Constantin sinen lif *3803*/3811
unde gaf daz Rotheres wif
deme vreislichen koninge
van woster Babilonie.
des sune sal sie nemin hinacht,

3786 her] er *RBV'* 3787 do] de *RBF'V'* – heters] heter H*RB* 3788 vortes] vorte H*RB* 3794 *Einzeiliger Initialenfreiraum, Rubrikatorhinweis* (R) 3797 hic] ich *R*, ic *B* 3807 stifte (*RBF'V*)]

daß die wunderschöne junge Dame
ihrem Vater entfloh,
bevor dieser mit seinem Heer wieder zurück kam.
Der Held nahm sie als seine Belohnung
und brachte sie nach Westen jenseits des Meeres.
Dies war der König Rother
aus Rom, ein vortrefflicher Herr,
und er hat uns allen große Wohltaten erwiesen.
Nun aber höre, guter Pilger,
wie ihm dafür gedankt wurde!«

Da wollte sich Rother entfernen.
Der prächtige Held aber sprach:
»Warte doch, Pilger,
jetzt erzähle ich dir Unerhörtes!
Nachdem mein Herr zurückgekehrt war,
entfloh ihm der Heide.
Danach schickte der König Konstantin
Boten aus, die seine Tochter wiederbringen sollten.
Sie entführten sie dem König Rother
und brachten sie wieder über das Meer.
Danach ritt der König Ymelot heran
und führte zahlreiche tapfere Helden
hierher in das Land der Griechen
und plünderte und brandschatzte
und nahm Konstantin gefangen,
diesen meinen widerwärtigen Herrn.
Da erkaufte sich Konstantin sein Leben
und überließ Rothers Frau
dem schrecklichen König
aus Babylon in der Wüste.
Dessen Sohn wird sie noch heute abend zur Frau nehmen,

---

stite H 3808 Constantine (*MaRBV*)] constatine H 3814 sune] sunne H, sun *Ma*

alse du selbe sen macht.
zo Constantinopole in der stat
sin mit grozer herescraft
drizi*c* koninge
van woster Babilonie.
dar stat Rotheres wif
unde quelit den erlichin lib:
van herzeleide daz ist.
nu se der wald*end*iger Crist,
der Asprianen sante:
he dise*n* tag wante!«
de herren sprachin: »Amen!
dat ste an gotis genadin!«
die rek*e* dravite balde
widir zo deme (55^{r}) walde,
heize weininde,
sine hande wringinde.
do clagite der helit guot
der iun*v*rowen not.
Rother gienc in de stat.
Berker sinin herren bat,
daz her wurbe gewerliche.
Constantin der riche
saz mit grozin creftin
zo einir wirtschefte
uf einim erlichen sal.
dar was michil schal
vor den richen kuningin
von wostin Babilonie.
Rother quam mit listin
zo Constantinis tiske.

3818 drizic (*HaMaRB*)] Drizit H 3822 herzeleide] herceleide H 3823 waldendiger (*MaRBF'*)] waldiger H 3824 *crux V* 3825 he] e *RBV''* 3828 reke (*RBV*)] reken H 3833 iunvrowen]

wovon du dich mit eigenen Augen überzeugen kannst.
In der Stadt Konstantinopel
halten sich mit großer Heeresmacht
dreißig Könige auf
aus Babylon in der Wüste.
Dort steht nun Rothers Gattin
und quält ihren schönen Leib:
Das kommt von ihrem tiefen Kummer.
Christus, der Allmächtige, möge für Hilfe sorgen,
der schon einmal Asprian schickte:
Er möge diesen Tag (noch zum Guten) wenden!«
Die Herren sprachen: »Amen!
Das sei Gottes Güte anheimgestellt!«
Der Held ritt alsbald
in den Wald zurück,
weinte bitterlich
und rang seine Hände.
So beklagte der vortreffliche Held
die mißliche Lage der jungen Herrin.
Rother machte sich in die Stadt auf,
Berchter bat seinen Herrn,
vorsichtig vorzugehen.
Der mächtige Konstantin
saß mit großem Prunk
bei einem Festgelage
in einem prächtigen Saal.
Da herrschte großer Festeslärm
vor den mächtigen Königen
aus Babylon in der Wüste.
Rother gelangte mit kluger Umsicht
bis hin zu Konstantins Tisch.

---

iunwrowen H, juncvrouwen *RBF'* 3834 *Kein Initialabschnitt (gegen RB)* 3843 wostin] wostir *RBF'* 3845 Constantinis] Constantanis *V;* i *aus* a *gebessert* H

deme saz bi (...) ein koninc heiz Basilistium
unde was Ymelotis sun.
bi deme saz Rotheris wib
unde qualite ir lib.
do sprach Constantin:
»nu swic, tochter min!
mir troumite nochte von der
– des saltu wol geloubin mir –,
we ein valke quame
gevlogin von Rome
unde vorte dich widir over mere.«
do slouf Rother
under tisc unde sin*e* man,
daz man ir nicheine war ne nam.
do horter als daz Constantin
redite mit den gestiche sin.

[D]ie heideniskin kuninge
vrowetin sich der menige
unde sprachin, queme Rother,
er wurde irtre*n*kit in deme mere
odir bosliche virlorn.
daz ware (55[v]) Widolt zorn!
do sprach die kuningin:
»owi, gesentin unse trechtin
under uch so richin,
he wor*cht*e etlicheme,
daz ⟨*he*⟩ in sivin nachtin

3846 *Zwei Verse Ha* – ein koninc (*MaRB*)] der sun ein koninc H, † *V* 3846.3847 Deme saz bi Ymelotis sun / ein koninc heiz Basilistium *V''* 3850 *Kein Initialabschnitt (gegen RB)* 3851 swic] svic H*R* 3852 nochte] nachte *HaBF'*, nachten *R* 3857 *Kein Initial-*

Neben diesem saß ein König namens Basilistium,
der Sohn Ymelots.
Neben diesem saß Rothers Gattin
und marterte sich (mit ihrem Schluchzen).
Da sprach Konstantin:
»Schweig jetzt, meine Tochter!
Mir träumte in der Nacht von dir
– das mußt du mir wirklich glauben –,
daß ein Falke geflogen kam
aus Rom
und dich zurück über das Meer brachte.«
Da krochen Rother
und seine Begleiter unter den Tisch,
ohne daß man sie dabei beobachtete.
Dort konnte er alles mithören, was Konstantin
mit seinen Gästen redete.

Die Heidenkönige
waren in Hochstimmung im Vertrauen auf ihre große Kriegsmacht
und sprachen, wenn Rother käme,
würde er entweder im Meer ertränkt
oder er nähme irgendwie anders ein schimpfliches Ende.
Das hätte Witold rasend gemacht!
Da sprach die Königin:
»Ach möge doch unser Herrgott ihn kommen lassen
über euch, die ihr euch so übermächtig fühlt,
er würde einigen von euch so mitspielen,
daß sie noch nach einer Woche

---

abschnitt (gegen R) 3858 sine (*RB*)] sin H 3859 war ne] war^{ne} H 3862 *Einzeiliger Initialenfreiraum, Rubrikatorhinweis* (d) 3865 irtrenkit (*RBF'V*)] ir trekit H 3871 worchte] worde H*B*, worte *R* – etlicheme] etlîchen *R* 3872 daz he (*RBV*)] Daz H

virsmerze nine mochte!«
Rother sat naher
uffe den vozschemil *3868*/3876
unde nam ein guldin vingerin
unde gaf ⟨*iz*⟩ der koningin.
dar stunt gebochstavet ane
des richen koningis name.
als in die vrǒwe gelas, *3873*/3881
daz Rother in deme sale was,
do lachete die gote
unde sagetiz ir motir,
daz in von Bare
der kuninc kumen ware. *3878*/3886

[D]az lachin Constantin gesach.
nu mugit ir horen, wie her sprach:
»wol dich, trut tochter min,
nu vrowit sich der *v*atir din!«
do sprach die vrowe erlich: *3883*/3891
»daz ich ie gezor*n*te widir dich,
daz ruwit mich sere,
ich negetoz nimmir mere!«
do sprach Ymelot:
»vrowe, ir liegit ane not! *3888*/3896
ich wene, uns uwer lachin
herzeleit icht mache
unde wringinde die hende,
swanne iz nimit ende.
wir hotin unsich wole! *3893*/3901

3874 *Kein Initialabschnitt (gegen RB)* – sat (*so BF*)] *oder* saz (*so HaMaRV*) H 3877 gaf iz (*V*)] gaf H*RB*, gaf iz *auch Roediger* 3886 *Einzeiliger Initialenfreiraum, Rubrikatorhinweis* (d) 3889

die Schmerzen spüren würden!«
Rother rückte näher heran,
hockte sich auf den Fußschemel
und nahm einen goldenen Ring
und drückte ihn der (jungen) Königin in die Hand.
In diesem war eingraviert
der Name des mächtigen Königs.
Nachdem ihn die Dame entziffert und so erfahren hatte,
daß sich Rother im Saale aufhielt,
lachte die Vortreffliche
und sagte ihrer Mutter,
daß zu ihnen aus Bari
der König gekommen sei.

Dieses Lachen nahm Konstantin wahr.
Ihr könnt jetzt hören, was er sagte:
»Wohl dir, meine geliebte Tochter,
das stimmt deinen Vater froh!«
Da sprach die vortreffliche Dame:
»Daß ich je auf dich böse war,
das tut mir jetzt sehr leid,
ich werde es nie wieder sein!«
Da sprach Ymelot:
»Meine Dame, Ihr lügt, ohne daß es zu etwas gut wäre!
Mir scheint, daß uns Euer Lachen
einigen Kummer bereiten
und uns zum Händeringen bringen wird,
wann immer es ein Ende nimmt.
Wir jedenfalls sind sehr wohl auf unserer Hut!

---

vatir] watir H 3891 gezornte (*RBF'V*)] gezorte H 3897 herzeleit] Herceleit H

hie sint in deme sale
der leidin spehere
des kuningis von Bare!
(56[r]) swer mir des nine gelouvet,
deme gevich min houbit!«

[D]o sprach Ymelotis sune,
der koninc Ba*sil*istium:
»ich sach ein guot vingerin,
daz gaf din tochtir, Constantin,
der aldin kuningin.
Rothere is hie inne,
der koninc von Rome,
swie her here queme,
des saltu wole gewis sin!«
do sprach der koninc Constantin:
»ich heze zwelf minir man
vor der salis ture stan,
daz sie rec*h*te irkinnin,
die wir haven hie inne.
is Rother dar under,
den have wir schire v*u*nden!
wolder aber here vore gan,
daz were ime ere getan,
e wir den koninc richen
sochtin lasterliche
alse einin vluchtigin dieb!
iz nist ouch sinis rec*h*tis niet,
swa man sin innen werde,

3906 *Einzeiliger Initialenfreiraum, Rubrikatorhinweis* (d) 3907 Basilistium (*RBF'V*)] balistium H 3910 kuningin] kuninginne *RV'* 3916 heze] hezze H, heize *R* – zwelf] zvelf H*R* 3917 der]

Hier in dem Saale halten sich
einige der unguten Kundschafter
des Königs von Bari auf!
Wenn mir das irgend jemand nicht abnimmt,
der mag meinen Kopf haben!«

Da sprach Ymelots Sohn,
der König Basilistium:
»Ich habe da eben einen wertvollen Ring gesehen,
den deine Tochter, Konstantin,
der Königinmutter übergab.
Rother selbst ist hier im Saal,
der römische König,
wie auch immer er hierher gelangt sein mag,
dessen kannst du sicher sein!«
Da sprach der König Konstantin:
»Ich werde zwölf meiner Leute anweisen,
vor der Saaltüre Posten zu beziehen,
damit sie alle genau überprüfen,
die sich hier herinnen bei uns befinden.
Wenn dann Rother dabei ist,
werden wir ihn bald entdeckt haben!
Allerdings: würde er es vorziehen, von selbst hervorzutreten,
handelte er seinem Ansehen entsprechend,
und wir müßten diesen mächtigen König nicht
schimpflich aufspüren,
wie einen Dieb auf der Flucht!
Es entspricht auch den Rechtsgepflogenheiten seiner Stellung nicht,
daß er sich, wenn man seine Gegenwart bemerkt hat,

---

des *RB* 3918 rechte (*RB*)] recte H 3921 vunden] wnden H 3927 rechtis (*RB*)] rectis H

daz her sich icht berche!«
Rother der riche *3923*/3931
beriet sich ermeliche.
do sprach der herzoge von Meran:
»wir sulin hie vore gan
in ere des himiliskin koningis
unde alles sinis heris, *3928*/3936
daz her uns beide behode
durch sin othmote
von der heidenschefte,
die mit sinir crefte
Moysen heiz gan *3933*/3941
durch daz Rote Mere (56v) vreissam
mit der Israhelischen diet:
dar nelevet ein barin nit
an des meres grunde:
got, der hat gebundin *3938*/3946
beide ovil unde guot,
swonnez widir ime d*uo*t!
iedoch si wir reckin
widir unsin tre*ht*in,
beide lutir unde licht, *3943*/3951
her inlezi*t* uns under wege nit. *3944*
in sante Gilies namen: *3945*
so wil ich endeliche vore gan«, *3945*
sprach der herzoge von Meran. *3946*
do hovin sich bit liste *3947*/3956
die herren vonme tiske.
Rothere do vore gienc:

3930 *Kein Initialabschnitt (gegen RB)* 3931 ermeliche] heimeliche *RBF'V* 3935 heris] herjis *R*, herigis *BV'* 3938 heidenschefte (*MaRBV''*)] heidenin H, † *V* 3943 nelevet] nelevit *V* 3947

auf irgendeine Art verleugnet!«
Der mächtige Rother
hielt mit beschränktem Aufwand eine Ratsversammlung ab.
Da sprach der Herzog von Meran:
»Wir müssen von hier hervorkommen,
um des Ansehens des himmlischen Königs
und seiner ganzen Heerschar willen,
dadurch, daß er uns (beide) beschützt
in seiner Gnade
vor all den Ungläubigen;
er, der in seiner Allmacht
Moses befahl, zu Fuß
durch das schreckliche Rote Meer zu ziehen
mit dem Volke Israel:
Kein Mensch hätte den Marsch
auf dem Meeresgrunde überlebt;
jener Gott, dessen Macht
sowohl über das Böse als auch über das Gute gebietet,
auch dann, wenn es gegen seinen Willen zu gehen scheint!
Dann aber, wenn wir uns als Verbannte (auf dieser Erde)
gegenüber unserem Herrgott verhalten,
unbefleckt und in strahlender Reinheit,
dann wird er uns auf unserem Weg nicht im Stiche lassen.
Im Namen des Heiligen Ägidius:
ich werde jetzt unwiderruflich hervortreten«,
sprach der Herzog von Meran.
Nicht ohne auf ihre Vorsichtsmaßnahmen zu vertrauen,
kamen die Herren unter dem Tisch hervor.
Rother trat vor:

---

swonnez] Svonnez H, svonner *Ma*, svannez *RBF'* – duot (*RBV*)] dout H 3949 trehtin (*RB*)] trethin H 3951 inlezit (*HaRBF'*)] in leciz H 3952.3953 *Ein Vers Ma* 3957 gienc] gie *MaR*

»ich bin sicherliche hir,
mich scowe wer so wille!«
die rechen koninge alle *3952/3961*
droweden ime an den lif.
daz galt etlicher sint!

[D]o sprach Ymelotis sune,
der koninc Basilistium:
»ich wille dich heizen, Rother, *3957/3966*
irtrenkin in deme mere!
du vengist den vater min,
daz gat dir an den lif din!
du most verloren werdin,
swie du w*i*lt irsterven!« *3962/3971*
»introwen«, sprach Constantin,
»he sal ovele irsterve*t* sin!«
do sprach der koninc riche
harde wi*s*liche:
»wer mir nu der lif, *3967/3976*
sone mochte ich doch genesen nit.
sies du ienez geberge stan
vor deme walde lossam?
dar wil ich hangin!
nu ge (57r) buet dinen mannin, *3972/3981*
daz sie der helfen dar zo:
du salt mer selve den d*o*t ton!
iz ist in mime la*n*de recht«,
sprach Rother der guode kn*e*c*h*t,
»s*o* waz einen vorsten gesche, *3977/3986*

3958 hir] hie *MaR* 3959 mich (*HaMaRBF'V*)] Mith H 3960 rechen] richen *RBV* 3963 *Einzeiliger Initialenfreiraum, Rubrikatorhinweis* (d) 3970 swie] Svie H – wilt (*MaRBV*)] wult H 3971 *Kein Initialabschnitt (gegen R)* 3972 irstervet (*RBF'V*)] irsteruen

»Gewiß doch, hier bin ich,
wer mich ansehen will, der tue es!«
Die mächtigen Könige alle
stießen Todesdrohungen gegen ihn aus.
Das sollten sie später alle büßen!

Da sprach Ymelots Sohn,
der König Basilistium:
»Ich werde jetzt anordnen, Rother, dich
im Meer zu ertränken!
Du nahmst meinen Vater gefangen,
dafür geht es dir jetzt ans Leben!
Du entkommst dem Tode nicht,
welchen du auch immer wählst!«
»Meiner Treu«, sprach Konstantin,
»er muß auf schändliche Art umgebracht werden!«
Da sprach der große König
nicht ohne kluge Berechnung:
»Selbst wenn ich jetzt dem Tode entkäme,
hätte es für mich keinen Sinn weiterzuleben.
Siehst du dort jene Hügelgruppe
vor dem prächtigen Wald?
Dort will ich hängen!
Befiehl nun deinen Leuten,
daß sie dir dabei helfen:
denn du mußt mir persönlich das Leben nehmen!
Die Rechtsordnung meines Landes verlangt«,
sprach Rother, der edle Ritter,
»daß, wenn mit einem Fürsten etwas Rechtserhebliches geschieht,

---

H 3974 wisliche (*F'V*)] wischliche H, wîsclîche *RB* 3978 walde] valde H 3982 dot (*R*)] doit H*B* 3983 lande (*MaRBV*)] laude H 3984 knecht (*RBF'V'*)] kent H, knet *Ha* 3985 so waz (*RB*)] Svowaz H

daz iz der ander ane se.
hie ist ein michil minige,
drizi*c* koninge:
die kumin dir alle
unde hant mich in deme scalle, *3982*/3991
daz ist dir ere getan!
do gien*t* Ymelotis man,
du hast dich wol gerochin!«
daz wart durch list gesprochen:
dar he sich bat han, *3987*/3996
dar lach sin here nain.
he zeichenede rechte die stat,
dar die riese Asprian lach!
Imelot heiz die koninge
von woster Babilonie *3992*/4001
Rothere van,
he woldin selve han.
»introwen«, sprach Constantin,
»des willich helfe wesen din,
daz he uns icht inrinne! *3997*/4006
ienir alde mit deme barde, *3999*
die mowit die lude harte
mit herverten ovir lant.
nu ha wir sie alle samt,
so ne vreiskin die Romere *4003*/4011
lic*h*te nimmir mere,
war die koninc si kumin
oder wie her sin ende have genomin.«
dar na den (57r) stundin
Rothere wart gebundin, *4008*/4016

3987 minige (*RF'*)] minie H*B* 3988 drizic (*RBF'*)] Drizzit H 3989 kumin] kummin *V* – dir] dar *MaRF'* 3992 *Streichen B* – do] so *V''*, *Roediger* – gient] gienc H*RB*, † *V*, jehent *V''*, *Roediger*

ein anderer als Augenzeuge dabei sei.
Hier befindet sich eine große Schar,
dreißig Könige:
die werden alle mit dir kommen
und mich mit öffentlicher Zustimmung hängen,
das wird dein Ansehen fördern!
Ymelots Leute werden dann anerkennen,
daß du dich gebührend gerächt hast!«
Das war mit kluger Berechnung gesagt:
In der Nähe des Platzes, an dem er gehängt werden wollte,
lagerte sein Heer.
Er hatte genau die Stelle angegeben,
an der der Riese Asprian lauerte.
Ymelot wies die Könige
aus Babylon in der Wüste an,
Rother gefangenzunehmen,
er wollte ihn persönlich hängen.
»Meiner Treu«, sprach Konstantin,
»dabei will ich dein Helfer sein,
damit er uns nicht entflieht!
Der Alte dort mit dem Bart,
der plagt die Leute immer wieder
mit Heereszügen über die Länder hin.
Hängen wir sie gleich alle miteinander,
so werden die Römer
vielleicht gar nie herausbekommen,
wohin ihr König geraten sei
oder wie er seinen Tod gefunden habe.«
Gleich darauf
wurden Rother Fesseln angelegt,

3999 *Kein Intialabschnitt (gegen RB)* 4011 lichte (*MaRBV*)] Licte H 4014 *Kein Initialabschitt (gegen RB)*

daz daten Ymelotis man.
wie harte truren began
die iunge koninginne
unde virwandelote die sinne
von grozir herzeleide! *4013*/4021
wofin unde weinin
hoven die vrowin
⟨*mit*⟩ vliezenden ougin.
da dorfte nieman vragan:
do clagete wif unde man *4018*/4026
alle Rotheres not.
sint half der riche got
Arnolde, daz her in benam
deme koninge vreissam.
Rotheris hahin *4023*/4031
irschal so witine mare
zo Constantinopole
der vil meren burge
den konin wigandin
uz van manigin landen. *4028*/4036
die liefin weinande *4029*
eine straze zotale, *4029*
michil was der ir schal. *4030*
sie sprachin: »waldindingir got,
warumbe has du des virhengot, *4032*/4041
daz her hie gebunden stat,
der unsich al generet hat?«
do hette ⟨*ein*⟩ gebuwit harte
mit dusint marken
die ime Rothere gaf. *4037*/4046
ime dieneten in der stat
sivin hundrit lossam,

4016 daten] datin *V* 4020 herzeleide] herceleide H 4023 mit vliezenden (*HaRBV*)] uliezenden H 4030 *Kein Initialabschnitt*

Ymelots Leute taten das.
Wie heftig da zu klagen begann
die junge Königin!
Sie wurde ohnmächtig
von dem Kummer, der sie erfaßte.
Wehklagen und Schluchzen
erhoben die Damen
mit tränenüberströmten Augen.
Niemand mußte fragen, warum:
Frauen und Männer beklagten
alle die Bedrängnis Rothers.
Wenig später aber sollte der allmächtige Gott
Arnold dazu verhelfen, daß er Rother befreite
aus den Händen dieses schrecklichen Königs.
Die Kunde, daß Rother gehängt werden sollte,
kam als Sensation überall
in Konstantinopel,
der sehr berühmten Stadt,
den tapferen Kriegern
aus vielen Ländern zu Ohren.
Diese liefen schluchzend
eine Straße bergab,
ihr Wehklagen tönte laut.
Sie sprachen: »Allmächtiger Gott,
warum hast du es so weit kommen lassen,
daß derjenige hier in Fesseln steht,
der uns alle gerettet hat?«
Da hatte einer auf vortreffliche Art
tausend Mark angelegt,
die ihm Rother geschenkt hatte.
Diesem standen jetzt in der Stadt
siebenhundert stattliche Ritter zur Verfügung,

(gegen RB) 4036.4037 *Ein Vers Ma* 4039 waldindingir] waldindigir *RB* 4043 hette ein] hette H*RB* – gebuwit] gebuuvit H

die warin mit handin sine man.
der heiz grave Arnolt,
her hette silver unde (58^{r}) golt,
des was der helit milde.
zwelf hunderit schilde
brachter zo deme schalle
unde bat die herren *a*lle,
daz sie losten mit iren handen
Rotheren uzen bandin:
»nu stat her ge*v*angin,
unde wirt her hude gehangin,
so ne virwinde wir in niet!
in ne mach ouch die romiske diet
nimmir virclagin!
ir ne horit nimmir mer gesagen
vo*n* *s*inen genoze*n* selden.
wir sulin ime hute geldin,
daz der tugen*th*after man
van deme armote unsich nam!

[N]unar, goten knechte,
lazit it an minen trechtin
unde hælfit im vromicliche:
ir virdinet daz himilriche«,
sprach Arnolt ein got knecht,
»ia *v*ore wir godis recht!
swer hie hute wirt irsclagin,
des sele sal genade haven.

4052 zwelf] Zvelf H – hunderit] hundirt *R*, hundrit *B* 4054 alle (*RBV*)] halle H 4057 gevangin] gewangin H 4061–4063 *crux V* 4061 nimmir] nimmir mêre *RB* 4062 *Beginn von Fragment* M 1^{r} *(vgl. S. 426)* – ne horit] nehôrtit *B* – nimmir mer (*HaV*)] minmir mer H, *streichen R*, mer *streichen B* 4063 von (*RBF'V''*)] Vo

die waren durch Handschlag seine Gefolgsleute geworden.
Dieser Mann hieß Graf Arnold,
er besaß Silber und Gold,
damit ging der Held freigebig um.
Zwölfhundert ausgerüstete Krieger
führte er zu dem Sensationslärm
und beschwor alle diese Herren,
sie mögen mit ihren Kriegerfäusten
Rother aus seinen Fesseln befreien:
»Nun steht er als Gefangener da,
und wenn er heute gehängt wird,
werden wir seinen Verlust niemals verschmerzen können!
Auch das römische Volk
wird niemals aufhören können, ihn zu beklagen!
Ihr werdet niemals mehr von jemand erzählen hören,
der ihm gleichkommt.
Heute ist der Tag gekommen, an dem wir ihm vergelten müssen,
daß dieser mit allen Vorzügen ausgestattete Mann
uns dem Armendasein entrissen hat.

Nun denn, ihr trefflichen Krieger,
stellt alles meinem Gott anheim
und helft ihm tapfer:
Ihr werdet euch dadurch den Himmel verdienen«,
sprach Arnold, jener treffliche Krieger,
»wir treten ja für die Sache Gottes ein!
Wer immer hier und heute im Kampfe fällt,
dessen Seele wird Gnade zuteil werden.

H – genozen (*R*)] genoze in H, in *streichen B* 4065 tugenthafter (*RBF'*)] tugenhafter H 4067 *Einzeiliger Initialenfreiraum, Rubrikatorhinweis* (n). *Kein Initialabschnitt MaRB* – (n)unar] ()rnar *Ma* 4068 lazit] Lazzit H, lât *RB* 4069 hælfit] helfit *RB* 4072 vore] wore H

die heiden sulwir slan! *4067*/4076
dar denke *s*ante Ylien an
unde sanctus Iohannes der Toufere,
daz Rothere were
der aller turiste man
der ie koninriche gewan!« *4072*/4081
do scluffin die recken
in staline roche.
sie wunnin eine herliche schare,
vunf dusint wole (58^{v}) gare.
die woldin alle den lib geven, *4077*/4086
sene losten Rothere daz leven.

[S]ic huoven mit grozer menige
drizi*c* koninge
von woster Babilonie
uzer Constantinopole. *4082*/4091
do vorte der Ymelotis sune,
der koninc Basilistium,
Ro*th*ere ge*v*angin
unde wolden haven irhangin.
michil was der ir bracht! *4087*/4096
sie vordin in uz der stat,
wol ze*hen*zic dusint Valewin
mit in zo deme galgin
unde also manigin heidin.
do was deme recken leide! *4092*/4101
Arnolt der wigant,
eine ke*fs*in her an daz sper bant,
die her in deme tome nam.

4076 sante] scante H, sancte *RBF'V* – Ylien] Jôhannes *R* 4077 unde sanctus Iohannes] *fehlt R* 4080 koninriche] konincriche *RBF'* 4081 *Kein Initialabschnitt (gegen RB)* 4087 *Einzeiliger Initialenfreiraum, Rubrikatorhinweis* (d!). *Rubrikatorhinweis* S

Wir müssen die Heiden vernichten!
Der heilige Ägidius möge dessen eingedenk sein
und der heilige Johannes der Täufer,
daß Rother
der vortrefflichste Mann ist,
der je zur Königswürde gelangte!«
Da schlüpften die Vertriebenen
in ihre Eisengewänder.
So mehrten sich Arnolds Leute um eine stattliche Schar,
fünftausend vortrefflich ausgerüstete Krieger.
Diese waren fest entschlossen, ihr Leben zu lassen,
oder Rother vor dem Tode zu retten.

Begleitet von einer großen Kriegerschar machten sich
die dreißig Könige
von Babylon in der Wüste auf,
hinaus aus Konstantinopel.
Da führte Ymelots Sohn,
der König Basilistium,
Rother als Gefangenen mit sich
und wollte ihn erhängt haben.
Groß war ihr prahlerisches Geschrei!
Sie führten aus der Stadt mit sich
gut hunderttausend grausame Kumanen
als Begleitschutz zum Galgen
und auch viele Heiden.
Das schmerzte den Vertriebenen!
Arnold, der Kriegsheld,
befestigte an seiner Lanze einen Reliquienbehälter,
den er sich in dem Gotteshaus genommen hatte.

HaRBV – Sic (*HaRBV*)] dic H 4088 drizic (*MaRBF'*)] Drizit H 4093 Rothere (*HaRB*)] Roctere H – gevangin] gewangin H 4095 bracht (*RBF'V'*)] baracht H 4097 zehenzic] ze zit H, zenzic *MaRBF'* 4102 kefsin (*MaRBF'*)] kesfin H

sie refen unsin trechtin an
unde dravetin in uz der stat na *4097*/4106
– in was uffe daz velt ga –
mit vunf dusint mannin
in snewizen brunien.
alse Ymelot daz gesag,
nu mug*i*dir horen, wie her sprach: *4102*/4111
»woch, geniz sint die recken,
die woldin uns irsreckin!
an den gerechich minin zorn,
sie havent ouch den lib virlorn!«

[D]ie heiden begunden nahen *4107*/4116
dar man Rothere solde hahen.
do riefin sie allenthalven:
»nu richdit uf den galgin!«
daz irbarmote (59r) die recken sere.
ir weinte michil mere, *4112*/4121
dan her e tate.
do was her in starker note!
Arnolt der kone man
rief die ellenden an:
»nu horet, gote knechte, *4117*/4126
warumbe wir hute vechtin:
uns sint gebotin zwei lon,
wi mugin iz deste gerner ton!
daz ist sichirliche
daz schone himelriche. *4122*/4131
swe hie ligit tot,
des sele wirt geledigot
in daz wunnichliche leven:

4105 in] im *RF'* 4106 in] im *RF'* 4108 snewizen] snewizzen H 4109 *Kein Initialabschnitt (gegen RB)* – gesag] gesach *RB* 4110 mugidir (*RF'*)] mudir H*B* 4112 irsreckin] irscreckin *F'*

Sie riefen Gott um Hilfe an
und ritten ihnen eilig aus der Stadt nach
– sie wollten möglichst schnell das Feld erreichen –
mit fünftausend Kriegern
in weiß glänzenden Panzern.
Als Ymelot das bemerkte,
sprach er, wie Ihr jetzt hören könnt:
»Pah, dort kommen jene Vertriebenen daher,
die wollen uns wohl Angst einjagen!
Die werden meinen Zorn zu spüren bekommen,
und ihr Leben ist auch bereits verspielt!«

Die Heiden waren schon nahe an die Stelle gelangt,
an der Rother gehängt werden sollte.
Da riefen sie überall:
»Richtet jetzt den Galgen auf!«
Das ging den Vertriebenen sehr zu Herzen.
Noch viel mehr von ihnen brachen in Tränen aus
als zuvor.
Er war in höchster Gefahr!
Arnold, der verwegene Krieger,
feuerte die Heimatlosen an:
»Hört jetzt, ihr vortrefflichen Ritter,
um welchen Einsatz wir heute kämpfen:
Wir dürfen zweierlei Lohn erwarten,
deswegen können wir um so bereitwilliger kämpfen!
Da sind uns zunächst einmal gewiß
die Freuden des himmlischen Reiches.
Jeder, der hier fällt,
dessen Seele wird befreit
in das Leben der Glückseligkeit:

4115 *Einzeiliger Initialenfreiraum, Rubrikatorhinweis* (d) 4118 richdit] rich dic *Ha*, richtid *R* 4121 her] ir *RV'*, er *B* 4127 zwei] zvei H 4129 daz ist] daz eine ist *B*

waz mochte da*r* bezzeris sin gegevin?
daz ander ist also getan:
generder den getruwin man,
er vorit uch in sin lant
unde behalt unsich alle samt!«
do troveten ime die ougin.
mit rechtime gelouven
bestundin sie die heidinschaft
unde sclogin ir eine michele craft.

[D]az heidine wicgerǒste
daz was vile vaste:
sie trougin hornin gewant.
die kefsin man over bant
vor den konin reckin.
sie hovin sich gegin der dicke.
daz heilichdum vor ze vorderost,
sie vuhtin uf den godis trost
mit so getaneme harme,
daz in vor deme arme
nicht inmochte bestan,
iz ne moste alliz under gan.
(59ᵛ) die heidenen unde die Valewen
wichin von deme galgin
durch die michelen not,
dar lach manich helet dot.
Arnolt der wigant
gaf daz ze*i*chen uzer hant
unde zuoch ein swert daz hiez Mal.
iz inwas negein stal

4134 dar (*RBF'*)] daz H 4135 daz (*RBF'V*)] Dar H 4140 gelouven] gelowen H, gelovvin *V* 4143 *Einzeiliger Initialenfreiraum, Rubrikatorhinweis* (d) 4145 trougin] truogin *R* 4149 heilichdum] heiltûm *R*, heiligdum *V* 4150 vuhtin (*RBF'V*)] wuftin H –

Was könnte man da Besseres erhalten?
Der andere (Lohn) sieht so aus:
Wenn ihr diesem loyalen Mann das Leben rettet,
wird er euch in sein Reich mitnehmen
und uns allen dort eine neue Heimat geben!«
Da trübten sich ihm die Augen.
In wahrem Glaubensgeist
stellten sie sich den Heidenscharen zum Kampf
und vernichteten eine gewaltige Anzahl von diesen.

Die Rüstungen der Heiden
waren äußerst widerstandsfähig:
sie trugen nämlich Hornpanzer.
Man band den Reliquienbehälter höher,
daß ihn die verwegenen Helden besser sehen konnten.
Sie stürmten gegen die Hauptmasse der Feinde an.
Die heiligen Reliquien führte man an der Spitze mit,
sie fochten im Vertrauen auf Gott
mit solcher Kampfeswut,
daß vor ihren Armen
nichts standhalten konnte,
ohne daß es zur Gänze niedergemacht wurde.
Die Heiden und die Kumanen
gaben den Galgen frei
infolge des heftigen Ansturmes,
so mancher Held lag da tot darnieder.
Arnold, der Kriegsheld,
übergab das Feldzeichen einem anderen
und zückte ein Schwert namens Mal.
Es gab keinen Stahl,

---

godis (*MaRBF'V*)] godist H 4154 under] undir *V* 4155 *Kein Initialabschnitt (gegen RB)* 4160 zeichen (*HaMaRBF'V*)] zerchen H 4161 zuoch] zouch *RB*, zoch *V* – swert (*RB*)] suret H, suert *MaF'V*

so hart noch so vast,
iz ne moste bresten.
des namen von sinen henden
der koninge sesse ir ende.
swaz he der andren ane quam,
den tede he sicherliche sam,
biz he in den herren benam
unde Berkeren von Meran
unde Luppoldin,
de si dar han woldin.
die boch newille uns missesagen:
iz nemochte ire nieman ac*ht*e havin.
die dar waren schadehaft,
si iahen, iz dade die godes craft!

[A]lse Rother gesach,
dat Arnolt bi ime was,
do sprach die koninc riche
harde vromeliche:
»snita, cone wigant,
mi die bande von der hant!
unde geblas ich min horin,
ir wirt michil me verlorn,
dan ir noch si getan:
uns kumit der helet Asprian!«
do die recken daz vernamen,
wie vro si alle waren!
in was zo deme storme vile lief,
(60r) si ne dachten an die vlugit nit.

[D]ie konin wigande
die stundin in deme sande,

4163 vast] veste *RV'*   4167 swaz] svaz H*R*   4173 missesagen (*HaRB*)] missæsagen H   4174 iz (*RBF'*)] In H – achte (*RBV*)] acthe H   4177 *Einzeiliger Initialenfreiraum*   4186 helet] helit *V*

der so hart oder so widerstandsfähig war,
der nicht nachgeben mußte.
Durch dieses fanden von seinen Händen
sechs der Könige ihr Ende.
Allen von den anderen, deren er habhaft werden konnte,
fügte er ganz gewiß das gleiche zu,
bis er ihnen den Herrn entriß
und Berchter von Meran
und Lupold,
die sie da hängen wollten.
Wenn uns die Bücher nichts Falsches erzählen:
niemand konnte sie mehr bewachen.
Diejenigen aber, die dort Schaden nahmen,
behaupteten, die Macht Gottes habe alles vollbracht.

Als Rother bemerkte,
daß Arnold bei ihm war,
sagte der große König
etwas sehr Nützliches:
»Schneide, verwegener Held,
mir die Fesseln von den Händen!
Wenn ich dazu komme, mein Horn zu blasen,
dann werden noch viel mehr von diesen vernichtet,
als das bis jetzt schon geschehen ist:
Der Held Asprian stößt zu uns!«
Als die heimatvertriebenen Helden das hörten,
wie glücklich sie da alle waren!
Sie verlangten nach (neuem) Kampf
und dachten nicht (einmal) an Flucht.

Die verwegenen Krieger
befanden sich am Strand,

4190 vlugit] vlucht *RB*, vlugt *F'* 4191 *Einzeiliger Initialenfreiraum, Rubrikatorhinweis* (d) – die konin wigande] Dô stundin in deme sande *B* (4192 *ausgelassen*)

dannoch siven koninge
mit aczich dusint menige,
lude do ein horn scal *4187*/4196
over berich unde da*l*.
daz bles Rotheres man,
Luppolt von Meylan.
lute rief Asprian:
»min here ist, weiz got, bestan! *4192*/4201
wol uf, helet Wolfrat,
ich wene, dinen neven not bestat!
nu will ich Rotheres gedagin,
inde wirt Luppolt irslagin,
he mochte uns imer rowin! *4197*/4206
he ist gruntveste allir trowe!«

[W]idolt gagethe balde
uz deme walde.
wie die halsberch clanc,
dar he over die struke spranc *4202*/4211
unde der helet Asprian!
die zwelef riesen vreisan
liefen ru inde slech*t*.
dar volgete manich got kne*ch*t
deme Tengel*ing*ere. *4207*/4216
he brachte ein here mere
uz deme walde lossam:
daz waren Rotheres man.
dar gachete manich wigant
wal gewafenet over lant. *4212*/4221
der lueden wart allinthalven,

4194 menige (*RF'*)] menie H*B* 4196 dal (*HaRF'V*)] dalc H, dale *B* 4207 *Einzeiliger Initialenfreiraum, Rubrikatorhinweis* (w) – gagethe] ga(c)hete *MaRB* 4212 zwelef] zvelef H*R* – vreisan] vreis-

und dort waren immer noch sieben Könige
mit einer Kriegsschar von achtzigtausend.
Laut erklang da ein Horn
über Berg und Tal.
Das blies Rothers Lehnsmann
Lupold von Mailand.
Daraufhin rief Asprian schallend:
»Weiß Gott, mein Herr wird angegriffen!
Nun auf, Held Wolfrat,
ich glaube, deinen Verwandten bedrängt Kampfesnot!
Ich will jetzt gar nicht von Rother reden,
aber wenn Lupold getötet wird,
müßte uns das immer mit Schmerz erfüllen!
Er ist das Fundament aller Treue!«

Witold stürzte sofort
aus dem Wald heraus.
Wie da seine Rüstung erklang,
als er über das Gebüsch hinwegsetzte
zusammen mit Asprian, dem Helden!
Die zwölf schrecklichen Riesen
stürmten über Stock und Stein.
Zahlreiche tüchtige Ritter folgten
dem Tengelinger.
Er führte eine stattliche Kriegerschar
auf eindrucksvolle Weise mit sich aus dem Walde heraus:
das waren Rothers Gefolgsleute.
Da stürmte so mancher Kriegsheld
schwerbewaffnet über das Feld hin.
Überall herrschte Kriegsgetöse,

---

sam *HaR* 4213 slecht (*MaRF'V*)] slech H*B* 4214 knecht (*MaRB*)] knet H 4215 Tengelingere (*RBF'*)] tengelere H 4220 gewafenet] gewaphenet H*B* 4221 *Kein Initialabschnitt (gegen B)*

sie losten in von deme galgin
unde horten die herden biven:
dar liefen do mit nide
z*w*ene riesen vreisam. *4217/4226*
der eine was Asprian,
(60^{v}) der ander *w*as Widolt.
verre luchte ime daz golt
von des scildis rande.
Imelot irkande *4222/4231*
Rotheres sinne,
he wolde gerne intrinnen.
dar wart die vlucht vile groz,
der wint von Aspriane doz!
Rother gienc ingegen in. *4227/4236*
he sprach: »kone helt, virnim:
die dort vor Luppolde havin,
den ne solin die riesin niwet scaden!
mir haven die selve herren
geholfin grozer erin. *4232/4241*
introwen, ich was gevangin,
mich wolden han irhangin
die vreisliche coninge
von woster Babilonie!
wirt dar icht widir getan, *4237/4246*
daz laz ich also bestan!«
lude rief do Grimme:
»sie ne koment niemer hinne!«

[D]ie riesen liefen alle in daz wal,
dar wart des heres michel scal. *4242/4251*
dar scluch der helet Asprian

4225 zwene] Zuene H*R* 4226 was] uas H 4228 verre] Vere H 4235 in] im *RF'* 4249 *Einzeiliger Initialenfreiraum, Rubrikatorhinweis* (d)

sie holten Rother vom Galgen weg
und spürten dabei die Erde erzittern:
Da stürmten (nämlich) voller Kampfeswut
zwei schreckliche Riesen herzu.
Der eine war Asprian,
der andere war Witold.
Weithin sichtbar erglänzte das Gold
von seinem Schild.
Ymelot begriff jetzt
Rothers Plan,
angestrengt versuchte er zu entkommen.
Da wurde die Flucht allgemein,
Asprian entfachte einen Sturmwind.
Rother drängte sich zu ihm durch.
Er sprach: »Verwegener Held, höre:
Denjenigen, die gerade dort vor Luppold halten,
dürfen die Riesen nichts antun!
Diese Herren haben mir
durch ihre Hilfe zu großem Ansehen verholfen!
Meiner Treu, ich war schon gebunden,
und es hatten die feste Absicht, mich zu erhängen,
die schrecklichen Könige
aus Babylon in der Wüste!
Wenn ihr dafür jetzt Vergeltung üben wollt,
werde ich nichts dagegen unternehmen!«
Schallend rief da Grimme:
»Sie kommen (lebendig) niemals von hier fort!«

Die Riesen stürmten alle auf das Schlachtfeld,
da entstand durch das Heer tosender Schlachtlärm.
Da machte der Held Asprian alles nieder,

alliz daz he ane quam.
Wito*l*t nicht insprack,
biz ime die stange zebrach.
do zuoch der grimmige man
ein wafen daz was vreisan.
do lagen uf den doden
die tuere mar*c* verscrodin.
von den w*u*ndin vloz daz blut,
da Wolfrat der helet got
zo deme vol*cw*ige quam
(61[r]) unde andere Rotheres man.
die konin wigande,
die vromeden mit iren handen,
daz man imer moz sagen,
wande wir daz orkunde haven
von den alden herren
die nach vertrieven waren.

[S]ich hetten die siven koninge
besundret von der menige
unde vlu*h*en vreisliche dannen.
Erwin rande ir einin an
unde scloc*h* den selven valant
durch sin hornin gewant
von der a*h*slin biz an den sadel:
da rach der helet sinin vader!
ir w*u*rdin vunve irhangen:
iz was in ovele irgangin.
sich hof der uncristine *v*al,

4253 Witolt (*HaRBF'V*)] Witot H, Witodt *F* – insprack] insprach *HaMaRBF'* 4255 zuoch] zouch *RB* 4256 daz (*MaRBV*)] Dar H, dat *Ha* – vreisan] vreissam *R* 4258 marc (*RF'*)] mar H*B* 4259 wundin] wndin H 4261 volcwige (*RB*)] uolquige H 4266 wande] Vande H, van de *V''* 4267 den alden] al den *R* 4269

was er erreichen konnte.
Witold verlor kein Wort,
bis ihm die Stange in Stücke ging.
Da zückte der kampfwütige Mann
ein schreckliches Schwert.
Da lagen über den Menschenleichen verstreut
die kostbaren Pferde zerstückelt.
Aus den Wunden ergoß sich das Blut,
wo immer sich Wolfrat, der vortreffliche Held
in die Massenschlacht stürzte
zusammen mit den anderen Vasallen Rothers.
Die verwegenen Helden
vollbrachten mit ihren Händen Taten,
von denen man für immer erzählen wird müssen,
weil ein Zeugnis auf uns gekommen ist,
das jene Herren in ihrem Alter gaben,
die damals beinahe für immer heimatlos geworden wären.

Die sieben Könige hatten sich
von der Masse des Heeres abgesetzt
und flohen von dannen, daß es ein Graus war.
Erwin setzte einem von ihnen nach
und durchschlug diesem Teufel
seinen Hornpanzer
von der Schulter bis zum Sattel hinunter:
Da rächte der Held seinen Vater!
Fünf von ihnen erhängte man:
Die Angelegenheit war für sie schlecht ausgegangen.
Die Vernichtung der Heiden begann,

Einzeiliger Initialenfreiraum, Rubrikatorhinweis (S) 4270 menige (*RF'*)] menie H*B* 4271 vluhen] uluwen H*RB* 4273 scloch (*RF'V*)] sclocht H*B* 4275 ahslin] aslin H*RB* 4277 wurdin] wrdin H 4279 val (*RB*)] wal H

die siechen lagen in den wal. *4272*/4281
swa sigein we rief,
Widolt in ane lief
unde trat eme in den munt:
der ne wart nimer gesunt!
sie mostin durch not dagen *4277*/4286
unde beiden dumenstagis,
daz dar nie man genas.
Imelot des die reise was,
den hez man hine lazen
varen sine straze, *4282*/4291
daz he dar heime mochte sagen,
wer ime daz volc hette irsclagin.

[D]o waren der spilemanne
wol (61[v]) hundret mit in gegangin.
die heiz der helet Grimme *4287*/4296
durch Imelotis willen
bit den zugeweichen staven
vaste recken unde slan.
do vlo ein spileman,
die Widolden ouch hie vore intran *4292*/4301
vor Constantinen den richen
harde hasticliche.
do vrageten die vrosten alle
vo*n* deme grozen scalle,
der da ze velde were. *4297*/4306
»ich sage u starke mere!
sich hat irle*d*iget der hafte,
sie rident here mit heris cra*f*te.
swer ungerne hange,

4281 swa] Sva H*R* 4285 dagen (*so HaBV*)] *oder* clagen (*so MaRF*) H 4286 dumenstagis] dûmes tagis *RBF'* 4293 *Einzeiliger Initialenfreiraum, Rubrikatorhinweis* (d) 4295 Grimme (*HaRB*)]

die Verwundeten lagen auf dem Schlachtfeld herum.
Wo immer einer Schmerzenslaute ausstieß,
kam Witold zu ihm gerannt
und gab ihm einen Tritt ins Gesicht:
ein solcher wurde niemals wieder gesund!
Sie konnten nicht anders, als sich still zu halten
und auf das Jüngste Gericht zu warten,
so daß da niemand mit dem Leben davonkam.
Ymelot, der den Kriegszug unternommen hatte,
wurde auf ausdrückliche Weisung nicht gehindert,
seine Wege zu gehen,
damit er daheim berichten könne,
wer ihm seine Kriegsleute vernichtet hatte.

Da waren von den Spielleuten
gut hundert mit den Kriegern herangezogen.
Die ließ der Held Grimme
Ymelots wegen hinstrecken
und mit anschmiegsamen Ruten
heftig verhauen.
Da floh ein Spielmann,
jener, der Witold schon zuvor entkommen war,
hin vor den mächtigen Konstantin
in großer Hast.
Da fragten ihn alle Fürsten
wegen des großen Lärmes aus,
der da auf dem Feld war.
»Ich berichte Euch Schlimmes!
Der Gefangene hat sich befreit,
und sie reiten jetzt mit einer großen Heeresmacht heran.
Jeder, der es vorzieht, nicht zu hängen,

---

grimme H*Ma* 4303 vrosten] vorsten *RBV* 4304 von (*HaMaRBF'V*)] Vo H 4307 irlediget (*MaRBF'V*)] irlegiget H, irlegit *Ha* 4308 crafte (*HaRBV*)] cracfte H 4309 swer] Sver H*R*

der ne sizze nith zo lange! *4302*/4311
dar gevet der helet Widolt
beide spise unde solt
den heidenischen reckin.
ich wart darnider gestrecket,
ich wart bevilt unde bescoren, *4307*/4316
ich hette nach den lif verlorn.
ich wil iz u warliche sagen:
die turlichen bulslage
gaf Widolt mit der stangin.
Basilistium ist irhangin! *4312*/4321
iz ne gat dar niemanne an den voz:
man dut ime gare des lives boz!
der tuevel nime*t* och mir den sin,
daz ich so hovebare bin
unde och so lange hie stan: *4317*/4326
nu vraget ouch einin andren man!
swer hude wirt begrifin,
(62r) der ist immir beswichin!«
Die hueven sich ze vluchtin.
do saz in leiden trechtin *4322*/4331
Constantin der riche
ime harde lasterliche.

[D]o die wigande
von romischen lande
uz deme sturme giengin, *4327*/4336
unde die ros geveingen,
do hette Wolfratis zorn
gemachit blutige sporn,
dife gerw*und*in,

4310 nith] nich *Ma*, nicht *RB* 4323 nimet (*RBF'*)] nime H 4327 swer] Sver H*R* 4329 *Kein Initialabschnitt (gegen R)* – Die] sie

der sollte hier nicht länger sitzen bleiben!
Dort verabreicht der Held Witold
Verpflegung und Löhnung
den heidnischen Kriegern fern der Heimat.
Ich wurde auf den Boden niedergestreckt,
ich wurde verdroschen und kahl geschoren,
ich hätte beinahe mein Leben eingebüßt.
Ich muß es Euch der Wahrheit entsprechend sagen:
exquisite Beulen bewirkende Schläge
teilte Witold mit der Stange aus.
Basilistium hat man gehängt!
Niemand trachtet einem dort nach seinem Bein:
Man bringt ihn gleich ums Leben!
Mich hat wohl auch der Teufel um den Verstand gebracht,
daß ich so etikettebeflissen bin
und hier immer noch herumstehe:
Fragt doch einen anderen aus!
Jeder, der heute geschnappt wird,
der hat endgültig draufgezahlt!«
Die Fürsten machten sich alle auf und davon.
In unangenehme Gedanken versonnen saß
der mächtige Konstantin da,
sehr zu seiner Schande.

Als die Helden
aus dem römischen Land
das Schlachtfeld verließen
und die Pferde einfingen,
hatte die Kampfeswut Wolfrats
blutige Spuren gezeichnet,
tiefe Speerwunden,

Ha 4330 leiden] leyden H 4333 *Einzeiliger Initialenfreiraum, Rubrikatorhinweis* (d) 4339 gerwundin (*RBF'V*)] gerwnnin H

manigen ungesundin
durch den hel*m* verscrotin.
m*a*nigen helt gotin
vromete der wigant
mit siner ellenthafter hant
ze leiden tagedingin.
er was von Tengelingin,
der duresten diete,
riche an overmude,
mit wisdumis sinne.
der liz ouch sime kunne,
daz ⟨*ez*⟩ to imer vorsten namen hat,
die wile daz dise werelt stat.

[D]o ginc der herzoge von Meran
vor den graven Arnolde stan,
unde mit ime Wolfrat
der alliz guot verdienet hat,
unde Erwin der sich ie vore nam,
swa man vromicheide began,
vro unde spade;
he konde wol geraden
eime gotin knechte,
daz ime sin dinc rec*h*te
beleif *un*z an sin alder:
den mochte man wole behaldin!
nach den ginc ein wis man,
Luppolt von Meylan.
der hatte in (62^{v}) sime lande

4341 helm (*HaMaRB*)] helin H 4342 manigen] Minigen H, menigin *R* 4349 sinne] sine H 4351 daz ez to (*V''*, *Roediger*)] Daz to H*RB* 4353 *Einzeiliger Initialenfreiraum, Rubrikatorhinweis*

zahlreiche Todwunde,
die er durch den Helm hindurch zerstückelt hatte.
So manchem tüchtigen Helden
hatte dieser Kriegsmann
mit seiner kampfstarken Hand
einen unangenehmen Kampf beschert.
Er war einer von Tengelingen,
dem vornehmsten und tüchtigsten Geschlecht,
voll hoher ritterlicher Gesinnung,
die sich mit kluger Lebensweisheit paarte.
Er hinterließ auch seiner Familie das Recht,
für immer den Fürstentitel führen zu dürfen,
solange diese Welt besteht.

Da begab sich der Herzog von Meran
vor den Grafen Arnold
und mit ihm Wolfrat,
der sich allen Glücks und Wohlstandes würdig erwiesen hat,
und Erwin, der sich stets auszeichnete,
wo man große Taten vollbrachte,
früh und spät;
er verstand es, ein tüchtiger Ratgeber zu sein
für einen vortrefflichen Herrn,
so daß dessen Angelegenheiten stets in rechter Ordnung
blieben bis in sein Alter:
Sich diesen zu erhalten, konnte für jeden nur von Vorteil sein.
Ihm folgte ein kluger, erfahrener Vasall,
Lupold von Mailand.
Der hatte in seinem Lande

(d) 4358 swa] Sva H*R* 4362 rechte (*RB*)] recte H 4363 unz (*MaRBV*)] nuz H, miz *F*

gewonit ane scande
unde was durchnechte
bit zuchten an overbrechte. *4362*/4371
he wiste wol ze rechte:
en hetten gode k*ne*chte
gevort biz he s*w*ert nam.
Rother unde sine man
bodin Arnolde, *4367*/4376
of he iz nemen wolde,
sie werin ime unges*w*ichin
zo allen sinen sachen.
do leveter ane sorge.
daz hetter irworven *4372*/4381
in deme volc*w*ige
mit sinen konin live.
von du wirt iz ime lichte goth,
swer so icht vromelichis getot.

[S]ich beriet der helet Asprian, *4377*/4386
wie iz Constantine mochte irgan.
»dar moz he«, sprach Grimme,
»in der burich brinnen!
nu neme wir die thoc*h*ter sin,
na der wir gevaren sin, *4382*/4391
unde tragen daz vur an,
Widolt sal vor die dure stan.
swer dan dar uz gat,
wie wol uns de gerichit dat!
virmissit sin der helet got, *4387*/4396

4372 knechte (*RBF'V*)] kenchte H 4373 swert] suert H*R* 4377 werin] weren *V* – ungeswichin] ungesuichin H*R* 4381 volcwige (*RB*)] uolcquige H 4384 swer] Sver H*R* 4385 *Einzeiliger Initia-*

ohne Tadel gelebt
und war vertrauenswürdig,
vornehm gebildet und maßvoll im Aufwand.
Er wußte sich in allen Lagen richtig zu verhalten:
Ihn hatten tüchtige Ritter
bis zu seiner Schwertleite unterwiesen.
Rother und seine Gefolgsleute
machten Arnold das Anerbieten,
falls er es annehmen wolle,
ihm stets zur Seite zu stehen
in allen seinen Angelegenheiten.
Da lebte er hinfort ohne Sorge.
Das hatte er sich erdient
in der großen Schlacht
durch den wagemutigen Einsatz seines Lebens.
Deswegen ist dem Erfolg und Lohn beschieden,
der Tüchtiges vollbringt.

Der Held Asprian beriet (mit seinen Riesen),
was man mit Konstantin jetzt machen könnte.
»Der wird ohne Zweifel«, sprach Grimme,
»in seiner Stadt verbrennen!
Wir holen jetzt seine Tochter heraus,
derentwegen wir hierher ausgezogen sind,
und dann legen wir Feuer an,
und Witold soll vor dem Tor Aufstellung nehmen.
Wenn dann dort jemand herauskommt,
wie vorzüglich Witold das an unserer Stelle vergelten wird!
Wenn der treffliche Held aber einen nicht zu fassen bekommt,

---

lenfreiraum, Rubrikatorhinweis (S) 4389 thochter (*RB*)] thocter H 4393 swer] Sver H*R*

wir lazen ⟨*in*⟩ immir ane not.«
»entrowin«, sprach Asprian,
»ir lazit die burc stan!
sich havent dar gelazin nidere
der z*w*elef boden sivene
unde die vile gode
Constantinis moder,
Helena, die das cruze vant,
dar got die werlt ane intbant,
(63[r]) nach der ufferstande
loste mit siner hande:
der Adamen valte,
er nicht vermiden ne wolde,
daz ime der alde got verbot,
die unsich hat gebiledet.
her hettis allis gewalt:
beide berc unde walt
scuf her unde die lufte
mit sinin mancrefte.
swer deme icht gedienit,
deme wirt wol gelonit,
daz ime sine dinc wole stent
unde ime nimmir me zege*n*t
von ewin wan zen ewin.
nu sconit des aldin herren«,
sprach der riese Asprian,
»daz dunkit mich got getan!«

[*W*]itold vorchte den heilant,
des wart he over alle die lant
gemeine sit den recken.

4396 lazen in (*V''*)] lazen H, lâzenz *RB* 4400 zwelef (*B*)] zuelef, *zweites* e *aus* f *korr.* H, zuelff *FV* 4403 cruze] cruce H 4407 der Adamen valte] dê Adâm irvalde *V''* 4408 ne] *streichen R* 4414

dann lassen wir diesen ungeschoren laufen.«
»Meiner Treu«, sprach Asprian,
»Ihr werdet die Stadt nicht zerstören!
In ihr hatten sich niedergelassen
sieben von den zwölf Aposteln
und die tieffromme
Mutter Konstantins (des Großen),
Helena, die das Kreuz (Christi) wiederfand,
an welchem Gott die Welt befreit
und nach seiner Auferstehung
mit seiner eigenen Hand erlöst hat.
Derjenige, der Adam zu Fall brachte,
wollte nicht davon abstehen, das zu erstreben,
das der ehrwürdige Gott ihm verwehrt hatte,
(jener Gott), der uns geschaffen hat.
Dieser (Gott), der über alles mächtig verfügte:
Berge und Wälder
hatte er ebenso erschaffen, wie die Luft
in seiner Allmacht.
Wer immer ihm irgendwie zu Diensten ist,
dem bleibt großer Lohn nicht aus,
so daß alle seine Angelegenheiten vorteilhaft stehen
und für immer so bleiben
von Ewigkeit zu Ewigkeit.
Tut also jetzt diesem alten Herrn nichts zuleide«,
sprach der Riese Asprian,
»das halte ich für eine vortreffliche Handlungsweise!«

Witold fürchtete den Erlöser,
deshalb wurde er hinfort in allen Ländern
den (christlichen) Helden zugezählt.

---

sinin] sinir *HaV (so auch Roediger)* 4418 zegent (*RBF'*)] ze get H 4423 *Einzeiliger Initialenfreiraum*

he sprach: »heiliger trechtin,
waz woldis du minis armen man,
nu ich die wizze nine han?
so der lif irstervit,
waz sal der selen werden? 4422/4431
owi, daz ich ie geborin wart!
mir riet der tuvel sine vart,
daz ich arme tore
die burc wolde zestoren!
groz sint mine sculde: 4427/4436
ich hette dine hulde
gerne, trechtin here,
unde vorchte vile sere,
so du mich lieze gewerden,
(63[v]) du lazes mich erstervin 4432/4441
also in minin sundin.
nu ist daz afgrunde
gesezzit den unrechten!
wie harde ich vorchte
sanctum Michaelen 4437/4446
– er ist trost allir selen –,
vor deme der tuvel gelac:
her tede ime einen michelen slach.
in v*u*re unde in glude
von sime overmode 4442/4451
is he verstozen
von allin sinen genozin.«

[*D*]ie riesen allentsament
worfin die stangin uz der hant.
durc den ewigen got 4447/4456

4428 wizze] wize H 4449 vure] wre H 4453 *Einzeiliger Initialenfreiraum*

Er sprach: »Heiliger Herr und Gott,
was hattest du nur mit mir armem Menschen vor,
der ich doch über keine Weisheit verfüge?
Wenn der Leib stirbt,
was wird dann mit der Seele geschehen?
Weh' mir, daß ich je geboren wurde!
Der Teufel hat mich dazu verführt, nach seinem Rat zu handeln,
so daß ich bemitleidenswerter Unverständiger
diese Stadt zerstören wollte!
Meine Sünde ist gewaltig:
Ich würde gerne wieder in deiner Gnade stehen,
Herr und Gott,
aber ich fürchte sehr,
daß du mich, so wie du mich ins Dasein gerufen hast,
auch sterben läßt,
im gleichen Sündenzustand.
Es ist ja der Höllenabgrund
für die Sünder bestimmt.
Wie sehr ich doch ehrfürchtig verehre
den heiligen Michael
– er ist die Hoffnung aller (armen) Seelen –,
vor dem der Teufel zu Boden stürzte:
Michael hatte ihm einen gewaltigen Schlag versetzt.
In Feuer und Glut,
wegen seiner *superbia*,
lebt er, ausgestoßen
aus der Schar jener, denen er einst ebenbürtig war.«

Alle Riesen miteinander
warfen ihre Stangen aus der Hand.
Um des ewigen Gottes willen,

der in ze levene gebot,
liezen sie Constantinople stan:
iz neware anders nicht getan!

[*R*]other heiz vor sich gan
Luppoldin den getruwin man *4452/4461*
unde Berkeren den richen,
der riet ime wisliche.
he sprach: »nu scone, koninc herre,
godis unde diner sele
– des hastu groze ere – *4457/4466*
und heiz die burc lazin stan! *4458.4459*
wirt Constantino icht getan, *4460*
so si wir sculdich irkorn
unde sin eweliche verloren.
Constantinum den richen *4463/4471*
vorch*t*ich vreisliche:
nu sal he des geniezen!
der uns gewerden hieze,
got, der gildit harde vil!
swenne sich der mensche ovir wil, *4468/4476*
so tut he unrechte.
ia sprichit unse trechtin,
swer in bit truwen (64r) meine,
der si in ewin reine.
nu sende, trut herre min, *4473/4481*
na deme wive din!«

[D]o sprach der koninc riche
harde wis*l*iche:
»sint mir der vater starf
unde ic*h* der bevolen wart, *4478/4486*

4459 *Einzeiliger Initialenfreiraum* 4471 vorchtich (*RBF'V*)] Vorchich H 4478 swer] Sver H*R* 4482 *Einzeiliger Initialenfrei-*

der sie ins Leben gerufen hatte,
ließen sie Konstantinopel unzerstört:
Aus einem anderen Grund hätten sie das nicht getan!

Rother bat zu sich
Lupold, den loyalen Gefolgsmann,
und den mächtigen Berchter,
der ihn mit Klugheit und Erfahrung beriet.
Er sprach: »König und Herr, nimm
auf Gott und deine Seele Rücksicht
– das wird dir hohes Ansehen eintragen –
und befiehl, daß die Stadt nicht zerstört werden darf!
Wird Konstantin irgend etwas angetan,
werden wir schuldig gesprochen
und sind in alle Ewigkeit verdammt.
Den mächtigen Konstantin
fürchte ich ganz schrecklich:
davon soll er jetzt Nutzen haben!
Der, der uns ins Leben gerufen hat,
Gott, der vergilt peinlich genau!
Wenn der Mensch mehr will, als ihm zukommt,
dann handelt er unrecht.
Wahrlich, Gott, unser Herr, hat gesagt,
daß alle, die treu auf seiner Seite stehen,
in Ewigkeit ohne Makel bleiben.
Nun aber, mein teurer Herr, sende
nach deiner Gattin!«

Da sprach der mächtige König
in sehr weiser Überlegung:
»Seit mir der Vater gestorben ist
und ich dir anvertraut worden bin,

---

raum, Rubrikatorhinweis (d) 4483 wisliche (*F'*)] wiscliche H*RB*, wiseliche *Ha* 4485 ich (*RF'*)] icht H*B*

so werest du minir eren
willich immir mere!
du trudis mich nacht unde tach,
daz mir ze leide nicht gescach,
unde du zugis mich alse din kint
– daz waren cristenliche dinc –
unde lerdis mich gode knechte
haven nach iren rechte.
nu laze dich got der guode
durch sin otmode
geniezen aller truwin!
du salt mich immir rowin;
is daz ich dich overleve,
s*o*ne mochte mir nimir leyder wesin!«

[D]es koningis gekose
was ane vals lose.
sie hoten sich der sunde.
do ne dorsten se vor den scanden
gereden, nehein helet goter,
wan des ime was ze mode
wider iegelichen man.
do waren die vorsten lovesan
unde leveten inme riche
mit trowin stadicliche.

[C]onstantin der riche
der vor*h*te ime vreisliche.
he sprach zo der koningin:
»owi, trut vrove min,

4490 unde] *streichen RF'* 4499 sone (*RBF'V*)] Sene H 4500 *Einzeiliger Initialenfreiraum, Rubrikatorhinweis* (d) 4501 ane vals lose] ime valslôse *B*, † *V*, âne vals unde lôse *V''* 4502 hoten]

hast du für mein Ansehen
stets mit ganzem Einsatz gesorgt!
Du hast dich Tag und Nacht um mich gekümmert,
so daß mir niemals etwas Schlimmes widerfahren ist
und hast mich wie dein eigenes Kind gehalten
– das war ein wahrhaft christliches Handeln –
und du hast mir gezeigt, wie man tüchtige Ritter
ihrem Standesrecht gemäß behandelt!
Nun möge dir der gnädige Gott
in seiner Gnade
all deine Treue zugute kommen lassen!
Ich werde dich stets beklagen;
sollte es sein, daß ich dich überlebe,
dann könnte mir nichts größeren Kummer bereiten!«

Was der König da so liebevoll sagte,
war keine schmeichlerische Unaufrichtigkeit.
Diese Sünde suchten sie zu vermeiden!
Wegen der damit verbundenen Schande wagte
keiner der trefflichen Helden etwas anderes zu sagen,
als das, was er auch wirklich dachte,
jedem Menschen gegenüber.
So erlangten diese Fürsten Lobwürdigkeit
und lebten in dem Reich
in beständiger (wechselseitiger) Loyalität.

Der mächtige Konstantin
fürchtete sich schrecklich.
Er sprach zur Königin:
»Weh mir, meine teure Herrin,

---

hotin *V* 4503 dorsten se] dorste *R*, se *streichen Roediger* 4505 wan] van *V* 4510 *Einzeiliger Initialenfreiraum, kein Großabschnitt (gegen R)* 4511 vorhte (*MaRF'V*)] uorste H*B*

(64^{v}) daz ich ie den lif min gewan:
mich slant Rotheres man! *4508*/4516
wie grozer kintheit it gewelt,
daz ich ime sin wif nam:
dar gescach mir ovele an!
iz was ouch alliz ane not,
he hette mir wol gedienot. *4514*/4521
des woldich deme richen
hude bosliche
lonin mit deme galgin.
iz begegenit allinthalvin
dicke den man, *4519*/4526
swaz he dan hat getan!
die grove hetich gegravin,
i*c* moz dar selve in varin,
so iz allir wedichet ist,
mich innere der wald*ind*ige Crist *4524*/4531
unde die gude koningin.
nu nim die scone tho*ch*ter min
unde vore sie deme helede
uz der burc intgegene
unde bide in durch got den godin *4529*/4536
gedenkin minir node,
daz he mich laze genesen.
ich wil immir me wesen
zo Constantinopole wervhaft,
daz man s*e*it biz an den tomistach, *4534*/4541
daz he ze Constantinopole hat getan,
do in Rother nine liz irhan!«

4514 min] *streichen RV'* 4516 *Reimvers dazu fehlt RBV'', MaF zählen einen Vers weniger* – it] ic *HaMaRBF'* 4526 swaz] Svaz H*R* 4528 ic (*HaMaRBF'V*)] Iz H 4529 wedichet] werdicheit *Ma*, wêtlîchest *RBV''*, wedlichest *F'*, † *V* 4530 waldindige (*B*)]

daß ich je geboren wurde:
Rothers Leute werden mich umbringen!
Was war das doch für eine kindische Handlungsweise,
daß ich ihm seine Gattin entführte:
Das hat für mich ein böses Ende genommen!
Noch dazu gab es dafür überhaupt keinen Anlaß,
er hatte mir vortreffliche Dienste erwiesen.
Dafür wollte ich diesem Mächtigen
heute in schurkischer Weise
den Galgen als Lohn geben.
Immer wieder und überall
begegnet dem Menschen das,
was er einmal getan hat!
Ich habe die Grube gegraben,
jetzt werde ich selbst hinein fallen,
[*wie es mir (jetzt) gebührt*],
wenn mich nicht Christus, der Allmächtige, davor bewahrt
und die edle Königin.
Nimm jetzt meine schöne Tochter
und führe sie dem Helden
aus der Stadt entgegen
und flehe ihn um der Güte Gottes willen an,
meiner Bedrängnis eingedenk zu sein
und mich heil davonkommen zu lassen.
Ich habe auch die feste Absicht, mich in alle Zukunft
in Konstantinopel so zu verhalten,
daß man bis zum Jüngsten Tag darüber spricht,
was der in Konstantinopel alles getan hat,
nachdem ihn Rother vor dem Galgen bewahrt hatte!«

---

waldige H, waldendiger *R* 4532 thochter (*RB*)] thoter H 4539 wervhaft (*so HaV*)] *oder* werohaft (*so F*) H, werchaft *MaB*, verhaft *R*, werehaft *V''* 4540 *crux V; danach wahrscheinlich 2 Verse ausgefallen RB* – seit] sit H*RB*

[*D*]o sprach die koningin:
»wes vor*h*tis du, Constantin?
der helfint die koninge *4539*/4546
von woster Babilonie,
daz du Rotheren hais!
(65[r]) waz, of du in noch gevais?
dinis overtruwen sc*a*den,
ich ne mochtis dir z*ende* nie gesagin. *4544*/4551
du versmades harde got,
der uns ze levene gebot
unde volgedis deme vertrivenin,
die leged*e* dich dar nidere.
unbe diesin wer iz bezzir, *4549*/4556
gener leget dich in daz wazzir,
dar du inde dine gadin
ne mugin ges*w*immin noch gewadin!
von du mach du wol verstan,
daz nechein dinc dem man *4554*/4561
grozeren scaden dut,
dan der leyde overmut,
dar von der tuevel gewan,
daz ime nimer zeran
ochis noch achis *4559*/4566
noch allis ungemachis.
des hat he immer genuch
unde giver is och dir, of du na ime dust!«

4543 *Einzeiliger Initialenfreiraum, kein Großabschnitt (gegen F)* 4544 vorhtis] uorstis H*B*, vorctis *Ma*, vortis *R*, vorchtis *F'V* 4545 koninge (*MaRBF'V*)] konine H, koninc *Ha* 4549 overtruwen] overtrûwens *B* – scaden (*MaBF'*)] scanden H*R* 4550 zende] ze nie H, ze vore nie *R*, ze … nie *B*, ze ware nie *oder* ze *streichen V''*

Da sprach die Königin:
»Wovor hast du Angst, Konstantin?
Dir helfen doch die Könige
aus Babylon in der Wüste,
Rother zu hängen!
Was, wenn es dir doch noch gelingt, ihn gefangenzunehmen?
Den Schaden, den deine überhebliche Sturheit angerichtet hat,
vermochte ich dir ja niemals zur Gänze klarzumachen.
Du hast dich von Gott losgesagt,
der uns ins Dasein gerufen hat,
und bist (Luzifer) dem Verstoßenen gefolgt,
und der hat dich aufs Kreuz gelegt.
Was diesen betrifft, wäre es besser gewesen,
er hätte dich gleich in ein Wasser geworfen,
in welchem ihr, du und deine Spießgesellen,
weder schwimmen noch waten hättet können!
Daraus kannst du klar ersehen,
daß sich nichts für den Menschen
nachteiliger auswirkt,
als die verfluchte *superbia*,
durch die der Teufel nichts anderes erreichte,
als daß es ihm noch nie
an Ach und Weh
und an jeder Art von Unheil gefehlt hat.
Davon hat er für immer im Überfluß
und er wird auch dir davon mitteilen, wenn du es ihm nachtust!«

4554 legede (*RB*)] legeden H 4555 unbe] umbe *RBF'* 4556 leget] legit *V* 4558 geswimmin] gesuimmin H 4560 dem (*so HaMaBV*)] *oder* dein (*so F*) H, dien *R* 4565 ochis (*RBF'*)] Och chis H

[C]onstantin saz in trehtin,
wie he genesen mochte
von Rotheres gestin.
do dahte he des bestin:
sine tho*h*ter heiz he vore gan
in ire gewande lossam.
do zierede man megede unde wif
mit vlize den iren lif.
si trogin (65[v]) kurzebolde
gelistet mit deme golde
unde mit edelen gesteine
gewiret vile cleine.
vor Constantinin den richin
giengen gezogenlichen
a*ch*zich scone vrowin
mit goldinen cronen.

[D]o quamen die zeldere inde die ros
uffe den Poderamus hof.
da clappende daz gesteine
mit den isperlin cleine
an den vorebougin.
mit samitte grunin
waren die sadele bezogin,
iz in haven die buche gelogin.
dar sazin Constantinis kint
uf ein sidin gewin*t*.
der koninc reit ane sine man
under den vrowin lossam.
bi deme reit die koningin

4569 *Einzeiliger Initialenfreiraum* 4571 von] vor *BF'V* 4573 thohter (*RB*)] thoter H 4575 man] *streichen RBF'* 4583 achzich] Athtich (*so F*) *oder* Achcich (*so HaMa*) *oder* Achtich (*so RBV*) H – scone vrowin] urowin scône *V''* 4584 *Beginn von Fragment*

Konstantin saß da und dachte darüber nach,
wie er sich retten könnte
vor Rothers Freunden.
Da fiel ihm das beste ein, das er tun konnte:
Er ließ seine Tochter vor sich kommen
in einem prächtigen Gewand.
Dazu schmückte man junge Damen und Frauen
sorgfältig.
Sie trugen zierliche Überwürfe,
die mit Goldleisten eingesäumt waren
und mit kunstvoll
verarbeiteten Edelsteinen.
Vor den mächtigen Konstantin
traten mit wohlgebildetem Anstand
achtzig schöne Damen
mit goldenem Kopfschmuck.

Danach brachte man die Zelter und die Streitrosse
in den Hof des Hippodrom.
Da erklangen die Edelsteine
zusammen mit zierlichen, glänzenden Perlen
am Vorderzeug (der Pferde).
Mit grünem Samtstoff
waren die Sättel überzogen,
wenn uns die Bücher nichts Unwahres berichtet haben.
Diese zu Konstantin gehörigen jungen Damen saßen
auf Seidenzeug.
Der König ritt ohne Gefolge
mitten unter den wunderschönen Damen einher.
Neben ihm ritten die Königin

M 2r; *vgl. S. 430* – cronen] cronin V 4585 *Einzeiliger Initialenfreiraum, Rubrikatorhinweis* (d) 4587 clappende] clapperde *Ha*, clappede *V* 4593 *Kein Initialabschnitt (gegen R)* 4594 gewint (*RBF'V*)] gewin H

unde die lieve to*ht*er sin.
dar luchte ein carbunkil
– dar newarit nimmir dunkir – *4594*/4601
ovene uz der cronin.
a*hzic* vrowin scone
vorde der koninc Constantin
mit der lievin tochter sin
Rothere deme helede *4599*/4606
uz der burc intgegene. *4600*/4607/(4606)

– ([W]ie deme …) – /4608/(4607)
– (. .) – /4609/(–)

[W]ie die zoume clungin, *4601*/4610/(4608)
do die vrowin dru*n*gin
uz der burc in widerstrit!
dar luchte daz Rotheres wif *4604*/4613/(4611)
vor an (66r) dren wiven over lant
als ein bernender iachant.
daz irsach der grave Erwin.
he sprach zo deme herren sin:
»dar komit din leyde s*w*agir, *4609*/4618/(4616)
du salt in wol intfahen!
gedenke der aldin zuchte unde erin,
wie hie bevoren die herren
ir leit liezin durc got!
nu ne mache der werlde necheinin spot *4614*/4623/(4621)

4598 tohter (*RB*)] tother H 4600 dar] der *F'*, *Roediger* – newarit] newart *MaRBF'* – dunkir] dunkil *RB* 4602 ahzic (*RBF'V*)] Alciz H 4604 *Ende von Fragment* M 2r 4606 *Initialenfreiraum, Rubrikatorhinweis* (w). *Zweite Hälfte der Zeile und darunterliegende Zeile radiert. Es deutet nichts darauf hin, daß etwas ausgefallen ist, vielmehr dürfte der Schreiber etwas Falsches geschrieben haben.*

und seine geliebte Tochter.
Da erstrahlte ein Karfunkelstein
– der ließ keine Finsternis aufkommen –
oben aus ihrer Krone.
Achtzig schöne Damen
führte der König Konstantin
zusammen mit seiner geliebten Tochter
Rother, dem Helden,
aus der Stadt entgegen.

–

–

Wie da das Zaumzeug erklang,
als die Damen
im Wettstreit miteinander aus der Stadt drängten!
Da überstrahlte Rothers Gattin
alle anderen Frauen weithin über das Land,
wie ein brennender Hyazinth.
Das erspähte der Graf Erwin.
Er sprach zu seinem Herrn:
»Da kommt dein unseliger Schwiegervater,
du solltest ihn wohlwollend empfangen!
Sei eingedenk der alten Bräuche und fürstlichen Verhaltens,
dessen, wie früher einmal die Herrscher
um Gottes willen auf Rache verzichteten!
Nun mache diesen wackeren Ritter nicht für die Welt

Fehlende Zeile gezählt Ha (4606.4607), *Radiertes nicht gezählt Ma, Radiertes als ein Vers* (4607) *gezählt RB, Radiertes nicht gezählt F, Radiertes als zwei Verse gezählt V* 4607 *Einzeiliger Initialenfreiraum, Rubrikatorhinweis s.* 4606. *Kein Großabschnitt (gegen F)* 4608 drungin (*HaMaRBF'V*)] drugin H 4615 swagir] suagir H*R* 4620 *Beginn von Fragment* M 2^{v}, *vgl. S. 432*

an deme godin knec*h*te:
daz komit dir rechte,
nu der koninc Constantin
ridit uz intgegen die,
daz du ime lazis den lif. *4619*/4628/(4626)
he bringit dir daz sconiste wif!«
»iz were vil wol«, sprach Asprian,
»*w*orde ime ein bolslach geslan!«

[*D*]o sprach gezoginliche
Berker der riche: *4624*/4633/(4631)
»neina, herre Asprian,
hie sal die zucht vore gan,
nu he under den vrowin ist komin!
unde hette he benumin
allin minin kindin den lif: *4629*/4638/(4636)
wir sulin eren dise wif
an deme richen koninge,
iz queme uns anders ovele!
alse der man genadhin gerit,
iz ist recht, der in gewerit!« *4634*/4643/(4641)

[*R*]other der riche
sprach g*e*vocliche:
»nu nar, wigande
von romischen lande,
intfat Constantinin *4639*/4648/(4646)
durch (66v) den willin minin!«
do ginc der herzoge von Meran
intgigin der vrowe*n* lossam.

4621 knechte (*RB*)] knecte H 4624 die] dir *HaMaV'*, di *RBF'V'*, dir *oder* din *F'* 4628 worde] Vorde H 4629 *Einzeiliger Initialenfreiraum* – gezoginliche] gezogenliche *V* 4637 richen] riche *V* 4639 gerit (*alle*)] *oder* gent H 4641 *Einzeiliger Initialenfrei-*

zur Zielscheibe des Spottes:
Das nun ist für dich die passende Gelegenheit,
da der König Konstantin
dir hier heraus entgegenreitet,
daß du ihm das Leben schenkst.
Er führt dir ja auch die allerschönste Frau zu!«
»Es wäre dennoch sehr angemessen«, sprach Asprian,
»würde man ihm einen kräftigen Hieb versetzen!«

Um fürstliches Verhalten besorgt, sprach da
der mächtige Berchter:
»O nein, Herr Asprian,
hier muß gesittetes Verhalten Vorrang haben,
da er sich in Begleitung der Damen hierher begeben hat!
Und selbst wenn er alle meine Söhne
ums Leben gebracht hätte:
wir müssen diesen Frauen Achtung erweisen
durch unser Verhalten diesem mächtigen König gegenüber,
alles andere würde für uns zum Schlechten ausschlagen!
Sobald ein Mensch Gnade sucht,
handelt der dem Recht entsprechend, der sie gewährt!«

Der mächtige Rother
entschied sich für das Angemessene und sprach:
»Heran nun, ihr Kriegshelden
aus dem römischen Reich,
empfangt Konstantin (geziemend),
weil ich es so will!«
Da ging der Herzog von Meran
der wunderschönen Herrin entgegen.

---

raum 4642 gevocliche (*RV*)] guocliche H, guodiche *Ha*, gvôclîche *B* 4643 nu nar] nu uar(t) *Ma* 4648 vrowen (*HaRBV*)] urowem H, uroween *Ma*

Luppolt unde Erwin
intfiengen die koningin. *4644*/4653/(4651)
Rother custe sin wif,
si was ime alse der lif.
he custe ouch die aldin koningin
unde heiz si willecome sin.
Wolfrat der wigant *4649*/4658/(4656)
nam Constantine bi der hant.
do in Widolt gesach,
ovilliche he sprach:
he lach inde beiz in die stangin,
daz die voris flamme *4654*/4663/(4661)
dar uz voren dicke.
die vreislichen blicke
sach man an deme konin man,
dar ne mochte nema*n* zo gegan.
sine rededen ime vile evene mide, *4659*/4668/(4666)
he hof die meisten unside,
des he immir began,
ze wilichen hantwerke he quam.

[*W*]ie rechte die koningin gesach,
daz Widolt unsitich was! *4664*/4673/(4671)
zo Constantino deme richen
sprach si gezogenliche:
»du solt vor Rothere stan!
dort steit Asprianis man:
sin gemote ist herte! *4669*/4678/(4676)
waz, of dich dinis gevertis
noch hude selve irvilt?
nu warde, wie ienez kint spilit,
daz ime (67r) die v*u*irflammin

4664 neman (*HaRBF'V*)] nemam H   4668 wilichen] wilichem *R*
4669 *Einzeiliger Initialenfreiraum, Rubrikatorhinweis* (V) – Wie]

Lupold und Erwin
boten der Königin Willkomm.
Rother küßte seine Gattin,
die ihm so teuer war wie sein eigenes Leben.
Er begrüßte auch die Königin-Mutter mit einem Kuß
und hieß sie willkommen.
Wolfrat, der Kriegsheld,
reichte Konstantin die Hand.
Als aber Witold diesen erblickte,
gab er Zeichen des Unmuts von sich:
Er wälzte sich auf dem Boden und biß in die Stange,
daß Feuerfunken
in großer Zahl daraus hervorsprühten.
Furchterregende Blicke
warf der kampfwütige Mann um sich,
niemand wagte es, ihm zu nahe zu kommen.
Hätten sie ihm nicht besänftigend zugeredet,
hätte er größtes Unheil angestiftet,
wie er das noch getan hatte,
welches Geschäft er auch immer vollbrachte.

Wie gut die Königin doch erkannte,
daß Witold nicht gewillt war, seinen Zorn zu zügeln!
Zu dem mächtigen Konstantin
sprach sie mit vornehmen Anstand:
»Du mußt dich vor Rother begeben!
Dort (drüben) steht nämlich Asprians Vasall:
sein Zorn gegen dich ist ungebrochen!
Was ist, wenn dein Verhalten
heute noch sogar dich selbst verdrießt?
Sieh doch, welches Spiel jenes Kind betreibt,
daß ihm Feuerflammen

Vie H 4678 ienez kint] iener knet *Ha* 4679 vuirflammin (*B*)] uir flammin H, fuir flammin *Ma*, vuirflamme *R*, uor flammin *V*

scricki*n*t uz der stangin! *4674*/4683/(4681)
wene durch den koningis ere,
dune bescowedis nimmer mere
weder lu*t*e noch lant:
dich sloge der selve valant!
inbreche her von der lannin, *4679*/4688/(4686)
din leve*n* were irgangin!«

[*D*]ie koningin ir tochter *nam*,
eine vrowe lossam:
»Rother, herre min,
diz ist die echone din! *4684*/4693/(4631)
die nim in dine gewalt,
swie du gebudist, helet balt.
got lone dir maniger eren
unde allin disin heren,
die si zu mir hant getan! *4689*/4698/(4696)
Berker von Meran,
du bist ein uz irwelet helt,
zo allin trowin irwelt
unde irkennis och unsin trechtin!
din moder muze salich sin, *4694*/4703/(4701)
daz si dich ie getruch:
du bist biderve unde got!
din zucht is hute wole scin,
sit der koninc Constantin
mit deme live intgat, *4699*/4708/(4706)
so vile he dir leydes getan hat!«
si sprach deme gotin knechte
wol mit grozeme rechte:

4680 scrickint (*BF'*)] Scrickit H*R* 4683 lute (*RF'*)] lucte (*so MaF*) *oder* luete (*so V*) H, lude *B* 4685 inbreche] irbreche *Ha* – der] den *B* 4686 leven (*R*)] leuent H*B* 4687 *Einzeiliger Initialenfreiraum*

aus seiner Stange hervorschießen!
Wollte der König nicht sein Ansehen wahren,
würdest du niemals wieder
Land und Leute zu sehen bekommen:
Dieser Teufel dort würde dich erschlagen!
Könnte er sich von seiner Kette befreien,
wäre dein Leben zu Ende!«

Die Königin nahm ihre Tochter,
eine wunderschöne Dame:
»Rother, mein Herr,
dies hier ist deine Ehefrau!
Nimm sie in deine Gewalt (als Ehemann),
auf welche Art immer du willst, kühner Held.
Gott möge dich für die vielen Großtaten belohnen,
ebenso wie diese Herren (für jene),
die sie für mich vollbracht haben.
Berchter von Meran,
du bist ein erlesener Held
von vorbildlicher Loyalität
und du achtest auch unseren Herrgott!
Deine Mutter kann sich glücklich preisen,
daß sie dich je getragen hat:
Du bist zuverlässig und mit allen Vorzügen ausgestattet!
Deine höfische Vorbildlichkeit hat sich heute gezeigt,
da der König Konstantin
mit dem Leben davonkommt,
obwohl er dir so viel Unbill zugefügt hat!«
Sie pries diesen vortrefflichen Ritter
mit vollem Recht:

– nam (*HaMaRBV*)] man H 4692 swie] Svie H*R* 4699 irkennis (*so HaMaRBV*)] *oder* irkenins H

im was ie allir haz leit,
des beherdint die buch die warheit! *4704*/4713/(4711)

(67[v]) [D]o sprach der koninc Constantin:
»Rother, live herre min,
heiz Arnolde here vore gan!
ich wil deme tugenthaften man
durch sine dugint gevi*n*, *4709*/4718/(4716)
daz he immir samfte mag levin,
der dich nerin wolde!«
do cronete man in mit golde
unde leh ime ein lant dar:
do wart he koninc in Grecia. *4714*/4723/(4721)
die vonf dusint herren
die mit ime geriden waren
uz der burich lossam,
die w*u*rdin bit handen sine man.
do reit he vroliche *4719*/4728/(4726)
in daz sin riche
inde levete mit grozin erin;
die hetter immir mere
bize an sinim tot:
sus wart ime gelonot! *4724*/4733/(4731)
gedachte des noch *etl*ich iunc man
– iz ni stunde ime nicht ovele an! –
unde dienete vlizliche,
ime lonete *etl*iche!
[D]ie herren rumpten iz dar. *4729*/4738/(4736)
Arnolt vor in Grecia.
die koningin ginc umbe

4711 *Einzeiliger Initialenfreiraum, Rubrikatorhinweis* (d) 4715 gevin (*HaRBF'V*)] geuim H 4724 wurdin] wrdin H 4729 bize] biz *R*, bizze *B* – sinim] sinin *HaRBF'V* 4731 etlich

Stets war ihm nachtragende Feindseligkeit zuwider gewesen,
das erweisen die Bücher als wahr!

Da sprach der König Konstantin:
»Rother, mein teurer Herr,
ersuche Arnold vorzutreten!
Ich will diesen vortrefflichen Gefolgsmann
um seiner Vorzüge willen so beschenken,
daß er für immer unbeschwert leben kann,
er, der fest entschlossen war, dich zu retten!«
Da krönte man ihn mit einer goldenen Krone
und gab ihm ein Land als Lehen:
So wurde er zum König in Grecia.
Die fünftausend Herren,
die mit ihm zusammen den Angriff geritten hatten
aus der prächtigen Stadt,
die versprachen ihm in seine Hand Gefolgschaft.
Da ritt er in Hochstimmung
in sein Lehensreich
und herrschte dort in großem Ansehen;
dieses bewahrte er sich die ganze Zeit
bis zu seinem Lebensende:
solcher Lohn wurde ihm zuteil!
Würde dies heute so mancher junge Vasall bedenken
– das stünde ihm gar nicht schlecht an! –
und eifrig treue Dienste leisten,
gäbe es einige, die ihm den Lohn nicht versagten!
Da begann der Aufbruch der Herren.
Arnold war schon nach Grecia unterwegs.
Die Königin machte die Runde

(*HaMaRBF'V*)] edich (*so F*) *oder* eclich H 4734 etliche (*RBV*)] ecliche H*HaMaF* 4735 *Einzeiliger Initialenfreiraum, Rubrikatorhinweis* (d)

unde custe besunder
alle Rotheres man
si heiz si gode bevolin varin. *4734*/4743/(4741)
Wolfrat der wigant
nam achzich dusint bi der hant
unde brachte si vile scire
zo eime (68[r]) sconin kiele:
die vorde der koninc Rothere *4739*/4748/(4746)
mit sineme wife over mere.
do heiz der riese Asprian
die lude in den kiel gan.
die heren voren allesamt
wider hein in ir lant. *4744*/4753/(4751)
do reit der herre Constantin
unde die riche koningin
zo Constantinopole
der maren burge.
in ne rou sin tohter nicht, *4749*/4758/(4756)
Rotheres ere was ime lief.

[*D*]ie kiele begundin evene gan.
Rothere unde sine man
voren vroliche
ingegen romesche riche *4754*/4763/(4761)
her wider ze Bare uf den sant.
dar vromete man ros unde gewant
unde alliz dat in deme kiele was.
die vrowe Pipinis genas
an deme selven tage, *4759*/4768/(4766)
do si quamen zo deme stade.
Luppolt der getruwe man
geinc vor Rotheren stan.

4750 hein] heim *V* 4757 *Einzeiliger Initialenfreiraum* 4766 quamen] quam *F* 4768 geinc] gienc *R*

und verabschiedete jeden einzelnen der Leute Rothers
mit einem Kuß.
Sie befahl sie Gott auf ihrer Reise.
Wolfhart, der Kriegsheld,
übernahm 80.000
und brachte sie alsbald
zu einem wohlausgestatteten Schiff:
diese führte der König Rother
zusammen mit seiner Frau über das Meer.
Da befahl der Riese Asprian
den Leuten, an Bord zu gehen.
Die Herren alle segelten
zurück in ihr Heimatland.
Da ritt der Herr Konstantin
gemeinsam mit der mächtigen Königin
nach Konstantinopel,
in die sehr berühmte Stadt.
Die Abreise seiner Tochter schmerzte ihn nicht,
Rothers Ansehen war auch sein Anliegen geworden.

Die Schiffe begannen ruhig dahinzuziehen.
Rother und seine Vasallen
segelten hochgestimmt
dem römischen Reich entgegen,
zurück an den Strand von Bari.
Dort lud man Pferde und Kleider
und alles, was sich an Bord befunden hatte, aus.
Die Herrin kam mit Pippin nieder
genau an jenem Tage,
an dem sie am Ufer angelegt hatten.
Lupold, der loyale Gefolgsmann,
begab sich vor Rother.

he sprach: »vro weset, herre,
der lieven n*u*mere, *4764*/4773/(4771)
die ich iu willin sagin:
iu*r* wif hat einin sun gedragin!«
der koninc vor leive up spranc:
»here got, nu have danc!
waz du genaden hast getan *4769*/4778/(4776)
zu mir vil sundigin man!
ich sie wal, de bit di bestat,
dat ime nimmer zegat
des ewigen richis.
du hilfis ime stadencliche!« *4774*/4783/(4781)
*s*ic huven capellane,
(68^{v}) do sie de rede vernamen,
unde touften daz kindelin:
daz wart geheizen Pippin.
do quam vil manich amme *4779*/4788/(4786)
in die burc gegangin
unde zugen daz kint bit vorten.
sin*t* beslif it Berten,
eine vro*w*en vile gut,
die sit Karlen getruch. *4784*/4793/(4791)
von du ne sulit ir dit lit
den andren gelichin nit,
wandit so manich recht hat,
danne ime die warheit in stat.
Rother in deme hove saz. *4789*/4798/(4796)
wie michil dat gedranc was
vor deme koninge lossam!
do hugede iegelich man
wider heim in sin lant,

4769 weset] ǔeset H 4770 numere (*R*)] nimere H*B* 4771 iu] in *V* 4772 iur (*RBF'*)] Iv H 4773 leive] lieve *R* 4779 ewigen] ewigin *V* 4781 *Kein Initialabschnitt (gegen RB)* – sic (*RBV*)] Hic

Er sprach: »Seid glücklich, Herr,
über die gute Kunde,
die ich Euch jetzt bringen will:
Eure Gattin ist mit einem Sohn niedergekommen!«
Der König sprang freudig bewegt auf:
»Herrgott, habe Dank hierfür!
Was du doch an Gnade
mir großem Sünder erwiesen hast!
Ich erkenne klar, daß der, der auf deiner Seite steht,
niemals verlustig geht
des ewigen Reiches.
Deine Hilfe ist ihm stets sicher!«
Die Hofkapläne machten sich auf,
nachdem sie die Kunde vernommen hatten,
und tauften das kleine Kind:
es erhielt den Namen Pippin.
Da begaben sich zahlreiche Ammen
an den Königshof
und zogen das Kind mit sorgfältiger Achtung auf.
Später hatte es Verkehr mit Bertha,
einer sehr edlen Dame,
die dann mit Karl schwanger ging.
Deswegen dürft Ihr dieses Gedicht
nicht mit anderen auf eine Stufe stellen,
es beinhaltet nämlich so viel Richtungweisendes,
weil in ihm die Wahrheit steht.
Rother empfing an seinem Hof.
Wie groß die Zahl derer war,
die sich vor dem großen König drängten!
Allen seinen Gefolgsleuten stand ihr Sinn nur danach,
wieder heim in ihre Länder zu gelangen,

(*so F*) *oder* hie (*so HaMa*) H 4788 sint (*HaMaRV*)] sin H*B* 4789 vrowen] urouen H 4792 gelichin] gelichen *V* 4794 ime] imme H 4795 *Kein Initialabschnitt (gegen RB)*

wande si in der herverde *4794*/4803/(4801)
manige zit harde
hetten gew*u*nnin.
beide alden ande iungin
badin in gevin urlof; *4798*
si woldin rumen den hof. *4800*/4808/(4806)
der koninc sich in zo vozin bot
unde bat si durc got:
»neina, mage unde man,
ir sult mit mir bestan!
nu *w*art*et* durc got scone, *4805*/4813/(4811)
biz ich iu gelone:
iz ware die meiste scande
die in sicheine lande
i*e* enich man gesach.«
manich gut kne*h*t do sprach: *4810*/4818/(4816)
»nein ir, herre, wez got,
ir havet uns wal gelonet!«
do sprac der riese Asprian:
»wir sulin hie bestan!
ich ne kome nimmir (69[r]) hinne *4815*/4823/(4821)
ane des koningis minne.«
Rother der riche
lonede vromicliche
den guden knec*h*ten allentsamint:
he lech die richen (...)lant *4820*/4828/(4826)
(...) deme helede Grimme.
der buete dar inne
bit michelen eren.
Aspriane gaf he Remis

4800 wande] Vande H 4801–4805 *Nur vier Verse Ma* 4802 gewunnin] gewnnin H 4808 neina] Neiña H 4810 wartet (*V*)] vart H, wartt *Ma*, wart *RB* 4813 sicheine] sicheinen *RB* 4814 ie enich (*RBV*)] Ienich H 4815 kneht (*RBV*)] knet H, knec *Ma*

denn sie hatten auf dem Kriegszug
so manchen anstrengenden und gefahrvollen Tag
überstehen müssen.
Alte wie Junge
baten um die Erlaubnis, abreisen zu dürfen;
sie wollten den Königshof verlassen.
Der König aber warf sich ihnen zu Füßen
und flehte sie im Namen Gottes an:
»Bitte nicht, Verwandte und Gefolgsleute,
Ihr müßt (noch) bei mir bleiben!
Um der Liebe Gottes willen wartet,
bis ich Euch gelohnt habe:
Ihr würdet mir sonst die größte Schande bereiten,
die in irgendeinem Lande
je irgend jemand erfahren hat.«
Alle die vortrefflichen Krieger sprachen da:
»Nein, Herr, bei Gott,
Ihr habt uns schon über Gebühr belohnt!«
Da sprach der Riese Asprian:
»Wir müssen noch hierbleiben!
Ich jedenfalls werde mich niemals entfernen
ohne die gnädige Erlaubnis des Königs.«
Der mächtige Rother
belohnte vorbildlich
diese trefflichen Krieger ohne Ausnahme:
Er belehnte mit dem fruchtbaren [...]land
den Helden Grimme.
Der lebte und herrschte dort
in hohem Ansehen.
Asprian übergab er Reims

4822 *Kein Initialabschnitt (gegen RB)* 4824 knechten (*RB*)] knecten H 4825 he lech] Lech he H – (...-)lant] scottelant H*RB*; *Versehen des Schreibers B (vgl. V. 4833)* 4826 deme] Vnde deme H

unde lech ime die Marke: *4825*/4833/(4831)
der hette gedienet starke.
den zen riesen allentsamt
lech he die richen Scotland.

[*L*]orringin unde Brabant,
Vriesen unde Hollant *4830*/4838/(4836)
gaf he vier heren
die mit ime waren
uz ir lande gev*a*rin;
die hetten herzogin namen.
he merten allin ir gut, *4835*/4843/(4841)
si hetten ime wol gedienot.
Rother saz bit voller hant
unde de*i*lte widene die lant.
he richede manigen:
Erw*i*ne gaf he Ispanien; *4840*/4848/(4846)
Sassen unde Turinge,
Plisn*in* unde Surven
ga*f* he zen graven
die mit Luppolde waren
over mere gevaren; *4845*/4853/(4851)
her nam ir allir gude ware,
die ime icht lieves hetten getan,
die ne verluren da nit an.
da ne was nehen scaz med iet,
er ne bot och die rosse nit: *4850*/4858/(4856)
mit der breidin erdin
musten gelonet werden!

4832 allentsamt] allent samtt H, allen samt(t) *RF'* 4834 *Einzeiliger Initialenfreiraum, Rubrikatorhinweis* (d). *Kein Initialabschnitt RB* – Lorringin] Dorringin H, Lotringin *RB* 4838 gevarin (*HaMaRBV*)] gevrin H 4842 *Kein Initialabschnitt (gegen RB)* 4843 deilte (*BV*)] declte *oder* dedte H, deckte *Ha*, dectte *Ma*, decte

und verlieh ihm die Mark:
der hatte ihm unermüdlich loyale Dienste geleistet.
Die übrigen zehn Riesen
belehnte er gemeinsam mit dem begüterten Schottland.

Lothringen und Brabant,
Friesland und Holland
übertrug er vier Herren,
die in seinem Gefolge
aus ihrem Lande fortgezogen waren;
sie alle führten den Titel eines Herzogs.
Allen vermehrte er ihren Besitz,
sie hatten ihm gute Dienste erwiesen.
Rother thronte da als gewaltiger Lehnsherr
und vergab Länder im weiten Umkreis.
Er machte so manchen mächtig:
Erwin übertrug er Spanien;
Sachsen und Thüringen,
das Pleißnerland und die Sorbische Mark
übertrug er zehn Grafen,
die in Lupolds Gefolge
über das Meer gezogen waren;
er nahm die Interessen aller wahr.
Keinem von denen, die sich für ihn eingesetzt hatten,
erwuchs daraus der geringste Schaden.
Er belohnte sie nicht etwa mit Geld und Wertgegenständen,
er schenkte ihnen auch keine Pferde:
ausschließlich weite Ländereien
kamen für sie als Belohnung in Frage!

RF 4845 Erwine (*HaMaRBV*)] Erwne H 4846 Sassen] Sazzen H 4847 Plisnin (*RBV*)] Plisnm H – Surven] suuruen H, Svurven *R*, Swurven *B* 4848 gaf (*RBF'V*)] Gaz H, baz *Ha* 4854 med iet] metliet *Ha*, mêr liep *R*, mê lief *BV''*, † *V*

Hie saget uns der richtere
von deme (69v) leiden mere.
dat is den vro*m*in allin lif, *4855*/4863/(4861)
die bosen die ne gelovent is nit.
sine hant der vromechede nicht getan,
unde in *en*getruweder geinen man.
Rother saz in trec*ht*en
unde gaf alliz daz he mochte. *4860*/4868/(4866)
do heiz he ime gewinnin
den herren von Tengelingin
unde gaf ime Osterriche;
he gaf ime warliche
Behein unde Polen, *4865*/4873/(4871)
daz he sich deste baz mochte began.
done gew*a*s bi dem mer
weder sit noch er
nechen so stadehafter man:
iz was ime allez underdan. *4870*/4878/(4876)
her hette des godes michele macht
unde was der rechten vorsten slach*t*,
die alle so irsturbin,
dat sie nie bezigin newordin
val*s*kes widir niheinin man: *4875*/4883/(4881)
ir ende was got unde lovesam.
Rother wol gedachte,
wer ime wole gidienit hate.

4858 *Einzeilige Initiale* – richtere] tichter(e) *HaMaR* 4859 leiden] liede *RBV* 4860 vromin (*HaRBV*)] urouin H 4861 die ne] die *fehlt B* 4863 *crux V* – in engetruweder geinen] in getruweder geinen H, ingetrûwen der geinen *R*, ingetrûwent der geinen *B*, engetrûwen degeinen man *V''* 4864 *Kein Initialabschnitt (gegen RB)*

An dieser Stelle erzählt uns der Richter
noch mehr von dem Lied.
Die Rechtschaffenen werden daran Gefallen finden,
die, die sich gegen Recht und Ordnung stellen, werden immer vorgeben, es sei nicht wahr.
Sie haben nie etwas Förderliches getan,
und ihnen hätte Rother niemals auch nur einen einzigen Menschen anvertraut.
Rother erwog (alles) sorgfältig in Gedanken
und vergab alle Lehen, über die er Verfügungsgewalt hatte.
Da befahl er, ihm
den Herrn von Tengelingen herbeizuholen,
und übertrug ihm Österreich;
er übertrug ihm auch wahrlich
Böhmen und Polen,
damit er um so standesgemäßer leben konnte.
Da war dem überall ans Meer grenzenden Reich
weder seither noch früher
ein so mächtiger Mann erwachsen:
Alles unterstand seiner Verfügungsgewalt.
Er war reich begütert
und handelte ganz nach der Art wahrer Fürsten,
die noch stets alle so gestorben sind,
daß man sie nie hätte bezichtigen können,
sich auch nur gegen einen einzigen Gefolgsmann unloyal verhalten zu haben:
Ihr Ende war dementsprechend würdig und lobenswert.
Rother erinnerte sich gut,
wer ihm treu gedient hatte!

– trechten (*RB*)] trecthen H 4867 Tengelingin] Tengelingen *V* 4869 warliche] uuarliche H 4872 gewas (*MaRBF'V*)] gews H, gewus *Ha* 4877 slacht (*RF'*)] slach H*B* 4879 bezigin] becigin H 4880 valskes (*HaMaRBF'V*)] Valkes H 4882 *Kein Initialabschnitt (gegen RB)*

Luppoldin den getruwin man
her heiz *v*or sich gan *4880*/4888/(4886)
unde machete den helt iungin
koninc zo Karlungin
unde gaf ime Berkeris gewalt,
Pulge unde Ceciliinlant.
von du wart ime sin len breit *4885*/4893/(4891)
daz (70^{r}) Berker mit sime scilde bereit
manigin winter kaldin:
vil dicke deme alden
sin bart rinne began:
er was ein unbedrozin man! *4890*/4898/(4896)
die herren gertin alle samint
geleidis uffe daz lant.
do sprach Asprian:
»wan riti*t* ir dar an?
swe*n* dar ieman bestat, *4895*/4903/(4901)
wie gewis er den minin schilt hat!«
des antwerde do Widolt:
»ich bin in allin holt,
die Rother sin underdan,
der nelazich nimmir nicheinin man, *4900*/4908/(4906)
swa ich von ime hore sagen,
dar mich die voze mogen getragen.«
do sprachan Asprianis man,
sie ne woldin dar heime nicht bestan,
bedor*f*ter immir mere *4905*/4913/(4911)
Rother der herre:
»swer ime ieht wolde don,
wir zebrachin in alse ein hon!«

4885 vor] wor H 4896 *Kein Initialabschnitt (gegen RB)* 4899 ritit (*MaRBF'V*)] ritir H, ritin *Ha* 4900 swen (*HaRBF'*)] Swer H 4910 bedorfter (*R*)] Bedorster H*B*

Lupold, den loyalen Gefolgsmann,
ersuchte er vorzutreten
und ernannte den jugendstarken Helden
zum König von Frankreich
und übertrug ihm auch Berchters Machtbereich,
sowie Apulien und Sizilien.
Auf diese Weise vergrößerte sich sein Lehen,
das Berchter wohlbewaffnet durchritten hatte
in vielen kalten Wintern;
häufig hatte dem Alten
sein Bart zu triefen begonnen:
Unermüdlich war er ein pflichtbewußter Vasall gewesen.
Die Herren alle wollten
Geleitschutz in ihre Länder haben.
Da sprach der Riese Asprian:
»Warum reitet ihr nicht (einfach) dorthin?
Jeder von euch, den dort jemand bedroht,
kann fest mit meiner Waffenhilfe rechnen!«
Dem fügte Witold hinzu:
»Ich stehe loyal zu allen von ihnen,
die Rother ergeben sind,
von ihnen werde ich niemals einen im Stiche lassen,
wo immer ich Nachricht von ihm erhalte,
wenn mich meine Füße zu ihm zu tragen vermögen.«
Da gelobten Asprians Mannen,
sie würden sich niemals weigern, ihre Anwesen zu verlassen,
sollte sie jemals brauchen
Rother, der Herrscher:
»Jedem, der Böses gegen ihn im Schilde führt,
würden wir wie einem Huhn den Kragen umdrehen!

do gezeme beide nit unde spot!
virbutit der waldindigir got, *4910*/4918/(4916)
alsiz was witin
bi Rotheres gezitin!
do ne plac sin nie man
iz ne moste ime an den lif gan.
von du wistin sie wole, *4915*/4923/(4921)
beide heime unde zo hofe,
swer deme andri*n* icht geheiz,
daz her dat war liet,
iz ne beneme ime der tot
oder eha*f*t not. *4920*/4928/(4926)

(70^{v}) [R]other do kuste
– wie wol in des geluste –
manigin warhaftin man.
die ros man satilin began
widir heim in ir lant. *4925*/4933/(4931)
do reit uffe blankin marhe *4927*
in lechtime geserwe
von Rothere deme richen
ein herre werliche.
der vorte an den beinin *4931*/4938/(4936)
mit edilime gesteine
zwo hosin wol gezirot,
mit golde gewirot.
er *v*orte an sime schilde
ein tier, sa*m* iz spilde *4936*/4943/(4941)
uz deme golde erlich,

4914 do] do … *Ausfall mehrerer Verse B*, dem *V''*, † *V* 4916 *crux V* 4917 gezitin] gecitin H 4918 do ne] do^{ne} H 4922 andrin (*RBF'V*)] andris H 4923 daz] datz *Ha* 4925 ehaft (*HaMaRBV*)] ehast H 4926 *Initialenfreiraum unbestimmbarer Höhe, Großab-*

Feindseligkeit und Hohn wären da am Platz!«
Möge solches der allmächtige Gott auch heute nicht dulden,
so wie es überall war im Reich
zur Zeit Rothers!
Damals konnte sich niemand eine solche Haltung leisten,
ohne daß es ihm ganz sicher ans Leben gegangen wäre.
Deswegen waren sie sicher,
sowohl zu Hause, als auch bei Hof,
daß jeder, der dem anderen etwas versprach,
das auch wahr machte,
wenn ihm nicht der Tod die Möglichkeit dazu nahm
oder eine rechtlich anerkannte Notwendigkeit.

Da verabschiedete Rother mit einem Kusse
– wie gerne er das tat! –
seine Leute, die alle (auf diese Weise) zuverlässig waren.
Man begann die Pferde zu satteln
mit der Absicht, nach Hause aufzubrechen.
Da ritt auf einem weißen Kampfroß
in hell glänzender Rüstung
von dem mächtigen Rother fort
ein wehrhafter Herr.
Seine Beine waren bekleidet
mit einer mit Edelsteinen
prächtig geschmückten,
golddurchwirkten Hose.
Sein Schild zeigte
ein Wappentier, (so naturgetreu,) als ob es sich bewegte
aus dem herrlichen Gold heraus,

---

schnitt (gegen R) 4929.4930 *Ein Vers ausgefallen Ha, Zählung überspringt einen Vers Ma* 4937 zwo] Zvo H*R* – gezirot] gecirot H 4939 vorte] worte H 4940 sam] samt H*B*, same *RF'*

eime capelune gelich.
dar umme lagin steine,
groz unde cleine,
die daz leicht barin, *4941*/4948/(4946)
als iz sterren waren.
ime stunt umme des schildis rant
manich got iachant.
in deme satilbogin sin
stundin swanin guldin. *4946*/4953/(4951)
uffe deme helme lac ein stein
der umme mittenacht schein
in allen den gebaren,
als ez liecht tac ware.
den brachte Alexander *4951*/4958/(4956)
von vremidime lande,
dar nie nichein cristin man
weder e noch sin*t* ne quam.

[D]er stein hiez Claugestian,
den *v*orte ein aldgrisir man, *4956*/4963/(4961)
deme was die bart harte breit:
ey, wie vermezzeliche her reit!
ime ginc daz mark in sprungen
(71r) baz dan eime iungin.
urlof her zo deme koninge nam: *4961*/4968/(4966)
iz was der herzoge von Meran,
nach deme dar heime
sin wif dicke weinite.
der riche got von himele
santin ir sit widere. *4966*/4973/(4971)
do der herzoge von Meran
zo deme koninge urlof genam,

4945 leicht] liecht *RV* 4958 sint (*RV*)] sin H*B* – ne] hine *R* 4959 *Einzeiliger Initialenfreiraum, Rubrikatorhinweis* (d) 4960 vorte]

einem Drachen mit Sperberkopf ähnlich.
Dieses war mit Edelsteinen umgeben,
großen und kleinen,
die leuchteten,
als ob es Sterne wären.
Der Rand seines Schildes war besetzt
mit zahlreichen wertvollen Hyazinthsteinen.
An seinem Sattel
waren goldene Schwäne angebracht.
Seinen Helm krönte ein Edelstein,
der auch mitten in der Nacht strahlte,
ganz so,
als ob es heller Tag wäre.
Den hatte Alexander der Große mitgebracht
aus einem unbekannten Land,
in das niemals ein Christgläubiger
weder vor ihm, noch seither gekommen ist.

Dieser Stein hieß Claugestian,
den führte (jetzt) ein ergrauter Mann mit sich,
der einen langen Bart hatte.
Ha, wie verwegen er zu Pferde saß!
Sein Kampfroß sprengte unter ihm dahin
feuriger als unter einem Jungen.
Er nahm Abschied vom König.
Das war der Herzog von Meran,
nach dem sich zu Hause
seine Gattin stets in Tränen gesehnt hatte.
Der allmächtige Herr des Himmels
sollte ihn ihr bald wieder geben.
Nachdem der Herzog von Meran
vom König Abschied genommen hatte,

---

worte H 4962 vermezzeliche] uermezeliche H 4971 *Kein Initialabschnitt (gegen RB)*

do rietin sie alle dannen.
die herren do sungin,
die mark begundin springin. *4971*/4978/(4976)
dar wart von den vorwin
michil schowin.
Rother wran*c* die hande:
»nu bin ich ellende!
noch sal die welt gewis sin: *4976*/4983/(4981)
moz ich haven den lif min,
daz ich gerne min guot,
same der edele arn tot,
wil teilin gelige
armin unde richen, *4981*/4988/(4986)
swer iz an mich sochit,
unde is mit eren gerochit,
die wile ich ein brot han!«
Widolt unde Asprian
unde andere Rotheres man *4986*/4993/(4991)
*v*orin in ere riche
unde begingin sich vromeliche
mit grozin erin, daz is war,
z*w*ei unde zwenzik iar.
under des gewochs Pippin, *4991*/4998/(4996)
daz her koninc mochte sin.
Rother der riche
half ime vromichliche,
alse noch manich man
sime sone grozir erin gegan. *4996*/5003/(5001)
Rothere (71^{v}) saz dar heime
– goth irliet in aller leide –
unde zoch Pippinin,

4976 vorwin] vro(u)win *HaMaRBF'V* 4978 wranc (*Ha MaRBF'V*)] wrant H 4984 gelige] geliche *MaRB* 4991 vorin] Worin H 4992 begingin] begengin *V* 4994 zwei] Zuei H*R* –

ritten auch die anderen fort.
Die Herren stimmten ihren Marschgesang an,
ihre Streitrosse fielen in Galopp.
Vielen Damen wurde der Ausritt
zum Schauspiel.
Rother schlug seine Hände zusammen:
»Jetzt bin ich wirklich allein!
Die Welt aber kann sicher sein:
Solange mir mein Leben gegönnt ist,
werde ich mit Freuden meinen Besitz,
gleich dem edlen Adler,
gerecht verteilen
unter Arme und Reiche,
unter alle, die darum zu mir kommen
und davon in geziemender Weise begehren,
solange ich noch einen Bissen Brot besitze!«
Witold und Asprian
und die anderen Vasallen Rothers
zogen in ihre Länder
und lebten und herrschten dort zum Wohle aller
in großem Ansehen, das ist die Wahrheit,
zweiundzwanzig Jahre lang.
In diesen Jahren war Pippin herangewachsen,
so daß er die Krone übernehmen konnte.
Der mächtige Rother
hatte ihn in vorbildlicher Weise gefördert,
so, wie noch heute so mancher Vater
seinem Sohne gerne zu großem Ansehen verhilft.
Rother hatte die ganze Zeit im Lande bleiben können
– Gott hatte ihm weitere Mühseligkeiten erspart –
und hatte Pippin,

---

zwenzic] zvencik H 4995 *Kein Initialabschnitt (gegen RB)*
5000 gegan] gan *RBF'* 5003 Pippinin] pippinnin H

den lieven sone sinin
mit grozin erin, daz is war, *5001*/5008/(5006)
vier unde zwenzi*c* iar,
bit der turlicher degen
gerne swert wolde nemen.
do wart ein lantsprage
gebodin hin zo Ache, *5006*/5013/(5011)
dar vil manich vrome man
mit sime hergesellen quam,
gevazzit vromicliche,
witin uz deme riche.
uffe den hof quamin Rotheres man, *5011*/5018/(5016)
dar Pippin dat swert nam.
dar quam die riese Asprian
unde Widolt der kone man
unde der helt Grimme;
der riesin ingesinde, *5016*/5023/(5021)
der was griueliche getan.
do brachte der riese Asprian
sivin hundrit manne
mit iserinen stangin.

[D]o reit durch frenkise lant *5021*/5028/(5026)
Wolfrat der wigant
mit sconeme ingesinde.
der herre von Tengelingin,
der *v*orte wundirin kone man,
drizi*c* dusint lossam, *5026*/5033/(5031)
uffe den hof zo Ache
zo der lantsprage.

5006 zwenzic (*B*)] zvencit H, zvencic *HaMa*, zvenzic *R* 5009 lantsprage] lantsprâche *RB* 5016 swert] suvert H 5021 griueliche] gruieliche *Ha*, grûwelîche *R*, griuweliche *B* 5024 iserinen] yserinen H 5025 *Einzeiliger Initialenfreiraum, Rubrikatorhin-*

seinen geliebten Sohn, erzogen
in standesgemäßer Art, das ist die Wahrheit,
vierundzwanzig Jahre lang,
bis dieser vortreffliche Held
das Schwert zu nehmen begehrte.
Da wurde ein Reichstag
nach Aachen einberufen,
zu dem so mancher tüchtige Vasall
mit seinem Kampfgenossen kam,
prächtig ausgestattet,
weitum aus dem ganzen Reich.
Rothers Vasallen zogen zur Pfalz von Aachen,
wo Pippin das Schwert nehmen sollte.
Dort erschienen der Riese Asprian
und Witold, sein kampfstarker Vasall,
und der Held Grimme;
dieser Weggenosse der beiden Riesen
war von schreckenerregendem Aussehen.
Der Riese Asprian führte mit sich
siebenhundert Gefolgsleute
mit Stangen aus Eisen.

Da ritt durch das Frankenreich
Wolfrat, der heldenhafte Streiter,
mit prächtigem Gefolge.
Der Herr von Tengelingen,
der brachte sagenhaft verwegene Krieger,
dreißigtausend an der Zahl,
in die Pfalz zu Aachen
zu der Reichsversammlung.

---

weis (d) – frenkise] frenkisc *Ma*, frenkische *B*, frenkisce *RF'* 5029 vorte] worte H 5030 drizic (*RB*)] Drizzit H, drizzic *HaMaF'* 5032 lantsprage] lantsprâche *RB*

von Yspania Erwin
unde Luppolt der meister sin,
die warin beide riche *5031*/5038/(5036)
unde *v*orin (72r) gezogenliche.
durch Pippingis willin
brachte von Kerlingin
Luppolt der getruge man
sechszi*c* duṣint lossam. *5036*/5043/(5041)
hei, wie lieve Rothere was,
wande her sie alle gerne gesach!

[*D*]ar zo Ache warin sie over nacht
unz an den andrin tach.
als iz des morgenis tagete, *5041*/5048/(5046)
uffe deme rosse havete
Pippin der helt got,
mit golde wole gezirot.
die mar*h* begundin springin
under den iungelinge. *5046*/5053/(5051)
do burderete manich man,
dar Pippin s*w*ert nam.
Widolt unde Grimme
liefin in deme ringe.
die riesin do tunidin, *5051*/5058/(5056)
daz die erde bibite.
zo Ache was die herscaft
dre tage unde dri nacht,
do hobin ⟨*sich*⟩ geliche
arme unde riche. *5056*/5063/(5061)
die bestundin alle samt
von Rotheres sone daz lant,

5036 vorin] worin H 5039 getruge] getruwe *RF'* 5040 sechszic] Sechscit H, sechscic *HaF'*, sechzic *RB* 5043 *Einzeiliger Initialenfreiraum* 5048 gezirot] gecirot H 5049 marh (*MaRF'*)] mar H*B*,

Erwin, der von Spanien kam,
und Lupold, der ihm immer Vorbild war,
waren beide mächtig und begütert
und zogen einher, wie es ihrer Stellung entsprach.
Um Pippins Ruf Achtung zu erweisen,
brachte aus dem Frankenreich
Lupold, der loyale Gefolgsmann,
sechzigtausend prächtig ausgestattete Mannen.
Ha, wie frohgestimmt Rother da war,
denn er hatte sie alle gerne um sich!

Sie herbergten die Nacht in Aachen
bis zum folgenden Tag.
Als am Morgen die Sonne aufging,
erschien auf seinem Pferd
Pippin, der vortreffliche Held,
über und über mit Gold geschmückt.
Die Streitrosse begannen zu galoppieren
unter den jugendstarken Kriegern.
Zahlreiche Mannen veranstalteten Kampfspiele
aus Anlaß der Schwertleite Pippins.
Witold und Grimme
tummelten sich zu Fuß auf dem Turnierplatz.
Die Riesen verursachten ein solches Getöse,
daß die Erde erzitterte.
Das Reichsaufgebot hatte sich in Aachen
bereits drei Tage und drei Nächte aufgehalten,
da machten sich alle,
Geringe und Mächtige, auf,
um ohne Ausnahme ihre Lehen
vom Sohne Rothers bestätigt zu erhalten

---

mark *V* 5050 iungelinge] jungelingin *RB* 5052 swert] suert H*R* 5058 dre] dri *RV* 5059 hobin sich (*RBV*)] hobin H

alse sin vatir sturve,
daz Pippin keisir wurde.
die *sw*er*t*leite was getan. *5061*/5068/(5066)
do zoch iegelich man
hin zo sime lande,
dar leveten sie ane schande.
Rother der riche
der levete vromicliche. *5066*/5073/(5071)

(72v) [D]o der konic Pippin
vor Rothere deme vatir sin
daz s*w*ert umbe gebant,
do reit her mit manicgeme uffe daz sant
unde richte nach rechte *5071*/5078/(5076)
herrin unde knec*h*ten.
do scheit sich zo Ache
die groze lantsprache.
do quam gestrichin over lant
ein snewizer wigant: *5076*/5083/(5081)
daz hette dat alder getan.
ime volgeten sin hereman,
zwei dusint, daz ist war.
ime was daz edile har
bi den orin ava geschorin. *5081*/5088/(5086)
er was von grunde uf geborin
zo deme aller truwistin man,
den ie sichein kuninc gewan.

5065 swertleite (*HaRB*)] suertleite (*so MaV*) *oder* suercleite (*so F*) H 5067 hin] heim *V''* 5071 *Initialenfreiraum unbestimmbarer Höhe, Großabschnitt* 5073 swert] suert H*R* 5074 manicgeme] manigeme *RB* – sant] lant *HaMaRB* 5076 knechten (*RB*)] knec-

gegen die Zusicherung, daß nach dem Ableben seines Vaters
Pippin (zum) Kaiser (gewählt) werde.
Damit war die Schwertleite Pippins beendet.
Da kehrten alle Vasallen
in ihre Länder zurück
und lebten dort ohne einen Makel an ihrem Ansehen.
Der mächtige Rother
lebte zum Wohle aller.

Nachdem sich König Pippin
vor seinem Vater Rother
das Schwert umgegürtet hatte,
ritt er mit großem Gefolge auf das offene Feld
und sprach dort den (alten) Bestimmungen gemäß Recht
für Freie und Unfreie.
Damit ging in Aachen
die große Reichsversammlung zu Ende.
Da kam auf seinem Streifzug durch die Länder
ein Held mit schneeweißem Haar und Bart geritten:
das hatte das Alter gemacht.
Ihm folgten seine (alten) Kampfgefährten,
zweitausend waren es wahrhaftig.
Das lange Haar, das Zeichen seines vornehmen Standes,
war ihm vom oberen Rand der Ohren abwärts geschoren.
Sein ganzes Wesen war von Geburt an dazu bestimmt,
der loyalste Gefolgsmann zu sein,
den je ein König für sich gewonnen hatte.

---

ten H 5077 sich (*so MaRBF'V*)] *oder* sith (*so F*) H 5079 *Kein Initialabschnitt (gegen RB)* 5082 sin] sine *RB* 5083 zwei] Zvei H*R* 5085 ava] ave *RBF'* 5087 truwistin] truvistin H

er reit durch numare,
was dar zo Ache ware. *5086*/5093/(5091)
sin ros was zoumstrenge.
iz ne stunt borlange,
unz in Rother gesach.
nu mugit ir horin, we er sprach:
»wol mich, daz ich min lif han, *5091*/5098/(5096)
dort kumit der helt von Meran!
nu intfat in alle die hie sin!«
»daz don hic«, sprach d*e* koningin.
die vrowe lossam
kuste den helt von Meran. *5096*/5103/(5101)
wie kume Rothere irbeite,
bit ⟨*Berchter*⟩ uf den *h*of rei*t*.
selve intfinc he sin rosvert,
des was der helt wole wert.
do intfiengin Rotheres man *5101*/5108/(5106)
swaz mit Berkere (73r) quam.
die gotin knec*h*te
datin al rechte,
wan diz hette der helt got
vil wole virdienot, *5106*/5113/(5111)
do sine tage dochtin
unde s*o* he ritin mochte.
do Berker virnam,
waz Pippin hette getan,
Rothere deme richen *5111*/5118/(5116)
reit her wisliche:
»nu volge mer, koninc gote,
des mer is zo mote,
unde helf der armin sele,

5090 was] Was H, waz *RBF'* 5098 hic] ic(h) *RB* – de (*RBF'*)] der H, die *Ha* 5102 Berchter (*HaMaRBF'*)] rothere H, † *V* – hof (*MaRBF'V*)] of H – reit (*HaMaRBF'V*)] reif H 5105 *Fehlt Ha*

Er war (nur) hergeritten, um zu erfahren,
was es in Aachen gegeben habe.
Sein Pferd hatte er fest im Griff.
Es dauerte nicht lange,
bis ihn Rother erblickte.
Ihr könnt jetzt vernehmen, wie er sprach:
»Wohl mir, daß ich lebe,
dort kommt der Held von Meran!
Empfangt ihn geziemend, alle, die ihr hier seid!«
»Das tue ich ganz gewiß«, sprach die Königin.
Die wunderschöne Dame
küßte den Helden von Meran.
Wie ungeduldig es Rother abwartete,
bis Berchter auf den Hof geritten kam.
Höchstpersönlich nahm er ihm das Pferd ab,
der Held war diese Ehrenbezeugung wohl wert.
Daraufhin hießen Rothers Leute
alle willkommen, die mit Berchter gekommen waren.
Die wackeren Ritter
taten damit das einzig Richtige,
denn dies hatte sich der vortreffliche Held
aufs beste verdient,
als sein Alter ihm das noch erlaubte
und so lange er noch (zum Kampf) ausreiten konnte.
Als Berchter erfuhr,
was Pippin getan hatte,
beriet er (noch einmal) den mächtigen Rother
mit großer Weisheit:
»Schließe dich jetzt, vortrefflicher König,
dem an, was ich vorhabe,
und tue etwas für deine arme Seele,

5106.5107 *Ein Vers Ha* 5107 knechte (*RB*)] knecte H 5112 so he (*MaRBF'V*)] sihe H 5113 *Kein Initialabschnitt (gegen MaRB)* 5116 reit] riet *R*

daz ist tugint aller erin. *5116*/5123/(5121)
du grawist, herre min,
daz dinc nemac immir niht sin!
iz sta*t* den gotin knec*h*tin
in ir aldere rechte,
daz sie mit gote virdieneten, *5121*/5128/(5126)
so sie von diser werlde endin.
din dinch stunt groze!
der minir genoze
quamen sechszene
uf ir alemen*d*e *5126*/5133/(5131)
unde clagetin, trut herre min,
deme liebin vatir *d*in.
der lac in sinin ende
unde bevalch dich mir bi der hende.
sit han ich dir bi gestan, *5131*/5138/(5136)
daz dir nicht ein man
argis nicht ne bot,
her hette uns beide gedrot.
nu nemach ich, trut herre min,
der nechein vrome sin, *5136*/5143/(5141)
du ne volgis mineme rade.
so bistu aller node
irlazin immir mere
unde helfist och der sele.«
Rother swigete do; *5141*/5148/(5146)
Berker sprach ime aber zo:
»daz ist war, koninc edile,
ich ne rade dir nicht ovele:

5123 stat (*RBF'V*)] stan H – knechtin (*RB*)] knectin H 5125 virdieneten] virdêntin *R*, virendin *Roediger* 5129 sechszene] sechscene H 5130 alemende] alemene H*RB* 5132 deme] dene *BF'* –

das ist jene Handlungsweise, die das größte Ansehen einbringt.
Dein Haar wird grau, mein Herrscher,
nichts kann auf ewig Bestand haben!
Es ist für Ritter, die standesgerecht leben,
die ihren alten Tagen entsprechende Aufgabe,
sich Verdienste um Gott zu erwerben
für jenen Zeitpunkt, da sie aus der Welt scheiden.
Dein Leben ist in Macht und Ansehen verlaufen!
Vor langer Zeit kamen
sechzehn Herzöge wie ich
in Angelegenheit der ihnen übertragenen Ländereien
und trugen, mein teurer Herrscher,
deinem geliebten Vater ihre Besorgnis darum vor.
Dieser lag im Sterben
und hat dich mir damals in meine Hände anvertraut.
Seither bin ich nie von deiner Seite gewichen,
so daß niemand imstande war,
gegen dich Böses im Schilde zu führen,
ohne daß er damit uns beide bedroht hätte.
Jetzt aber vermag ich, mein teurer Herrscher, dir
in keiner Weise mehr von Nutzen zu sein,
es sei denn, du befolgst meinen Rat.
Tust du das allerdings, so bist du von jeder Bedrängnis
für immer sicher
und hast auch der Seele geholfen.«
Dazu sagte Rother nichts;
Berchter redete ihm abermals zu:
»Wahrhaftig, edler König,
ich rate dir nichts Schlechtes:

---

din (*HaRBF'*)] min H 5136 nicht ein (*Ha*)] nichte in H, nichein *MaRBF'* 5138 beide] beiden *RB* 5139 *Beginn der Übereinstimmung mit Fragment* A *1*^{ra}, *vgl. S. 390* 5147 edile] *edele V*

nu coufe dir selve (73v) got w*ate*!
ia his der schaz alse ein hor *5146*/5153/(5151)
leider unreine,
wir ne vindin sin nicht dar heime.
swe vil der man gewinnit:
wie schire ime zerinnit,
daz ist us alle tage schin! *5151*/5158/(5156)
nu volge deme rade min
unde helf der armin sele
die levet immir mere!
nu ne laz dich nicht betragin:
swer der gotis genadin *5156*/5163/(5161)
rechte wirdit innin,
der moz sie immir minnin.
du were ie riche,
din dinch stunt grozliche:
waz helfit nu daz? *5161*/5168/(5166)
getot ein ander bat,
er wil din overgenoz sin!
nu volge mir, trut herre min,
unde ze wir hin zo walde!
swer genesen wolde, *5166*/5173/(5171)
der mochte dar gerne broder sin.
wir munichin uns, trut herre min,
wir sulin der armin sele wegen:
diz ist ein unstade leven!«
do sprach der koni*n*c gote, *5171*/5178/(5176)
daz her dat gerne date.
Rother bi der hant nam
die vrowen also lossam
unde sagete ir sin gemo*te*.

5149 *crux V* – wate] w..t H, wort *RB* 5150 his] is *HaMaRB*
5153 gewinnit] gewinit *V* 5155 us] uns *RBF'* 5163 *Beginn der*

Kaufe jetzt für dich selber ein hochzeitliches Kleid!
Aller Reichtum ist ja wie Kot
leider schmutzig,
wir werden ihn in der (ewigen) Heimat nicht wiederfinden.
Soviel davon ein Mensch auch anhäuft:
wie schnell er ihm wieder verlorengehen kann,
davon können wir uns jeden Tag überzeugen!
Befolge jetzt meinen Rat
und tue etwas Gutes für deine arme Seele,
die ja ewig leben wird!
Lasse es dich nicht verdrießen:
Jeder, der die Gnade Gottes
in seinem Innern ganz erfährt,
der kann nicht umhin, sie immer zu begehren.
Du bist immer wohlhabend und mächtig gewesen,
dein Leben ist in Reichtum und Ansehen verlaufen:
Was nützt dir das jetzt?
Handelt ein anderer besser und erfolgreicher,
wird er größer sein als du!
Folge mir jetzt, mein teurer Herr,
und ziehen wir uns in einen Wald zurück!
Für jeden, der die Absicht hat, sich zu retten,
wäre es gut, dort als Klausner zu leben.
Wir werden Mönche, mein teurer Herr,
wir müssen der armen Seele helfen:
Dieses Leben hier hat keinen Bestand!«
Da sprach der vortreffliche König,
daß er gerne bereit sei, das zu tun.
Rother ergriff die Hand
der wunderschönen Herrin
und sagte ihr, was er vorhabe.

Übereinstimmung mit A *1*^{rb}, *vgl. S. 390* 5175 koninc (*MaRBF'V*)] konin H 5179 gemote (*RBV*)] gemochte H, gemechte *Ha*

da sprach die vrowe gote: *5176*/5183/(5181)
»iz ist der bezziste rat
den Berker getan hat!
nu volge uns, koninc edele,
iz ne kumit uns nicht ubele!«
do sprach der (*Seitenende* 73^{v}) *5181*/5188/(5186)

Ende von H (Heidelberger Handschrift)

5181 bezziste] beziste H, beste *Ha* 5184 uns] dir *BF'* 5185 *Ende von* H *mit* 73^{v}. *Es folgt ein unbeschriebenes Blatt. Fragment* A 1va *bietet keinen direkten Anschluß*

Da sprach die vortreffliche Dame:
»Das ist der beste Rat,
den dir Berchter je gegeben hat!
Folge uns nun, edler König,
es wird uns nicht zum Schaden gereichen!«
Da sprach der

Ende von H (Heidelberger Handschrift)

Fragmente

Arnswaldtisches Fragment

A 1ra

so daz du nemanne ubel hast getan. –
vnde nu ne mach ich, trut herre min, 5139
uorbaz dir nehein urome sin, 5140
du ne uolgest mineme rate, 5141
iz nis noch nicht tzo spate! –
so bistu irlazen aller ruwen, 5142+5143
des solt tu mir, herre, getruwen! –
Ruther swigete do; 4145
Berther sprach im auer to:
»daz ist war, koning here,
ich rate dir dine ere.
ich spreche diner selen wort: –
ia ist ...... hort 5150
leyder uil unreyne 5151

A 1[rb]

(»)iz was umme dich also getan: –
du werest ie uil riche, 5163
din dinch stunt grozliche:
sich, waz hilfet dir daz? 5165
getut ein uil arem man baz,
der wil din obergenoz sin!

A 1ra
6 ruwen] ruwe *BV* 9 Berther] bercher *MaBF* – to] do *V* 10 koning (*MaBV*)] *oder* konnig A

Arnswaldtisches Fragment

A 1ra

– so daß du niemand etwas Böses zugefügt hast.
Jetzt aber vermag ich nicht mehr, mein teurer Herrscher, 5139
dir weiterhin irgendwie von Nutzen zu sein, 5140
es sei denn, du befolgst meinen Rat, 5141
– es ist noch nicht zu spät.
Tust du das, so bist du vor allem Schmerz sicher, 5143
– das kannst du, Herr, mir glauben!
Dazu sagte Rother nichts; 5145
Berchter redete ihm abermals zu:
»Wahrhaftig, großer König,
ich rate dir etwas, das dein Ansehen sichert.
– Ich rede deiner Seele das Wort
es ist ja …… der gehortete Reichtum 5150
leider äußerst schmutzig

A 1rb

– (»)mit dir verhielt es sich so:
du bist immer sehr mächtig und wohlhabend gewesen, 5163
dein Leben ist in Reichtum und Ansehen verlaufen:
Sieh, was nützt dir das jetzt? 5165
Handelt ein Machtloser besser,
wird er größer sein als du!

A 1rb
1 was] waz *Ma*, ware *B*

nu volge mir, trut herre min,
vnde uare wir hin tzo Uulde!
swer gerne genesen wulde, 5170
der mochte da uil gerne broder sin.
wir moneken uns, trut herre min,
wir solen der armen sele plegen,
iz ist uns anders un ghewegen!« –
do sprach der kunig stete, 5175
daz her iz uil gerne tete.
Ruther an de hant nam 5177

A 1[va]

also iz noch hute stat, 5186/*5182*/(5187)
daz iz uil manige ere hat.
do clusete sich de konigin,
got der gaf ir den sin.
do stunden de romischen riche 5190/*5186*/(5191)
harte uredeliche,
wente Pippin irstarf
unde Karl daz riche irwarf.
der leuete sit scone
unde richte wol de krone. 5195/*5191*/(5196)
hy hat ouch daz bůch ende!
nu ualdet uwer hende
vnde biddet alle got
der uns tzo leuende gebot,
daz her deme richtere gnedich si 5200/*5196*/(5201)
unde ouch uwer nicht ne … 5201/*5197*/(5202)

---

14 der] de *MaB*

A 1va
3 konigin] koningin *R*   4 gaf] gab *MaB*   5 de] die *RB*   7 Pippin]

Folge mir jetzt, mein teurer Herr,
und ziehen wir hin nach Fulda.
Für jeden, der die feste Absicht hat, gerettet zu werden,
wäre es gut, dort als Konverse zu leben.
Wir werden Mönche, mein teurer Herr,
wir müssen für die arme Seele Sorge tragen,
– es gibt keinen anderen Weg für uns!«
Da sprach der charakterfeste König,
daß er sehr gerne bereit sei, das zu tun.

A 1va

wie es noch heute so ist,
daß ein solcher Schritt großes Ansehen einbringt.
Die Königin wurde Inkluse,
Gott hatte ihr dies eingegeben.
Im *Imperium Romanum* herrschte
tiefer Friede
die ganze Zeit bis zum Tode Pippins
und zur Thronübernahme durch Karl (den Großen).
Dieser lebte und herrschte danach machtvoll
und verwaltete das Reich vortrefflich.
Hiermit endet auch unser Buch!
Faltet jetzt Eure Hände
und fleht alle Gott an,
der uns ins Leben gerufen hat,
daß er dem Richter sich barmherzig erweise
und auch Euer nicht …

---

pipin *V* – irtarf] irstarb *MaBV* 8 irwarf] irwarb *MaBV* 14 leuende] levene *R* 16 uwer] iuwer *MaB*

Baden-Nürnberger Fragmente (BE)

BE 1

(1^{r}) vnde vorderte sin w^{e}it gewete: 1002
»man bivtet vns hie vnrede stete!« 1003
er sprach ze Constantin dem kvnich richen: 1003a
»ir habet minem herren Dietrichen 1004
ein tail ze swache gezalt: 1004a
Rvther sande in ditz lant chneht balt, 1005
swie ir die hiezzet binden:
die enmohtens niht erwinden!
nv sin wir her entrvnnen (zu vru),
vnde svln (wir) werden (hie) gebunden (nv),
daz waiz der waltende got, 1010
hie gelit ê manich helt tot,
der der tivrist wil sin,
mir zebreste ê div stange min!«
snellechlich er an den rinch gie,
kvnich Constantin in do enpfie. 1015
er sprach: »herre, ir zvrnet an not,
wan iv nieman drot!
die rẹde die ich han getan,
die sv̍lt ir ane zorn lan.
mich machten trvnchen mine man, 1020
daz ich hivte als ein rore gan.
dez enchan ich gv̊ten chnehten
niht geantwrten nach ir rehten.
min dro wart von sinnen niht getan,
daz geloubet, frvmer man, 1025

---

1 w^{e}it] wit *MaB*, wic *V* 3 dem] dē B, dem *B*, den *V* 6 in ditz] inditz B 7 hiezzet] liezzet *Ma* 9 zv vru] *von anderer Hand nachgetragen* 10 vnde] *durchgestrichen* – wir … hie] *hochgestellt*

Baden-Nürnberger Fragmente (BE)

BE 1

und rief nach seiner Rüstung: 1002
»Man beleidigt uns hier andauernd!« 1003
Er sprach zu Konstantin, dem mächtigen König:
»Ihr habt meinen Herrn Dietrich 1004
um einiges zu gering eingeschätzt:
Rother sandte kühne Ritter in dieses Land, 1005
und wenn Ihr diese auch in Ketten legen ließet:
sie konnten sich nicht wehren!
Wir sind (zwar) hierher geflohen [zu früh],
aber wenn wir hier nun gefangen genommen werden sollen
– beim allmächtigen Gott –, 1010
wird hier so mancher Held tot daliegen,
der sich besonders tapfer hervortun will,
es sei denn, mir zerbricht meine Stange!«
Kampfbereit trat er auf den Ring zu,
dort empfing ihn König Konstantin. 1015
Er sprach: »Herr, Ihr seid ohne Grund erbost,
denn hier droht Euch niemand!
Die Worte, die ich geäußert habe,
sollten Euch nicht erzürnen.
Meine Leute haben mich betrunken gemacht, 1020
daß ich heute wie ein Schilfrohr einherschwanke.
Deswegen kann ich edlen Rittern
nicht in der ihnen zustehenden Weise antworten.
Ich war nicht bei Sinnen, als ich drohte,
glaubt das, vortrefflicher Mann, 1025

---

und mit Einfügungszeichen, von anderer Hand – nv] *wohl von späterer Hand* 20 s$\overset{i}{\text{v}}$lt] s$\overset{e}{\text{v}}$lt *V* 22 rore] tore *MaV*

wan ez mir noch vmbe gat
vnde mich also entwelet hat,
(1[v]) daz ich wider iwers herren man
enhæine rehte rede chan.«

Asprianes zo*r*n waz ergan. 1030
sich herbergten Dietriches man
zv der porte nahen (hin zv),
da si allesampt warn (nv).
do giengen des chvnigez kamerman
vnde fvrten den schatz allen dan 1035
vnde gewngen zwelf wægene (do),
die siben naht ze samene (so)
trvgen in dez kvnigez palaz
swaz da an den scheffen waz.
vnde der des hordes allez pflach 1040
vnde alle zit an dem schiffe lach,
den triben sæhs risen fraisan
vnde hiezen in vngeberde han,
daz die bvrgere
immer sagten mere 1045
von Dietriches mannen.
do strep er an der la*nn*en.
zwene mvͦlstæine er in die hant nam,
die zeraip der grimmige man,
daz si gnaistoten 1049a
vil wnderlichen gnoten 1049b
vnde ouch die fivres bliche 1050
dar vz giengen dichke. 1050a

---

31 *Einzeilige Initiale* – zorn (*Graff, MaBV*)] zon B 33 hin zv] *von anderer Hand nachgetragen* 34 nv] *von anderer Hand nachgetragen* 37 do] *von anderer Hand nachgetragen* 38 so] *von*

denn es geht noch immer in mir um
und hat mich so betäubt,
daß ich den Gefolgsleuten Eures Herrn gegenüber
keine angemessenen Worte finden kann.«

Asprians Wut war verraucht.
Dietrichs Gefolgsleute quartierten sich
nahe dem Hafen ein,
wo sie alle beisammen waren.
Da gingen die Schatzverwalter des Königs
und schafften den ganzen Schatz fort
und besorgten sich zwölf Wagen,
die alle (zusammen) sieben Nächte lang
in den Palast des Königs transportierten,
was immer sich in den Schiffen befand.
Und der, der den ganzen Schatz gehütet hatte
und die ganze Zeit bei dem Schiff gewesen war,
den trieben sechs furchterregende Riesen vor sich her
und befahlen ihm, mit seinem Benehmen Aufsehen und Schrecken zu erregen,
damit die Bewohner der Stadt
ohne Unterlaß etwas zu reden hätten
von Dietrichs Gefolgsleuten.
Da zerrte er heftig an der Kette.
Zwei Mühlsteine ergriff er,
die zerrieb der Wüterich,
daß sie Funken sprühten 1049a
auf recht wunderbare Weise 1049b
und auch Feuersblitze 1050a
in großer Zahl daraus hervorschossen. 1050b

---

anderer Hand nachgetragen 39 in dez] *indez B* 45–46 *In* B *in einer Zeile, Reimpunkt nach* bvrgere *und Majuskel bei* immer 48 lannen (*V*)] lammen B 49 in die] indie B

daz widersaz vil manich man, 1051
e daz er fvr den kvnich quam. 1053
do sprachen graven vberlvt 1054

BE 2 (Ermlitzer Fragment)

(1ra)...................................... 1-11 nicht in H
wan wir chomen alle von einem man.«
do sprach der rise Asprian:
»Dietrich, liber herre min,
war vmbe glovbestv dich niht sin?
er ist ain schalc vngeborn!
mir ist grozlichen zorn,
daz div rede hivt wart getan.
getorste ich in mit der fv̊ste slan,
er engeriete dir nimmer mere
wæder vbel noch ere!«

Do entstvnt ez niht lange (do) 1387
e Dietrich der manne (so)
wol sæhs tv̊sent gewan,
die im warn vndertan 1390
mit dienest aller tægelich:
sin gesinde wart do grozlich.

Nv chom ein vnchvnder man
hinze Constantinopel gegan,

Zunächst 11 Verse, die nicht in H *stehen. Abdrucke bei B'FV, Lesarten bei B, Beschreibungen bei F'V (Einleitung). Die Wiedergabe folgt F, die Abkürzungen werden ohne Kennzeichnung aufgelöst, die Majuskelsetzung der Handschrift am Versbeginn wird nicht be-*

Davor fürchteten sich viele, 1051
bevor er vor dem König einlangte. 1053
Da sprachen (einige) Grafen ganz laut 1054

BE 2 (Ermlitzer Fragment)

....
(») denn wir stammen alle von einem Menschen ab.«
Da sprach der Riese Asprian:
»Dietrich, mein teurer Herr,
warum sagst du dich nicht von ihm los?
Er ist ein Knecht von niederer Abkunft!
Es erzürnt mich sehr,
daß diese Worte heute gesagt worden sind.
Wagte ich es, ihn mit der Faust zu schlagen,
würde er dir niemals wieder einen Rat geben,
weder einen guten noch einen schlechten!«

Da dauerte es nicht lange, 1387
bis Dietrich an Gefolgsleuten
an die sechstausend gewonnen hatte,
die loyal zu ihm standen 1390
in ihrer täglich neuen Dienstbereitschaft:
Sein Gefolge wurde da groß.

Da kam ein unbekannter Herr
zu Fuß nach Konstantinopel,

---

rücksichtigt. In runde Klammern gesetzte Wörter sind Nachträge einer späteren Hand. B' = Bahder, Karl von: »Zum König Rother«, in: Germania 29 (1884) S. 228–243, 257–300 12 *Initiale B'F, keine Initiale V*

ein grave, Arnolt genant, 1395
dez volch notich waz erchant:
vier frie herren,
die waren grozzer eren
behert in ir lande (gar).
die giengen trvͦrende (dar), 1400
flegende in der stat,
daz in nieman niht engap.
do sprach der beste kvͦfman
(1rb) der ie ...... gvͦt gwan:
»ich sihe wol an iv herren schon, 1405
ir sit armvͦt vngewon!
wolt ir nv drate
volgen minem rate
vnde giengte zvͦ Dietrichen:
der hvlf iv frvmechlichen 1410
vzser iwer not, ir herren min.
min gvͦt sol iv beraittet sin:
ich gibe iv gerne [ain] gwant (allensant),
daz ir ivch so sere niht schamt
der iwer grozzen nachent tagen.« 1415
do hiez er ins dar tragen. –
»nv lon dir got!«, sprach der grave (zv im), 1416+1417
»vnde wizsest ovch zeware (vnde vernim):
ob mir der helde gnade tvͦt,
ich vergilte dir din gvͦt!« 1420

Der ellende graue (da)
nam do sine mage (sa)
vnde fvͦr fvr Dietrichen.
der enpfie im frvmchliche

---

29 der ie] D' ie E, *fehlt B'V* – gvͦt (*B'V*)] g:t E 38 ain] *durchgestrichen B'F'V* 46 *Initiale und zwei Majuskeln* *48* vnde] Vñ E, Vn *B'*

ein Graf, Arnold genannt,
dessen Schar man es ansah, daß sie bedürftig war:
vier Freiherren,
die angesehener Stellungen
in ihrer Heimat gewaltsam beraubt worden waren.
Die gingen bedrückt
als Bettler in der Stadt umher,
weil ihnen niemand etwas gab.
Da sprach der edelste Kaufmann,
der je ... Besitz erworben hat:
»Ich erkenne an Euch edlen Herren genau,
daß Ihr an Mittellosigkeit nicht gewohnt seid!
Wollt Ihr nun eilig
meinen Rat befolgen,
so begebt Euch vor Dietrich:
Der würde Euch wirksam
Aus Eurer Notlage heraus helfen, meine Herren.
Mein Besitz soll Euch zur Verfügung stehen:
Ich schenke gerne jedem von Euch ein Gewand,
damit Ihr Euch nicht heimlich so heftig zu schämen braucht
wegen Eurer unzulänglichen Bekleidung.«
Sogleich ließ er es ihnen herschaffen.
»Das lohne dir Gott!«, sprach der Graf (zu ihm),
»Und du mögest auch wissen (und vernehmen):
Falls der Held sich meiner erbarmt,
dann bezahle ich dir deine Habe!«

Der heimatvertriebene Graf
nahm seine Verwandten (und Gefolgsleute)
und begab sich vor Dietrich.
Der nahm ihn hilfsbereit auf

mit schoner geberde (ane vere) 1425
vnde fragt in, wer er wære.
do sprach der riwebære:
»mine vint vertriben mich von ere! 1428+1429
nv ist mir gv̊t tivre, 1430
(dar vmb bedarf ich din sture). –
vnde idoch swi arm ich si, 1431
ich bin von rehter edel fri.
(1va) .... gen*a*de her.« 1433+1434
»die vindest dv«, sprach er. 1435
do beriet her Dietrich 1436
mit Berthere sich, 1436
waz si dem herren mohten geben, 1437
daz er mit eren mohte nemen.
also redte do der alte man:
»got hat wol zv̊ dir getan 1440
mit grozzem gv̊te:
nv hilf im vzzer note!
wil dv ez minen rat han,
so haiz den schatz fv̊r dich tragen:
hie enwirt boshæit niht gepflegen! 1445
man sol im tv̊sent mark gen,
vnde dar zv̊ ros div meren.
so hilf ovch ich dem herren,
daz er den besten hof gewinnet
den man hie indert vindet.« 1450
»entriwen«, sprach do Asprian,
»er sol ouch mine stivre han!
ich wil im dar zv̊, deswar,
drizzech ritter vazzen ein iar!«
Dietrich dvhte der rat gv̊t. 1455

---

55 *Am unteren Blattrand mit Einfügungszeichen nach* tivre (E 54) *von jüngerer Hand nachgetragen. In den Text aufgenommen von*

mit höflichem Zuvorkommen (ohne Hinterlist) 1425
und fragte ihn, wer er sei.
Da sprach der Kummervolle:
»Meine Feinde haben mich aus meiner angesehenen Position verjagt!
Nun mangelt es mir an Mitteln 1430
(und deshalb bedarf ich deiner Hilfe).
Jedoch: so mittellos ich auch sein mag, 1431
ich stamme aus echtem, freiem Adel.
.... Hilfe her«.
»Die sollst du finden«, sprach er. 1435
Da beriet Herr Dietrich sich
mit Berchter,
was sie dem Herren schenken sollten, 1437
das er mit Anstand annehmen könne.
Folgendes sprach der erfahrene alte Mann:
»Gott hat dir große Wohltat erwiesen 1440
mit reichem Vermögen:
Hilf ihnen jetzt aus ihrer Bedrängnis!
Wenn du in dieser Frage meinen Rat haben willst,
so lasse dir jetzt deinen Schatz herbeitragen:
Knausrigkeit hat hier nichts zu suchen! 1445
Man möge ihm tausend Mark schenken
und darüberhinaus auserlesene Pferde.
Und ich werde dann dem Herrn auch dazu verhelfen,
daß er sich den besten Hof halten kann,
den man hier weit und breit findet.« 1450
»Meiner Treu«, sprach Asprian hierauf,
»er wird auch meine Unterstützung haben!
Ich werde ihm dazu wahrhaftig
dreißig Ritter ein Jahr lang halten!«
Dietrich hielt diesen Rat für gut. 1455

B'V 58 genade her] gen:de her E, ...g...h... *B'V* 71 tv̊sent] tvsent *V*

den meren schatz man fvͦr trvch
vnde gap dem ellenden man.
do schiet er frolichen dan
hin fvͦr Constantinen
vnd sages im vnde ouch den sinen:
(1vb) »ditz hat mir Dietrich gegeben!«
»got laze in mit sælden leben«,
sprach div gvͦte chvnegin,
»waiz got, er mach wol edel sin!
hie schinet aber, Constantin,
welher eren ich verstozen bin,
daz min tohter dem versaget wart,
der disen helt vertriben hat!
dierre tvͦt so frvͦmechliche:
iener ist zeware riche
vnde mach wol grozzen gwalt han.«
»entriwen«, sprachen Constantin man,
»frowe, ivch gat der rede not!
der tievel tvͦ im den tot,
der ez halt ie erwande,
wan wir vzzer lande
gevarn mit dem chvnich Rvther.
der het vns wider vber mer
gesant nach sinen eren.
nv dvnchet vns bezser, herre,
sit des niht moht ergan,
wir wærden Dietriches man.
der git vns frvmechliche
vnde machet vns alle riche.«

Der ellende grave
nam do sine mage

---

107 Dietriches (*V*)] diet̂ches E, dietͥches *B'* 109 Vnde (*V*)] Vn *F*, Vn̄ *B'* 110 *Initiale, Majuskel und Minuskel in* der

Man brachte den berühmten Schatz herbei
und beschenkte den heimatvertriebenen Mann.
Da entfernte er sich beglückt
(und begab sich) vor Konstantin
und berichtete diesem und den Seinen:
»Dies hat mir Dietrich geschenkt!«
»Gott lasse ihn in Glück und Segen leben«,
sprach die treffliche Königin,
»Gott, wie vornehm er sein muß!
Hieran zeigt sich wiederum, Konstantin,
welchen Ansehens ich dadurch beraubt bin,
daß meine Tochter dem verwehrt wurde,
der einen Helden wie diesen vertrieben hat!
Dieser (schon) handelt so vortrefflich,
jener ist wahrhaftig vermögend
und wird wohl auch sehr mächtig sein.«
»Wahrhaftig«, sprachen die Vasallen Konstantins,
»Herrin, Ihr habt allen Grund, das zu sagen!
Der Teufel möge jenen holen,
der eben das verhindert hat,
weil wir dann außer Landes
mit dem König Rother gegangen wären.
Der hätte uns (dann) wieder über Meer zurück
gesandt mit Geschenken, die seinem Ansehen entsprochen hätten.
Nun halten wir es für richtiger, Herr,
da dies nun einmal nicht geschehen konnte,
daß wir Dietrichs Vasallen werden.
Er wird uns großzügig beschenken
und uns alle vermögend machen.«

Der heimatlose Graf
nahm da seine Verwandten und Gefolgsleute

vnde fv̊r wider in die stat. 1489
Bertḥer im ainen hof gap. 1490
(2ra) dar zv vazete im Asprian
drizech ritter siner man
mit grozzem gvte;
vaste waz in zemv̊te.
dez chvnich ingesinde 1495
dez niht wolten erwinden,
sine wrden Dietrichen man.
dar begvnden die herren gan,
dar nach die grauen
vnde alle die da waren 1500
in chvnich Constantin hoven,
ane die richen herzogen: 1502
die entaten sin nieht, 1504
alz vns chvndet daz liet. 1503
swaz der andern da waz, 1505
die cherten dar, alse ich ez laz,
hinze Dietrichen.
der gap in flizechliche
mit golde dem roten
den pfelle vngesroten, 1510
die mandel snewiz ga*r*:
da von zogten alle dar.
do mv̊se der rise Asprian
dicche hinze kamer gan,
vntz daz er si gewærte 1515
dez man von im gerte.
do lopten Dietrichen
die herren alle geliche.

---

114 zv] zv̊ *B'V*. – vazete] *fehlt B'V* 115 *Hinter* ritt' *ist* se *durchgestrichen B'F'V* 117 waz] was *B'V* 120 Dietrichen] diet̂chen E 134 gar (*B'V*)] gaz E 138 daz] datz *B'V*

und kehrte wieder in die Stadt zurück. 1489
Berchter übergab ihm dort einen Hof. 1490
Dazu rüstete ihm Asprian
dreißig Ritter von seinen eigenen Leuten aus
mit ansehnlichem Vermögen;
sie hatten eine entschlossene Gesinnung.
Die Gefolgsleute des Königs 1495
wollten nicht davon abstehen
Dietrichs Vasallen zu werden.
Zuerst begannen die Ritter zu ihm überzuwechseln,
danach die Grafen
und (schließlich) alle, die da 1500
zu Konstantins Hof gehörten,
mit Ausnahme der mächtigen (und begüterten)
Herzöge: 1502
Die taten das nicht, 1504
wie uns die Erzählung berichtet. 1503
Alle anderen aber, die sich da aufhielten, 1505
die wandten sich, wie ich gelesen habe,
Dietrich zu.
Er schenkte ihnen unverdrossen
zusammen mit dem rötlich schimmernden Gold
unzerschnittene Seidenstoffe 1510
und schneeweiße Umhänge:
Deswegen waren sie alle hingezogen.
Da mußte der Riese Asprian
immer wieder in die Schatzkammer gehen,
bis er ihnen alles erfüllt hatte, 1515
was man von ihm begehrte.
Da priesen Dietrich
alle Ritter einhellig.

(2rb) da enwaz ouch …
er mohte in mit … 1520
ob si ensampt w …
die sinen schatz …
Alse die ritter …
mit der gabe sch …
do hvͦp sich also … 1525
daz rvͦnen vnder …
frve vnd spate
i …
von dem hern Die …
der lepte herlich. 1530
»wie sol ich«, sprach d …
»erwerben vmbe …
daz wir den sælbe …
gesehen nach vn …
»ich enwaiz«, sprac … 1535
»dv bist æin æin …
dinem vater liep …
nv bitten æiner …
wirt er den helt z … 1539
da mvgen wir in …« 1541
Do gie die ivnc … 1543
zir vater kemen … 1544
si sprach: »Woldet … 1545
dise pfingsten hi …
daz dvhte mich e …
sam tæten iwer m …
daz ovch die rechen …
(2va) ………………. 1550
… t waz ein fvrste sol
… nd schål
… n dem houe sin.«
… r chunich Constantin:
» … r, daz dv lebest 1555
… den eren strebest
… ch ie daz beste.

142 Da] *für B' und V nicht lesbar* 150–151 *Zwei Verse in einer Zeile B'FV* 162–163 = 1539–1542 (H) 169 m ... (*F*)] *für B' und V zweifelhaft* 174 dem] deme *B'V* 175 ... r] *fehlt B'V*

... aben geste
... mer sage mere,
... les wære 1560
... geziten.
... gat so witen:
... de hæin man,
... hovp verlorn han!«
... gie daz mægetin. 1565
... chvnich Constantin
... witen
... n herren riten.
... chefte
... oten mit crefte. 1570
... cherlichen varn 1571
... si sin niht gesparn. –
... si allesampt dar. 1572
... sazte da wider gar, 1573
... bot man ez bi der wide, 1574
... in wæren ire lide. –
... er des abe gienge, 1575
(2vb) ... in hieng.
da engetorstes nieman verlan.
sic gesællet æin igelich man
zv̊ dem sinem glichen
vnd vazsten sich vlizichlichen. 1580
enhæin chlæit het mandel namen,
ern wære mit golde wol beslagen,
vnde moht daz liht sin so getan,
daz sin niman war nam.
fvrsten die richen 1585
hvben sich alle geliche
hinz dem Boderrames hoven:

---

180 mer] m' E, m *B'V* 185 hovp] hoop *B'V* 187 chvnich] hvnich *B'V* 189 ... n] *unsicher B'V* 192 cherlichen] herlichen *B'V* 193 si sin] sin *B'V* 194 si] *fehlt B'V* 196 bot] ot *B'V* 199 in hieng]

[BE 2]

Da wagte es niemand (die Fahrt) zu unterlassen.
So kamen sie Mann für Mann
nach Standesgruppen zusammen
und rüsteten sich sorgfältig aus.
Kein Kleidungsstück wurde da Mantel genannt,
wenn es nicht mit Gold verziert war,
auch wenn dieses vielfach so beschaffen war,
daß es niemand bemerkte.
Die mächtigen und vermögenden Fürsten
brachen allesamt auf
zum Hippodromos:

---

nur h *und* g *sicher,* in *fehlt,* e *nach* ge *ergänzt B',* hienge *V* 204
chlæit] chlæitt *B'V*

sehzehen herzogen
vnde drizzech marchrauen.
mit schalle si dar waren
vnd nvzsent Constantin gv̊t,
so man noch maniges herren tv̊t.
Ze Constantinopel fvrent si
ze der meren bvrgi.
die fvrsten warn da vber naht,
daz ir nieman enpflach.
do der tach vf begvnde gan,
iegelich chamerere nan
sinem herren aine stat,
alse man si im von hove gap.
do hiezen si Asprianen
daz gegen sidel vahen
dem herren Dietrichen.
(3ra) ... er vlizichliche,
mit altem gestule gestvlet,
daz verre waz gefv̊ret
da vor von ir lande
– ez trvgen helphande
wilen ze gebæine –,
dar inne lach gestaine:
swie vinster waz die naht,
si lvhten alz der tach
vzser tische igelich.
da moht der herre Dietrich
ane laster zv̊ gan.
do waz ein herer man,
ein herzoge hiez Friderich,
dez kamerere versvmte sich.
der hiez Asprianen

---

216 *Initiale* 227 er vlizichliche] *für B' nur* ...ch...ch *sicher lesbar*; vlizechliche *V* 241 Dez] Der *B'V*

sechzehn Herzöge
und dreißig Markgrafen.
Festlich gestimmt hielten sie sich dort auf
und genossen Konstantins Gastlichkeit,
wie man noch heute die vieler Herren genießt.
Sie zogen nach Konstantinopel
in die berühmte Stadt.
Da verbrachten die Fürsten die Nacht,
ohne daß sich jemand um sie kümmerte.
Als der Tag zu grauen begann,
nahm jeder Kämmerer
für seinen Herrn den Platz (an der Tafel) entgegen,
so wie ihn ihm die Hofbeamten zuwiesen.
Da hießen sie Asprian,
den Platz gegenüber dem Konstantins zu belegen
für den Herrn Dietrich.
. . .
mit altehrwürdigen Stühlen bestückt,
die von weit her gebracht worden waren
aus ihrem Herkunftsland
– Elefanten hatten sie
einst als Stoßzähne getragen –,
in sie waren Edelsteine eingelegt:
Wie finster eine Nacht auch sein mochte,
sie strahlten wie der Tag
aus jedem der Tische.
Dorthin konnte sich Herr Dietrich
ohne Prestigeverlust begeben.
Da gab es einen vornehmen Herrn,
einen Herzog namens Friedrich,
dessen Kämmerer war zu spät gekommen.
Dieser forderte Asprian auf,

sin gestv̊le rvche nahen
vnde sagte im grozze mere,
wie rich sin herre wære.
er wolt alse tivre sin
sam der herre Constantin:
»nv rv̊met mirz, grozzer bovlan,
wir mvzzen daz gegen sidel han!«
»entriwen«, sprach do Asprian,
»ez wirt nimmer getan!
von hove schvf man mir die stat,
daz iv si niman engap.
(3rb) vnde hebt ir wider mich deheinen zorn,
daz wirt iv sicherlich verlorn
vntz ze æinem andern male,
da ez iv bezzer wære:
daz dvhte mich wistvm vnde sin.
mir ist lait, daz ich iv so hæzzich bin!
nv chieset iv einen andern man
vnd lat mir mine benke stan!«
Dez herzogen kamerere
der zvrnde vil gewære
vnde het zv̊ sinen mannen trost,
daz er von in wrde erlost,
wan in dvhte torlich getan,
daz der rise Asprian
getorste sprechen da widere,
vnde stiez im æin banch nidere.
Asprian der helt gv̊t,
die hant er zornlichen hv̊p
vnde slvch im æinen fv̊ste slach,
daz er schiere nider lach.
nach schilten sprvngen sine man
vnde wolten Asprian erslan.

---

254 Vnde hebt] Erhebt *B'V* 262 *Initiale* 267 rise] riese *B'V*

seine Sitze zusammenzurücken
und erzählte ihm wunder was,
wie mächtig und vermögend sein Herr sei.
Er bestehe darauf, genauso vornehm zu sein
wie der Herr Konstantin:
»Und jetzt mach mir Platz, langer Polack,
uns steht der Platz gegenüber dem König zu!«
»Meiner Treu«, sprach da Asprian,
»das wird niemals geschehen!
Die Hofbeamten haben mir diesen Platz zugewiesen,
Euch aber hat ihn niemand zur Verfügung gestellt.
Und wenn Ihr mit mir irgendwie Streit anfangen wollt,
wird das für Euch sicher keinen Nutzen bringen
bis auf ein anderes Mal,
da die Situation für Euch günstiger ist:
Das hielte ich für klug und vernünftig.
Es tut mir leid, daß ich Euch so verhaßt bin!
Sucht Euch jetzt einen anderen (zum Streiten)
und laßt mir meine Bänke an ihrem Platz!«
Der Kämmerer des Herzogs
geriet tüchtig in Wut
und vertraute auf seine Leute,
daß diese ihm helfen würden,
denn er hielt es für töricht gehandelt,
daß der Riese Asprian
es gewagt hatte zu widersprechen,
und er warf ihm eine Bank um.
Asprian, der vortreffliche Held,
erhob wutentbrannt seine Hand
und schlug ihm einen Schlag mit der Faust,
daß er sofort am Boden lag.
Seine Leute sprangen zu den Waffen
und wollten Asprian erschlagen.

der herzoge Friderich,
sælbe waffent er sich
vnde sæhse siner gesællen.
do hv̊p sich ain schellen, 1655
daz Dietrichez chamerere
(3va) ze hove bestanden wære
mit micheler magenchraft.
iener der da gebunden lach,
begvnde grinen als ein ber. 1660
die kethen zerbrach er
vnd begraif aine stange,
zwainzek ellen lange.
swaz im do dez volkez wider stiez,
wie lvtzel er dez gnesen liez! 1665
Do sprach æin rise hiez Grimme:
»hie wirt vil vbel inne,
Witolf kvmt dort her gegan.
nv gedenche, herre Asprian, 1669
daz wir im gnemen die stange, –
oder ir leben ist zergangen!« –
Asprian der gv̊te, 1670
mit listigem mv̊te
fragt er den grimmigen man,
waz im der bovel hiet getan,
daz er im so vint wære.
»da wart mir gesait mære«, 1675
sprach Witolf der helt gv̊t,
»si hieten iv betrvbet den mv̊t.
do enwezze ich, wær ez het getan:
des wolde ichs alle erslagen han.
vnde wære dir ze iemen zorn, 1680
der hiet den leip schire verlorn!«

---

281 bestanden] b… *B'V* 286 begraif] begreif *B'V* 290 *Initiale* – Grimme] g^{i}mme E 291 vbel] vbil *V*

Der Herzog Friedrich
waffnete sich höchstpersönlich
und sechs seiner Freunde.
Da begann man überall herumzuschreien,
daß Dietrichs Kämmerer
bei Hofe angegriffen werde
von einer großen Überzahl.
Jener, der da an der Kette lag,
begann zu brüllen wie ein Bär.
Er zerriß seine Kette
und ergriff eine Stange,
eine zwanzig Ellen lange.
Von allen Leuten, die ihm in die Quere kamen,
ließ er kaum einen ungeschoren.
Da sprach ein Riese namens Grimme:
»Gleich geschieht hier drinnen sehr Ungutes,
dort kommt Witold daher!
Denke daran, Herr Asprian,
daß wir ihm die Stange abnehmen müssen,
andernfalls ist ihr Leben verloren!«
Der friedfertige Asprian,
wohl wissend, wie er Witold zu behandeln hatte,
fragte den wütenden Mann,
was ihm denn der Pöbel getan habe,
daß er so feindselig gegen diesen sei.
»Da ist mir berichtet worden«,
sprach Witold, der vortreffliche Held,
»man hätte Euch beleidigt.
Und weil ich nicht wußte, wer es getan hatte,
wollte ich sie alle erschlagen.
Und wenn du über jemand wütend wärest,
hätte der sein Leben bald verloren!«

(3vb) ....
»mir hat hie niman niht getan,
wan minnen vnd gv̊tes!
erwinde dines mv̊tes
vnde gæbt die stange disem man!«
ein rise si imz vz der hant nam.
Den herzogen heren
rov sine kamerere seren.
daz volch in dem geswære
hv̊p sich dar be gewære
vnde wolten Asprian slan.
do sprach Witolf der chvne man:
»waz ist in ienem gedrange?
so wæ mir miner stange!
si wellent ivch slahen, herre,
dez enkeltent si vil sere!
ich mv̊z ê verderben,
in mv̊z vil wæ werden,
si choment flvhtich widere!«
mit der fv̊ste sluch er si nidere.
er begraif den herzogen gv̊t
vnd brach im abe den stal hv̊t.
bi dem hare er in vf swanch,
daz er im enpfiel in daz gedranch.
swaz er der andern do gevie,
hey, wie strodich ez da gie!
da wart erlvpftet manich man,
(4ra) daz er vnsanfte nider quam.
[N]v enwaiz ich, wie ein spil man
ze hove fv̊r den kvnich quam.
–
–

314 *Initiale* 335 *F liest die ganze Zeile, B' und V nur* z *und* q
336 *Initiale F, Majuskel B'V*

....
»Mir hat man hier nichts anderes erwiesen
als Freundlichkeit und Wohlwollen!
Laß ab von deinem Zorn
und übergebt Eure Stange diesem Mann da!«
Ein Riese nahm sie ihm aus der Hand.
Den vornehmen Herzog
schmerzte der Verlust seines Kämmerers sehr.
Die bei dem Zwischenfall anwesenden Leute
drängten alle herbei
und wollten Asprian töten.
Da sprach Witold, der kühne Gefolgsmann:
»Was ist in jenem Gedränge los?
O weh, daß ich meine Stange nicht mehr habe!
Sie wollen Euch töten, Herr,
das wird sie teuer zu stehen kommen!
Eher will ich sterben,
als daß sie nicht noch arge Schmerzen erdulden müssen,
sie werden kehrtmachen und fliehen!«
Er schlug sie mit der Faust nieder.
Er ergriff den edlen Herzog
und riß ihm seinen eisernen Helm vom Kopf.
An seinen Haaren schwang er ihn in die Höhe,
sodaß er ihm in das Getümmel entfiel.
Wenn er einen von den anderen zu fassen bekam –
hei, wie Strohhalme fielen sie da!
Da wurde so mancher in die Höhe gerissen,
sodaß er schmerzhaft wieder auf dem Boden landete.
Nun habe ich nicht erfahren, wie ein Spielmann
an den Hof und bis vor den König durchkam.
–
–

Constantin fragte mere, 1714
waz da geschalles wære. 1715
er sprach: »ez wæiz der heilige Crist,
ich sage ev niht wan alse ez ist:
da gap ainer *f*vter lange
mit einer stælin stange,
daz ich nie baz gemezsen sach, 1720
vntz man si im vz der hant brach.
doch waz gestvemer sin vart,
do si im genomen wart!
die armen zv̊ den richen
rv̊ft er fraislichen. 1725
mir ist lip, daz ich im entran!
doch warf er mich vber virzech man,
daz die mine fv̊ze
rvrten die erden vnsvzse.
ovch stvnd ich im an dem lihte, 1730
er bedorfte min da ze nihte.«
Witolf wart gevangen,
wider gebvnden zv̊ der lan*n*en.
do er ze herbergen chan,
wie drat iegelich man 1735
nach dem andern zehove zoch.
vor Constantin wart doch 1737
(4rb) … zornech –
vnde vnmazzen … –
von Dietriches … 1738
wie si gefræ …
»daz ist mir la … 1740
nv saget ez de …
wil erz iv riht …
ich vnderwinde …«

---

342 fvter] svter E 351 Doch] Do *B'V* 356 *Initiale. Vor* gevangē *ein durchgestrichenes* gew 354 dem] dē E, den *V* 357 lannen]

Konstantin erkundigte sich,
was dort für ein Lärm sei.
Er sprach: »Der heilige Christ sei mein Zeuge,
ich berichte Euch nur Tatsachen:
Da hat einer lange Schneider ausgeteilt
mit einer eisernen Stange,
daß ich nie besseres Maßnehmen gesehen habe,
bis man sie ihm aus der Hand riß.
Da wurde sein Gehaben erst richtig sanft,
nachdem man sie ihm entwunden hatte!
Arme wie Reiche
rauft er ganz fürchterlich.
Mir ist es ganz angenehm, daß ich ihm entkommen bin!
Doch warf er mich über vierzig Mann,
so daß meine Füße
ziemlich unsanft mit dem Boden in Berührung kamen.
Auch stand ich ihm wahrscheinlich im Licht,
und er konnte mich dort zu nichts brauchen.«
Witold wurde überwältigt
und wieder an die Kette gelegt.
Nachdem er wieder im Quartier angelangt war,
wie schleunig da alle,
einer nach dem anderen, an den Hof eilten!

---

landen E 360 zehove] *fehlt B'V* 362 zornech] *unleserlich für B'V* 367 de] d *B'V* 369 vnderwinde] vnd'wind *B'V*

alse Dietrich …
do hiez er zw …
Witolfen den …
vf den hof f …
»hiet er ieman …
daz mvͦze im a …
zvͦ ir aller ges …«
»nv erlazsen w …«,
sprach Frider …
»daz er immer m …
wan sone moh …
ichn rvͦche in n …«
behanden si sich …
fvͦr den rechen s …
vnde sprachen: »na …
niht gebivte in …
er hat vns solh …
dez wir nv chla …
sit dv, helt, vertr …
(4va) … eren, wizze ch …
… en,
daz stat hoveliche!«
… der herre.
… e im sere,
… fen hin legen
… n bvͦlslegen
… hvͦne
… eme.
… en si daz chlagen
… aster vnde schaden.
… bi dem hare
… n ez zeware
… si mohten.
… mit trahten
… der chvnegin:
» … ch gehonet bin

377 w] *für B'V nicht lesbar* 379 m] n *B'V* 383 s] *fehlt B'V* 388 vertr] vert *B'V* 389 eren wizze ch] en wizze *B'V* 390–391 *auf einer Zeile* 395 n] *für B'V ungesichert* 399 aster] ster *B'V* 401 n] *fehlt B'V*

... inen magen,
... en waren
... n richen!
... fraislichen
... t vnde geslagen,
... immer mach verchlagen.
... etrichez man
... esidel getan!
... menz alle wider,
... mit der fv̊ste nider,
... m horwe lagen.
(4vb) ....
die mohten in han erschozzen,
so enhet erz niht genozzen:
dez wolt ich immer fro sin!«
»nv swige«, sprach div chvnegin,
»la varen ditz geschihte!
din rede ist enwihte:
wan wær er dir so nahen gestan,
daz dv in reht mohtest gesehen an,
so enhetest dv*s* ⟨*helfe*⟩ von kainem bogen,
dv mv̊sest auch sin geflohen
ze aller vorders vf dem wege.
vnde wære aber Rvthere
gegeben vnserr tohter schoͤnen,
sin engetorsten dich nicht gehonen!
er hiete dir vz sinem lande
die tivren wigande
gesant, daz dich dekain man
mit here torste bestan:
da von mvͤt mich din chlagen.

---

406 inen] nen *B'V* 408 n] *ungesichert B'V* 411 immer] nim' *B'V* 413 esidel] sidel *B'V* 416 m] *nicht lesbar für B'V* 418 in] en *B'V* 426 *Konstruktion unvollständig*

[BE 2]

die hätten ihn erschießen können,
sodaß er nicht ungestraft davongekommen wäre:
Darüber hätte ich mich ewig gefreut!«
»Schweig jetzt«, sprach die Königin,
»schlage dir diese Sache aus dem Kopf!
Was du sagst, hilft nichts:
Denn wäre er dir so nahe gestanden,
daß du genau auf ihn zielen hättest können,
hätte dich kein Bogen davor bewahrt,
daß auch du hättest fliehen müssen,
als allererster den Weg entlang.
Hätte man aber Rother
unserer schönen Tochter gegeben,
so wagten sie es nicht, dir Schande zuzufügen!
Er hätte dir aus seinem Lande
vortreffliche Krieger
gesandt, sodaß es niemand gewagt hätte,
dich mit Heeresmacht anzugreifen:
Deswegen geht mir dein Jammern auf die Nerven.

nv dulte chvmber vnde schaden
hie in dinen landen
von Dietrichez handen!
entriwen, ez lit vil eben an,
er hat dir rehte getan!«
Den zorn lie Constantin stan
vnde hiez noh siner tohter gan

Münchener Fragment (M)

M 1^{r}

… hinnen fur gesagen 4062
uon sineme gnoze selten.
wir suln im hiute gelten,
daz uns der tugenthafte man 4065
uon den durftigen nam!
nůtra, gůte chnechte,
lat iz an minen trehtin!
helfet im frumecliche: 4069
ia dienet ir daz gotes riche! 4070
swelher hiute hie wirt erslagen, 4071
des sele můz gnade haben«, 4074
sprach Arnolt, ein gůt chneht, 4071
»ia fůren wir daz gotes reht: 4072
die heidene suln wir bestan! 4075

---

440 *Initiale*

M 1^{r}
1^{r} *Pergament abgestoßen, Schrift stark verblaßt* 3 hiute] *hiute (F)*

Jetzt erdulde eben Schmach und Schaden
hier in deinen eigenen Ländern
durch Dietrich!
Meiner Treu, das ist gerade das Richtige, –
er hat dir getan, wie du es verdient hast!« –
Konstantin verzichtete auf eine weitere Auseinandersetzung
und schickte um seine Tochter

Münchener Fragment (M)

M 1r

... werdet hinfür erzählen (hören) 4062
kaum jemals von einem, der ihm gleichkommt.
Heute ist der Tag gekommen, an dem wir ihm vergelten
müssen,
daß uns dieser mit allen Vorzügen ausgestattete Mann 4065
aus der Schar der Mittellosen befreit hat!
Wohlan denn, ihr trefflichen Krieger,
stellt alles meinem Gott anheim!
Helft ihm tapfer: 4069
ihr werdet euch gewiß das Reich Gottes verdienen! 4070
Wer immer hier und heute im Kampfe fällt, 4073
dessen Seele wird Gnade zuteil werden«, 4074
sprach Arnold, ein trefflicher Krieger, 4071
»wir treten ja für die Sache Gottes ein: 4072
Wir müssen die Heiden bekämpfen! 4075

---

oder huite (*Keinz [Sitzungsber. der Königl. bayer. Akad. der Wiss., Jg. 1869, 2, S. 307–311]*, BV) M 6 nůtra] :ůta M, nůta *BV*, nûtrâ *V'* 8 im] ime *B* 9 ia] *fehlt Keinz, B* 11 můz] muz *Keinz, BV*

da denche och sancte Johannes an
der heilige Tůfare,
daz Růther ware
der aller tiuriste man
der ie dehein chu … 4080

M 1^{v}

… gen heiden. 4099
do was den rechen laide! 4100
Arnolt der wigant,
eine chefse er an sin sper bant,
die er in dem urone tůme nam.
si riefen unseren herren an
unde ilten in uz der stete nach; 4105
uf daz uelt uas in vil gach. 4106
also si Imelot ersach, 4109
nu můget ir horen, wie er sprah: 4110
»ienez sint die rechen,
die wolten uns erscrechen!
an den erriche ihc minen zorn,
si habent oh alle den lip uerlorn!« 4114

M setzt direkt in V. 4143 fort

Der heidene wic geruste 4143
was harte ueste:
si trůgen hurnin gwant. 4145
die chefsen man hoher gebant
uor den chůnen rechen:
si d*rav*eten gegen d*er* … 4148

---

18 tiuriste] turiste *Keinz, BV*, tug . . fte *F*   19 der ie chuni *V*

M 1^{v}
1 …gen] (manig)en *B*   4 chefse (*alle*)] cheffe M   5 in dem] indem

Dessen möge auch Sankt Johannes eingedenk sein,
der heilige Täufer,
daß Rother
der vortrefflichste Mann ist,
der jemals irgendein … 4080

M 1v

… Heiden. 4099
Das schmerzte die Vertriebenen. 4100
Arnold, der Kriegsheld
befestigte an seiner Lanze einen Reliquienbehälter.
den er sich in dem Gotteshaus genommen hatte.
Sie riefen Gott um Hilfe an
und eilten ihnen aus der Stadt nach, 4105
sie wollten möglichst bald das Feld erreichen. 4106
Als sie Ymelot bemerkte, 4109
sprach er, wie Ihr jetzt hören könnt: 4110
»Dort kommen die Vertriebenen daher,
die möchten uns wohl Angst einjagen!
Die werden meinen Zorn zu spüren bekommen,
ihr aller Leben sind verspielt!« 4114

Die Rüstungen der Heiden 4143
waren äußerst widerstandsfähig:
Sie trugen nämlich Hornpanzer. 4145
Man band den Reliquienbehälter höher,
daß ihn die verwegenen Vertriebenen besser sehen konnten.
Sie ritten eilig gegen … 4148

M 6 si] sie *Keinz, B* 4115–4142 *fehlen in* M *ohne Lücke* 18 man] mam *F* 20 draveten (*BF'*)] d. . .eten M – der (*Keinz, BV*)] d̄ M

M 2^{r}

– . . . g . . . g . . .
– . . .
. . . guldinen cronen.
man zoch da zelter unde ros
an den Podrammes hof.
da claffete daz gesteine
uf isperlen clainen
an den furbuͦgen.
mit sabene gruͦnen
waren die satele bezogen,
uns nehaben diu scophpuͦch gelogen.
do saz daz Constantines chint
uf ein sidin gwint.
der chunec rait ane alle sine man
under den froͮwen lussam,
neben der chunigin
unde bi der lieben tohter sin.
der luhte ein carbunkel
– der wart nie tunchel –
obene uz der chrone.
ahcec froͮwen scone
furte der chunec Constantin
mit der lieben tohter sin

M 2^{r}
1 *Am oberen Rand des Fragments über* g *und* i *von* guldinē *sind noch die Unterlängen zweier* g *erkennbar* 6 furbuͦgen] furbugen *V* 11 ein] ain *B* 19 ahcec] ahcce *vielleicht F*

M 2^r

... goldenem Kopfschmuck.
Man führte dann Reitpferde
in den Hof des Hippodrom.
Da erklangen die Edelsteine
auf den zierlichen, glasklaren Perlen
am Vorderzeug (der Pferde).
Mit feinem grünem Leinenstoff
waren die Sättel überzogen,
wenn uns das Vortragsbuch nichts Unwahres berichtet hat.
Da saß Konstantins Tochter
auf Seidenzeug.
Der König ritt ohne jedes Gefolge
mitten unter den wunderschönen Damen einher,
neben der Königin
und nahe bei seiner geliebten Tochter.
Dieser erstrahlte ein Karfunkelstein
– sein Glanz verfinsterte sich niemals –
oben aus ihrer Krone.
Achtzig schöne Damen
führte der König Konstantin
zusammen mit seiner geliebten Tochter

M 2^{v}

– . . . . . . g . . .
. . . werlt nehein *spot* 4620
an dem gůten chnehte:
herre, daz chumet dir rehte,
sit der chunec Constantin
ritet uf die gnade din,
nu laze im sinen lip, 4625
er bringet ein uil scone wip!«
»ez ware deshalp uil wol«, sprah Asprian,
»wurde im doh ein mulslac getan!« 4628
Berther der riche 4630
sprah do wisliche: 4629
»neina, helt Asprian, 4631
din zuht sol hiute fur gan,
sit er under die frǒwen ist chomen!
unde heter minen chinden benomen
allen den lip, 4635
so můsen wir eren disiu wib
an deme chunige,
oder iz chome uns uil ubele.
swenne der . . . 4639

M 2^{v}
1 *Am oberen Rand des Fragments, über* m *von* dem, *ist noch die Unterlänge eines* g *zu erkennen, sie gehört zu* got 4619 – spot

M 2[v]

... diesen wackeren Ritter nicht für die Welt 4620
zur Zielscheibe des Spottes:
Herr, das ist für dich die passende Gelegenheit,
da der König Konstantin
hierher reitet und sich deiner Gnade ausliefert,
schenke ihm jetzt das Leben, 4625
er bringt ja auch eine sehr schöne Frau mit sich!«
»Gerade deshalb wäre es sehr angemessen«, sprach Asprian,
wenn man ihm eine kräftige Maulschelle versetzte!« 4628
Der mächtige Berchter 4630
sprach da besonnen: 4629
»O nein, Held Asprian, 4631
dein gesittetes Verhalten muß heute Vorrang haben,
da er unter die Damen geraten ist!
Und selbst wenn er alle meine Söhne
ums Leben gebracht hätte, 4635
müßten wir diesen Frauen Achtung erweisen
durch unser Verhalten dem König gegenüber,
oder es würde für uns zum Schlechten ausschlagen.
Immer wenn ... 4639

(*Keinz, B*)] sopt M 2 dem] deme *B* 6 im] ime *B* 8 sprah] sprach *Keinz, BV* – Asprian] aspian M 11 sprah] sprach *B* – do] d.. *Keinz* 12 Asprian] *wie* 8 17 wib] wip *Keinz, B*

Kommentar

3 *Bare:* die Stadt Bari in Apulien (Süditalien). Im 11. Jh. Konzilsort; der Hafen gewann durch die Kreuzzüge neue Bedeutung. Bari wurde 1131 von König Roger II. von Sizilien unterworfen, rebellierte nach dessen Tod gegen seinen Nachfolger Wilhelm I. und wurde fast dem Erdboden gleichgemacht. Unter Wilhelm II. (1166–89) gelangte Bari zu neuer Blüte (vgl. LMA I, Sp. 1461 ff.).

7 *zwene unde sibinzih kuninge:* vgl. Genesis 10,1–32 (Stammbaum der Söhne Noahs mit 72 Nachkommen).

12 *cronen:* schwacher Akk. Sg.

19 ff. Die Vasallen fürchten aufgrund des fehlenden Thronfolgers um die Kontinuität der Herrschaft und damit um die Sicherheit ihrer Lehen. Vgl. ZIMMERMANN, S. 15, 21 ff.

35 *gehige*(n) = *gehîwe*(n): sich vermählen; vgl. WEINHOLD, § 224.

36 *tan* = *dan.*

42 Die Forschung (MASSMANN, RÜCKERT, KRAMER 1958, S. 16) beanstandete *lande* wegen des Reimes und schlug *hove* als Reimwort vor. Dagegen spricht, daß Rother – im Sinne des Brautwerbungsschemas – wohl kaum eine ebenbürtige Gattin an seinem Hof suchen kann.

43 f. Die Gefolgsleute spielten bei der Brautwahl des Herrn eine Rolle. Die literarischen Beratungsszenen, die häufig am Beginn der Brautwerbungsgeschichten geschildert werden, weisen Bezüge zur Heiratspolitik des mittelalterlichen Feudaladels auf.

47 *grozer eren:* Genitivobjekt zu *listen*. Den Versen 13–17 zufolge fehlt Rother etwas zu seinem vollständigen Ansehen, nämlich eine Königin, die er mit der Hilfe Lupolds gewinnen wird.

55 *getruiste:* Um dem lehnsrechtlichen Aspekt von *triuwe* oder *holt* gerecht zu werden, steht in der Übersetzung bevorzugt »Loyalität«, »loyal«.

57–61 *volcdegene* (57) und *altherren* (59) als variierende Bezeichnung für die gleiche Personengruppe, nämlich: durch Kriegstaten berühmte *und* erfahrene hochadelige Ratgeber.

60 f. *êre* und *zuht* gehören zu den grundlegenden ritterlichen Tugenden, die über die höfische Literatur vermittelt werden. *êre* bezeichnet in der mhd. Literatur gesellschaftliches Ansehen und weltlichen Ruhm. Höfische Vollkommenheit setzt das Befolgen

der christlichen Lehre ebenso voraus wie die Orientierung an den Werten und Erwartungshaltungen der höfischen Gesellschaft (vgl. BUMKE [7]1994, S. 428–430). *zuht* bedeutet das Beherrschen der höfischen Etikette, der Regeln des Anstands und drückt damit die Übereinstimmung von innerer Gesinnung und äußerem Benehmen aus.

62 *megetin:* Diminutiv zu *maget*, bezeichnet die unverheiratete Frau. Die Standeszugehörigkeit ist damit nicht festgelegt.

72 *gesterne:* Morgenstern, oft formelhaft verwendet (VRIES, S. 103; vergleichbare Stellen bei A. BERGER, »Die volkstümlichen Grundlagen des Minnesangs«, in: ZfdPh 19, 1887, S. 446).

79 *aller:* flektierte Form von *al.*

87 Die Beratung der Fürsten findet ohne den König statt. Im Rat der Fürsten spricht Lupold als erster; mit dem (dazugekommenen) König spricht Herman als erster. W. J. SCHRÖDER 1958, S. 68 f., und (ihm folgend) STEIN 1970, S. 508–518, ergänzen *er*, sehen aber »nicht eine, sondern zwei getrennte Szenen« (W. J. SCHRÖDER 1958, S. 68 f.). Die Einfügung von *er* (= Rother) ist jedoch nicht unbedingt nötig.

96 *mit minnen:* als Gegensatz zu *mit drô* (vgl. *mit bete oder mit drô*) häufige Formel wie (später) *minne oder reht*. Sie erwächst aus lehnsrechtlichen Vorstellungen über das Idealverhalten eines Herrschers (vgl. auch V. 769).

102–105 Ganz offensichtlich ist mit der Szene eine ungewöhnliche Auszeichnung für Lupold gemeint, die auch standesrechtlich demonstriert werden soll. Der etablierte Markgraf, als solcher ein privilegierter, macht dem jungen Grafen Platz, der sich seine Grafschaft erst verdienen muß (vgl. V. 3553–56) und dessen (eben abgeschlossene?) Hofausbildung betont wird (V. 45 f.); vgl. URBANEK 1976, S. 49–65.

131 *riter* hat im *KR* eindeutig weder ständisch niederen noch »heraushebenden und auszeichende[n] Sinn« (W. SCHRÖDER 1972, S. 350). Es impliziert jedenfalls im *KR* nicht eo ipso eine Herrscherposition oder gehobenen Adelsrang, kann aber – wie auch *kneht* (V. 24) – auf solche Personen angewandt werden.

134 *Hof:* ›Hoftag‹ wird wohl der Dimension des Unternehmens, an dem 72 Könige teilnehmen sollen, gerechter als ›Hof‹ (KRAMER 1961); gemeint ist das, was später als *lantsprache* (V. 5009, 5032, 5078), ›Reichsversammlung‹, bezeichnet wird.

139 ff. In der Chorrede artikuliert sich eine Gemeinschaft, ohne daß der Erzähler einen Sprecher nennt (vgl. SCHWARTZKOPF 1909,

S. 14–28, Gernentz 1958, S. 33 f., Schulte 1970, S. 90). Hier läßt sie der *KR*-Erzähler effektvoll in einem pluralischen Loyalitätsbekenntnis enden.

142 »Um keines Menschen willen« zielt nicht auf religiöse Implikationen ab. Vielmehr ist damit die Fürsorge- und Regierungspflicht der Lehnsleute in ihren eigenen Territorien angesprochen, auf die sie sich in Literatur und Realität immer wieder berufen haben, um die Herrschaftspflicht zu mindern.

147 f. Rother zeigt hier eine der vornehmsten Herrschertugenden, die *milte* (lat. *liberalitas, clementia, largitas*). Der Herr ist, ausgehend vom wechselseitigen Verhältnis zwischen Herrscher und Vasall, angehalten, Freigebigkeit zu zeigen, um seinen (Unterhalts-)Pflichten nachzukommen. Literarischer Inbegriff der *milte* ist König Artus.

150 Für *alse* ist grammatisch Gleich- oder Vorzeitigkeit möglich. Wir setzen ein Nacheinander der Ereignisse an. Wird vielleicht Erwin als einer der interssierten Grafensöhne (19 ff.) gerade für die Botenfahrt zum Ritter geschlagen (vgl. Vries, S. LXVI)?

151 ff. »Die Schwertleite war der festliche Akt, durch den ein junger Adeliger zum Ritter erklärt wurde. Im Mittelpunkt stand dabei immer die feierliche Umgürtung mit dem Schwert, meistens in Verbindung mit anderen zeremoniellen Handlungen. Wer das Schwert geleitet hatte, konnte sich Ritter nennen« (Bumke [7]1994, S. 318). Das Wort *swertleite* im *KR* (V. 5065) ist eine der ältesten Belegstellen.

150–155 »Es liegt wohl ein apo koinu des Gedankens vor: er nahm Schwert (oder wurde zum Ritter geschlagen) und Kostbarkeiten (welche er, wie auch die anderen Herren, seinen Mannen austeilte)« (Vries, S. 104). Man wird wohl besser von einer locker gereihten Syntax sprechen. Im Vers 3618 (*Die swert druch Erwin*) – von Vries offenbar als Widerspruch zum hier Erzählten interpretiert – sehen wir keinen Gegensatz. Dort gehen Berchter, Lupold, Wolfrat und Erwin ohne Gefolge – als engste Berater? – zu Rother. Unter diesen war Erwin wohl der »Dienst«-Jüngste und hat die Schwerter getragen. Dies stimmt mit dem hier Gesagten überein.

153 *sabel: s* als Schreibvariante für z (vgl. Kramer 1958, S. 147; vgl. Lexer II, Sp. 562: *sablar*, und III, Sp. 1015: *zabel* s. *zobel*). – *kelen*: vgl. Lexer I, Sp. 1538: das »Kehlstück am pelze«.

159 *quam in nie*: entweder Verschreibung für *quamen* oder Dativus ethicus (*in*).

167 *harfe:* dreieckförmiges Zupfinstrument. Die Harfe konnte im Mittelalter auch als Herrschaftssymbol betrachtet werden, typologisches Vorbild war der für die mittelalterliche Herrschaftsauffassung bedeutende König David (Bumke, *Höfische Kultur*, S. 438).

168 *zeichenes* (*zeines* H): »Man könnte in *zeines* auch die Wortform des rip. Schreibers sehen, der ein Wort *zein* ›Zeichen‹ gekannt haben mag, was zu dem rip. Verbum *zeinen* ›zeigen, erklären‹ zu stellen ist« (Kramer 1958, S. 169 f.).

169 ff. Die epische Vorausdeutungsformel *sint* + Präteritum wird ebenso formelhaft mit »später« + Infinitiv + »sollte« übersetzt, wodurch dem artistisch-strukturierenden, vorwegnehmenden Charakter stärker Rechnung getragen werden soll.

173 *leike:* gespielte Melodie, Gesang aus ungleichen Strophen (vgl. Lexer I, Sp. 1862); als Gattung eine Großform der mittelalterlichen Lieddichtung, nachweisbar seit dem 12. Jh.

180 *ruof:* Aus der mittelalterlichen Literatur kennt man unter anderem auch den Schlachtruf, der dem gegenseitigen Erkennen dient (z.B. im *Rolandslied*) oder das Seefahrerlied *In gotes namen varen wir* (Gottfried von Straßburg, *Tristan*, hrsg. von P. Ganz, Wiesbaden 1978, V. 11535 ff.).

183 *in owe = in ouwe*, *enouwe* (Lexer II, Sp. 192): *in, mit der Strömung, stromabwärts.* In V. 183 und V. 184 werden also zwei verschiedene Vorgänge angesprochen. Sie stoßen in einem Strom ab und erreichen später die hohe See.

190 *swer*: *suvil*[ich] *F'*. Es bleiben nur zwei Möglichkeiten, da *swilich wer* keinen Sinn ergibt. Neben dem gängigen *swer = su wer* könnte man an *su* (= *so*, vgl. Kramer 1958, S. 44–46) *vil*, eventuell mit *swer* statt *wer*, denken. Die Übersetzung müßte dann lauten: »Soviel jemand dann Gold annehmen will«. Dagegen spricht, daß die Quantität in V. 191 ausgedrückt ist, während V. 190 in alternativer Beziehung zu V. 192 steht, also: »Schatz ohne Zahl« versus »Lehen«, was ein *su vil* = »soviel« V. 190 zwar nicht unmöglich, aber unnötig macht.

205 *vermezzeliche:* die Bedeutung ist hier klar positiv. Sie beinhaltet sowohl eine äußerliche Erscheinungsform als auch die dazu passende Hochstimmung und den (ritterlichen) Tatendrang (vgl. V. 4962).

212 *hodich = huot ich:* zu mhd. *hüeten* mit Dativ der Person vgl. Lexer I, Sp. 1375.

214 *waldindinger = waltendiger:* »Partizip mit dem erweiternden

Objektsuffix -ing- rheinfränkisch möglich« (KRAMER 1958, S. 204; vgl. auch LEXER III, Sp. 660, und WEINHOLD, § 217).

220 Andere Übersetzungsmöglichkeit: *nie vor* = niemals zuvor; *nicheinen* = Dativ der Person (m-n-Vertauschung oder m-Abschwächung), also: »daß niemals zuvor (zu) irgendeinem«.

223 *dorften* (*dorten* H): mit ripuarischem f-Schwund (WEINHOLD, § 416; KRAMER 1958, S. 145).

223 *iachanden:* Hyazinth; entspricht dem Saphir.

226 *hinden:* Hirschkühe.

231 *sadilschellen:* Schellen am Sattelzeug. In der hochhöfischen Epik wurde der Beschreibung von Pferden und prunkvollem Reitzeug viel Raum gewährt, vgl. Hartmann von Aue, *Erec*, V. 7286–7766.

233 V. 233 und 234 könnten verschiedene Vorgänge meinen und dies in den Verben ausdrücken. Mit dem Anritt zum Hof (durch die Stadt?) schließt ein Initialabschnitt, der nächste fängt mit dem Einritt an.

237 *in:* Pers.pron. Dat. Pl., keine Präposition.

243 Wenn man keinen (!) Subjektswechsel ansetzt, ist die Übersetzung »auf ihr Gewand achteten sie sehr« sinnvoll.

244 *deime: ei* als Schwebelaut zwischen *e* und *i* (WEINHOLD, § 48).

250 Die Königin setzt sich von ihrem ersten Auftritt an für das Anliegen der Boten bzw. Rothers ein.

252 *intfawir* = *intfan wir.*

259 *mer*: »statt *mer* ist *mich* zu lesen; im Original stand wohl das nfrk. *mi*, das Dativ und Akkusativ ist« (VRIES, S. 104).

263 *thos*: *thos* ist Präsens (zu *tuon*), *vore* ist adv. Zeitbestimmung (RÜCKERT, VRIES, S. 104, KRAMER 1961).

280 *alt* meint nicht so sehr »Alter« als »Erfahrensein«.

289–293 Man könnte hier anders interpungieren (»!« nach V. 289; Neubeginn mit V. 290).

300 Zu dieser Verbindung höfischer Unterhaltungswerte (Pferde, junge Damen etc.) vgl. u. a. Kaiserchronik, Lucretia (V. 4417 ff.).

305 *kracht:* mhd. *kraft*, der Übergang von *ft* zu *cht* ist im Ripuarischen häufig belegt, vgl. WEINHOLD, § 153 und 236.

306 *antwarde:* vorzugsweise nordwestliche Form (KRAMER 1958, S. 46 f.).

328 *siete* = *site.*

329 *geheinen:* vgl. WEINHOLD, § 492, und KRAMER 1958, S. 219 (»g für j vor e ist besonders rip. Eigenart«).

333–335 *vurreditis:* entweder *vore reden* (so hier) oder *verreden*

(›ablehnen‹; so Rückert und Roediger 1885). – Das Ganze ist ein Sinn- und Kontextproblem: a) der Kontext spricht mit der Abfolge »Bitte um Redeerlaubnis durch Lupold – Erteilung durch Konstantin – Botschaft – enge Auslegung der erteilten Freiheit durch Konstantin« für *vure reden*; bes. die Bitte und auch V. 338 *so* (getötet zu werden!) *mag iz u nicht irgan* erhalten nur hier ihren Sinn; b) V. 335 bietet das Problem, daß er auf die lebenslängliche Gefangenschaft zu verweisen scheint, dies aber wird durch V. 336 f. (ausdrücklich mit *wande* auf 335 bezogen!) abgeschwächt: es scheint die Tötung gemeint zu sein, so daß Lupold *vore reden* tatsächlich einen – wenn auch geringen – Vorteil bringt; c) die Motivreihe vom diplomatisch klugen Lupold wird durch *vure reden* gestärkt. – *vurreden* verlangt keine Konjektur (*u* statt *e* wäre seltsam!) – das auch gegen Pogatscher – und steht besser im Sinn- und Motivkontext. Allerdings belassen wir V. 335 (anders als Bahder, Bahder 1884 und Kramer 1961) ohne die Verdeutlichung auf »töten« – obwohl sie nicht nur möglich, sondern wahrscheinlich ist.

357 *lib:* »beweinte seinen Leib« (Rückert); »the state of his proud body« (Lichtenstein); »sein glanzgewohntes Leben« (Kramer 1961). Mhd. *lîp* kann beides (»Leib« und »Leben«) bedeuten.

360 *half:* = »sollte ... verhelfen« (epische Vorausdeutung!).

367 *meister:* »Anführer«: »Lupold als der älteste Bruder ist insofern schon Erwins *meister*, noch mehr, weil er das Haupt der Gesandtschaft ist« (vgl. Rückert, Kramer 1961). Aber: die Floskel kommt noch zweimal vor, V. 2445 und V. 5034. An der zuletzt genannten Stelle ist »Anführer« unmöglich (dort: »sein älterer Bruder«, Kramer 1961), so daß bereits hier steht, was durchgehend gemeint sein kann.

371 *schuldic waren:* es handelt sich um die Unterhaltsverpflichtung des Lehnsherrn der *familia* gegenüber.

374 *gebilidote* (*gebilicdote* H): Liegt ein Parallelfall zum Einschub von |k| zwischen |u| und |t| vor, wie ihn Weinhold, § 231 für V. 4683 *lucte* (= *lûte/liute*) registriert?

382 *belochen:* Part. von *belûchen* (Lexer I, Sp. 175).

388 *zirheit:* als Plural aufzufassen.

401 *bouge:* im Unterschied zu *vingerin* (V. 398) »größere Ringe oder Reife, an den Armen, Hals usw. zu tragen« (Rückert).

404–410: locker gefügte Syntax.

406 *wehe:* entweder mhd. *wæhe* (»fein, kostbar«), oder mhd. *vêch* (»mehrfarbig, bunt«).

408 *gaben* wohl mit Plusquamperfekt wiederzugeben. – *holden:* Lehnsleute, Verwandte, Freunde, alle die ihnen gegenüber zur Loyalität verpflichtet sind.

410 Relativsatz bezogen auf V. 406.

418 *kamerare:* Das Amt des Kämmerers gehört neben jenen von Truchseß, Marschall und Schenken zu den seit merowingischer Zeit nachweisbaren vier Hofämtern. In staufischer Zeit versahen dieses Amt Mitglieder von Ministerialenfamilien, im 12. Jh. »übernahmen die großen Fürstenhöfe [...] das Kämmereiamt« (vgl. LMA V, Sp. 885 ff.). Dem Kämmerer oblag die Sorge für die Hofhaltung, die Garderobe und den Schatz des Herrschers (BUMKE [7]1994, S. 77).

443 *vrunt*: »Freunde«, meint hier dasselbe wie *holden* (V. 408).

448 ff. Zu verweisen ist auf die berühmte Walther-Darstellung in den Minnesanghandschriften B und C (vgl. F. R. SCHRÖDER, GRM 41, 1960, S. 345, und H. WENZEL, in: H.-D. Mück, Hrsg., *Walther von der Vogelweide*, Stuttgart 1989, S. 133 ff.).

458 *Berter:* Berchter verkörpert den Typus des alten, loyalen Königsberaters, hier auch mit vasallitätsthematischen Aspekten inszeniert (vgl. STEIN 1988, S. 319 f.).

460 f. Es gibt im Text entgegen älteren Forschungsmeinungen wohl nichts zu bessern; V. 461 ist mit Akzent auf Berchters Bereitwilligkeit zu lesen.

461 *niegin:* |r|-Schwund im Kölnischen (KRAMER 1958, S. 209).

486 *weineger:* Dieses *ei* ist mhd. selten, im allgemeinen findet sich *ê*, das durch Einfluß der etymologisch zugehörigen Interjektion *wê* eingedrungen ist (vgl. V. 2449, V. 2619, V. 3164, V. 3245).

489 *eldesten:* BAHDER, POGATSCHER (S. 62), KRAMER 1958 (S. 107 und 214 f.) bzw. KRAMER 1960 (S. 13) konjizieren hier zu *edelsten*. Das einzige Argument gegen die Hs. wären die Verse 150–155. Aber dort ist nur gesagt, daß Erwin jung ist. Die Angaben über Berchters Söhne widersprechen einander nicht unbedingt, sie sind nur insofern unvollständig, als sie nur drei Söhne (den ältesten: Lupold, den zweitältesten: Erwin, den jüngsten: Helfrich, V. 475) namentlich erwähnen, dazu weitere fünf kollektiv (V. 490) und vier – die offenbar bei Berchter geblieben sind – gar nicht. Nichts spricht gegen H. Interessant ist nur, in welchem Alter man diese Herzogssöhne bereits auf Kriegsfahrt geschickt hat. Daß etwa Helfrich V. 475 bei seiner Teilnahme (wohl eher doch so, V. 478) noch nicht zum Ritter geschlagen war, während dies für den Botenzug bei Erwin betont wird, erlaubt kaum

Schlüsse: die Botenfahrt ist ein Repräsentativzug und die Führenden müssen Ritter sein (zu denen Erwin zwar als Junior, aber eben doch, und zwar im Unterschied zu den fünf ›vornehmen‹ Söhnen, gehört). – *edelsten* wäre doch eine sehr seltsame Abwertung für die anderen sieben Berchter-Söhne aus dem Munde ihres Vaters.

492 ff. Berchters Rat entspricht nicht seinem sonst umsichtigen Verhalten (vgl. V. 696–711), er hat wohl sachlich falsch geraten (vgl. Stein 1988, S. 320). Die emotionale Betroffenheit, die hier erkennbar ist, erfährt noch eine Steigerung in den Versen 562–579.

494 *herevart:* hier spezieller als V. 478, nämlich in Kontrast zu den Versen 586–589 (gestützt durch V. 514 *so manigime* und V. 520 *mit here*) der offizielle Kriegszug mit großem Heer.

495 *Ungerin:* »Ungarn war zinspflichtiger, aber darin ungetreuer Vasall des Reiches« (Urbanek 1976, S. 20).

497 Berchters ganze Haltung, vor allem das Plädoyer für eine Heeresfahrt, die eine Geiselnahme geradezu provozieren würde, deutet darauf hin, daß er seine Söhne für tot hält und Rache nehmen will.

498 *getruwe:* ›loyal‹. Es wird an dieser Stelle, da Rother gegen seine Ratgeber zu reden und zu handeln beginnt, hervorgehoben, daß Rother sich seiner Loyalitätspflicht den Boten gegenüber bewußt ist. Loyalität ist im Lehnswesen eine zweiseitige Forderung, sie betrifft den Herrn wie den Vasall.

505 »noch«: Rother rechtfertigt seine Handlungsweise (Berchters Rat zu übergehen) mit dem Hinweis, daß alle gehört werden müssen. Am Hof sind noch andere Ratgeber. Rother betreibt eine Doppelstrategie mit dem Diktum seines Vaters: Er sichert Berchter Gehörtwerden zu, verweist aber auf seine Pflicht, jeden ihm zur Verfügung stehenden Rat zu hören.

527 f. Vgl. Vries, S.106: »Nach der ersten Zeile, welche bedeutet: ›du würdest niemals so gute Gedanken haben können‹, würde man eine Mitteilung der Bereitwilligkeit erwarten, um ihm zu folgen, was so ausgedrückt werden könnte: *ich will dir gerne gevolgich sin*. Das steht aber ziemlich weit von der Überlieferung; also besser: *ich ne wolde dir gerner gevolgich sin* ›ich würde dir niemals mit größerer Freude folgen‹.« Hier steht: »du könntest niemals«; V. 528 heißt eindeutig »als daß ich … nicht«. Diese Konstruktion aber fordert in V. 528 einen Komparativ. Es bleibt wohl die Möglichkeit: »auch wenn du niemals so gute Vorschläge hättest, würde ich dir stets folgen«. Die Logik mittelhochdeut-

scher Satzkonstruktionen gerade im Bereich der Negation ist lockerer als die der neuhochdeutschen.

540 f. Möglich wäre auch: »Nun weißt du genauso gut wie ich, Herr, wie es zu ihrer jetzigen Lage gekommen ist«, zu beziehen auf V. 538, d. h. durch Rothers Auftrag.

558 *iren:* Dativ Sg. (m-n-Wechsel).

559 f. *in reckewis:* Rother soll als einer, der um politisches Asyl ansucht, auftreten, womit sich Reichtum durchaus verträgt; »hier ein technischer Ausdruck, als fahrender Held, meist als ein durch Krieg vertriebener usw., der aber keineswegs als armer Flüchtling aufzutreten braucht« (Rückert).

562 ff. Diese Szenenfolge ist mit (zumindest für Berchter) ungewöhnlicher Derbheit ausgestaltet; zur Interpretation der Stelle vgl. Stein 1988, S. 320 f.

586 ff. Wir verstehen V. 587 als neuerlichen Ausdruck des Zweifels von V. 583.

595 Ergänze: »wenn wir sie mit einem Heer offiziell aufsuchen«.

597 *mancraft:* lies *magencraft* (Kontraktion).

600 *des:* ›dadurch‹. Diese Übersetzungsvariante betont die Herrschaftsfunktion des Schatzes, nämlich in *milte* den Lehnsleuten vergeben zu werden (anders Rückert und Kramer 1961).

602 *min:* Es handelt sich hier wieder um eine Chorrede (vgl. V. 139 ff.); das redende Subjekt ist V. 584 im Plural, hier im Singular gedacht.

630 ff. Erste, nur summarische Erwähnung der Riesen. Dabei wird hervorgehoben, daß sie sonst nie zu einem Hoftag kommen. Diesmal aber habe ihr König Asprian mit seinem Gefolge eine Ausnahme gemacht, und zwar wegen der *starken numere*.

652 *melme:* »Staubwolke«, hier speziell auf Witold bezogen; vgl. V. 684: Alle Riesen wirbeln offenbar beim Gehen mehr Staub auf als andere beim Reiten.

655 *knape:* zur Frage, wer dies sei (Witold oder Asprian), vgl. V. 659. Die Ironie bezieht sich wohl auf das immer wieder erwähnte Zu-Fuß-Gehen (statt des Reitens).

657 *ellene:* Elle (Längenmaß, abgeleitet von der Länge des Unterarms; zwischen ca. 40–80 cm; vgl. LMA III, Sp. 1845 f.).

659 *sie:* auf *stangin* (V. 656) bezogen.

738 f. Man braucht keine Konjektur. Vries (S. 106) vermutet eine Konstruktion *apo koinu*; »*sie* sind die Feinde, welche Berchter anfallen«.

766 *gegangin:* ›zu Fuß … gekommen‹. Der Akzent liegt hier wie-

derum auf der unritterlichen Fortbewegungsweise, die zur Metapher für die Größe und Stärke der Riesen wird.

769 *mit drowe und mit minnen: drowe* meint den Befehl der lehnsherrlichen Autorität; *minne* inkludiert nicht nur gütliches Zureden, sondern den Einsatz der königlichen *milte*, das Beschenken des Lehnsmannes, auf das er ein Anrecht hat (vgl. V. 96).

771 *man:* Gemeint ist wohl nicht, daß Asprian Witold erst als Lehnsmann gewinnen muß, sondern daß er *drowe* und *minne* einzusetzen hatte, um diesen Lehnsmann zur Teilnahme am Romzug zu bewegen (anders Rückert, Lichtenstein, Kramer 1961).

775 *Emilgere:* umgelautete Form von *Amalger.*

798 *uber hacht = über aht:* »über Begreifen, Vermuthen, auf eine unbegreifliche Weise« Rückert, »über Erwartung, auf wunderbarer Weise« Vries, S. 107; möglicherweise Verschreibung für *uber nacht* (vgl. V. 1650 *hach* für *nach*).

824 *ummiene:* Sie machten sie nicht zu *Mein*eiden.

864 *bonit:* frz. *bonnet*, Bezeichnung einer mützenartigen Kopfbedeckung für beide Geschlechter; vgl. Kühnel 1992, S. 34.

905 *gote:* Hier liegt eine Wertung vor; die Rolle der Königin in dieser Geschichte besteht darin, als Gegenpol zum »bösen« Konstantin die »gute« Figur in Konstantinopel darzustellen.

923 *inkinne:* vgl. Lexer III, Nachträge, Sp. 143 (*enkennen*: erkennen, bekennen).

947 f. Hier geht es um die Zubilligung eines politischen Status, auch im Hinblick auf die Macht Rothers, der Dietrich vermeintlich vertrieben hat.

1003 Damit ist der Anspruch (politischer) Flüchtlinge gemeint, ehrenvoll aufgenommen und nicht unterschätzt zu werden. Die Formulierung in H ist stärker als die in B.

1032 f. *porten:* Rückert, Lichtenstein, Kramer 1961 übersetzen ›Hafen‹, Vries, S. 107, ›(Stadt-)Tor‹. Das Problem liegt nicht in der Wortbedeutung, sondern in der Situation, die man sich vorzustellen hat. Diese könnte in H und BE unterschiedlich aufgefaßt sein, was allerdings nicht notwendig aus den Texten hervorgeht. – H berücksichtigt den Kontext: die Bewacher sind noch bei den Schiffen, der Schatztransport beginnt erst V. 1034. BE faßt die Situation allgemeiner: Man will in der feindlichen Stadt beisammen sein – womit ja auch Rother–Dietrich V. 1261–73 vor Konstantin argumentiert –, setzt aber im Ersatzvers BE 36 für H 1035 die Situation von H voraus (vgl. W. J. Schröder 1957, S. 206).

Sowohl ›Hafen‹ als auch ›Stadttor‹ passen und zwar sowohl, wenn man Sichtkontakt zum Hafen haben als auch wenn man Sichtkontakt zum Hof haben will.

1047 *lannen:* Hier wird die Art, wie Witold gebunden ist, ganz deutlich (vgl. V. 760, 763 und 1064): Er ist nicht »gefesselt«, sondern wird an einer Kette geführt.

1059 *gebeite:* Verstärkung des einfachen *beiten*, »ab-, erwarten« mit Gen. des Objekts *sîn.* Der Genitiv bezieht sich auf Witold; *beiten* hier nicht im Sinne von »zaudern«, sondern wohl von »warten«. Der Graf stellt zuerst fest, daß er nicht imstande ist, die Schande (daß man Witold dulden und sich vor ihm fürchten muß) abzuwenden, aber wenn er es könnte, würde er damit nicht warten, sondern Witold vorher erledigen. Es ist zu überlegen, ob *gebeite* als Konj. II verstehbar ist und mit »hätte nicht gewartet« zu übersetzen wäre.

1099 Die Übersetzung folgt Edzardi 1875, S. 416; vgl. dagegen Vries, S. 108 (»Es ist wohl besser *werc* in *wert* zu ändern: der unwissende Hofmann wurde gar nicht bei ihnen geschätzt«).

1109 *der:* wohl auf Witold zu beziehen: Sogar dieser ungehobelte Mann an der Kette war prächtig gerüstet und so imstande, ihren Reichtum zu demonstrieren.

1116 *zwo hosen:* Damit sind die beiden Beinröhren des Harnisches gemeint.

1124 *zagin:* »*zage* geht nicht bloß auf den Muth (*manheit*), sondern auch auf die andere fürstliche Haupteigenschaft, die *milte*, Freigebigkeit, was aus der Grundlage des Wortes sich leicht begreift: ›befangen, ängstlich zurückhaltend‹« (Rückert).

1137 *gesidile:* Festsaal; eigtl. »Vorrichtung zum Sitzen«.

1138 *kamerere:* vgl. auch V. 418. Die Schatzverwalter haben hier eine Ordnerfunktion.

1153 Der Vers ist in seinem syntaktischen Wert und in seinem Bezug doppeldeutig. Er kann als Ausruf zu V. 1152 gehören oder als »obwohl«-Konstruktion zu V. 1154, er kann auch in *apo koinu*-Stellung zu beiden Versen gehören.

1175 *hoveman*: Aus dem Mund der Königin wohl ironisch gemeint: Asprian hat sich gerade nicht zivilisiert und kriecherisch benommen, wie das Konstantin von seinen Höflingen gewohnt ist.

1176 *vedirspil:* »Jagdvögelchen«, ebenso wie V. 1175 ironisch gemeint.

1179–83 Die Konstruktionsfolge kann zweifach gedeutet werden.

Setzt man nach V. 1182 einen Punkt (so Vries), kann man V. 1179–82 folgendermaßen lesen: »Du hättest deine Tochter an Rother nicht verloren«, d. h. »du hättest sie dem besten Bewerber dir zum Nutzen gegeben«. Setzt man hingegen ein Komma, so ergibt sich das hier übersetzte Satzgefüge.

1190 *dise:* Dietherich und seine Gefolgsleute.

1193 *an owe:* hier im übertragenen Sinn zu verstehen (dagegen aber V. 183).

1198 *ioch in der note* (*ioch einer note* H): Konjektur von Henschel 1969, S. 481.

1204 *lebente* (*lebete* H): »Das Wort *lebete* ist doch wohl das Part. Präs. *lebente*, dessen Nasal in der Vorlage vielleicht durch einen Strich über dem Vokal angedeutet war [...]« (Suolahti, S. 140). Fraglich ist, ob *gen* nicht auch mit »je« (*ge*) in Verbindung zu bringen wäre.

1211 *liezis:* Optativ, nicht von *soldes* (V. 1209) abhängig. Die Konstruktionen haben aber gleiche Bedeutung.

1212 *virswellit:* vgl. das altnord. *svelta* = »hungern«, »verhungern« (Wilken 1873, S. 1196).

1220–22 Zur Verdeutlichung hier eine wörtliche Übersetzung: »Du würdest mir gar nicht so schnell befehlen (können), wie er, noch bevor es gegen deinen Willen wäre, das eiligst mißachten würde.« Es liegt also eine stark hyperbolische Aussage über die Nichtigkeit von Konstantins Willen angesichts eines Helfers Witold vor. Die Hyperbolik spielt mit Zeitbegriffen. Konstantin könnte sein Verbot gar nicht einmal aussprechen, ja nicht einmal denken, bevor es Witold schon mißachtet hätte.

1234 *wene:* Hier verstanden als Nebenform der Konjunktion *wande* (Lexer III, Sp. 669: weil); anders Rückert.

1253 *mugelich:* Entweder mhd. *mugelich* (»möglich«, »tunlich, passend, gehörig«) oder mhd. *müelich* (mit g = j als Gleitlautzeichen; »mühsam«).

1259 Die in dem Vers enthaltene Zeitangabe wurde unterschiedlich interpretiert: als Beginn der Mahlzeit (Rückert, Lichtenstein); bzw. als Ende der Mahlzeit (Wilken 1873, S. 1196; Kramer 1961).

1279 *miete:* Wohl ganz konkret, d. h. auf V. 1281–83 bezogen. Konstantin ist sogar bereit, *miete* zu geben, wenn sich Asprian nur anständig benimmt. Es ist eine Demonstration der Machtlosigkeit und, bezogen auf V. 1275, der Heuchelei.

1290 *berwelf:* »Der Riese erscheint hier wie überall in der Volkssage, als unbekannt mit dem Luxus, wozu in dieser Zeit an den Höfen, namentlich denen des Orients und den von ihnen beeinflußten, auch das Halten seltener gezähmter Thiere gehört. Das ihm als deutschem Riesen am besten bekannte Thier ist der Bär, daher und nicht etwa verächtlich nennt er den Löwen so. Die Komik des Ausdrucks ist nur für den Hörer oder Leser vorhanden, nicht von Asprian beabsichtigt« (RÜCKERT). Vgl. auch BAHDER mit Berufung auf J. GRIMM.

1294 Rother–Dietherich spielt weiterhin den Vertriebenen, insofern lebt er bescheiden. Der durch seine Freigebigkeit erhöhte Kontrast zu Konstantins Geiz zielt auf die Herrschereigenschaft der *milte* ab, was im Folgenden mehrfach betont wird.

1295 *al wante: al* verstärkend zu *wande*.

1307 Der Vers ist sowohl auf V. 1306 als auch auf V. 1308 zu beziehen (*apo koinu*).

1313 Der Vers kann sowohl auf V. 1312 als auch auf V. 1314 bezogen werden.

1345 ff. Asprian hat das Hofamt des Kämmerers (vgl. V. 418) inne.

1375 *toginliche:* Eine Konjektur in *tugentliche(n)* ist unnötig; sie blicken nicht neugierig und unverschämt umher wie Ungebildete, sie mustern alles dezent als Kenner.

1401 *blocliche:* vgl. LEXER I, Sp. 310 bzw. Sp. 313: *bliuclîch* bzw. *blûclîch* (›auf verlegene, schüchterne, zaghafte Art‹).

1404 Möglicherweise einer der früheren Belege für das Motiv des »hilfsbereiten Kaufmanns« (vgl. *Willehalm* und *Guoter Gerhard*).

1426 *wie:* Vielleicht könnte man statt »wer er sei« aufgrund der doppelten Lesbarkeit von *wie* (*wie* oder *we*, dialektbedingter r-Abfall) auch übersetzen: »wie es ihm gehe«.

1446 f. Trotz der offensichtlichen Korrektur in Fragment BE, V. 71 f., sieht WIEGAND, S. 43, hier die rhetorische Figur der Epizeuxis (nachdrückliche Wortwiederholung) realisiert.

1498 *vrige = vrîe.*

1503 *liet:* »ganz in der Art wie *maere* oder bei den höfischen Dichtern *âventiure* als die gleichsam lebendig gewordene Macht der wahrhaftigen Tradition gebraucht, der sich der Dichter unbedingt unterzuordnen hat«, RÜCKERT, S. LXIV; »Ob mit *daz liet* die Quelle oder die Bearbeitung gemeint sei, ist schwer zu sagen«, VRIES, S. 109. *liet* bedeutet wohl das, was hier erzählt wird, wohl kaum die Quelle. Darüber hat der Erzähler Gewalt. Erst im folgenden Vers rekurriert er auf das »Faktische«. Die Stelle ist ein deutliches Beispiel für bewußtgemachte Fiktionalität und erzählerische Souveränität, insofern das Gegenteil von dem, was RÜCKERT vermutet. E setzt gegenüber H die konventionelle Wendung.

1505 Der Vers läßt sich unterschiedlich interpretieren. So übersetzt BAHDER: »wie viel Vorteil auch die anderen davon hatten«; KRAMER 1961 schlägt vor: »was immer ihnen auch entgehen mochte«.

1510 *ungescrotin:* zu *schrôten* (vgl. Lexer II, Sp. 804: schneiden).

1520 *erin:* Das handschriftliche *trin* läßt sich u. U. mit VRIES, S. 109, als *»tr(uw)in«* verstehen.

1535 *ne wez ez:* vgl. dazu EDZARDI, Diss., S. 416 (»Doch erwartet man nach der Negation ein anderes Verb: Herlint weiß ja gerade Rath und sagt ihn unmittelbar darauf«), ähnlich VRIES, S. 110. LICHTENSTEIN und KRAMER 1961 fassen dies als Konversationsfloskel auf im Sinne von überlegendem, die Gesprächspause überbrückendem »Ich weiß nicht recht«.

1549 *sagin* = *sæhen* RÜCKERT; *sagen* ist wohl wegen des zu erwartenden Konj. II nicht wahrscheinlich.

1552 f. *vreude* bezeichnete den über den Alltag erhobenen Zustand der höfischen Gesellschaft; sie findet ihren besonderen Ausdruck im ›Lärm‹ (*schal*) der Hoffeste (vgl. auch BUMKE [7]1994, S. 427 f.).

1559 *sagete:* Es ist auch Konj. II denkbar.

1563 *geman* = *ieman*.

1571 *sichriliche* = *sicherlîche*.

1602 *geginsidele:* Die Konjektur erscheint notwendig im Zusammenhang mit V. 1626, in dem der Ehrenplatz dem Herrscher gegenüber für Herzog Friedrich eingefordert wird.

1610 »Das *got gesteine* ist der Karfunkel«, VRIES, S. 110 (vgl. auch V. 1853 und 4599).

1625 *bulgan:* möglicherweise mit *puljân*, Kuppler (LEXER II, Sp. 305), zusammenhängend. VRIES, S. 110, sieht einen »Zusammenhang mit den Bulgaren, unter denen im XI. Jahrh. die ketzerische Sekte der Bogomilen sich gefährlich verbreitet hatte.« – Vgl. dazu LMA II, Sp. 328 ff.: Bei den Bogomilen handelt es sich um »erstmals zw. 933 und 944 in Bulgarien bezeugte Anhänger der Häresie des Priesters Bogumil, der seine Lehren im 10. Jh. in Bulgarien verbreitete [...]. Die Bogomilen gelangten bis an den Hof des Kaisers Alexios Komnenos, der sie um 1110 als Häretiker verurteilen ließ [...]. Sie konnten sich [...] in Osteuropa und in den Balkanländern weiter ausbreiten und erreichten sogar

Rußland. Wahrscheinl. gelangten die Bogomilen in zwei Wellen auch in den Okzident.«

1664 ff. Vgl. zum Folgenden Stein 1988, S. 322 f., kritisch dazu Zimmermann 1993, S. 118 f., Anm. 298.

1769 *bulslagen:* Vgl. F. Van Der Rhee, *Die germanischen Wörter in den langobardischen Gesetzen*, Rotterdam 1970, S. 41 ff.: »Die germanischen Gesetze kennen mehrere (unerlaubte) Körperverletzungen, Gewalttätigkeiten und Misshandlungen. Dabei werden allerlei Arten unterschieden. Schläge, die eine offene oder eine trockene Wunde verursachen (in den lgbd. Gesetzen *plaga* bzw. *ferita* genannt [...]) [...]. *Pulslahi* ist eine Unterart der *feritae*« (S. 43).

1835 *cyclatin = ziklât = sigelât:* golddurchwirkter Seidenstoff.

1853 *karbunkul = karfunkel*, lat. *carbunculus* (»kleine Kohle«), roter Granat oder Rubin.

1871 *blatvuze:* Im *Herzog Ernst B*, V. 4671 ff. werden sie als *plathüeve* oder *platfuzz* erwähnt und folgendermaßen beschrieben (zit. nach der Edition von K. Bartsch, *Herzog Ernst*, Hildesheim 1969): *den wârn die füeze vil breit / und alsô den swanen gestalt. / [...] / sie truogen keiner slahte schuoch. / swann ungewiter wolde werden, / sô leite er sich ûf die erden: / sô hebet er einen fuoz über sich. / daz was genuoc wunderlich.*

1883 *varunde diet:* Spielleute, Gaukler etc., die auf Hoffesten zur Unterhaltung beitrugen (vgl. Bumke, S. 305 f., 315 ff., S. 691 ff.).

2165 ff. Die Stelle hat seit Vries zu ausladenden Interpretationen Anlaß gegeben (vgl. u. a. Vries, S. 112; Suolahti, S. 141; W. J. Schröder 1957, S. 222 f.; Bäuml 1959, S. 251 f.; Curschmann 1968, S. 69, Anm. 143, etc.). – Vgl. auch *Dukus Horant* (hrsg. von P. Ganz / Normann / Schwarz), F. 74, 2–3 (wir lassen die von den Editoren gesetzten diakritischen Zeichen weg): *Witold mit der stangen al da hine gink. / Di steheline stange er zu beiden handen vink. / er stis si in di erde zwolf kloftern lank. / Mit wi wite sprunge er da zu sprank. / er zoch si us der erden unde warf si das si hoch uf gink. / unde alse si kam her nidere mir einer hant er si vink. / er swank si umbe das houbet sin / rechte alse es were rutelin.*

2171 *clafter:* Längenmaß (etwa 1,9 m).

2328 *gewilot:* zu *wîlen* (aus lat. *velare* = verschleiern; das Wort hat hier die konkrete Bedeutung »den Schleier nehmen« = Nonne werden).

2352 *wegich:* zu *wegen* (vgl. LEXER III, Sp. 725 ff. mit Dat. der Person: helfen, beistehn); *der = dir – dir helle:* hier im Sinne von »vor der Hölle«.

2355 ff. Die von der Königstochter vorgeschlagene Pflege der Gefangenen entspricht dem christlichen *caritas*-Ideal, wie es auch in den Viten zeitgenössischer weiblicher Heiliger eine tragende Rolle spielt.

2409 Bemerkenswert ist dieses ironische *understatement* in einem Text, der oft als ›formelhaft‹ charakterisiert worden ist.

2437 f. Die in diesen Versen deutlich werdende Provokation ist nicht geringzuschätzen. Immer ist die äußere Erscheinung des feudaladeligen Protagonisten Kennzeichen für seine Teilhabe am adeligen Rang. Adelige sind auch körperlich attraktiv, das Gegenteil steht den *pauperes* (als Gegenstück zu den *potentes*) zu; vgl. V. 1371 f.

2521 Vielleicht auch: »woher das Spiel seinen Ausgang nahm« (also räumlich!).

2550 *similen = semelen*: feines Weizenmehlbrot, Semmeln.

2558 WIEGAND 1904, S. 64, vermutet hier ein bewußt gesetztes Oxymoron.

2565 Zu den Belegstellen in der frühhöf. Literatur vgl. SZKLENAR 1966.

2638 *herliche gare:* vielleicht auch im Sinne von »prächtig gerüstet«.

2660 *inzusken = enzwischen.*

2740 Negationsergänzung mit Rücksicht auf »Vers und ... Sinn« bei RÜCKERT; ähnlich auch VRIES, S.113. Der Sinn erfordert die Negation nicht unbedingt (vgl. V. 1701–09). Einzuräumen bleibt, daß V. 2740 ohne zweisilbige Negation recht kurz ist.

2780 *irhancte:* Prät. von *erhängen* (LEXER I, Sp. 636: geschehen lassen).

2813 *sigen = sichein.*

2818 *salite:* zu *selen* (LEXER II, Sp. 866 f.: rechtskräftig ... übergeben).

2819 *Dietherich der wigant*: *Apo-koinu*-Konstruktion!

2878 *zelder:* ein im Paß gehendes Pferd, im Mittelalter besonders geschätzt und vor allem als Damenpferd verwendet.

2912 *erande:* zu *ârant* (LEXER I, Sp. 88: auftrag, botschaft).

2934 *sante Gilege* ist der besonders im Westen Deutschlands verehrte hl. Ägidius.

2953 *Diezen:* Dießen; »Ort und Augustinerchorherrenstift im westl. Oberbayern [...], zum ersten Mal urkundl. um die Mitte des

11. Jhs. (Dießun) erwähnt, als sich nach dem Ort die Grafen Otto und Arnold nennen, Angehörige des nach Diezen und später nach Andechs sich nennenden großen Grafengeschlechts [...]« (vgl. LMA II, Sp. 1013).

2957 Nach WIEGAND 1904, S. 64, bewußt gesetztes Oxymoron.

2960 *Tengelinge:* Bayrisches Adelsgeschlecht mit Sitz in der Nähe von Tittmoning, zurückgehend auf das Geschlecht der Sieghardinger; nachweisbar im 11. und 12. Jh. Grundsätzlich dazu URBANEK 1976, S. 35 ff.; MEVES 1976.

2997 *geinir = jener.*

3022 Konstantin durchschaut in der Regie des Erzählers erst im nachhinein die Funktionalität von Rothers *milte.*

3104 *Riflande* = Ripuarien, zu lat. *ripa* (= Ufer); seit dem 8. Jh. Bezeichnung für die rheinfränkischen Bewohner des Kölner Umlandes.

3106 Rechtssprechung und Schutz von Witwen und Waisen zählen zu den wichtigsten Pflichten des vorbildlichen Herrschers (vgl. zur Stelle NEUENDORFF 1982, S. 173 f.).

3143 ff. Edelsteine wurden im Mittelalter als Träger göttlicher und übernatürlicher Kräfte angesehen. Große Bedeutung besaß die Edelsteinbeschreibung der Apokalypse, vor allem im Bild des himmlischen Jerusalem (Offb. 21).

3178 f. Vgl. KRAMER 1961, S. 179, Anm. 16: »Dieser Ritter gehört also der Kaufmannsgilde, d. h. den großen Händlern an, wie das häufig in den deutschen und italienischen Städten der Fall war« (so schon RÜCKERT).

3195–3202 Situationsgemäß variierte Übernahme von V. 3144–51.

3223 *su = si.*

3266 *inhatte:* Vgl. enthaben (LEXER I, Sp. 569: bleiben, warten).

3334 Hier scheint feudaladelige Alltagsrealität (nämlich die Verfügbarkeit auch anderer geeigneter Heiratskandidatinnen) kurzfristig das Brautwerbungsschema zu relativieren.

3386 *huven:* zu *heben* (LEXER I, Sp. 1199: erheben, anfangen).

3478 ff. Die Anbindung an die Karls-Genealogie sowie an Gertrud als diesem Geschlecht zugeschriebene Heilige dient zur Legitimation der Wahrheit der Erzählung (V. 394 f.). Vgl. dazu grundsätzlich SCHNELL 1982.

3479 *daz buch:* Wenn diese Stelle nicht lediglich topischen Charakter hat, dann ist damit wohl eine Vorlage gemeint. Anders VRIES, S. 115, der hier das Epos bezeichnet sieht.

3486 *Gerdrut:* die hl. Gertrud von Nivelles (um 626–659), Tochter von Pippin d. Ä., wurde in Nivelles Äbtissin und stattete ihr Kloster mit kostbaren Reliquien aus. Schon bald nach ihrem Tod begann der Kult, der zu den verbreitetsten des Mittelalters zählte. Als Adelsheilige wurde G. von den Karolingern verehrt sowie von den großen Familien, die sich karolingischer Abstammung rühmten.

3533 *wartin:* zu *warten* (Lexer III, Sp. 697 f.: acht haben, spähen).

3610 *tomenstach* = *tûmes tac* (Lexer II, Sp. 1574: jüngster tag).

3638 f. In vergleichbarer Form eine beliebte Verskombination etwa auch im *Orendel,* hrsg. von Arnold E. Berger, Bonn 1888 (»*si zugen ûf ir segele, die kiele fluzzent ebene*«, V. 357 f., 385 f. 441 f. u. ö.).

3659 *der helle geste:* Ähnlich übersetzt auch Kramer 1961 (»dann würden die Grundfesten der Welt / nicht von der Hölle verschlungen«); anders und mit zahlreichen Konjekturen Rückert, S. 183.

3670 *numaris* = *niumære,* Gen.

3736 *ubersite: Hapax legomenon,* vgl. Lexer II, Sp. 1659 (»auf geizige weise?«) bzw. BMZ II, S. 325 a (»Hochfahrt«); hier wohl im Sinne von *unsite* (Geiz, Mißbrauch). Vgl. auch V. 1127: Im Gegensatz dazu »übte (Rother) keine schonung gegen seine schätze« (Bahder).

3850 ff. Konstantins Traumerzählung muß – der Logik der Erzählung zufolge – wohl als Einschüchterungsversuch des Vaters gegenüber seiner Tochter verstanden werden. Ansonsten müßte man eine ›falsche‹ Zuordnung der direkten Rede zu Konstantin statt zu seiner Frau (die dann mit dieser Traumerzählung ihre Tochter beruhigen würde) in Betracht ziehen. Doch wird sie in dieser Szene erst in V. 3883 (!) erwähnt.

3930 ff. Vgl. zur Stelle Stein 1988, S. 328 f.

3960 *rechen* = *rîchen.*

3992 *gient* = *jehent.*

4006 ff. Gemeint ist: »wir müssen auch Berchter töten, sonst veranstaltet er wieder einen neuen Kriegszug«. Außerdem scheint ein vasallenrechtlicher Vorwurf gegen Berchter vorzuliegen, vgl. Stein 1978, S. 166 und Anm. 109; das dort zu Alexander Gesagte gilt möglicherweise auch hier. V. 4089–4113 zeigen denn auch den Zielpunkt der Bemerkung Konstantins.

4076 f. Vgl. Rückert: »Die Berufung auf den Täufer, der hier als besonderer Schutzpatron Rother's erscheint, erinnert an Paul. Diacon. 4,48, wo eine Anekdote erzählt wird, welche die besondere Verwendung Rotharis, d. h. Rothers, gegen den Heiligen und umgekehrt dessen besondere Gunst gegen den König erläutern soll.«

4097 *Valewin:* Kumanen, »reiternomad. Turkvolk umstrittener Herkunft. [...] Um die Mitte des 11. Jhs. beherrschten die [...] Kumanen ein von der Donau im Westen bis zum Talas-Fluß in Zentralasien im Osten reichendes Gebiet« (LMA IV, Sp. 1568). – Vgl. zur Stelle auch VRIES, S. 117, und GELLINEK 1968, S. 90, der damit die Griechen gemeint sieht.

4107 f. Die beiden Verse fehlen in M ohne Lücke.

4111 *geniz = ienez.*

4115 ff. Die Interpretationen zum Fehlen der Verse 4115–42 im Fragment M gehen weit auseinander (vgl. EDZARDI 1874, S. 59; POGATSCHER 1913, S. 12, Anm. 2; W. J. SCHRÖDER 1957, S. 219; VRIES, S. XVI). Die Spekulationen sind überflüssig. Es bleibt nur festzuhalten, daß hier neben den Schlußpartien die einzige Belegstelle für eine »produktive« Überlieferung vorliegt.

4161 *Mal:* Diesen Namen trägt auch Wolfharts Schwert im *Rosengarten F* (hrsg. von G. HOLZ 1893) Str. 22, V. 3, S. 232. Prioritätsüberlegungen (VRIES) oder die Feststellung, daß eigentlich Wolfrat dieses Schwert tragen sollte (so RÜCKERT), führen zu nichts. Zu Recht bemerkt VRIES, S. 118: »Ein Schwertname *Mâl* ist jedoch leicht begreiflich, denn das Wort bedeutet ›Zeichen‹, ›Schmuck‹«; ob die von VRIES zitierte Veldeke-Stelle (Eneas-Roman, V. 4554: *Unde swert mit schönen malen*) hier paßt, scheint sehr fraglich.

4206 Vgl. dazu *Kaiserchronik* (*Deutsche Chroniken und andere Geschichtsbücher des Mittelalters*, Bd. 1, Berlin 1964), V. 2465; vgl. Mt. 16,18; Eph. 2,20; Offb. 21,14. WIEGAND 1904, S. 66. Wie oben V. 3658 scheint auch hier ein *terminus technicus* der (Bibel-) Theologie auf feudalen Inhalt umgelegt.

4293 Auch hier (wie schon V. 3062) negativ gezeichnetes Bild der Spielleute.

4314–17 Diese vierfache Anapher ist eine der wenigen ausgeprägt rhetorischen Stellen des *KR*; vgl. dazu WIEGAND 1904, S. 43 f. Es ist bemerkenswert, daß dies in der direkten Rede eines ›Fahrenden‹ vorkommt.

4370 *bit = mit.*

4372 f. Vgl. 51 f.: Die Erziehung erfolgte an Rothers Hof. URBANEK 1976, S. 52, findet den »Preis Lupolts [...] an dieser Stelle mehr als deplaciert; er ist hier – weit verspätet – unorganisch eingefügt, ohne Motivation vom Text her. Dagegen ergibt sich die Huldigung für Wolfrat organisch aus seinem zuvor geschilderten Einsatz in der Schlacht am Galgenberg«. Es läge ein gleich langes Pendant zum Wolfrat-Lob vor, »als Ausgleich der Wertungsbalance, so als ob der Dichter den in Lupolt verehrten Herrn seiner Umgebung, Liupold von Plaien, unter keinen Umständen zu kraß hinter dem in Wolfrat gehuldigten zurücksetzen wollte«. Ferner: »die Würdigung [der Erziehung] Lupolts mag in der Realität, der tatsächlich erfahrenen außerordentlich guten Erziehung des jungen Grafen Liupolds, womöglich am kaiserlichen Hof – wie V. 51 f. andeuten –, begründet sein«. – Selbst wenn man mit Urbanek meint, in V. 4333–73 eine jener fünf »Ballungsphasen« vor sich zu haben, in denen zeitgeschichtliche Anspielungen kleindimensionalen, d. h. auf Gönner und Primärrezipienten bezogenen Charakters (S. 230) den Text dominieren, ist festzuhalten, daß natürlich auch Leistungen Lupolds vorliegen, der Inkognito-Gang mit Rother und das Hornblasen, und daß zwischen dem Lob Wolfrats (V. 4346–52) und dem Lupolds (V. 4365–73) auch das Erwins (V. 4357–64, also von gleicher Länge!) steht.

4402 ff. Die hl. Helena (um 249–329) ist die Mutter Konstantins des Großen. Ihr Kult verbreitete sich von Rom aus in Italien, Ungarn, Deutschland (bes. im Rheinland) und Frankreich. Sie ist die Auffinderin des heiligen Kreuzes, die mittelalterliche Ikonographie zeigt demzufolge als ihre Attribute Dornenkrone, Nägel und das Kreuz selbst.

4406–10 Die Kommentatoren des 19. Jahrhunderts hatten die Stelle bereits richtig verstanden. Probleme entstanden erst mit den Zweifeln von Vries. Stilistisch liegt eine Assoziationstechnik vor, die sich in der geistlichen Dichtung des 11. und 12. Jahrhunderts häufig findet: Helena wird mit dem Kreuz verbunden, dieses mit der Erlösung assoziiert, was wiederum dazu führt, daß eine der gängigsten populartheologischen Erlösungstheorien der Zeit abbreviiert (s.u.) referiert wird. An V. 4410 ff. knüpft, neuerlich assoziativ, das Referat über Gottes Schöpferallmacht an, und das Ganze schließt V. 4415–19 mit der Hervorhebung des vasallitisch-reziproken Dienst-Lohn-Verhältnisses des Ritters zu Gott (vgl. Dobozy 1978, V. 122–147, z. B. S. 123) und kehrt V. 4420 zum Ausgangsthema »Schonung« zurück, das aber nun von der *burc* (V. 4398) auf Konstantin selbst Bezug nimmt. Die Schonung Konstantins ist zum vasallitisch-reziprok gedachten Dienst an Gott geworden, dessen wesentliche Züge an den Taten Schöpfung und Erlösung, angeknüpft an das Kreuz und Helena (sowie die sieben Apostel Konstantinopels), kurz angesprochen wurden. Durchschaut man die Technik, so handelt es sich um eine sehr eindrucksvolle Argumentationskette Asprians! – Die erwähnte Erlösungstheorie besteht in der »volkstümlich-anschaulichen« Deutung der *redemptio* des Menschen als »Überlistung des Teufels oder als Loskauf aus dessen Macht wegen der Überschreitung seiner usurpierten Rechte an dem unschuldigen Christus« (A. GRILLMEIER, »Erlösung III: In der Dogmengeschichte«, in: LThK 3, [2]1959, Sp. 1016–30, Sp. 1020 ff.; vgl. STEIN 1976, S. 36). Die Quelle dieser Vorstellung ist Gregors d. Gr. *Homilia 25*, PL 76, S. 1194 f. Ausführlich gestaltet ist diese »Angelhakentheorie« (s. u., FRAU AVA, *Leben Jesu*) z.B. in der Predigt 13 des *Speculum Ecclesiae* (hrsg. von MELLBOURN 1944) 31, 21–32, 4. In der geistlichen Dichtung des 11. und 12. Jh. wird dieser Gedankengang (wie andere Theologismen auch) oft stark verknappt wiedergegeben; vgl. FRAU AVA, *Leben Jesu*, in: *Die Dichtungen der Frau Ava*, hrsg. von K. Schacks, Graz 1986 (Wiener Neudrucke, 8), V. 47,7 und V. 154. Die *KR*-Stelle beinhaltet Theologie der Zeit und ist unter Verwendung des predigtrhetorischen Assoziationsstiles der geistlichen Dichtung des 11. und 12. Jahrhunderts geschrieben.

4445 *Michael:* Erzengel, oft mit Schwert und Waage dargestellt, und zwar als Töter des höllischen Drachen/des Teufels bzw. als Seelenwäger (vgl. LCI III, Sp. 256 ff.).

4447–49 »Die Verse müssen im Anschluß an die Wiener Genesis V. 55 ff. entstanden sein« (BAHDER 1884, S. 281); keine direkte Anlehnung wegen der Formelhaftigkeit des Reims 4447.48 (mit Belegstellen) WIEGAND 1904, S. 121 f. (§ 108); dem zustimmend VRIES, S. 119 – Es handelt sich um eine weit verbreitete Vorstellung, die ihren festen Platz in heilsgeschichtlichen, dogmatischen und moraltheologischen Zusammenhängen hatte: der Sturz Luzifers »ermöglicht« heilsgeschichtlich die Erschaffung des Menschen als Ersatz für den mit Luzifer gestürzten 10. Engelschor sowie den Sündenfall durch die Verführung als Neid-Akt des Gestürzten; dogmatisch wird die Beherrschung des Bösen durch Gott gegen alle dualistischen Lehren (vgl. V. 3945–47) handgreiflich, und schließlich ist moraltheologisch in diesem Geschehen die Ursünde der Auflehnung gegen Gott, das Sich-Selbst-Überheben – der *übermuot*, die *superbia* – darstellbar. Förderlich für die Verbreitung dieser heilsgeschichtlichen Episode dürfte neben ihren theologischen Qualitäten auch die Möglichkeit gewesen sein, sie als Bestrafung eines abtrünnigen, rebellischen Vasallen darzustellen. Jedenfalls tritt die Vasallitätsthematik stark hervor, auch zwei Ratsszenen sind eingebaut. – Die biblische Zentralstelle steht bei Isaias in der Reihe der *onera contra gentes* (Unheilswünsche und -vorhersagen gegen die Feinde Israels) und ist Teil einer prophezeiten Hohnrede Israels (Is. 14,12–15). Dazu treten Mt. 24,29 (Weltuntergangsprophetie: *et stellae cadent de coelo*); Lk. 10,18: *Videbam Satanam sicut fulgur de coelo cadentem;* Offb. 6,13: *et stellae de coelo cecidisse in terram.* In der frühmittelhochdeutschen geistlichen Dichtung finden sich die folgenden etwas breiteren Gestaltungen: *Wiener Genesis* (hrsg. von Dollmayr, ATB 31, 1932), V. 25–78; *Milstätter Genesis* (hrsg. von Diemer 1862/1971), V. 1,13–2,11; *Vorauer Genesis* (hrsg. von Diemer 1849/1968), V. 4,13–5,1; *Summa Theologiae* (hrsg. von Maurer, *Die religiösen Dichtungen*, Bd. 1, 1964), Abschn. 5 und 6; *Hochzeit* (hrsg. von Maurer, *Die religiösen Dichtungen*, Bd. 2, 1965), Abschn. 14–16 und 77; *Mittelfränkische Reimbibel* (hrsg. von Maurer, *Die religiösen Dichtungen*, Bd. 1, 1964), Abschn. 5; *Anegenge* (hrsg. von Neuschäfer 1969), V. 231–276; Predigtbeispiele der Zeit: Schönbach I 274, 1920; 320, 34.35; 76, 19–28; Schönbach III 231, 31–40; im Spätmittelalter z.B. *Erlösung* (hrsg. von Maurer, *Deutsche Literatur. Sammlung literarischer Kunst- und Kulturdenkmäler in Entwicklungsreihen*, 1934), V. 210–241. Wichtigste Darstellungen mit Literatur bei H. Freytag, »Kommentar zur frmhd. Summa theologiae«, in: Medium Aevum 19, München 1970, S. 56–59; Hempel 1970, S. 2–37, bes. 29–37; Stein 1970, S. 113–218.

4478 Wiederum Lehnsterminologie im Verhältnis Gott–Mensch.

4492 f. Berchter hat Rother das Wichtigste gelehrt, die Fähigkeit, das Seine beizutragen zum »Zusammenspiel« der »*wîsheit* des Königs« und der »*wîsheit* seiner Fürsten« in der Ratsversammlung. »Es ist des Herrschers Klugheit, sein Sachverstand und sein Unterscheidungsvermögen, die ihn befähigen, in richtiger Weise vom Rat der Fürsten Gebrauch zu machen« (Schouwink 1977, S. 155 f.). Kernstelle für diese Forderungen an einen Fürsten ist der Beginn der Aristotelesunterweisung an Alexander den Großen im *Alexander* des Rudolf von Ems (hrsg. von V. Junk 1909/1970), V. 1423–28. Vgl. auch *Vorauer Alexander* (hrsg. von Kinzel 1884), V. 155–162 (= *Straßburger Alexander*, V. 181–189). Einmal – vor dem Paradieszug – vergeht sich Alexander gegen diese *tugent* (*Straßburger Al.*, V. 6667 f.), und genau an dieser

Stelle beginnt ein merkwürdiger Wertungsumschwung des sonst so positiv gegenüber Alexander eingestellten Gedichts; vgl. zum Ganzen Stein 1978, bes. S. 164, Anm. 99, und S. 167–169. – Im *KR* ist dieser eklektizistischen Qualität des Herrschers in Sachen *rat* eine ganze Szenenfolge gewidmet: die Fähigkeit Rothers, richtig auf *rat* zu hören, beweist sich in seiner kritischen Haltung dem typischen Ratgeber Berchter gegenüber in dem Moment, als dieser befangen ist (V. 448–611). Die vorliegende Stelle bringt den Grund für Rothers *tugent*: Berchter hat ihn richtig erzogen.

4503 ff. Aufrichtigkeit im Sprechen miteinander mag sicher eine allgemeine moraltheologische Forderung sein. Hier aber wird sie speziell für Lehnsleute und *vorsten* hervorgehoben, was sonst eher ungewöhnlich ist. Die Arbeiten zum Historischen bzw. zu den Werten im *KR* (Urbanek 1976, Meves 1976, Dinser 1975, Kokott 1978, Dobozy 1978) beachten die Stelle nicht.

4527 f. Zur sprichwortartigen Stelle vgl. *Kaiserchronik* (s. o.), V. 7512 f., *Wolfdietrich A*, V. 217,2 und 219,2 (vgl. dazu *Deutsches Heldenbuch*, Berlin 1866 ff., IV, S. 264, Anm.); *Crône*, V. 16827.28, auch Predigten kennen dieses Wort: Es geht offenbar durch alle literarischen Bereiche.

4529 *wedichet:* am ehesten noch mit mhd. *wætlich* (u.a. »wahrscheinlich, leicht geschehend«) in Zusammenhang zu bringen.

4562 ff. Vgl. Anm. zu 4447–49.

4592 M (!) *skop:* ahd. *scof*, westgerm. Bezeichnung für den Hofdichter und -sänger. Altenglische Dichtungen wie der *Beowulf* vermitteln ein gutes Bild vom Vortrag des *skop* und machen deutlich, daß er zur Gefolgschaft eines Fürsten gehörte und eine angesehene Stellung innehatte. In der Prosa wird ae. *scop* auch ganz allgemein für ›Dichter‹ verwendet.

4731 *iunc* zeigt jene Stoßrichtung der Belehrung in *alder zuht*, in konservativer Lehnsethik, an, die schon mehrfach sichtbar geworden ist: junge Adelige sollen in einer sich wandelnden Zeit für die alten Ideale gewonnen werden. V. 4732–34 argumentieren ganz handfest: Vasallendienst adelt, (materielle) Vergütung bleibt (auch in diesem alten System) nicht aus.

4741 f. Die beiden Verse sind gleich gebaut wie V. 4655 f. und repräsentieren das, was Parry und Lord unter »formula« verstehen: ein Gerüst, in dem ein Teil oder mehrere ausgetauscht werden können, nicht nur statische Formelhaftigkeit, sondern produktive. Aus dieser Art Produktivität entsteht dann hier eine inhaltliche Groteske, wenn Wolfrat 80.000 *bi der hand* nimmt. Ob den zeitgenössischen Rezipient/inn/en das »Gigantische« dieser beiden Verse auch auffiel? Immerhin gehören diese 80.000 zu Rothers Leuten, und nach V. 4738 f. gibt die Königin jedem einzelnen von diesen einen Abschiedskuß. Inwieweit zeigen solche Formulierungen das Schmunzeln des Erzählers?

4756 Die Geschichte ist wieder beim Anfang angelangt. Rothers *êre* ist vollständig, das einschränkende *wene* von V. 18 aufgehoben. Wichtig ist aber nicht nur dieser geschlossene Kreis, sondern daß der »Gegner«, den das Brautwerbungsschema vorsieht, sich der Notwendigkeit der Behebung dieses Mangels beugt, der anfänglich und die Erzählung initiierend an Rother haftet. Im Zeichen der *alden zuht* ist die *ere* durch Konsens auch des ursprünglichen Gegners vollständig gemacht. Dabei bleibt auch die *êre* des Gegners gewahrt: Das System vasallitischer gegenseitiger Loyalität hat so funktioniert, daß es auch seine schlechten Vertreter zu den echten Werten der *êre* bekehrt hat. – Was noch folgt, ist Erfüllung der Handlung, ferner (wenn auch utopische, so doch dargestellte) Demonstration der Ausbreitung der Idee der Loyalität über die Welt (nicht so sehr aber auch eine Belohnungsaktion) und die Darstellung dessen, was ein loyaler Herrscher erreichen kann: sein Reich geordnet und rechtzeitig zu übergeben.

4794 *warheit* meint auch »heilsgeschichtlich oder moralisch Relevantes«, was ganz besonders auf die hier vorliegende (zweite) Einordnung Rothers in die Karlsgenealogie beziehbar scheint: Das Gedicht berichtet »relevante Geschichte«.

4800 Zur physischen und psychischen Belastung der Heerleute durch den langen Kriegszug vgl. *Straßburger Alexander* (hrsg. von I. Ruttmann, Darmstadt 1974), V. 4073 ff.

4806 Der Erzähler will mit der folgenden Belehnungsszene zwei wesentliche Aspekte noch einmal demonstrieren, Rothers Macht (und damit den Sieg der Idee richtiger vasallitischer Herrschaftsstrukturen in der europäischen Welt) und seine großzügigen Maßstäbe bei der Lehnsvergabe. Es ist also tatsächlich wichtig, daß Rother seine Gefolgsleute zurückhalten kann.

4834 Es geht ganz offensichtlich um eine Demonstration des Machtbereiches Rothers (s. V. 4822 ff.). Der Erzähler hat hierfür nicht genügend Helden in seinem Gedicht. Beachtet man die handschriftliche Initialsetzung, zeigt sich, daß – nach den zehn anonymen und zwei genannten Riesen – dieser Erzählblock (V. 4834–4857) vier Herzöge (V. 4836–39), Erwin und zehn Grafen aus Lupolds Gefolge (V. 4848–50) zusammenfaßt. Erwin ist derjenige

Sohn Berchters, der zwar mit Namen genannt wird, aber in eher untergeordneter Position agiert. Die nächsten Abschnitte wenden sich dann Wolfrat und Lupold zu.

4847 *Plisnin:* Pleißnerland; historische Landschaft in Mitteldeutschland. Friedrich I. baute um Altenburg seit 1158 ein dem Reich unmittelbar gehöriges Territorium auf, das sich vom Land an der Pleiße bis an die Mulde erstreckte.

4856 Rother versucht nicht, Lehnsgebiete als Hausmacht oder zur Hausmachterweiterung zurückzuhalten, er richtet mächtige und umfangreiche Vasallenherrschaften ein; sogar ein Unterkönigtum (V. 4887, wie übrigens schon Konstantin nach seiner »Bekehrung« V. 4711 ff.). Vgl. zur Diskussion Meves 1976 und 1979, Urbanek 1976, Kokott 1978 und Stein 1980).

4861 ff. Der Erzähler nimmt den Topos der Kritikerschelte auf, legt ihn aber auf das ihn interessierende verfassungspolitische Problem um (vgl. z.B. *Jüngere Judith*, hrsg. von F. Maurer, *Deutsche religiöse Dichtungen*, Bd. 2, 1965, S. 5 ff.). Zur Tradition vgl. C. S. Jaeger, »The ›Strophic‹ Prologue to Gottfried's Tristan«, in: GR 47 (1972) S. 5–19, bes. 12–14. Hier wie im *KR* werden diejenigen, die nicht bereit sind, die ideologische Aussage des Erzählten zu akzeptieren, moralisch abqualifiziert und mit Sanktionen bedroht. Diese sind in der *Judith*, einem biblisch-religiösen Text, religiöser Art (Verlust des ewigen Lebens), im *KR* bleiben sie quasi ›immanent‹.

4864 f. Hier scheint das Anliegen der Belehnungsszenen knapp formuliert: Rother übt sein Amt als Lehnsherr in gerechter Überlegung aus (Dienste und Beweis von Fähigkeiten als verwaltende Herrscher sind die Kriterien), er hat die Macht, weite Länder zu vergeben (vgl. V. 4842 f.), und er behält nichts zurück. Es hat den Anschein, als ob der Erzähler mit diesen Zwischenbemerkungen zwischen den einzelnen Etappen der Aufzählung der Belehnungen eine Vorstellung von dem aufzubauen versucht, was er sich unter einem gut funktionierenden Lehnssystem vorstellt. Die Rother betreffende Seite des reziproken Verhältnisses kulminiert in diesen Versen.

4875 Vries (S. 120) vermutet hier im Anschluß an Edzardi den ›ursprünglichen‹ Schluß des Epos.

4888 Die Stelle ist auch thematisch wichtig, da hier das Erblehen, schon am Beginn des Gedichts (V. 22) Ausgangs-Movens der Handlung, als selbstverständliche Gewohnheit dargestellt wird.

4900 Es dürfte wohl nicht so sehr ums Überfallenwerden gehen, sondern um mögliche Widerstände im neu übertragenen Lehensland; vgl. dazu schon V. 196f. Der königliche Geleitschutz soll vor allem der Legitimation den neuen Untertanen gegenüber dienen.

4907 Wieder wird das Zu-Fuß-Gehen zum charakteristischen Merkmal der Riesen.

4914f. Gerade das Engagement des kommentierenden Erzählers, das scheinbar die Syntax in Unordnung brachte, ist wichtig und gibt der Stelle ihren aktuellen Sinn. Ob hier polemisch eine Verbindung hergestellt wird zur politischen Lage der »Zeit, als Lothar [von Supplinburg] mit dem staufischen Gegenkönige zu ringen hatte« (Edzardi 1874, S. 17), wird man wohl nicht eruieren können. Es muß sich überhaupt nicht um einen konkreten Kaiser handeln: genauso wie der (utopische) Idealherrscher dargestellt wird, wird auch der ideale Vasall propagiert – es geht eben um die idealen Voraussetzungen des Funktionierens des vasallitischen Systems, ferner um den »historischen« Ausweis, daß es einmal (und zwar in einer Zeit, die gerade nach 1150 politisch ausgenützt wurde, die Karls des Großen) funktioniert hat, sowie um die Feststellung, daß es »heute« wegen des Versagens beider Pole des reziproken Systems nicht mehr funktioniert.

4926 Ende der Belehnungspartie; es beginnt der eigentliche Schluß, an dessen Beginn Berchter noch einmal und im Kontrast zu seinem letzten Auftreten als ›Pensionist‹, der den letzten Rat gibt, sozusagen als verchristlichter »Held vor dem Untergang«, in all seinem Glanz vorgestellt wird.

4942 Gellinek 1968, S. 85, und ausführlich Urbanek 1976, S. 119f., stellen eine Beziehung zum Wappen Gebhardts I. von Burghausen her, dessen Nachbildung, versehen mit der Jahreszahl 1072, noch an der Außenmauer »eines bekannten historischen Gasthofes in Burghausen« (Urbanek, Bildtafel nach S. 120) zu sehen ist; dagegen Meves 1979, S. 143.

4951ff. Rückert und Bahder bringen den *Claugestian* mit dem – namenlosen – Wunderstein, der Alexander aus dem Paradies gebracht wurde, in Verbindung (vgl. *Straßburger Alexander*, hrsg. von I. Ruttmann, Darmstadt 1974, V. 6932ff., bes. V. 7044–48). Ähnliche Eigenschaften werden im *KR* dem Karfunkel (vgl. V. 4955f.) zugeschrieben. Gegen eine direkte Abhängigkeit des *KR* vom *Straßburger Alexander* bereits J. Zacher, »Zur Basler Alexanderhandschrift«, in: ZfdPh 10 (1879) S. 109f., und Vries, S. LXXIV.

4960 Vgl. Vries, S. 121: »*aldgris* ist ein Epitheton des Spielmannsepos« mit Verweis auf *Salman und Morolf*, Str. 28,171.

4997 ff. Rother erfüllt nun auch noch seine letzte Herrscherpflicht: Programmatisch wird angekündigt, daß er bereitwillig und fördernd seinem Sohn die *êren* überträgt. Dies ist nicht nur eine herrschaftspolitische Idealvorstellung, sondern auch auf das schon mindestens zweimal angesprochene Verhältnis zwischen den Generationen (V. 4731–34, V. 4888) bezogen. Wie V. 4731 ff. eine Ermahnung an die Jungen ausgesprochen wird, sich hochzudienen, wird in der aktualisierenden Feststellung von V. 4999 f. Rothers vorbildliches Verhalten als für die Gegenwart maßgeblich hervorgehoben.

5010 Aachen ist seit König Pippins Überwinterung 756/766 vor allem als Pfalzort bezeugt und wurde nach ersten Aufenthalten Karls d. Gr. ausgebaut. Otto I. begründete 936 mit seiner Krönung in Aachen eine Tradition, der sich 30 Könige bis 1531 verpflichtet fühlten. Die *Goldene Bulle* setzte 1356 Aachen als Krönungsstätte reichsrechtlich fest (vgl. LMA I, Sp. 1 ff.).

5061 ff. Der thematische Bogen hat sich endgültig geschlossen. Rother hat nicht nur einen Erben (V. 29), sondern dieser Erbe handelt auch dem Zweck entsprechend, den die *iungen graven* (V. 19) mit ihrem Wunsch nach einem Thronfolger verbinden (V. 22). In den gegenseitigen Zusicherungen von König und Vasallen kommt noch einmal exemplarisch das Reziprozitätsprinzip der vasallitischen Herrschaftsform zum Ausdruck.

5064 Mit *keisir* wird Pippin auch begrifflich auf die Stufe gehoben, die für Rother bereits am Beginn implizit (V. 10 ff.) und dann explizit V. 3106 als Rangbezeichnung gegeben ist: er ist römisch-deutscher Kaiser. Mit der Bedingung der Zusicherung der Kaiserwahl ist implizit auch die Stellung der Fürsten anerkannt: sie legitimieren den Kaiser. Damit ist ein wichtiger Berührungspunkt zu Problemen der Herrschaftstheorie und des Verfassungsgesetzes zur Zeit des frühen Friedrich I. gegeben. Dabei ist zu sehen, daß gerade im Punkt der Kaiserwahl Kaiser und Vasallen von verschiedenen Ausgangspunkten her sich im Prinzip der Fürstenwahl treffen. Hier steht sie deutlich unter der vasallitischen Perspektive der Reziprozität (vgl. Stein 1978, S. 177 f.).

5068 ff. Die Stelle klingt nach einem Märchenschluß. Es liegt aber keiner vor, denn sie leben nicht nur »glücklich«, sondern *vromicliche*, »vorbildlich«, »der Gemeinschaft nützend« und *ane schande*, und es folgt noch ein Akt: Rother und Berchter leben ihre Rollen bis zur letzten weltanschaulichen Konsequenz (so schon W. J. Schröder 1955, 1967; Kokott 1978).

5073 Der Vorgang steht als *pars pro toto* für alles zuvor Erzählte.

5075 Mit dem ersten öffentlichen Königsgericht hat Pippin auch praktisch sein Königsamt angetreten. Der Erzähler kann nun mit dem letzten Teil der Geschichte fortfahren.

5083 Es ist eben kein »großes« Gefolge (vgl. die 60.000, die Berchters Nachfolger Lupold zur *lantsprage* bringt, V. 5040), sondern eine – an sonstigen offiziellen Verhältnissen gemessen – geringe Schar privater Begleiter. Der Erzähler verwendet die Zahlen nicht nur formelhaft.

5084 Das Haar ist *edile*, d. h. es ist lang als Zeichen adeligen Standes, z. B. gegenüber den Bauern. Haarscheren als Schande ist V. 4315 impliziert.

5085 Es handelt sich um den unteren Schnitt einer Mönchstonsur, wie sie bis in die jüngste Zeit geschnitten wurde. Nicht erwähnt ist der Schnitt oben am Scheitel; es entsteht ein Haarring von ca. 5–7 cm Breite, vom oberen Ohrrand aufwärts, der zwischen zwei Kahlflächen liegt. Präziser als die *KR*-Stelle ist *Salman und Morolf*, Str. 290.

5086 Als Vorbereitung auf den letzten, wenn auch inoffiziellen, doch für Rothers persönliches Leben wichtigsten Rat stellt der Erzähler noch einmal Berchter in seiner Typen-Rolle vor und läßt Berchter selbst an die biographisch-persönlichen Ursprünge und seine Durchführung dieser Rolle erinnern (V. 5128 ff.); dann folgt der letzte, entscheidende (in den Worten der Gattin Rothers »bezziste«, V. 5181) Rat Berchters. Der Ratgeber-Typus hat damit seine Erfüllung gefunden – außerhalb seiner offiziellen Funktion.

5096 *helt von Meran* findet sich außer hier nur noch V. 5100. V. 4966 wird Berchter zum letzten Male *herzoge von Meran* genannt, an jener Stelle, an der er zum letzten Mal in Amt und Würden und in seiner ganzen herzoglichen Pracht vorgestellt wird, womit sich sogar der Wechsel der Stereotypbezeichnung in die Reihe der Veränderungen nach der Herrschaftsübergabe Berchters stellt (vgl. zur Stelle Neuendorff 1984, S. 54 f.). – Angesichts dieser Beobachtungen fällt es schwer, mit Edzardi 1874, S. 46 u. a., in dieser Titulatur einen Hinweis auf den Charakter des Interpolierten der Partie 5079 bis Gedichtschluß zu sehen.

5128 ff. Die Partie berichtet über den Ausgangspunkt der Beraterfunktion Berchters gegenüber Rother, die jetzt mit dem letzten ›privaten‹ Rat den entscheidenden Schritt setzt. Unsicher ist, was *almênde* im Zusammenhang der Stelle bedeuten soll. Verständlicher wäre *lehen* oder *lant*: die Herzöge wären dann anläßlich des Todes von Rothers Vater genauso um ihre Lehen besorgt gewesen wie die »jungen Grafen« (aus anderem Grund) am Beginn der Geschichte, sie sorgten sich um das, was Pippin nach seiner Schwertleite paradigmatisch ausführte. Aber *alemênde* heißt nicht Lehen, sondern ist »das nicht in Privateigentum aufgeteilte, gemeinschaftlich verwaltete Weide- und Waldgebiet eines Dorfes oder einer Markgenossenschaft [...], das von allen Vollbürgern bzw. Mitgliedern genutzt werden durfte« (G. Kornrumpf / B. Wachinger, »*Alment*. Formentlehnung und Tönegebrauch in der mhd. Spruchdichtung«, in: Ch. Cormeau [Hrsg.], *Deutsche Literatur im Mittelalter. Kontakte und Perspektiven*, Hugo Kuhn zum Gedenken, Stuttgart 1979, S. 381). Für die Gesellschaftsentwicklung des 12. Jahrhunderts notiert K. Bosl (in: Aubin/Zorn 1971–78, S. 257) eine »Lockerung der Bindungen zwischen Herrn und Bauern«, die sich »äußerte« »vor allem in einer wachsenden Sicherung und Garantie des Rechtes am Leihegut, an Hof, Feld, Allmende sowie am langsamen Aufkommen vertraglicher Regelungen über die Landübertragung in ganz Europa«. – *Alment* wird im 13. Jahrhundert auch ins Gebiet der Dichtung übertragen als »Name eines Tons«, aus dem »viele [...] Nutzen gezogen haben, in dem sie dichteten und sangen«, bei den Meistersingern galten »alle Spruchtöne, zumindest die der verstorbenen Meister, [...] als ›Allmende‹ und standen allen zur Verfügung« (G. Kornrumpf / B. Wachinger, s.o.). – Aus dem Notierten ergeben sich Möglichkeiten, *alemênde* an unserer Stelle zu verstehen: a) Möglicherweise steht es, den gemeinnützigen und gemeinverantwortlichen Charakter betonend, einfach für »Lehen«, eben unter dem Aspekt »verliehen zur gemeinschaftsbewußten Verwaltung«. Ein alter Rechtsausdruck würde also zur ideologischen Aufladung (gegen eine Lehnsauffassung, die das Lehen als Privatbesitz versteht) der Aussage verwendet. b) Nicht alternativ dazu, sondern möglicherweise damit verbunden, könnte die geschichtliche Entwicklung vom Gemein(de)-Besitz zur landesherrlichen Oberhoheit über diesen bzw. zum Allmenderegal (= Königsrecht) eine Rolle spielen. Welche konkrete Besorgnis gemeint sein kann, kann man nur vermuten: Fürchten die Herzöge, daß der kommende König das Allmenderegal für sich beanspruchen wird?

5131 Zu *trut herre min* notiert Vries, S. 122 eine Häufung dieses Epitheton (auch V. 5139, 5168, 5172) und meint, mit Verweis auf

Die Hochzeit (hrsg. von F. MAURER, Die religiösen Dichtungen, Bd. 2, 1965) V. 1055 (*mines trohtines trute*), daß es »namentlich für heilige und fromme Leute gebraucht« wird (mit Verweis auf den Kommentar von C. VON KRAUS, *Deutsche Gedichte des 12. Jahrhunderts*, Halle 1894, zur Stelle). – Eine Überprüfung der Floskeln *trut herre/vrowe (min)* bestätigt die Beobachtung von VRIES teilweise. Zu Rother wird sie nur noch einmal gesprochen. V. 4480 verwendet sie Berchter nach seinem religiös gefärbten Rat an Rother, Konstantin zu schonen. Der Kontext entspricht dem der Schlußpartien: Berchter als christlich akzentuierender Berater. Die übrigen Belege lassen aber einen weiteren Kontext erkennen: vertrauliche Anrede, die aus eigener Notsituation heraus oder in die Notsituation eines anderen hinein gesprochen ist: V. 2468 Erwin zu Lupold bei der Befreiungsszene (Vertraulichkeit, erster Hoffnungsschimmer in gemeinsamer Not), V. 3086 *trut geselle* sagt Konstantin zum Spielmann nach dessen Rückentführungsangebot, V. 3431 *trut neve min* Wolfrat zu Lupold beim Angebot, die Frau Rothers wieder zu gewinnen (Hilfeangebot an den in Not geratenen *neven*), V. 3708 Rother als Pilger in der Bitte um Information an den *recken*, V. 3888 *trut tochter min* Konstantin nach dem Lachen seiner Tochter zu dieser (Vertraulichkeit, echte Freude?), V. 4513 *trut vrowe min* Konstantin zur Königin in seiner Selbstanklage. – Die sonst gängige ähnliche Anrede ist (*min vil) lieber herre*: V. 539, 602, 666, 2859, 3550, 4712. – Die Formel *trut herre min* ist für die Anredeweise Berchters an Rother auf religiös motivierten Rat beschränkt und stellt insofern eine Änderung in der Art der vertraulichen Adresse (*min vil lieber herre*) dar. *trut* ist aber nicht auf diesen Kontext beschränkt. Dennoch könnte man den gezeigten Wechsel der Anrede Berchters an Rother in den Kontext der übrigen Wandlungen Berchters im Schußteil stellen.

5138 Der Beginn des Arnswaldtischen Bruchstücks entspricht inhaltlich nicht diesem Vers.

5169 Grundsätzlich meinen H und A dasselbe: Weltentsagung durch Übernahme der *vita religiosa* in irgendeiner Form. Dieser Tatbestand ist in literarischen Texten (nicht nur in der *Crescentia*, nicht nur in Deutschland!) im 12. Jh. weit verbreitet. Der literarischen Mode entspricht ein realgeschichtlicher Trend, der einigermaßen präzisier- und lokalisierbar ist. Die Fachtermini hierfür sind *conversus*, »Laienbruder« bzw. *reclusa* oder *inclusa*. Nachdem das der Frühkirche bekannte Institut der *conversio libera* (der »freien Asketen«) seit dem 6. Jh. wegen Verfallserscheinungen »durch das organisierte Mönchtum« zurückgedrängt worden war, kam das sog. »ältere monastische Konversen-Institut« auf. Dieses »verlangte den Vollverzicht [auf Ehe, Besitz und eigenen Willen] [...]. Als *conversi* wurden jene Mönche bezeichnet, die nicht aus der Kinderoblation hervorgegangen, sondern im reifen Alter eingetreten waren«. Inklusen oder Reklusen sind »Männer und Frauen, die sich längere Zeit oder auf Lebenszeit in eine Zelle einschließen oder einmauern ließen, um in Gebet und Buße Gott zu dienen«, LThK V, ³1997 (F. WULF). Der Text läßt also einen Spielraum vom Eintritt in ein Kloster bis zum Inklusen- oder Konversenstatus; möglich wäre auch eine Eremitage, aber V. 5172 steht *munichin,* und der literarische wie zeitgenössische Trend weist eher auf *conversus* und *inclusa* – *zo walde* kann ganz einfach übertragener Ausdruck für den Rückzug aus der Welt bedeuten.

A 1rb 8 *Uulde:* Benediktinerkloster Fulda, gegründet 744 durch Bonifazius (vgl. LMA IV, Sp. 1020 ff.).

A 1va 1.2 Vor dem Einsatz von A wurde wohl die Mönchung Rothers (und Berchters) erzählt, und mit den ersten beiden A-Versen ist ein Aktualitätshinweis als Kommentar zu diesem Schritt vom Erzähler angefügt.

A 1va 3 MASSMANN verweist hier und V. 11–16 auf *Crescentia/Kaiserchronik*, V. 12799–12805, wo der rechtliche Aspekt des Schrittes und seine religiöse Konsequenz ausgedrückt sind.

A 1va 5–10 Die Anknüpfung an die Karlsgenealogie ist also nicht Zutat von H.

Abgekürzt zitierte Literatur und Zeitschriften

AfdA	Anzeiger für deutsches Altertum und deutsche Literatur (Stuttgart)
ATB	Altdeutsche Textbibliothek
BMZ	Benecke/Müller/Zarncke: Mittelhochdeutsches Wörterbuch
DVjS	Deutsche Vierteljahrsschrift für Literaturwissenschaft und Geistesgeschichte (Tübingen)
GAG	Göppinger Arbeiten zur Germanistik
GGA	Göttingische Gelehrte Anzeigen (Göttingen)
GR	The Germanic Review (Washington, D.C.)
GRM	Germanisch-Romanische Monatsschrift (Heidelberg)
JEGPh	Journal of English and Germanic Philology (Champaign)
LCI	Lexikon der christlichen Ikonographie. Hrsg. von Engelbert KIRSCHBAUM. Rom [u. a.] 1971
LEXER I, II, III	Matthias LEXER: Mittelhochdeutsches Handwörterbuch [. . .]. 3 Bde. Leipzig 1872-78. Nachdr. Stuttgart 1965
LMA	Lexikon des Mittelalters. Bd. 1 ff. München/Zürich 1980 ff.
LThK	Lexikon für Theologie und Kirche
MLN	Modern Language Notes (Baltimore)
PBB	Beiträge zur Geschichte der deutschen Sprache und Literatur; seit Jg. 1955 PBB (Tüb.) und PBB (Halle)
PL	Patrologia Latina
¹VL	Die deutsche Literatur des Mittelalters. Verfasserlexikon. Hrsg. von W. STAMMLER. 5 Bde. Leipzig/Berlin 1933–55
²VL	Die deutsche Literatur des Mittelalters. Verfasserlexikon. Begr. von W. STAMMLER. Hrsg. von K. RUH [u. a.]. Bd. 1 ff. Berlin / New York 1978 ff.

ZfdA	Zeitschrift für deutsches Altertum und deutsche Literatur (Wiesbaden)
ZfdPh	Zeitschrift für deutsche Philologie (Bonn)

Literaturhinweise

Ausgaben

HAGEN, Friedrich Heinrich von der / BÜSCHING, Johann Gustav: König Rother. In: Dies.: Deutsche Gedichte des Mittelalters. Bd. 1. Berlin 1808. S. 1–64.

MASSMANN, Hans F.: Kuninc Ruother. In: Ders.: Deutsche Gedichte des 12. Jahrhunderts und der nächstverwandten Zeit. Tl. 2 [...]. Quedlinburg/Leipzig 1837. (Bibl. der gesammten deutschen National-Literatur [...]. Bd. 2. Tl. 2.) Nachdr. Hildesheim / New York 1969. S. 162–234.

RÜCKERT, Heinrich: König Rother. Leipzig 1872. (Deutsche Dichtungen des Mittelalters. Bd. 1.)

BAHDER, Karl von: König Rother. Halle 1884. (ATB 6.)

SARAN, Franz: Deutsche Heldengedichte des Mittelalters: Hildebrandslied, Waltharius, Rolandslied. König Rother, Herzog Ernst. Halle (Saale) 1922. (Handbücherei für den deutschen Unterricht. 1. Reihe: Deutschkunde. Bd. 1.)

VRIES, Jan de: Rother. Heidelberg 1922. – 2., unveränd. Aufl. Heidelberg 1974. (Germanische Bibliothek, 4. Reihe: Texte.)

FRINGS, Theodor / KUHNT, Joachim: König Rother. Bonn 1922. (Rheinische Beiträge und Hülfsbücher zur germanischen Philologie und Volkskunde. Bd. 3.) – 3. Aufl. bes. von Ingeborg KÖPPE-BENATH. [4. Textabdruck der Ausg. FRINGS/KUHNT.] Halle (Saale) 1968. (Altdeutsche Texte für den akademischen Unterricht. 2.) [1. und 2. Aufl. bes. von W. Fläming.]

Übersetzungen

KRAMER, Günter: König Rother. Geschichte einer Brautwerbung aus alter Zeit. Übertragen und eingeleitet. Berlin 1961.

LICHTENSTEIN, Robert: King Rother. Chapel Hill 1962. (University of North Carolina Studies in the Germanic Languages and Literatures. 36.)

PÖRNBACHER, Hans und Irmtraud: Spielmannsepen. Texte. Nacherzählungen, Anm. und Worterklärungen. Bd. 1: König Rother. Herzog Ernst. Darmstadt 1984.

Forschungsliteratur

ABDEL-SATTAR, Magda: Die Form der Erzählung im *König Rother*. Untersuchungen zu Narration und Gattungscharakter. Diss. Hannover 1995.

ADELUNG, Friedrich: Nachrichten von altdeutschen Gedichten, welche aus der Heidelbergischen Bibliothek in die Vatikanische gekommen sind. Nebst einem Verzeichnisse derselben und Auszügen. Königsberg 1796.

AMELUNG, Arthur: Beiträge zur deutschen Metrik. In: ZfdPh 3 (1871) S. 253–305.

BACH, Anneliese: Der Aufbau des *König Rother*. Diss. Jena 1945.

BAESECKE, Georg: Rez. zu FRINGS/KUHNT 1922 und VRIES 1922. In: Zeitschrift für deutsche Mundarten 18 (1923) S. 139–141.

BAHDER, Karl von: Zum *König Rother*. In: Germania 29 (1884) S. 228–243, 257–300.

BAHR, Joachim: Der *König Rother* und die frühmittelhochdeutsche Dichtung. Formgeschichtliche Untersuchung. Diss. Göttingen 1951.

– / CURSCHMANN, Michael: Spielmannsdichtung. In: Reallexikon der Deutschen Literaturgeschichte. Hrsg. von Klaus KANZOG und Achim MASSER. Bd. 4. Berlin ²1979. S. 105–122.

BARTSCH, Karl: Die altdeutschen Handschriften der UB in Heidelberg: Heidelberg 1887. (Katalog der Handschriften der Universitätsbibliothek in Heidelberg. Bd. 1.)

BÄUML, Franz H.: A Note to *König Rother*. In: MLN 71 (1956) S. 351–353.

– Three Further Emendations to *König Rother*. In: MLN 74 (1959) S. 251–254.

– Some Aspects of Editing the Unique Manuskript: A Criticism of Method. In: Orbis Litterarum 16 (1961) S. 27–33.

– Mittelalter. In: Geschichte der deutschen Literatur. Hrsg. von Ehrhard BAHR: Bd. 1: Vom Mittelalter bis zum Barock. Tübingen 1987. S. 1–244.

BECH, Fedor: *von etslîchen meisterstückelîn diu waen iht bancwirdic sîn.* In: Germania 16 (1871) S. 333–337.

BECKER, Henrik: Bausteine zur deutschen Literaturgeschichte. Ältere deutsche Dichtung. Halle (Saale) 1957.

BEHAGEL, Otto: Rez. zu WIEGAND 1904. In: Literaturblatt für germanische und romanische Philologie 27 (1906) H. 6. S. 180–183.

BERNDT, Gotthard: Die Reime im *König Rother.* Diss. Greifswald 1912.

– Rez. zu WIEGAND 1904. In: AfdA 32 (1908) S. 171–174.

BÖCKENHOLT, Hans-Joachim: Untersuchungen zum Bild der Frau in den mittelhochdeutschen »Spielmannsdichtungen«. Ein Beitrag zur Bestimmung des literarhistorischen Standortes der Epen *König Rother, Salman und Morolf, St. Oswald* und *Orendel.* Diss. München 1971.

BOOR, Helmut de: Rez. zu PRETZEL 1955/1962/1973 [zur 1. Aufl. 1955]. In: Euphorion 54 (1960) S. 205–208.

– Die deutsche Literatur von Karl dem Großen bis zum Beginn der höfischen Dichtung. 770–1170. München [6]1964. (Geschichte der deutschen Literatur von den Anfängen bis zur Gegenwart. Bd. 1.)

– *König Rother* (V. Fr. 1917–2521). In: Die deutsche Literatur. Bd. 1: Mittelalter. Teilbd. 1,2. Hrsg. von Walther KILLY. München 1965. S. 1048–1058. [Mit Prosa-Übersetzung.]

BOSL, Karl: Gesellschaftsentwicklung 900–1350. In: AUBIN, Hermann / ZORN, Wolfgang: Handbuch der deutschen Wirtschafts- und Sozialgeschichte. Bd. 1: Von der Frühzeit bis zum Ende des 18. Jahrhunderts. Stuttgart 1971. S. 226–273.

BRÄUER, Rolf: Literatursoziologie und epische Struktur der deutschen »Spielmanns«- und Heldendichtung. Berlin 1970.

BREYMANN, Heide: Das mittelhochdeutsche Gedicht von *König Rother.* (Hausarbeit) Wien 1962.

BUMKE, Joachim: Studien zum Ritterbegriff im 12. und 13. Jahrhundert. 2. Aufl. mit Anh.: Zum Stand der Ritterforschung 1976. Heidelberg 1977. (Beihefte zum Euphorion. Bd. 1.) [Zuerst 1964.]

– Höfische Kultur. Literatur und Gesellschaft im hohen Mittelalter. München 1986.

CURSCHMANN, Michael: »Spielmannsepik«. Wege und Ergebnisse der Forschung von 1907–1965. Mit Ergänzungen und Nachträgen bis 1967 (Überlieferung und mündliche Kompositionsform). Stuttgart 1968. [Erw. Sonderdr. aus der DVjS 40, H. 3 und 4.]

Curschmann, Michael: Vorwort, Einleitung zu: Der Münchner Oswald. Mit einem Anh.: Die ostschwäbische Prosabearbeitung des 15. Jahrhunderts. Hrsg. von M. Curschmann. Tübingen 1974. (ATB 76.) S. VII–LXXVIII.
– s. Bahr/Curschmann 1979.
Dinser, Gudula: Kohärenz und Struktur. Textlinguistik und erzähltechnische Untersuchungen von *König Rother.* Köln/Wien 1975. (böhlau forum litterarum. 3.)
Dobozy, Maria: The Role of the King in Selected Middle High German Epics. Diss. University of Kansas 1978.
– Full Circle: Kingship in the German Epic. Alexanderlied, Rolandslied, ›Spielmannsepen‹. Göppingen 1985. (GAG 399.)
Dünninger, Eberhard / Kiesselbach, Dorothee (Hrsg.): Bayerische Literaturgeschichte in ausgewählten Beispielen. Mittelalter. München 1965.
Edzardi, Anton Philipp: Untersuchungen über *König Rother.* In: Germania 18 (1873) S. 385–453. [Wörtl. gleich: Edzardi 1874.]
– Untersuchungen über *König Rother.* Wien 1874. (Diss. Leipzig 1874.)
– Zur Textkritik des *Rother.* In: Germania 20 (1875) S. 403–421.
Egberts, Johannes: Das Schema der Botensendung. Diss. München 1972.
Eggers, Hans: Deutsche Sprachgeschichte 2: Das Mittelhochdeutsche. Reinbek bei Hamburg 1965.
Ehrismann, Gustav: Geschichte der deutschen Literatur bis zum Ausgang des Mittelalters. Tl. 2: Die mittelhochdeutsche Literatur: 1. Frühmittelhochdeutsche Zeit. München 1922. Nachdr. 1959. (Handbuch des deutschen Unterrichts an Höheren Schulen. Bd. 6, II/1.)
Engel, Eduard: Geschichte der deutschen Literatur von den Anfängen bis in die Gegenwart. Bd. 1: Von den Anfängen bis zum 19. Jahrhundert. Wien/Leipzig [8]1910.
Fechter, Paul: Geschichte der deutschen Literatur. Von den Anfängen bis zur Gegenwart. Berlin 1921.
Fischer, Hanns: Rez. zu Kramer 1961. In: Germanistik 4 (1963). S. 70.
Frings, Theodor / Schieb, Gabriele: *bis.* In: Annales Academiae Scientiarum Fennicae, Ser. B 84/22 (1954) S. 429–462.
Fromm, Hans: Die Erzählkunst des Rother-Epikers. In: Euphorion 54 (1960) S. 351–397.

FROMM, Hans: Die mittelalterliche Handschrift und die Wissenschaften vom Mittelalter. Vortrag gehalten anläßlich der Eröffnung der Zimelien-Ausstellung am 12. Dezember 1975. In: Mitteilungen der Staatsbibliothek Preußischer Kulturbesitz 8 (1976) S. 35–62.

– / GRUBMÜLLER, Klaus (Hrsg.): Konrad von Fussesbrunnen: Die Kindheit Jesu. Kritische Ausgabe. Berlin / New York 1973.

GELLINEK, Christian: *König Rother* als literarisches Kunstwerk. Diss. New Haven 1964.

– Die Rolle der Heiligen im *König Rother*. In: JEGPh 64 (1965) S. 496–504.

– Berchter von Meran. In: ZfdPh 86 (1967) S. 389–391.

– *König Rother*. Studie zur literarischen Deutung. Bern 1968.

– König Rother – Kein Kaiser Rother: Ein kleiner Beitrag zur vergleichenden Namensforschung. In: ZfdPh 100 (1981) S. 338–345.

GERNENTZ, Hans Joachim: Formen und Funktionen der direkten Reden und der Redeszenen in der deutschen epischen Dichtung von 1150 bis 1200. Habil.-Schr. Rostock 1958. [Masch.]

GERVINUS, Georg Gustav: Geschichte der Deutschen Dichtung. Bd. 1. 5., völlig umgearb. Aufl. Leipzig 1871.

GOEDEKE, Karl: Grundriß zur Geschichte der deutschen Dichtung aus den Quellen. Bd. 1: Mittelalter. 2., ganz neu bearb. Aufl. Dresden 1884.

GOLTHER, Wolfgang: Geschichte der deutschen Literatur. Tl. 1: Von den ersten Anfängen bis zum Ausgang des Mittelalters. Stuttgart [2]1922. (Deutsche National-Litteratur. 163.)

GRAFF, Eberhard Gottlieb: Verse aus dem altdeutschen Heldengedichte *König Rother*. In: Ders.: Diutiska. Denkmäler deutscher Sprache und Literatur [...]. Bd. 2. H. 3. Stuttgart/Tübingen 1927. (Nachdr. Hildesheim / New York 1970.) S. 376–378.

GROSSE, Carmen L.: Counsel Scenes in Precourtly Epics, the *Nibelungenlied*, and *Kudrun*: Their Structure and Dramatic Function. Dissertation Abstracts International 42 (1982) 3592 A.

HANNEMANN, Kurt: *König Rother* (Nachtrag). In: [1]VL. Bd. 5. Sp. 533 f.

HAUG, Walter: Mittelalterliche Epik. Ansätze, Brechungen und Perspektiven. In: Epische Stoffe des Mittelalters. Hrsg. von Volker MERTENS und Ulrich MÜLLER. Stuttgart 1984. S. 1–19.

– Literaturtheorie im deutschen Mittelalter. Von den Anfängen bis zum Ende des 13. Jahrhunderts. Eine Einführung. Darmstadt 1985.

HAUG, Walter: Struktur, Gewalt und Begierde: Zum Verhältnis von Erzählmuster und Sinnkonstitution in mündlicher und schriftlicher Überlieferung. In: Idee, Gestalt, Geschichte: Festschrift für Klaus von See. Hrsg. von Gerd Wolfgang WEBER. Odense 1988.

– Brautwerbung im Zerrspiegel: *Salman und Morolf*. In: Sammlung – Deutung – Wertung: Ergebnisse, Probleme, Tendenzen und Perspektiven philologischer Arbeit. Mélanges de littérature médiévale et de linguistique allemande offerts à Wolfgang Spiewok à l'occasion de son soixantième anniversaire par ses collègues et amis. Hrsg. von Danielle BUSCHINGER. Amiens 1988. S. 179–188.

HAUPT, Barbara: Das Fest in der Dichtung. Untersuchungen zur historischen Semantik eines literarischen Motivs in der mittelhochdeutschen Epik. Düsseldorf 1989.

HAUPT, Moriz: Ährenlese. In: ZfdA 15 (1872) S. 246–266.

HECHT, Gretel und Wolfgang (Hrsg.): Deutsche Spielmannserzählungen des Mittelalters. Leipzig ^{2}1981.

HEER, Friedrich: Die Tragödie des heiligen Reiches. 2 Bde. Wien/Zürich 1952–53.

HEINZLE, Joachim: Mittelhochdeutsche Dietrichepik. Untersuchungen zur Tradierungsweise, Überlieferungskritik und Gattungsgeschichte später Heldenepik. München 1978. (Münchener Texte und Untersuchungen zur deutschen Literatur des Mittelalters. 62.)

HEMPEL, Wolfgang: *Übermuot diu alte* ... Der *superbia*-Gedanke und seine Rolle in der deutschen Literatur des Mittelalters. Bonn 1970. (Studien zur Germanistik, Anglistik und Komparatistik. 1.)

HENKE, Ingeborg: Die Verbalkomposita mit *vol-*, *volle-* und *vollen* im Frühmittelhochdeutschen. In: PBB (Halle) 79 (1957) S. 461–488. [Sonderband für Theodor Frings und Elisabeth Karg-Gasterstädt.]

HENSCHEL, Erich: Mittelhochdeutsche Wortstudien. In: PBB 73 (1951) S. 471–474.

– Textkritische Vorschläge zum *Rother*. In: PBB (Halle) 82 (1969) S. 480–487.

JAUSS, Hans Robert: Theorie der Gattungen und Literatur des Mittelalters. In: Grundriß der romanischen Literaturen des Mittelalters. Bd.1: Généralités. Hrsg. von Hans Robert JAUSS und Erich KÖHLER. Heidelberg 1872. S. 107–138.

KAPLOWITT, Stephen: Influences and Reflections of the Crusades in Medieval German Epics. Diss. Pennsylvania 1962.
– Rez. zu LICHTENSTEIN 1962. In: Germanistik 5 (1964) S. 263.
KARHOF, Günter: Der Abschnitt als Vortragsform in Handschriften frühmittelhochdeutscher Dichtungen. Seine strukturbildende Funktion und Bedeutung für die Chronologie. Diss. Münster 1967.
KLEIN, Thomas: Zur Thidreks Saga. In: Arbeiten zur Skandinavistik. Hrsg. von Heinrich BECK. Frankfurt a. M. 1985. (Texte und Untersuchungen zur Germanistik und Skandinavistik. 11.) S. 487–565.
KOBERSTEIN, August: Geschichte der Deutschen Nationalliteratur bis zum Ende des sechzehnten Jahrhunderts. In: Ders.: Grundriß der Geschichte der deutschen Nationalliteratur, Bd. 1. 5., umgearb. Aufl. von Karl BARTSCH. Leipzig 1872.
KOKOTT, Hartmut: Literatur und Herrschaftsbewußtsein. Wertstrukturen der vor- und frühhöfischen Literatur. Vorstudien zur Interpretation mittelhochdeutscher Texte. Frankfurt a. M. [u. a.] 1978. (Europäische Hochschulschriften; Reihe 1: Dt. Literatur und Germanistik. 232.)
– Frühhöfische Dichtung. Die Aristokratisierung der Literatur. In: Einführung in die deutsche Literatur des 12.–16. Jahrhunderts. Bd.1: Adel und Hof, 12./13. Jahrhundert. Von W. FREY, W. RAITZ, D. SEITZ [u. a.]. Opladen 1979. (Grundriß Literaturgeschichte.)
KÖPPE-BENATH, Ingeborg: Christliches in den ›Spielmannsepen‹ *König Rother*, *Orendel* und *Salman und Morolf*. In: PBB (Halle) 89 (1967) S. 200–254.
KRAMER, Günter: Zum *König Rother*. (Über *dulden* und *lobesam*, *lustsam*.) In: PBB (Halle) 79 (1957) S. 186–203.
– Die textkritische Bedeutung der Reime in der Heidelberger Handschrift des *König Rother*. In: PBB (Halle) 79 (1957) S. 111–130. [Sonderbd.]
– Voruntersuchungen zu einer kritischen Ausgabe des *König Rother*. Diss. Leipzig 1958. [Masch.]
– Zum *König Rother*. Das Verhältnis des Schreibers der Heidelberger Handschrift (H) zu seiner Vorlage. In: PBB (Halle) 82 (1960) S. 1–82.
– Zum *König Rother*. 2. Das Verhältnis des Schreibers der Heidelberger Handschrift zu seiner Vorlage. In: PBB (Halle) 84 (1962) S. 120–172.

KRAMER, Günter: Zum *König Rother*. 3. Beschreibung der Formen. Teil IV. Das Verbum. In: PBB (Halle) 90 (1968) S. 69–139.
KROGMANN, Willy: *König Rother*. In: [1]VL. Bd. 2. Sp. 847–861.
KÜHNEL, Harry: Bildwörterbuch der Kleidung und Rüstung. Stuttgart 1992.
KÜHNEL, Jürgen: Der »offene Text«. Beitrag zur Überlieferungsgeschichte volkssprachiger Texte des Mittelalters (Kurzfassung). In: Akten des V. Internationalen Germanisten-Kongresses Cambridge 1975. H. 2. Hrsg. von Leonard FORSTER und Hans-Gert ROLOFF. Bern / Frankfurt a. M. 1976. (Jahrbuch für internationale Germanistik, Reihe A: Kongreßberichte. Bd. 2.) S. 311–321.
KURZ, Heinrich: Geschichte der deutschen Literatur mit ausgewählten Stücken aus den Werken der vorzüglichen Schriftsteller. Bd.1: Von den ältesten Zeiten bis zum ersten Viertel des 16. Jahrhunderts. Leipzig [7]1876.
LAMBEL, Hans: Rez. zu RÜCKERT 1872. In: Zeitschrift für österreichische Gymnasien 24 (1873) S. 168–181.
LEGERLOTZ, Gustav (Übs., Komm.): *König Rother*. Bielefeld/Leipzig 1949. (Velhagen und Klasings deutsche Lesebogen. 240.)
LEITZMANN, Albert: Zum *König Rother*. In: PBB 42 (1917) S. 512–516.
LEIXNER, Otto von: Illustrierte Literaturgeschichte der vornehmen Kulturvölker. Bd.1: Geschichte des Deutschen Schrifttum. I: Von den ersten Anfängen bis zum Ende des 17. Jahrhunderts. Leipzig/Berlin 1880.
LINDEMANN, Wilhelm: Geschichte der deutschen Literatur. Freiburg i. Br. 1866. – 9. und 10. Aufl. hrsg. und teilweise neu bearb. von Max ETTLINGER. Freiburg i. Br. 1915.
LORD, Albert: The Singer of tales. 2. Aufl. Cambridge 1964.
LUTZ-HENSEL, Magdalene: Prinzipien der ersten textkritischen Editionen mittelhochdeutscher Dichtung. Brüder Grimm – Benecke – Lachmann. Eine methodenkritische Analyse. Berlin 1975. (Philologische Studien und Quellen. 77.)
MAURER, Friedrich (Hrsg.): Die Erlösung. Eine geistliche Dichtung des 14. Jahrhunderts. Leipzig 1934. (Deutsche Literatur: Reihe Geistliche Dichtung des Mittelalters. 6.)
– Die religiösen Dichtungen des 11. und 12. Jahrhunderts. Nach ihren Formen besprochen und herausgegeben. 2 Bde. Tübingen 1964–65. [Bes. Bd. 1, S. 36–39.]
MCCONNELL, Winder: Ritual and Literary Tradition: The Brobdignagian Element in *Dukus Horant*. In: Medievalia 7 (1981) S. 209–219.

MEISSNER, Rudolf: *Herriz?* (*Rother* 2160). In: AfdA 49 (1930) S. 161–162.

MELLBOURN, Gert (Hrsg.): Speculum ecclesiae. Eine frühmittelhochdeutsche Predigtsammlung (Cgm. 39). Lund 1944. (Lunder germanistische Forschungen 12.)

MEVES, Uwe: Studien zu *König Rother*, *Herzog Ernst* und *Grauer Rock* (*Orendel*). Frankfurt a. M. / Bern 1976. (Europäische Hochschulschriften, Reihe 1: Deutsche Literatur und Germanistik. 181.)

– Alt-Deutsche Epische Gedichte. Großentheils zum erstenmahl aus Handschriften bekannt gemacht und bearbeitet von Ludwig Tieck. I: *König Rother*. Hrsg. von Uwe MEVES. Göppingen 1979. (GAG 168.)

– Zur historischen Bedingtheit literarischer Wertung: das Beispiel ›Spielmannsepik‹ in der Literaturgeschichtsschreibung. In: Textsorten und literarische Gattungen. Dokumentation des Germanistentags in Hamburg. 1.–4. April 1979. Hrsg. vom Vorstand der Vereinigung der deutschen Hochschulgermanisten. Berlin 1983. S. 317–334.

MEYER, Kathleen J. A.: A contrastive Analysis of Middle High German »êre« in four pre-courtly Epics and the Epics of Hartmann von Aue. Dissertations Abstracts International Ann Arbor (MI) 1978, 38, 7297 A.

MINIS, Cola: Rez. zu FRINGS/KUHNT: *König Rother*. Halle (Saale) 1954. In: Leuvense Bijdragen 45 (1955) Bijblad. S. 9–10.

MISSFELD, Antje: Die Abschnittsgliederung und ihre Funktion in mittelhochdeutscher Epik. Erzähltechnische Untersuchungen zum *König Rother*, Vorauer und Straßburger *Alexander*, *Herzog Ernst* (B) und zu Wolframs *Willehalm* unter Einbeziehung altfranzösischer Laissentechnik. Göppingen 1978. (GAG 236.)

MÜLLER, Ulrich: Rez. zu Indices Verborum zum altdeutschen Schrifttum 1. [...] und 2. [...]. Amsterdam 1975. In: ZfdPh 95 (1976) S. 148–149.

– Entgegnung [zu PRETZEL 1977]. In: ZfdPh 96 (1977) S. 439–441.

NADLER, Josef: Literaturgeschichte der deutschen Stämme und Landschaften. Bd. 1: Die altdeutschen Stämme (800–1740). Regensburg [3]1929.

– Literaturgeschichte des deutschen Volkes. Dichtung und Schrifttum der deutschen Stämme und Landschaften. Bd. 1: Volk (800–1749). 4., völlig neu bearb. Aufl. Berlin 1939.

Nadler, Josef: Geschichte der deutschen Literatur. 2., erg. Aufl. Regensburg 1961.

Näser, Wolfgang: Die Sachbeschreibung in den mittelhochdeutschen »Spielmannsepen«. Untersuchungen zu ihrer Technik. Marburg 1972. (Marburger Beiträge zur Germanistik. 42.)

Nellmann, Eberhard: Das Annolied. Mittelhochdeutsch und Neuhochdeutsch. Hrsg., übers. und komm. Stuttgart 1975. (Reclams Universal-Bibliothek. 1416.)

Nelson, Charles G.: Liberation and Redemption in *König Rother*. Diss. Ann Arbor 1970.

Neuendorff, Dagmar: Studie zur Entwicklung der Herrscherdarstellung in der deutschsprachigen Literatur des 9.–12. Jahrhunderts. Stockholm 1982. (Acta Stockholmiensis. 29.)

– Kaiser und Könige, Grafen und Herzöge im Epos von *König Rother*. In: Neuphilologische Mitteilungen 85 (1984) S. 45–58.

Neuschäfer, Dietrich (Hrsg.): Das Anegenge. München 1969. (Altdeutsche Texte in kritischen Ausgaben 1.)

Ortmann, Christa / Ragotzky, Hedda: Brautwerbungsschema, Reichsherrschaft und staufische Politik: Zur politischen Bezeichnungsfähigkeit literarischer Strukturmuster am Beispiel des *König Rother*. In: ZfdPh 112 (1993) S. 321–343.

Osterwald, Karl Wilhelm (Hrsg.): Erzählungen aus der alten deutschen Welt für Jung und Alt. Bd. 4: *König Rother*. Engelhard 1851. (Jugendbibliothek des griechischen und deutschen Alterthums. 10.)

Panzer, Friedrich: Rez. zu Wiegand 1904. In: ZfdPh 38 (1906) S. 555–557.

– Italische Normannen in deutscher Heldensage. Frankfurt a. M. 1925. (Deutsche Forschungen. 1.)

Parry, Milman: The Making of Homeric verse. Hrsg. von Adam Parry. Oxford 1971.

Pieritz, Arnold: Die Stellung des Verbums im *König Rother* mit Berücksichtigung des St. Trudperter Hohenliedes. Diss. Greifswald 1912.

Pfeiffer-Belli, Wolfgang: Geschichte der deutschen Dichtung. Freiburg i. Br. 1954.

Pfütze, Max: ›Burg‹ und ›Stadt‹ in der deutschen Literatur des Mittelalters. Die Entwicklung im mittelfrk. Sprachgebiet vom Annolied zu Gotfrid Hagens Reimchronik (ca. 1100–1300). In: PBB (Halle) 80 (1958) S. 272–320. [Gleichnamige Diss. Leipzig 1955.]

Piper, Paul: Spielmannsdichtung. Bd. 1: Die reine Spielmannsdichtung. Stuttgart 1887. (Deutsche National-Litteratur. Bd. 2,1.) – Nachträge in: Ders.: Höfische Epik III. (Deutsche National-Litteratur. Bd. 4,1,3.) S. 711.

Pogatscher, Franz: Zur Entstehungsgeschichte des mittelhochdeutschen Gedichts von *König Rother.* Halle (Saale) 1913.

Pretzel, Ulrich: Vorwort [zur 1. Aufl.], Vorwort zur 2. Aufl. In: *Moriz von Craûn.* Hrsg. von Ulrich Pretzel unter Mitw. von Karl Stackmann [u.a.]. Tübingen 1956. – 4., durchges. Aufl. Tübingen 1973. (ATB 45.) S. 5–9.

– Vorwort. In: Die Kleinen Denkmäler der Vorauer Handschrift. Hrsg. von Erich Henschel und Ulrich Pretzel. Tübingen 1963. S. VII–XI.

– Zu *Moriz von Craûn.* In: ZfdPh 96 (1977) S. 437–439.

Priebsch, Robert: Rez. zu Vries 1922. In: Modern Language Review 20 (1925) S. 360–364.

Riemen, Alfred: Bedeutung und Gebrauch der Heldenwörter im mittelhochdeutschen Epos. Diss. Köln 1954. [Masch.]

Roberts-Gassler, Vicki-Jane: Aspects in the economic systems in the German ›Spielmannsepen‹: *König Rother, Herzog Ernst, St. Oswald, Orendel* and *Salman und Morolf.* In: Dissertation Abstracts International 45 (1984) 1766 A.

Robertson, John G. / Purdie, Edna: Geschichte der deutschen Literatur. Aus dem Engl. (Edinburgh/London, [3]1959) übers. von G. Raabe. Mit einem Beitr. von Claude David: Die zeitgenössische Literatur 1890–1945. Vorw. von W. Killy. Göttingen 1968.

Roediger, Max: Rez. zu Bahder 1884: *König Rother.* In: AfdA 11 (1885) S. 109–114.

Rohrauer, Andrea: *Salman und Morolf.* Versuch einer interpretierenden Analyse. (Staatsexamensarbeit) Salzburg 1988.

Roquette, Otto: Geschichte der Deutschen Dichtung. Von den ältesten Denkmälern bis auf die Neuzeit. Bd. 1. Stuttgart [2]1872.

Rosenau, Peter-Udo: Wehrverfassung und Kriegsrecht in der mittelhochdeutschen Epik. Diss. Bonn 1959.

Ruh, Kurt: Höfische Epik des deutschen Mittelalters. Erster Teil: Von den Anfängen bis zu Hartmann von Aue. Berlin 1967. (Grundlagen der Germanistik. 7.)

Salzer, Anselm: Illustrierte Geschichte der Deutschen Literatur von den älteren Zeiten bis zur Gegenwart. Bd. 1: Von der älteren

Zeit bis zum Dreißigjährigen Kriege. 2., neu bearb. Aufl. Regensburg 1926.

SCHERER, Wilhelm / WALZEL, Oskar: Geschichte der deutschen Literatur. Mit einer Bibliogr. von Josef KÖRNER. Cambridge (Mass.) [3]1928. [Zuerst 1883.]

SCHIEHLE, Birgit: Der Gebrauch von ›wellen‹ in der Wiener Genesis, im *König Rother* und im *Rolandslied*. Zur Datierung psychischer Vorgänge in frühmittelhochdeutschen Quellen. Diss. Göttingen 1970.

SCHIROKAUER, Arno: Studien zur mittelhochdeutschen Reimgrammatik. In: PBB 47 (1923) S. 1–126.

SCHMEDES, Julius: Untersuchungen über den Stil der Epen *Rother, Nibelungenlied* und *Gudrun*. Diss. Kiel 1893.

SCHMID, Gertrud: Christlicher Gehalt und germanisches Ethos in der vorhöfischen Geistlichendichtung. Erlangen 1937. (Erlanger Arbeiten zur deutschen Literatur. 9.)

SCHNEIDER, Hermann: Heldendichtung – Geistlichendichtung – Ritterdichtung. Heidelberg 1925. (Geschichte der deutschen Literatur. Bd. 1.) – Neugest. und verm. Ausg. Heidelberg 1943.

SCHNEIDER, Karin: Gotische Schriften in deutscher Sprache. Bd. 1: Vom späten 12. Jahrhundert bis um 1300. Textband und Tafelband. Wiesbaden 1987.

SCHNELL, Rüdiger: Strickers *Karl der Große*. Literarische Tradition und politische Wirklichkeit. In: Spätmittelalterliche Epik. Berlin 1974. (ZfdPh 93, Sonderheft.) S. 50–80.

– Zur Karl-Rezeption in *König Rother* und in Ottes *Eraclius*. In: PBB (Tüb.) 104 (1982) S. 345–358.

SCHÖNBACH, Anton E.: Altdeutsche Predigten. 3 Bde. Darmstadt 1964. Neudr. der Ausg. Graz 1886–1891.

SCHOUWINK, Wilfried: Fortuna im Alexanderroman Rudolfs von Ems. Studien zum Verhältnis von Fortuna und Virtus bei einem Autor der späten Stauferzeit. Göppingen 1977. (GAG 212.)

SCHRÖDER, Edward: Heimat und Überlieferung der Vorauer Sündenklage. In: ZfdA 35 (1891) S. 417–434.

– Kleinigkeiten zum *König Rother*. In: ZfdA 48 (1906) S. 363–364.

– Reimstudien II: Die Reime auf -ô in der mhd. Literatur. In: Nachrichten der Gesellschaft der Wissenschaften zu Göttingen (1918) S. 407–428.

– Die heilige Gertrud im *König Rother*. In: ZfdA 57 (1920) S. 144.

SCHRÖDER, Edward: Rez. zu VRIES 1922 und FRINGS/KUHNT 1922. In: AfdA 43 (1924) S. 58–63.
– Der Dichter des deutschen *Eraclius*. Ein Beitrag zur altbayerischen Literaturgeschichte. München 1924. (Sitzungsberichte der Bayerischen Akademie der Wissenschaften, 1924. 3.)
– Reimstudien III. In: Göttinger gelehrte Nachrichten. Phil.-hist. Kl., Fachgruppe 4, N.F. 1. H. 6 (1935) S. 95–150.
– Aus der Reimpraxis frühmittelhochdeutscher Dichter. In: ZfdA 75 (1938) S. 201–215.
– GAR – GEREHT – GEREIT(E) – BEREIT(-FERTIG). In: ZfdA 75 (1938) S. 121–140.
SCHRÖDER, Walter Johannes: *König Rother*. Gehalt und Struktur. In: DVjS 29 (1955) S. 301–322.
– Zur Textgestaltung des *König Rother*. In: PBB (Halle) 79 (1957) S. 204–233.
– Zu *König Rother* V. 45–133. In: PBB (Tüb.) 80 (1958) S. 67–71.
– Spielmannsepik. Stuttgart [2]1967. (Sammlung Metzler. 19.)
SCHRÖDER, Werner: Versuch zur metrischen Beschreibung eines frühmittelhochdeutschen Gedichts. In: ZfdA 94 (1964) S. 196–213, 244–267.
– Zur Form des ›Lob Salomons‹ genannten frühmittelhochdeutschen Gedichts. München 1971. (Abhandlungen der Marburger Gelehrten Gesellschaft. Jg. 1971. H. 2.) S. 63–101.
– Zum *Ritter*-Bild der frühmittelhochdeutschen Dichter. In: GRM 22 (1972) S. 333–351.
– Die drei Jünglinge im Feuerofen. Die ältere Judith. Überlieferung – Stoff – Form. Wiesbaden 1976. (Abhandlungen der Geistes- und Sozialwissenschaftlichen Klasse [der] Akademie der Wissenschaften und der Literatur [Mainz]. Jg. 1976. Nr. 5.)
SCHULTE, Wolfgang: »Epischer Dialog«. Untersuchungen zur Gesprächstechnik in frühmittelhochdeutscher Epik (*Alexanderlied – Kaiserchronik – Rolandslied – König Rother*). Diss. Bonn 1970.
SCHUSTER, Anna E.: König Rother im Licht der modernen Forschung. Diss. Wien 1945.
SCHWARTZKOPFF, Werner: Rede und Redeszene in der deutschen Erzählung bis Wolfram von Eschenbach. Berlin 1909. (Palaestra. 74.)
SCHWIETRING, Julius: Die deutsche Dichtung des Mittelalters. 2. Aufl. Darmstadt 1957. [Zuerst 1932.]

SEIFERT, Hans-Werner: Edition. In: Reallexikon der deutschen Literaturgeschichte. Bd. 1. Berlin 1958. S. 313–320.

SIEGMUND, Klaus: Zeitgeschichte und Dichtung im *König Rother.* Versuch einer Neudatierung. Berlin 1959. (Philologische Studien und Quellen. 3.)

SPECHTLER, Franz Viktor: Mittelalterliche Überlieferung und kritischer Text. In: Akten des V. Internationalen Germanisten-Kongresses, Cambridge 1975, H. 2. Hrsg. von Leonard FORSTER und Hans-Gert ROLOFF: Bern / Frankfurt a. M. 1976. (Jahrbuch für internationale Germanistik, Reihe A: Kongreßberichte. Bd. 2.) S. 322–328.

STACKMANN, Karl: Mittelalterliche Texte als Aufgabe. In: Festschrift für Jost Trier zum 70. Geburtstag. Hrsg. von William FOERSTE und Karl BORCK. Köln/Graz 1964. S. 240–267.

– Vorwort, Einleitung zu: *Kudrun.* Hrsg. von Karl BARTSCH. 5. Aufl., überarb. und eingel. von Karl STACKMANN. Wiesbaden 1965. (Deutsche Klassiker des Mittelalters.) S. V–CIV.

STEIN, Peter K.: Die Rolle des Geschehens in früher deutscher Epik. Studien zur Erzähltechnik der frmhd. Dichtung. Diss. Salzburg 1970. [Masch.]

– Ein Weltherrscher als *vanitas*-Exempel in imperial-ideologisch orientierter Zeit? Fragen und Beobachtungen zum *Straßburger Alexander.* In: Stauferzeit. Geschichte, Literatur, Kunst. Hrsg. von Rüdiger KROHN. Stuttgart 1978. (Karlsruher kulturwissenschaftliche Arbeiten. 1.) S. 144–180.

– Rez. zu MEVES: Studien zu *König Rother, Herzog Ernst* und *Grauer Rock* (*Orendel*). Frankfurt a. M. / Bern 1976. (Europäische Hochschulschriften, Reihe 1: Deutsche Literatur und Germanistik. Bd. 181.) In: ZfdPh 99 (1980) S. 441–446.

– »Do newistich weiz hette getan. Ich wolde sie alle ir slagen hanc.« Beobachtungen und Überlegungen zum *König Rother.* In: Festschrift für Ingo Reiffenstein zum 60. Geburtstag. Hrsg. von Peter K. STEIN [u.a.]. Göppingen 1988. (GAG 478.) S. 309–338.

STEINER, Rosalinde: Die rechtsgeschichtlichen Aspekte im *König Rother*: auf der Basis eines Forschungsberichtes zu den Tendenzen der Textdeutung der letzten 30 Jahre. (Dipl.-Arb.) Salzburg 1987.

STOPP, Hugo: Rez. zu DINSER 1975. In: AfdA 89 (1978) S. 57–64.

STÖRMER, Wilhelm: ›Spielmannsdichtung‹ und Geschichte. Die Beispiele *Herzog Ernst* und *König Rother.* In: Zeitschrift für bayerische Landesgeschichte 43 (1980) S. 551–574.

SUOLAHTI, Hugo: Rez. zu VRIES 1922. In: Neuphilologische Mitteilungen 27 (1926) S. 31–36.

– Textkritische Bemerkungen zum *König Rother.* In: Festschrift für Friedrich Kluge zum 70. Geburtstag. Hrsg. von Otto BEHAGEL. Tübingen 1926. S. 140–145.

SZKLENAR, Hans: Studien zum Bild des Orients in vorhöfischen deutschen Epen. Göttingen 1966.

– *König Rother.* In: ²VL, Bd. 5. Sp. 82–94.

TEGETHOFF, Ernst: Märchen, Schwänke und Fabeln. München 1925.

THIELE, Gerhard: Zu *herriz* (*Rother* 2160). In: ZfdA 75 (1938) S. 63.

THIEN, Johannes: Übereinstimmende und verwandte Motive in den deutschen Spielmannsepen, im Anschluß an *König Rother.* Hamburg 1882.

TIECK s. MEVES 1979.

TISDELL, Marie-Elisabeth: Studien zur Erzählweise einiger mittelhochdeutscher Dichtungen. Bern 1978. (Europäische Hochschulschriften. Reihe 1: Deutsche Literatur und Germanistik. 217.)

URBANEK, Ferdinand: Schwund und Verwandlung der Nebenfiguren im *König Rother.* In: Amsterdamer Beiträge zur älteren Germanistik 6 (1976) S. 49–91.

– Kaiser, Grafen und Mäzene im *König Rother.* Berlin 1976. (Philologische Studien und Quellen. H. 71.)

– Rother und Imperator Rubeus. (Barbarossa)-Typus und Realität im Epos vom *König Rother.* In: Stauferzeit. Geschichte, Literatur, Kunst. Hrsg. von Rüdiger KROHN. Stuttgart 1978. (Karlsruher kulturwissenschaftliche Arbeiten. 1.) S. 132–143.

VOGT, Friedrich: Rez. zu BAHDER 1884 (*König Rother*). In: Literaturblatt für germanische und romanische Philologie (1885) H. 8. S. 315–317.

– Mittelhochdeutsche Literatur. In: Grundriß zur germanischen Philologie. Bd. 2. Abt. 1: Literaturgeschichte, Abschn. VI,2. Hrsg. von Hermann PAUL. 2., verb. und verm. Aufl. Straßburg 1901–1909. S. 161–185.

– / KOCH, Max: Geschichte der deutschen Literatur von den älteren Zeiten bis zur Gegenwart. Bd. 1. 4., neubearb. und verm. Aufl. Leipzig/Wien 1929. [Zuerst 1897.]

VOLLMANN-PROFE, Gisela: Wiederbeginn volkssprachlicher Schriftlichkeit im hohen Mittelalter (1050/60–1160/70). Königsstein 1986.

VRIES, Jan de: Het epos von Koning Rother. In: Tijdschrift voor Nederlandsche Taal- en Letterkunde 39. NR 31 (1920) S. 1–74.

– Rez. zu SIEGMUND 1959. In: Leuvense Bijdragen 48 (1959) Bijblad. S. 108–111.

WACKERNAGEL, Wilhelm: Geschichte der deutschen Literatur bis zum Dreißigjährigen Kriege. Ein Handbuch. Basel 1872.

WALZ, Herbert: Die deutsche Literatur im Mittelalter. Geschichte und Dokumentation. München 1976.

WEINHOLD, Karl: Mittelhochdeutsche Grammatik. 2. Ausg., unveränd. Nachdr. der Ausg. Breslau 1883. Paderborn 1967.

WEISLEDER, Otto: Die Sprache der Heidelberger Handschrift des *König Rother* (Lautlehre). Diss. Greifswald 1914.

WENZLAFF-EGGEBERT, Friedrich-Wilhelm: Kreuzzugsdichtung des Mittelalters. Studien zu ihrer geschichtlichen und dichterischen Wirklichkeit. Berlin 1960.

WESLE, Karl: Frühmittelhochdeutsche Reimstudien. Jena 1925. (Jenaer germanistische Forschungen. 9.)

WIEGAND, Julius: Stilistische Untersuchungen zum *König Rother.* Breslau 1904. (Germanistische Abhandlungen. 22.)

WILHELM, Friedrich / NEWALD, Richard (Hrsg.): *König Rother* [Fragment M]. In: Dies.: Poetische Fragmente des 12. und 13. Jahrhunderts. Heidelberg 1928. (Germ. Bibl. 1. Sammlung Germ. Elementarbücher. II. Reihe Lesebücher. Bd. 8.) S. 4–5.

WILKEN, Ernst: Rez. zu RÜCKERT 1872. In: GGA (1873) S. 1194–1198.

WILKEN, Friedrich: Geschichte der Bildung, Beraubung und Vernichtung der alten Heidelbergischen Büchersammlungen. Ein Beytrag zur Literaturgeschichte vornehmlich des fünfzehnten und sechszehnten Jahrhunderts. Nebst einem meist beschreibenden Verzeichnis der im Jahr 1816 von dem Papst Pius VII. der Universität Heidelberg zurückgegebenen Handschriften, und einigen Schriftgeweben. Heidelberg 1817.

WOELKER, Eva-Maria: Menschengestaltung in vorhöfischen Epen des 12. Jahrhunderts: *Chanson de Roland*; *Rolandslied* des Pfaffen Konrad; *König Rother.* Lübeck 1940.

WUNDT, Karl Friedrich Kasimir: De celeberrima quandam Bibliotheca Heidelbergensi. Programm. Heidelberg 1786.

Wyss, Ulrich: Struktur der Thidrekssaga. In: Acta Germanica 13 (1980) S. 69–86.
Zimmer, Hans: *König Rother.* Ein Gedicht deutscher Volkspoesie des 12. Jahrhunderts. Neuhochdeutsch bearbeitet. Berlin/Leipzig 1924. (Hendel-Bücher. Bibliothek der Gesamtliteratur. 352.)
Zimmermann, Rita: Herrschaft und Ehe. Die Logik der Brautwerbung im *König Rother.* Frankfurt a. M. 1993. (Europäische Hochschulschriften. Reihe 1: Deutsche Sprache und Literatur. 1422.)

Deutsche Literatur des Mittelalters in zweisprachigen Ausgaben

Althochdeutsche poetische Texte. Ahd./Nhd. (K. A. Wipf) 359 S. UB 8709

Das Annolied. Mhd./Nhd. (E. Nellmann) 192 S. 4 Abb. UB 1416

Berthold von Regensburg: Vier Predigten. Mhd./Nhd. (W. Röcke) 267 S. UB 7974

Deutsche Gedichte des Mittelalters. Mhd./Nhd. (U. Müller / G. Weiss) 607 S. UB 8849

Deutscher Minnesang. Mhd./Nhd. (F. Neumann / K. E. Meurer) 174 S. UB 7857

Frauenlieder des Mittelalters. Mhd./Nhd. (I. Kasten) 309 S. UB 8630

Friedrich von Hausen: Lieder. Mhd./Nhd. (G. Schweikle) 184 S. UB 8023

Frühmittelhochdeutsche Literatur. Mhd./Nhd. (G. Vollmann-Profe) 295 S. UB 9438

Gottfried von Straßburg: Tristan. Mhd./Nhd. Bd. 1. (R. Krohn) 595 S. 10 Abb. UB 4471, Bd. 2. 590 S. 11 Abb. UB 4472, Bd. 3. 390 S. UB 4473

Hartmann von Aue: Der arme Heinrich. Mhd./Nhd. (S. Grosse / U. Rautenberg) 134 S. UB 456 – Gregorius. Mhd./Nhd. (B. Kippenberg / H. Kuhn) 256 S. UB 1787 – Lieder. Mhd./Nhd. (E. v. Reusner) 181 S. UB 8082

Heinrich der Glîchezâre: Reinhart Fuchs. Mhd./Nhd. (K.-H. Göttert) 184 S. UB 9819

Heinrich von Melk: Von des todes gehugde / Mahnrede über den Tod. Mhd./Nhd. (Th. Bein / T. Ehlert u. a.) 251 S. UB 8907

Heinrich von Morungen: Lieder. Mhd./Nhd. (H. Tervooren) 248 S. UB 9797

Heinrich von Veldeke: Eneasroman. Mhd./Nhd. (D. Kartschoke) 901 S. UB 8303

Herzog Ernst. Mhd./Nhd. (B. Sowinski) 429 S. UB 8352

Johannes von Tepl: Der Ackermann und der Tod. Mhd./Nhd. (F. Genzmer / W. Mieder) 96 S. UB 7666

Konrad von Würzburg: Heinrich von Kempten. Der Welt Lohn. Das Herzmaere. Mhd./Nhd. (H. Rölleke) 167 S. UB 2855

Mauricius von Craûn. Mhd./Nhd. (D. Klein) 244 S. UB 8796

Neidhart von Reuental: Lieder. Mhd./Nhd. (H. Lomnitzer) 134 S. UB 6927

Das Nibelungenlied. Mhd./Nhd. (S. Grosse) 1019 S. UB 644

Oswald von Wolkenstein: Lieder. Mhd./Nhd. (B. Wachinger) 128 S. UB 2839

Otfrid von Weissenburg: Evangelienbuch. Auswahl. Ahd./Nhd. (G. Vollmann-Profe) 272 S. UB 8384

Das Redentiner Osterspiel. Mnd./Nhd. (B. Schottmann) 293 S. UB 9744

Reinmar: Lieder. Mhd./Nhd. (G. Schweikle) 405 S. UB 8318

Das Rolandslied des Pfaffen Konrad. Mhd./Nhd. (D. Kartschoke) 823 S. UB 2745

Der Stricker: Erzählungen, Fabeln, Reden. Mhd./Nhd. (O. Ehrismann) 279 S. UB 8797 – Der Pfaffe Amis. Mhd./Nhd. (M. Schilling) 206 S. UB 658

Tagelieder des deutschen Mittelalters. Mhd./Nhd. (M. Backes / A. Wolf) 308 S. UB 8831

Walther von der Vogelweide: Werke. Mhd./Nhd. Bd. 1: Spruchlyrik. (G. Schweikle) 526 S. UB 819, Bd. 2: Liedlyrik. 832 S. UB 820

Wernher der Gärtner: Helmbrecht. Mhd./Nhd. (F. Tschirch) 216 S. UB 9498

Wittenwiler: Der Ring. Frühnhd./Nhd. (H. Brunner) 696 S. UB 8749

Wolfram von Eschenbach: Parzival. Mhd./Nhd. Bd. 1. (W. Spiewok) 736 S. UB 3681, Bd. 2. 704 S. UB 3682. – Parzival. Auswahl. (W. Hofstaetter) 80 S. UB 7451

Philipp Reclam jun. Stuttgart